Nancy Mitford

[英] 南希·米特福德 ◇◆ 著
杨靖 唐有巍 ◆◇ 译

恋爱中的伏尔泰

Voltaire in Love

上海人民出版社

共 感

Sympathy

关注值得注意的人物、事件、观念与思想

总序

一

英国小说家南希·米特福德（Nancy Mitford）是里兹代尔男爵二世戴维·米特福德的长女，自幼酷爱文学。自 1923 年定居伦敦不久，她便开始为《淑女》《时尚》等报刊杂志写稿。尽管并非专业记者，《独立报》称她的随笔毫不做作，令人“极度舒适”，无愧文坛“鬼才”之誉。尤其是她早期“风俗喜剧”（comedy of manners）类的文学创作，“在轻松愉悦的外表之下，有一种淡淡的哀伤和无以名状的悲观主义”[1]。正如批评家所指出的，她的写作风格轻快而不失犀利，充满调侃和戏仿，与她后期小说明显的阴郁风格大相径庭——小说家坚信，尽管生活难以忍受，但仍须为之裹上一层幽默的罩衣，并以超然物外的轻松戏谑加以处置。

传记作家汤普森（Laura Thompson）在近著《米特福德六姐

[1] Allan Hepburn, “The Fate of the Modern Mistress: Nancy Mitford and the Comedy of Marriage”, *Modern Fiction Studies*, Summer 1999, Vol.45, No.2 (Summer 1999), pp.340—368.

妹》（*The Six: The Lives of the Mitford Sisters*, 2016）中对南希及其姐妹的刻画极为传神。其中既有崇拜希特勒并投向纳粹怀抱的尤尼蒂（Unity），也有激进的共产主义者杰西卡（Jessica），二人的结局大相径庭——德国法西斯败亡后，尤尼蒂试图吞枪自杀，未果，后抑郁而终；杰西卡前往美国，成为一名出色的调查记者，以深入揭示美国殡葬业黑幕的《美国的死亡方式》（*The American Way of Death*）一书著称于世。姐妹中最为低调的帕梅拉，嫁给富豪科学家德里克·杰克逊，曾独自骑摩托环游欧洲，同时也是首位乘坐跨大西洋航班的女性。另一位姐妹德博拉（Deborah）是德文郡公爵夫人——作为公爵府邸查茨沃斯庄园（Chatsworth House）的女主人，她才华出众、能力超群，使得庄严的公爵府不仅成为一家著名商业品牌，也成为一座具有文化和历史意义的纪念碑。

当然，相对于其他姐妹，南希与黛安娜（Diana）的爱恨纠缠可谓“一言难尽”。20 世纪 30 年代，孤傲冷艳的黛安娜（伊夫林·沃形容她的魅力“像清脆的铃声在房间里回荡”）与一名法西斯官员奥斯瓦尔德·莫斯利爵士（Sir Oswald Mosley）一见钟情，随后搬迁至柏林。他们的婚礼在约瑟夫·戈培尔家中举办，阿道夫·希特勒是座上嘉宾。第二次世界大战后，黛安娜在霍洛威监狱（Holloway prison）被关押三年。出狱后，成为社会底层的“贱民”。直至临终之时，身居巴黎的黛安娜依然无怨无悔。2001 年，她在写给德博拉的信中表示：“遭世人怨恨对我来说不算什么。”[1]

---

[1] Tina Brown, “Book Review of *The Six: The Lives of the Mitford Sisters*” in *The New York Times*, Sep.12, 2016.

黛安娜并不知道她被捕入狱乃是源于同胞姊妹南希的告发——后者在秘密证词中坚称与莫斯利育有儿子的黛安娜和莫斯利本人“同样危险”。根据传记作者的考证，在这一种“自以为是的背叛行为”背后，掩藏更多的是“南希长期压抑的嫉妒和对爱情失望的悲伤，而不是黛安娜或莫斯利投身于令人反感的政治”[1]。二战后，莫斯利一家流亡到法国奥赛（Orsay），婚姻美满，其乐融融，与孤苦伶仃的南希恰成鲜明对比。尤其是当原本爱慕南希的名作家伊夫林·沃拜倒在黛安娜石榴裙下之后，占有欲极强的南希顿时陷入疯狂的妒忌之中，不惜“大义灭亲”以泄私愤。

在20世纪的英国历史上，作为“消逝的贵族气质”的象征，特立独行的米特福德六姐妹不仅成为公众长期关注的话题，也成为文学家和历史学家研究的对象。米特福德一家的老友、被誉为英国20世纪最杰出文体家的伊夫林·沃曾以六姐妹形象为原型创作小说《邪恶的肉身》(1930)——该作与菲茨杰拉德的《了不起的盖茨比》并列“爵士时代”文学经典，堪称“总结与界定浮华喧嚣的20世纪20年代（Roaring Twenties）的小说珍品”[2]。2014年9月，六姐妹中最后一位德文郡公爵夫人德博拉（享年九十四岁）离世，再次唤起民众对米特福德家族昔日荣光的追忆和崇拜。正如《卫报》专栏作家哈德利·弗里曼（Hadley Freeman）评论的那样，米特福德姐妹代表的不仅是荣耀和悲剧：“她们告诉我，女人可以

---

[1][2] Tina Brown, “Book Review of *The Six*: *The Lives of the Mitford Sisters*” in *The New York Times*, Sep.12, 2016.

突破家庭和社交规范，设计自己的生活，无论好坏。”——对很多崇拜她们的女性来说，米特福德姐妹代表的是“勇气和自由”。英国王储查尔斯夫妇出席公爵夫人葬礼，并在悼词中提及六姐妹“令人无法抵挡的魅力”。英国广播公司的报道标题为“一个时代的终结”——而报刊纪念文章引用最多的则是南希·米特福德《蓬帕杜夫人》的最后一句名言：“自此以后，凡尔赛宫陷入无边的沉寂。”

二

1942 年，南希·米特福德与流亡伦敦的“自由法国”领导人、戴高乐将军助手帕莱夫斯基上校（Colonel Gaston Palewski）相识，她的生活由此发生巨变，后者也成为她随后几部小说男主人公的原型。1945 年，《爱的追逐》（*The Pursuit of Love*）以轻松愉悦而又不乏睿智的笔调征服了无数读者，成为英美两国的畅销书。另外两部小说《恋恋冬季》（*Love in a Cold Climate*，或译《寒冬里的爱恋》）和《福分》（*The Blessing*，或译《保佑》）分别出版于 1949 和 1951 年，同样在市场大获成功。《恋恋冬季》被《卫报》列为英国人“一生必读之书”——书中描绘了以马修大叔为家长的英国贵族家庭，其人物原型正是她的父亲戴维男爵。据说，《唐顿庄园》的编剧朱利安·费洛斯正是在南希·米特福德启发下，才塑造出格兰瑟姆伯爵夫人这一经典人物形象。该角色身上散发出英国上流社会特有的幽默感，恰好也是南希·米特福德小说创作的精华所在。

自 20 世纪 40 年代起，移居巴黎的南希·米特福德对法国历史产生浓厚兴趣，并着手翻译法国 17 世纪著名作家拉法耶特夫人的代表作《克莱芙王妃》（1678）。该书于 1950 年出版，在欧美学界却饱受指摘。小说家失望之余，开始将创作重心转向法国传记小说。“你觉得为蓬帕杜夫人撰写一部传记如何？”1951 年，南希·米特福德在信中询问她的出版商哈米什·汉密尔顿（Hamish Hamilton）。由此，南希·米特福德在凡尔赛宫附近开启了她传记文学创作的崭新事业。在此后十余年间，她先后完成《蓬帕杜夫人》（1954）、《恋爱中的伏尔泰》（1957）、《太阳王》（1966）、《腓特烈大帝》（1970）四部文学传记，以历史的考据和浪漫的笔触向读者展现启蒙运动与 18 世纪法国的恢宏壮丽，受到欧美文坛一致好评。美国《时代》周刊盛誉：“在描写凡尔赛宫全盛时期的英语作品中，若论描绘浪漫光彩和隐蔽权力之功力，无人能够超越历史学家南希·米特福德。”[1]

1956 年，南希·米特福德推出一部充满趣味又不乏思想性的著作《贵族义务》（*Noblesse Oblige*），一本正经地记录以日常语言判断社会阶层的方式，并戏谑地提出如何划分“上流社会和非上流社会”（U and non-U）的新概念——她在书中说，“在英国，判别一个人阶级身份的最好方法就是听他讲话，正是通过其语言，上层阶级明显地区别于其他阶级”。本书问世后迅速成为 20 世纪 50 年代英国文化的象征，其中的名句如“共和政体里的特权阶级，就像一

[1] 美国当代著名小说家斯迈利评价南希·米特福德不仅是历史学家，也是一流的文学家，其文学风格酷似简·奥斯汀，堪称“伟大的小说家”。See Jane Smiley, “The Other Nancy Mitford”, *Los Angeles Review of Books*, April 20, 2011.

只被砍去头颅的鸡，它或许能蹦跳一阵子，但实际上早已经死亡”更成为家喻户晓的名言。此外，南希·米特福德在二战期间将位于伦敦梅费尔区的一家书店改造成文学沙龙，使之成为欧洲文学家的避难所——她与这家书店老板海伍德·希尔之间的通信日后也被结集成书，名为《可胜街 10 号书店》（2004）。直到如今，该书店仍是伦敦的文学地标之一（与查令十字街 84 号齐名）。据说，英国女王也是这家书店的主顾。

南希·米特福德最初凭借小说创作而蜚声文坛，然而正如她在 1961 年访谈中所说，她童年时代阅读的英法名人传记才是她真正的兴趣所在——“我所阅读的书籍中，最多的仍然是传记、回忆录和纯文学作品”。而在所有的传记中，她最为推崇的是 1914 年之前出版的作品，因为她认为晚近传记作品太过热衷于详细记录一些“小人物”的生平，失之于“平庸琐屑”。而她的作品则聚焦于能够影响历史的“大人物”，尝试从史料中推演和再现其思想与动机，并力求由个人际遇折射时代背景。她的传记作品语言睿智风趣，引人入胜，往往通过寥寥数语，便能揭示传主的性格特征与深藏心底的功名欲望。

“普通人物无法吸引你，”《恋恋冬季》中男主人公阿尔弗雷德曾尖刻地评价女主人公范妮，“除非卓尔不凡之人。”无疑，南希·米特福德和范妮属于同一类人——而她的历史传记写作，目的即在于刻画影响历史进程的卓尔不凡之人。正如蒂利亚德（Stella Tillyard）在《太阳王》一书《序言》中所说，“她喜欢嘲讽政治光谱中两极化的倾向，而且深信名人轶事和掌故八卦最有助于消弭生活的阴郁之气，其功效胜过任何官样文章”[1]。

三

南希·米特福德曾公开宣称法国小说家拉法耶特夫人及其《克莱芙王妃》是“我的最爱”，但私下里，她最仰慕的却是在法国宫廷呼风唤雨的蓬帕杜夫人。在蓬帕杜夫人成为路易十五的情妇之时，没有人相信她能获得国王长久的宠幸——她并非出生于贵族之家，而只是资产阶级出身，在当时的社会条件下，这一缺陷简直可以算是致命伤。然而她却凭借美貌与智慧，成功吸引国王的注意，并顺利进入宫廷。对于放荡的波旁国王而言，她在生理上过于冷淡，似乎难以令国王保持长久“性”趣；此外，她树敌过多，以至于她常常无法在公共场合露面（否则就要冒着被扔泥巴和石块的风险）。而历史典籍对她的描述，几乎也是一边倒的“差评”。

蓬帕杜夫人（闺名让娜-安托瓦内特·普瓦松）原本注定默默无闻，直到她“碰巧”赢得法王路易十五的爱慕。后来，经过不懈努力，她成功处理好与几乎每个人的关系——包括王后在内，由此在宫廷一跃而成国王“最宠爱的情妇”。受宠的蓬帕杜夫人获得了巨大权力，实际上影响法国近二十年，介入制定若干重大内政外交政策，但绝大部分以失败告终——历史表明，她在文化艺术方面作出的贡献（如对伏尔泰、狄德罗等启蒙运动哲人的奖掖扶持）远胜过其宫廷政治的成就。

---

[1] Stella Tillyard, “Introduction” in *The Sun King*, London: Vintage Books, 2011, pp.xi—xvi.

蓬帕杜夫人生前遭受严厉的谴责，身后更是名誉扫地，但在南希·米特福德笔下，她似乎重新恢复了优雅的姿态——不仅因其貌美，以及出身于资产阶级却丝毫不受影响的魅力，还因为她对丈夫蒂奥勒及其家族的忠心耿耿。作为国王的情妇（在当时这是获得认可的官方封号），她成功取代王后掌管宫廷（因为王后沉闷枯燥的宗教虔信追求令路易十五极为"生厌"）；她长袖善舞，灵活运用自己的影响力和日益扩张的政治权力，成功化解其政敌黎塞留公爵及普通民众的仇恨；甚至在她与国王的肉体关系不复存在之后，仍能借助迷人的风度智慧，以持久的"柏拉图之恋"取代鱼水之欢；她不遗余力地赞助并鼓励艺术家和知识分子进行创作；她一向注意培养和提升自己在服饰及园艺方面的高雅品位，是当之无愧的"时尚女王"。在这里，除了偶尔的揶揄和微讽——与南希·米特福德之前的作品一样，《蓬帕杜夫人》以妙语机锋见长，尽管其中不乏精湛的学术研究，但较之于专业的历史著作，该书显然更具八卦色彩——南希·米特福德倾注了全部的同情和赞美，同时也表现出她本人天生对于高贵和典雅风范的激赏[1]。

南希·米特福德的第二部传记围绕夏特莱侯爵夫人和伏尔泰长达数年的恋情展开。夏特莱侯爵夫人是著名数学家，在伏尔泰的启发和帮助下，她将艾萨克·牛顿在物理学方面的革命性成就引入法国。该书讲述了两位卓越之人精彩绝伦的风流韵事，与此同时，它也是一部同样带有八卦色彩的 18 世纪生活指南，全面揭示出启蒙

[1] Jane Smiley, "The Other Nancy Mitford", *Los Angeles Review of Books*, April 20, 2011.

运动时期法国上流社会及知识界的各种陈规和乱象。根据南希·米特福德的描述，除了伏尔泰，侯爵夫人还深爱着另一名数学家，法国科学院院士莫佩尔蒂；中年以后，她又不由自主地爱上法国文人圣朗贝尔。更令人意想不到的是，夫人也有不止一位“情敌”与之争夺伏尔泰的情意——先是普鲁士国王腓特烈大帝（详见下文），后来是这位哲学家的外甥女。所幸的是，至少，夏特莱侯爵夫人的丈夫并不妒忌伏尔泰，更不会找他的麻烦——三人一度同居于西雷庄园，相安无事，其乐融融。南希·米特福德一再向读者保证，在这一点上，夏特莱侯爵夫人与其丈夫二人表现得“同样完美”。

伏尔泰与夏特莱夫人的恋情始于他们共同的学术兴趣。他们一同探求自然科学以及恋爱哲学。而后他们的关系逐渐归于平淡，转为习惯和依赖。夏特莱夫人显然比伏尔泰更加多情，像南希·米特福德本人一样，她一直具有很强的占有欲，甚至当她与别人有染时，她仍试图对伏尔泰严加管控。正当伏尔泰彷徨无计之时，普鲁士国王腓特烈大帝促使他决意“暂时”离开西雷庄园和夏特莱夫人。其后经过数年的兜兜转转，在这段漫长的恋情接近尾声时，伏尔泰发现自己成了一名“又老又坏之人”，年纪太大，无法与夏特莱夫人相爱，却又轻易受到他年轻而孀居的外甥女的诱惑——可笑的是，恰在此时，与圣朗贝尔堕入情网的夏特莱夫人却意外怀孕，最终死于分娩，时年四十三岁。

照南希·米特福德的看法，伏尔泰是一位著名诗人，也是一名精明的投机商和成功的资本家。从一定程度上说，他与夏特莱侯爵夫人的相遇可以说是理性与感性的碰撞——在西雷庄园，两位杰出学者充满激情的爱情故事震惊了法国上流社会，他们在文学、哲学以及物理学上的开创性成就激起了政治和科学革命的浪花。南希·米特福德对于启蒙运动时期的情史描写，既有微妙的讽刺，更为这个理性时代增添了精彩——借用她自己的话，这一段历史“自始至终都令人惊叹”[1]。

南希·米特福德的第三部传记是《太阳王》。1643 年，年仅五岁的路易十四（号称“太阳王”）荣登宝座。1715 年，就在他生日前几天，路易十四与世长辞，享年七十七岁，在位长达七十二年。临终之前，他将王位传予曾孙路易十五。

《太阳王》一书按照时间顺序，全面地记录了这位帝王非凡的一生：自 1661 年马扎然去世路易十四“亲政”开始，到他大兴土木将其父简陋的“狩猎小屋”改建为一座功能齐全的王宫府邸——凡尔赛宫，再到他纵横欧洲大陆的丰功伟绩，最后在他最喜爱的凡尔赛宫谢世。在他弥留之际，他最担心的是他唯一的直系继承人、身体羸弱的路易十五能否存活下去——历史证明这位帝王的担忧纯属多余：路易十五不仅存活下来，而且活得很好；他享年六十四岁，在位近六十年，仅次于路易十四（也正是在这一时期，南希·米特福德另外两位传主蓬帕杜夫人和伏尔泰登上了历史舞台）。

南希·米特福德撰写的这部传记，绝非仅为这位有史以来法国最伟大的帝王大唱赞歌——她无意于对国王的私人生活、审美情趣、闲暇娱乐，以及内心世界等作烦琐考据，而是更为注重刻画国

[1] Jane Smiley, “The Other Nancy Mitford”, *Los Angeles Review of Books*, April 20, 2011.

内政治以及与之同步发生的对外战争，也正是这一点将该书与当代其他学术历史著作区别开来。与此同时，这部传记包含的内容令人眼花缭乱，读起来甚至令人“背负一丝罪恶感”，仿佛作者是一个徘徊在凡尔赛宫附近的小报记者，窥视并记录着贵族们的种种缺点和癖好。

在该书的开头，凡尔赛宫备受瞩目，因为路易十四刻意将其打造为“宏伟而又不浮华”的欧洲顶级宫殿，但绝大部分贵族并不支持国王将政府权力中心从巴黎转移到凡尔赛——如此一来，贵族的势力被削弱，不得不沦为在国王面前争宠的朝臣甚至弄臣。自首席大臣科尔贝以下，包括孔代亲王在内的王公权贵尽被国王玩弄于股掌之中，作为当时欧洲专制王权的头号代表，路易十四的权谋之术于此可见一斑。

当然，正如该书之前副标题“凡尔赛宫和路易十四身边的女人们”揭示的那样，南希·米特福德在书中不仅描画了路易十四及其贵族大臣，更刻画出幽居深宫的国王“情妇”（该书的焦点即在于蒙特斯潘夫人及其“闺蜜”曼特农夫人之间的勾心斗角：她们不仅争夺国王的身体，而且也争夺他的灵魂）的群像——尽管她们中的许多人成功地攀爬上御床，并为他诞育子嗣，但显然并非每个人都能如愿以偿。从拉瓦利埃到蒙特斯潘夫人，国王的注意力和兴奋点迅速转移到下一个“猎物”，对前者绝少眷恋之意。照南希·米特福德的说法，“国王对拉瓦利埃的关心越来越少，态度也越来越冷淡，但这并不妨碍他再让她生一个孩子充当临别礼物”；而前后与国王生育七名子女的蒙特斯潘夫人最后的归宿，是一座修道院。

除了讲述这位国王的生平以及他对凡尔赛宫和女人的浓厚兴趣，《太阳王》还涉及上流社会中猖獗的投毒行为和医师糟糕的行医水准等话题（在宫内施行外科手术时，夫人小姐“镀金的卧室就会变成屠夫的店铺”）。神通广大的拉瓦赞夫人通过调制春药和黑弥撒大发横财，但即便在东窗事发后，不少当事之人却总能逍遥法外——多半由于国王的恩赐。在太阳王神圣的光环之下，不知笼罩着多少肮脏和阴暗——从这一角度看，外表光鲜的凡尔赛宫无异于罪恶的渊薮。

尽管该书读起来饶有趣味，但故事讲述到路易十四（在王后去世后）与曼特农夫人秘密结婚时，叙事基调发生了显著变化——从轻松有趣转变为严肃沉重：路易十四一改往日作风，转变为虔诚的宗教人士（至少在表面上严格遵守教义），并试图将虔敬的信仰强加给他的臣民。更糟糕的是，随着年龄的增长，尽管他觉得自己相当强健，却眼看着自己的子孙相继夭亡，不免悲从中来——这也是南希·米特福德最擅长的反讽手法：世间万事万物，在一番喧嚣之后，总不免归于沉寂。连国王也不例外。

四

南希·米特福德最后一部传记是《腓特烈大帝》。这部传记生动活泼，既感人肺腑又极具启发性。南希·米特福德对这位普鲁士国王和他所处的时代饱含崇敬和赞美之情，并将这一时代精神展现得淋漓尽致。她不仅描绘出腓特烈悲惨的童年、他在莱茵斯贝格博览群书的经历，更着力刻画他与友人（尤其是伏尔泰）的爱恨情仇——腓特烈大帝曾言：令他平生倍感荣幸的有两件事，一是他人生的最初三年能够生活在路易十四时代，另一件则是他能够和伏尔泰生活在同一个时代[1]。

与前三部围绕凡尔赛宫和男女情爱的传记不同，女作家的"天鹅之歌"为何会选择以"武功"著称于世的腓特烈大帝？"我对腓特烈大帝的痴迷难以用语言描述"，在写给美国学者、18世纪文学研究专家罗伯特·哈尔斯班德（Robert Halsband）教授的信中，南希·米特福德如是宣称，"然而令我感到困惑的是，其他作家居然把他的一生描述得如此枯燥乏味。"[2]——此处的"其他作家"无疑是指维多利亚时代的名人托马斯·卡莱尔。他写下了皇皇六卷本的巨著《腓特烈大帝传》。

对于南希·米特福德而言，腓特烈大帝这位普鲁士王国的英雄人物，既是一位战时领袖，又是一位古典学者（其政治檄文《驳马基雅维利》，主张君主以启蒙运动的理性与人道主义取代邪恶的权谋之术，受到欧洲文人一致追捧），亦曾资助过伏尔泰，因此算得上是作家心仪的"完美"传主。英国人常常将奉行侵略扩张政策的腓特烈大帝与希特勒相提并论，而南希·米特福德则希望能够呈现作为"开明专制君主（明君）"的腓特烈大帝支持启蒙运动的一面——"从欧洲视角提供一些帮助"，从而缓解英国与德国长期对立仇视的情绪。与卡莱尔有失偏颇的视角不同，南希·米特福德不

---

[1] 参见杨靖：《"高贵的商人"伏尔泰》，《东方历史评论》2020年3月14日。

[2] Kate Williams, "Introduction" in *Frederick the Great*, London: Vintage Books, 2011, pp.xi—xix.

仅能够真切理解腓特烈大帝的战争蓝图，同时，她对英法德诸国在启蒙运动中的不同表现也抱有“同情之理解”。而她借此书所要证明的是——腓特烈大帝（以及伏尔泰）的伟大正源于他所生活的那个时代。

1740年，自称为“普鲁士第一公仆”的腓特烈大帝甫一继承王位，便发动旨在拓展疆土的对外战争。从奥地利手中攫取西里西亚之后，普鲁士遭到欧洲列强共同抵制，由此陷入连续不断的战争纷扰之中；1756年，腓特烈大帝入侵萨克森更是拉开了欧洲历史上影响深远的“七年战争”的序幕。与此同时，在内政方面，他倡导政治经济改革，着力构建高效的行政官僚体系，通过改革废除刑讯逼供制度，并大幅减免农民地租和赋税——在当时的欧洲大陆，无论身居何处，农民都是最受压迫的阶层，腓特烈大帝却总是竭尽所能地帮助农民，从而赢得民众一致拥戴。然而，由于长期背负“好战”的恶名，他的对内政策往往为人所忽视，并未受到公正的评价——伏尔泰曾严词批判腓特烈大帝发动的侵略战争，但南希·米特福德却认为：“战争使大量人口得以果腹，若没有战争，这些人反而可能会死于饥荒。”[1] 她甚至断言，拿破仑在腓特烈大帝墓地前的致辞“要是他还活着，我们就不可能安然站在这里”是对其人千秋功业最大的褒奖。对米特福德六姐妹极为仰慕的英国桂冠诗人约翰·贝杰曼爵士（Sir John Betjeman）曾慨叹：“米特福德家的姑娘们！我因她们的罪恶而深爱她们。”道理或正在于此。

---

[1] Kate Williams, “Introduction” in *Frederick the Great*, London: Vintage Books, 2011, pp.xi—xix.

文学评论家凯特·威廉姆斯（Kate Williams）在《腓特烈大帝》一书的《序言》中指出，如果说《蓬帕杜夫人》一书体现出社交能力的巨大威力，《恋爱中的伏尔泰》彰显出爱情的崇高地位，《太阳王》描绘出王权专制的赫赫威仪，那么《腓特烈大帝》一书宣讲的则是“学习之乐趣”——“唉，我对各种无聊的餐会真是厌倦至极”[1]。早在该书动笔之初，南希·米特福德就发出如此感慨。她也不止一次宣称：和朋友甚至情人相比，书籍能够传递更多乐趣。像他钦佩的亚历山大大帝一样，腓特烈大帝即便身在征伐行伍之中，亦未尝废卷，堪称启蒙哲人好学不倦的楷模。

南希·米特福德在小说创作中经反复磨炼而自成一家的写作风格也同样体现在她的传记作品中，即令人难以置信的轻松文风和可洞穿一切的过人智慧贯穿其创作过程之始终。在《腓特烈大帝》一书中，她成功地将一个古板执拗的“战争狂人”描绘成一位独具个人魅力的历史名人，比如他严格的作息时间表：每天早晨5点必须被叫醒——尽管他讨厌早起，但直至他离开人世，每一天他都会强迫自己早起（并坚持吹奏长笛四次）。根据他的口谕，如果他不肯起床，宫廷侍卫可以用一块冷水浸过的布扔到他的脸上，以此促其“自醒”。再比如他曾下令关闭王家猎苑，交予农民耕种（并免费提供种子和农具）——他憎恨狩猎，认为猎人身份低于屠夫（因为屠夫猎杀动物是职业需要，并非发自内心，而猎人却以此为乐）。诸如此类的细节刻画，使腓特烈大帝这一文学形象得以永驻读者心

[1] Kate Williams, “Introduction” in *Frederick the Great*, London: Vintage Books, 2011, pp.xi—xix.

间，同时也使得阅读这部描摹生动、刻画入微且独具作家个性色彩的传记令人产生极度“舒适愉悦”之感。

作为南希·米特福德最后一部作品，《腓特烈大帝》以大量史实研究为基础精心锤炼打造，其文风轻快睿智，堪称是作家以平生之学识向腓特烈大帝致敬之作。此书出版后，《每日电讯报》评论“本书将成为最具权威性的人物传记”。著名文学评论家、《地平线》杂志创始人西里尔·康诺利（Cyril Connolly）也高度评价米特福德“将平凡的史料打造成引人入胜的文学素材，这一技能令所有历史学家羡慕不已”[1]。

在该书创作过程中，米特福德对她笔下这位“大人物”颇为艳羡，因为他经历了18世纪的辉煌历史。然而时至1970年，当这部著作出版之际，彼时已罹患霍奇金淋巴病的南希·米特福德最羡慕的则是腓特烈大帝麾下身体强壮的将士——“我多么希望能够成为一名年轻将领，跟随国王征战欧洲，而不必忍受病痛折磨”。同时，她也时刻以传主的英雄气概激励自己：“腓特烈大帝在冲锋陷阵，而我在花园奋笔疾书”[2]，直至最终完成这一杰作。1972年，南希·米特福德先后获得英法两国政府颁发的骑士勋章，表彰她在文学艺术领域作出的创造性贡献。次年，南希·米特福德溘然长逝。作为四部历史传记的最后一部，《腓特烈大帝》由此也成为这位20世纪英国著名作家的“天鹅之歌”。

---

[1] Jane Smiley, “The Other Nancy Mitford”, *Los Angeles Review of Books*, April 20, 2011.

[2] Kate Williams, “Introduction” in *Frederick the Great*, London: Vintage Books, 2011, pp.xi—xix.

值得一提的是，正如美国当代著名作家斯迈利在传记书评中所言，“文学现代性的一个重要特征便是作家主体性在作品中的体现”[1]。纵览南希·米特福德包括四部传记在内的文学创作，几乎每一部都有她本人的影子：《爱的追逐》《恋恋冬季》等爱情故事被批评家视为“影射小说”；《太阳王》和《腓特烈大帝》是献给帕莱夫斯基上校的礼物，因为后者有“英雄情结”（并曾以路易十四自居）；而《蓬帕杜夫人》和《恋爱中的伏尔泰》等作品的主题，一言以蔽之，可以称之为“情妇的命运”——南希·米特福德本人对此感同身受：上校宣称结婚只为生子，而她则不愿充当“生育机器”（她宁愿独处，以便在安心写作的同时亦能享受高雅的社交生活），故二人终究无法成婚——唯其如此，二人的亲密关系得以维系始终（女作家临终之际，唯有上校陪伴在她身边）。这也是南希·米特福德始终不渝的信念：“激情与婚姻本质上不可调和”（即伏尔泰名言“别互相爱得太过炽热，这样才能永浴爱河”之翻版）[2]。或许她毕生孜孜以求的正是伏尔泰与夏特莱侯爵夫人共同树立的“情人的典范”——人生可以没有婚姻，但不能缺少爱情。

杨 靖

于金陵依山苑

2020 年 10 月 30 日

---

[1] Jane Smiley, “The Other Nancy Mitford”, *Los Angeles Review of Books*, April 20, 2011.

[2] Allan Hepburn, “The Fate of the Modern Mistress: Nancy Mitford and the Comedy of Marriage”, *Modern Fiction Studies*, Summer 1999, Vol.45, No.2 (Summer 1999), pp.340—368.

献给维克托·丘纳德

致谢

我万分感激西奥多·贝斯特曼先生。尽管我认为他并不十分赞成我的这项事业，但他仍旧尽其所能地予以帮助。我可以接触到他所拥有的全部资料，包括新近发现的伏尔泰写给德尼夫人的书信，这些信件将他们的秘密恋情大白于天下。贝斯特曼先生同时还愿意阅读我这本书的打字稿，并对其中的事实和风格作出了许多宝贵的评价。

感谢卡尔·科斯塔·德·博勒加尔（Carl Costa de Beauregard）伯爵夫人让我住在美丽的丰泰纳（Fontaines），本书的大部分内容都是在那里完成的。同样感谢托尔切洛（Torcello）的奇普里亚尼先生（Signor Cipriani）以及那里的每一个人，我曾在当地工作过两个月。德·甘达里利亚斯（de Gandarillas）先生位于耶尔（Hyères）的家也是我的工作场所之一，像往常一样，他是一位非常和善的主人。

让·德·巴利翁（Jean de Baglion）伯爵和恰夫恰瓦泽（Chavchavadze）亲王夫人借给了我一些珍贵稀有的书籍。伦敦图书馆的馆长对我很是和蔼，并乐意提供帮助；同样如此的还有海伍德·希尔（Heywood Hill）先生、圣乔治·桑德斯（St George Saunders）夫人、艾琳·克列芬妮（Irene Clephane）小姐、夏尔·德·布勒特伊（Charles de Breteuil）伯爵、罗德里克·库普（Roderick Coupe）先生。亨利埃塔·拉姆（Henrietta Lamb）小姐为我找到书中大部分的插图 * 。

* 原来的插图在 Vintage Classics 版本中已被删去。——此类注释为原注，下同，不另标出

作者注

世面上关于伏尔泰的书有几百本之多。本书既非他的自传，更谈不上是对他文学和哲学成就的研究（这实在超出本人的能力范围），而只是对他和夏特莱侯爵夫人关系的记述。伏尔泰作为改革家的生涯是在这位夫人死后才开始的。他为卡拉斯（Calas）和拉利·托伦达尔（Lally Tollendal）申冤、他对《百科全书》的贡献、他与让-雅克·卢梭之间的争论、他的《老实人》以及他反复强调的“消灭卑鄙无耻的东西”（Écrasez l'infâme）都属于他的老年时代。

为减少脚注的数量，我将书中人物的全名和生卒年月都放入索引之中。

无数身着华服的绅士最终都化作无机的粉尘，再无人记得他们那些令人愉快或具有价值的回忆；而这位可怜的伏尔泰，没有借助任何工具，仅凭他的舌头和头脑，依旧在世人面前熠熠生辉。人们向我做出指向他的手势，并说道：“给我们讲讲他，他就是我们想了解的人。”

托马斯·卡莱尔

在流行戴假发的时代，唯有这位男子以真面目示人。

弗朗索瓦·莫里亚克

目录 Contents

1

伏尔泰和埃米莉

Voltaire and Émilie

伏尔泰与夏特莱侯爵夫人（Marquise du Châtelet）之间的爱情并非普通的爱情，因为他们可不是普通人。与夏特莱侯爵夫人的相遇被伏尔泰视作人生的转折点。伏尔泰的《回忆录》就是以他们的相遇开始的："1733 年，我遇见一位年轻的女士，她和我有相同的想法，并决定拿出几年的时间到乡下去耕耘她的思想。"令人十分费解的是，他竟没有早点发现她，因为他们其实生活在同一个社会圈子里。伏尔泰的父亲是她父亲的事务代理人；伏尔泰最好的一位朋友黎塞留公爵（Duc de Richelieu）[1]，曾是她的情人。伏尔泰常说他"见证了她的降生"，但这只是他惯用的一个文学措词，另一个则是"他（或她）死在我的怀里"。

---

[1] 黎塞留公爵（1696—1788），红衣主教、第一代黎塞留公爵（1585—1642）之甥孙，法国元帅。

然而，他们彼此一见面，就揭开了这场著名爱恋的序幕，并迅速将恋情公之于众。在法国，谈恋爱是有例行公事般的程序要走的；一段恋情的确立和结束，均须向亲戚朋友告知清楚。只有当恋情中存在一位妒忌的丈夫或妻子时才会诉诸地下，此时则需要幽会的场所与密友的配合。而夏特莱侯爵一直表现完美，显然不在此列。

西代维尔(Cideville)[1]是伏尔泰学生时代的伙伴，伏尔泰在给他写信时谈到夏特莱侯爵夫人：“您是男版的埃米莉（Émilie，夏特莱侯爵夫人闺名），她是女版的西代维尔。”他简直把她夸到了极点，因为西代维尔是他的至交。在好恶方面轻率多变的伏尔泰，对待友谊却始终如一。他还将夏特莱侯爵夫人比作他思想的导师——牛顿。他说，尽管在常人满脑子风花雪月的时刻，这位女天才更倾向于采取形而上学的处理方式，但她可是深谙调情之道的。从伏尔
2 泰第一次将夏特莱侯爵夫人诉诸笔尖开始，他在给好友的信件以及多首诗歌中，都将她唤作埃米莉——又一个他惯用的文学措词。在当时，即使在兄弟姐妹之间也不再使用教名。对夏特莱侯爵夫人，伏尔泰在口头上当然从未唤过除夫人以外的称呼。而在他的作品中，她有时会被唤作乌剌尼亚[2]，虽然游走于思想浅薄的上流社会，但她不仅学问渊博，还是一名科学家。她既为布勒特伊(Breteuil）家族（她的娘家）带去荣光，也让它蒙受耻辱。直到今

[1] 西代维尔（1693—1778），法国地方法官、学者，鲁昂学术院的创建者之一，伏尔泰的至交。

[2] 乌剌尼亚，希腊神话中的九位缪斯之一，司管天文学与占星学。

天，这个家族里的人谈到她时，依旧将她称作加布丽埃勒-埃米莉(Gabrielle-Émilie)，这是她的本名。

伏尔泰的朋友们当时只是明确得知一段新的恋情已经开始，而夏特莱侯爵夫人自己对待这段感情却不仅于此。她郑重宣布打算和伏尔泰共度余生。在第一批被告知消息的人中就有黎塞留公爵。至于这条消息是何时，并以何种方式传到夏特莱侯爵耳朵里的，我们一无所知。

这对情侣已不再年轻。伏尔泰当时三十九岁，夏特莱侯爵夫人二十七岁。结婚八年的她已是三个孩子的母亲，其中一个才几个月大。两人都有错综复杂的情史。埃米莉激情四射，对待任何事情都难免出格。她的外貌对异性的吸引力赶不上其源自本性的欲求，这常常使她焦躁不满。乍看之下，她与一位18世纪侯爵夫人应有的形象相去甚远。因埃米莉掳走了那个时代最出色的幽默家，德芳侯爵夫人（Mme du Deffand）[1]始终没有原谅她，这位夫人留下了一份对埃米莉的描述。这份描述当然满是尖酸刻薄之言，但可能也包含了一些事实：身材干瘦，胸部平平，胳膊腿脚粗大，脑袋却很小，一双海绿色的小眼睛，一口坏牙，一头黑发，皮肤粗糙，为人自傲，衣着浮夸，且不修边幅。与之相反的是，和伏尔泰大部分男性友人一样，西代维尔也为埃米莉所吸引——说她有一双美丽温柔的大眼睛，眼睛上方有一对乌黑的眉毛，眉宇间尽展高雅诙谐与活泼俏皮。一次拜访埃米莉时，西代维尔发现她在床上，事后他写道：

---

[1] 德芳侯爵夫人（1697—1780），法国作家，当时社交圈中的重要人物。

我华床上的友人

如哲学一样诱人！

3 在埃米莉同时代人的信件和回忆录中，她频繁地以一个美人的形象出现；从那些描述的字里行间，我们可以得出结论，埃米莉按照现在的说法是一个具有阳刚之美的女性。她自然没有蓬帕杜夫人那样的美貌，虽然醉心于装扮，但也从没展现出高雅的气质。高雅对女人而言，需要投入全部的注意力，而埃米莉是一位知识分子，她不会将无穷无尽的时间浪费在头发和衣服上。

1706 年 12 月 17 日，埃米莉带着勒托内利耶·德·布勒特伊的姓氏，降生于这个世界。她的直系祖先过去凭借地方法官的职位获得了权力和财富。当时的法国被一些类似的家族统治，这些家族中有许多是平民出身，而布勒特伊家族则是小贵族。坐拥土地的大贵族已被路易十四折去羽翼，如今，失掉权力但仍可作为陪衬的他们只有两条路可选：宫廷和军队。具有魔力的凡尔赛宫是对他们丧失权力的赏赐，一百项无用的特权助长了他们的傲慢与自大。他们打心眼里看不起布勒特伊家族这类人，即男人在宫廷干行政，女人却从不进宫。德·克雷基夫人（Madame de Créquy）[1] 在对她表亲——也就是布勒特伊家族——进行过一次较长时间的拜访后宣称，正是此次拜访，让她学会了在提及“穿袍贵族”之前，首先要环顾四周，确认他们并不在场，就像人们对待驼背和红头发的人那样。

---

[1] 德·克雷基夫人（1714—1803），法国女作家，著有《克雷基侯爵夫人回忆录》。

埃米莉成长的巴黎社会极其民主，它由地方法官和包税人组成，每一方都有属于自己的朋友圈子和依附者。包税人掌管着法国的财政，并从中为自己谋取了巨额的财富，他们通常来自社会的最底层。一次，这些包税富豪中的一位举办晚宴，其间，蓬帕杜夫人的父亲老普瓦松粗野地大笑道：“想到要是有个外国人来到这儿，他会把我们当成一群王公，我就忍不住发笑！但是，您，蒙马泰尔先生，是开客栈人的儿子；您，萨瓦莱特，是醋商的儿子；您，布雷，则是仆人的儿子；至于我——谁都知道我是谁！”但老普瓦松的女儿却是那个时代举止最为优雅的女性之一。

这些包税人虽然忙于大发横财，但也会抽出时间提升自己的修 4
养。他们扶持文学与艺术，收集珍贵的藏品，建造华丽的屋舍，并出资打造了有史以来最为精美的一批法国经典读本。凡尔赛宫的朝臣们，尤其是那些品位颇高的知识分子，像尼韦奈公爵（Duc de Nivernais）[1]、拉瓦利埃公爵（Duc de La Vallière）和贡托公爵（Duc de Gontaut），接受这些包税人的款待，并与他们的妻子云雨，有时甚至会迎娶他们的女儿。

这段时期的法国相当富强，它已从路易十四的战争中恢复过来，而路易十五的战争还没开始。大批钱财向首都涌去。在描述路易十五统治下的巴黎生活时，伏尔泰的文字让我们清晰地认识到，即便是家底稍逊一筹的地方法官也过着今天只有极少数人才能负担得起的生活。他们的妻子用众多珠宝装扮自己，夫妻俩都穿着刺绣

[1] 尼韦奈公爵，也写作内韦尔公爵（duc de Nevers）。

的衣服，这些衣服价值不菲。就精美和雅致而言，没有什么能与他们的器物相媲美，家具、银器、瓷器和藏画都品质上佳；他们的花园里移栽了众多奇花异草；他们的马车则给人以赏心悦目之感。在当时的巴黎，一个好厨子一年的收入高达一千五百里弗*。根据伏尔泰的推算，巴黎每晚都会举行五六百场盛大的晚宴，每场晚宴过后，成千上万的里弗会在牌桌上更易其主，但没有人会因为输钱而烦恼。巴黎人一晚上吃掉的家禽和野味比伦敦人一个星期消耗的还多，比伦敦多燃掉的蜡烛更是数不胜数。

布勒特伊一家住在一栋可以俯瞰杜伊勒里花园的大房子里。跟通常的法式住宅一样，房子被划分成一间间套房，分别住着不同的家庭成员：一位侯爵夫人，一位伯爵夫人（两位夫人都是寡妇），布勒特伊高等骑士，雷恩主教，布勒特伊男爵及其妻子和五个孩子（埃米莉就是其中的一个）。布勒特伊男爵夫人是家里那位侯爵夫人的姐妹，她生于弗鲁莱（Froulay）家族，是那个古老贵族家庭中的一员。埃米莉的父亲是个时尚但有点滑稽的人物，他是凡尔赛的
5 “外交礼仪总管”，在巴黎也很出名。可没人特别喜欢他，但他的妻子常说自己很感激丈夫，因为他把她带出了女修道院，还给她带来了孩子。虽然男爵夫人在女修道院长大，而且据克雷基侯爵夫人所说，从未呼吸过凡尔赛宫的新鲜空气，可她却有着名门贵妇般的举止，并教育子女也要注意言行规范。“不要用你的餐巾擤鼻涕——你或许觉得这点我没必要告诉你；但我曾看见孟德斯鸠（Mon-

---

* 贝斯特曼先生指出，里弗当时的购买力与 1956 年的美元相同。二十四里弗等于一路易，一路易相当于英国一几尼。

tesquiou）兄弟用桌布擤鼻涕，那真是太恶心了。不要用刀切你的面包，掰碎它。吃完鸡蛋后一定记得要打碎蛋壳，免得它从餐盘中滚落出去。永远不要在教堂里梳头。注意‘殿下’这个词，用它称呼红衣主教和王室血亲王子时，发音是不一样的。如果房间里有一位神父，一定要让他坐在离炉火最近的椅子上，用餐时也要首先为他服务，即便他自己已经谦逊地坐到了桌尾。”

埃米莉并没有从这些教导中学到多少。她太在意自己的想法，以至于总是把礼貌忘在一边。实际上，她后来还因缺乏教养而出了名。但她在智识学习上的表现就又是另外一回事了。她父亲的精明足以使他认识到养育了一个天才。跟埃米莉同阶层的大多数年轻女性只能从用人那里学些知识（通常都是些实用性知识，对那些后来在法国大革命中身无分文地逃往英国和美国的女性而言十分有用），但埃米莉，无论以什么标准来衡量，都称得上是受过良好教育的。她掌握了拉丁语、意大利语和英语；她对塔索和弥尔顿十分熟悉，就像对维吉尔一样。她还完成了《埃涅阿斯纪》的翻译，对贺拉斯的长篇也烂熟于心，并钻研过西塞罗的著作。她拒绝在西班牙语上费工夫，因为她听说当时唯一一本用那种语言写成的书很是肤浅。埃米莉真正的天分是在数学领域。在这方面，德·梅齐埃先生（M. de Mézières）对她鼓励良多，他是布勒特伊家的朋友，同时也是德·让利斯夫人（Mme de Genlis）[1]的祖父。

布勒特伊家族十分热衷于请人来家里吃饭，他们家晚宴的人数

[1] 德·让利斯夫人（1746—1830），法国作家。

从来没有少于二十个人。尽管那儿绝不是知识分子的活动中心，但
6 也能看到一些文学人士。丰特奈尔每周四都会去他们家，他是高乃依的外甥，在法国科学院担任秘书。在普及科学思想方面，他是伏尔泰的先驱，虽然他不如后者那般耀眼。丰特奈尔生于 1657 年，在埃米莉还是个孩子的时候就已经步入中年。他常说“我想再看一次草莓成熟的季节”，并在临终时满足地喟叹已经看过了九十九次。布勒特伊家其他的常客有圣西蒙公爵和当若侯爵（Marquis de Dangeau），这两位老先生给人的印象都十分可怕。根据布勒特伊家的另一位朋友让-巴蒂斯特·鲁索（Jean-Baptiste Rousseau）[1]所说，圣西蒙公爵的眼睛犹如煎蛋卷上撒的两粒死气沉沉的煤渣。这位公爵从不在布勒特伊家吃晚饭，因为担心吃了一顿，就要回请一顿。事实上，在他的回忆录中，他还反咬一口：“布勒特伊绝非一无所有，而是获得了宫廷、大臣及一切时髦人物的关爱。只要一有机会，他就会以承诺（在政府合同方面）给予支持的方式来谋取钱财。我们容忍他、嘲笑他，并不留情面地戏耍他。”

在一次晚宴上，有人问布勒特伊先生：“是谁写下了主祷文?”沉默了一阵之后，他的表亲科马丹先生（M. de Caumartin）悄声告诉他，“摩西”。“当然是摩西”，布勒特伊先生爽朗地回答道，周围顿时笑声四起。但涉及他那个时代的重要事件时，布勒特伊先生获得的情报可要比他表亲告诉他的可靠得多。参照布勒特伊，拉布吕耶尔在他的《品格论》中塑造出一个消息从不出错的大嘴巴人

[1] 让-巴蒂斯特·鲁索（1671—1741），法国剧作家、诗人。

物，名曰塞尔斯（Celse）。

布勒特伊家族和克莱尔勋爵（Lord Clare）[1]是亲戚，后者曾将许多流亡的詹姆斯党人带到布勒特伊家。老僭王詹姆斯·爱德华自己也曾乔装成神父在那里待了几个晚上。埃米莉，不知是出于一种反叛精神，还是由于看厌了詹姆斯党人，常常说她支持来自汉诺威的乔治国王。

十九岁的时候，布勒特伊小姐嫁给了三十岁的夏特莱侯爵。他是一个军团中的上校，也是一个名门望族的当家之主，他的家族和其他几个家族被合称为“洛林之马”（les chevaux de Lorraine）。他跟吉斯家族是远亲，在他家盾徽上文有一朵百合花。他的妻子享有特权，在面见王后时可以坐着，并能随侍王后出行，而这些特权通常只有公爵夫人才能享有。夏特莱侯爵的祖先是军人，他的祖父曾担任过法国大元帅。他家里的地产处于无人打理的状态。西雷庄园，他的一处乡间别墅，已经沦为一个破败不堪的空宅。从他领地收上来的税钱也比应有的数额要少一些。事实上，他一点也不富裕。但埃米莉却有一份好嫁妆。 7

婚后不久，一男一女两个孩子先后出生。军队是夏特莱侯爵唯一的志趣所在。由于肩负驻防任务，他通常都不在家，这样一来，埃米莉基本上事事都自己做主。与父亲一样，她热爱宫廷的社交和生活，还迷恋上赌博，并开始沾染风流韵事。尽管埃米莉受过良好的教育，也有广泛的爱好供她取乐，但她的放荡本性总是难以根除。她家的一个男仆曾讲述过在工作的第一天早晨被传唤到她卧室时的

[1] 克莱尔勋爵（1699—1761），在法国服役的爱尔兰军官。

情形。他说，当夫人向他下达命令时，她脱掉睡衣，一丝不挂地站着，犹如一尊大理石雕像。还有一次是在夫人沐浴的时候，她摇铃传唤，让他去取一壶热水来，倒入正在冷却的汤浴中。由于并没有用浴盐，浴盆里的水清亮透明，水中的她赤裸可见。不带一丝尴尬之情，埃米莉分开双腿，好让他将热水倒在中间。18 世纪的社会风气可能已经十分开放自由了，但这也不是一位正经的妇道人家该有的行为举止。这一点，从那位男仆被彻底吓破了胆就可以得到证明。

夏特莱侯爵夫人公开的第一位情人是盖布里昂侯爵（Marquis de Guébriant）。可没过多久，他就离她而去，投向另一个女人的怀抱。埃米莉对此反应非常激烈。在得知盖布里昂侯爵无意再回到她身边后，她要求跟他最后见一面。这次会面十分平静。埃米莉让盖布里昂给她倒了杯汤，她把汤喝下，然后两人互相道别。盖布里昂离开的时候，口袋里装着埃米莉给他的最后一张纸条。万幸的是他立即看了那张纸条，上面说汤里下了毒，她将死在深爱之人的手里。这位被深爱的人顿时惊恐万状，争分夺秒地赶回埃米莉身边，发现她确实已经中毒。他采取急救措施把她的生命挽救回来，但这段恋情还是未能继续下去。埃米莉的下一个情人是黎塞留公爵。他的处世智慧和对人心的了解，使他在时机来临时能在不造成任何上述那种痛苦场面的情况下全身而退。在夏特莱侯爵夫人余下的生命
8 里，他们一直都保持着亲密的朋友关系。在二十七岁时，夏特莱侯爵夫人生下第三个孩子，一个小男孩。这个孩子出生后，她开始静心学习数学。潜意识里，她一直在等待着一场巨大的变化——它往往在一个女人芳华不再时才会到来，并为她指引未来的生活道路。

2

青年伏尔泰

The Young Voltaire

虽然没有埃米莉那样的恋爱苦恼，但伏尔泰的早期生活也不乏焦虑。1694 年 11 月 21 日，弗朗索瓦-马里·阿鲁埃降生于巴黎。这一事实是最近才为世人知晓的。伏尔泰自己谎称他 3 月就在乡下出生了，还暗示他是一个私生子。他喜欢故弄玄虚，不愿老实交待自己的出身，长大后更是改了自己的名字。体弱多病的小伏尔泰是家里的第三个孩子，他父母和哥哥姐姐均未得享高寿，但伏尔泰却一直存活了下来。在漫长的一生中，他时常觉得，过不了几周，自己就将迎来生命的终点。阿鲁埃夫人在伏尔泰七岁时去世。伏尔泰的父亲此后并未续娶，只身一人将子女抚养成人。

阿鲁埃一家扎根于巴黎，但最初来自普瓦图（Poitou），属于那里一个古老的资产阶级家族。伏尔泰的父亲是一名成功的公证人，有着一套中产阶级的人生观和众多贵族客户资源。他想让儿子们继续从事他可靠且体面的职业。大儿子遵从父意，小儿子却没有。

在路易大帝中学[1]的耶稣会里，小阿鲁埃可是个坏孩子。“阿鲁埃，把他的眼镜还给他。你这个调皮鬼，你永远也上不了天堂。”学校里的一位神父说道。

“他在说什么，什么天堂？”小阿鲁埃说道，“天堂就是世界上最大的学生宿舍。”

小阿鲁埃的告解神父说他从没见过如此渴望出名的孩子。但其实小阿鲁埃骨子里也有一颗关爱他人的心，他后来生活中的伙伴几乎都是在学校里结交的朋友：达尔让塔伯爵（Comte d’Argental）[2]（他的“守护天使”）；皮埃尔-罗贝尔·德·西代维尔，一位来自鲁昂的中产阶级；黎塞留公爵；还有分别是侯爵和伯爵的达尔让松兄弟（brothers d’Argenson）[3]。小阿鲁埃后来还与教过他的神父们保持着联系，并很看重他们对他在文学方面才能的夸赞。当择业的时刻来临时，小阿鲁埃告诉父亲自己打算成为一名文人。“那就是说，”老阿鲁埃直言，“你想成为社会上的无用之人，家族的负担，最后当一个饿死鬼吗？”自十三岁起，小阿鲁埃就生活在各路放贷人的影响之下，父亲对儿子的文人理想不抱什么希望，于是安排他去学习法律，但这并没有让小阿鲁埃定下心来。他每天夜里都熬到很晚，而且常常会使别人不得安宁。

---

[1] 路易大帝中学，法国名校，起初由耶稣会创办，后在路易十五手中重建一次，曾培养出多位法国总统和文学大家。

[2] 达尔让塔伯爵（1700—1788），法国外交官。

[3] 哥哥为达尔让松侯爵勒内-路易·德·瓦耶·德·波尔米（1694—1757），弟弟为达尔让松伯爵马克-皮埃尔·德·瓦耶·德·波尔米（1696—1764），两人均为法国政治家。

最终，小阿鲁埃旺盛的精力和对工作时间的蔑视彻底惹恼了父亲，盛怒之下的老阿鲁埃把他打发到海牙的法国大使馆做无薪随员。在那儿，小阿鲁埃和一位女孩相爱，这也许是他有生以来用情最深的一次，但他却不能娶她。因试图与她私奔，小阿鲁埃引起一桩丑闻，并被灰溜溜地遣送回家。父亲随后又把他安排到一家律师事务所。在那里，伏尔泰半心半意地习得一些商业和法律事务的知识，这些知识在他后来跌宕起伏、争执不断的余生中起到了不可估量的作用。他同时还结识了一位密友。尼古拉-克洛德·蒂埃里奥（Nicolas-Claude Thieriot）[1]是伏尔泰所在事务所里的一位同事；这两个大男孩没花多长时间就变得形影不离。蒂埃里奥是一个可爱而风趣，怠惰却愤世嫉俗，游手好闲又失于诚信的人。在伏尔泰的其他密友中，西代维尔和达尔让塔高尚非凡，黎塞留则是一位公爵。出于这些原因，伏尔泰对这三人都怀有些许敬畏之情。而蒂埃里奥则吸引了伏尔泰本性中低俗的一面。伏尔泰可以向他吹嘘那些压根不会给其他三人留下印象的事情，可以跟他一起从事那些不怎么靠谱的交易，一起就低俗的笑话放声大笑。有那么几年，这两个年轻人亲密到要是其中一方生病，另一方也会因同情而跟着发烧的程度。在伏尔泰的青春岁月里，蒂埃里奥和西代维尔是他信件往来的主要对象，前者的颓废和后者的高尚都在信件的字里行间表露无遗。

十岁时，伏尔泰与到伊顿公学读书的公子们一样，带着一位私人教师和一位男仆首次来到路易大帝中学，自那时起，开始朝着吸

[1] 尼古拉-克洛德·蒂埃里奥（1696—1772），法国作家。

引他的上流社会靠拢。到二十一岁时，他已经成为那个圈子里的宠
11 儿，除了出身，他具备受宠爱的所有条件。他有一副讨人喜欢的外表，一张滑稽逗趣、狂妄自大、充满好奇的面孔上有一双乌黑灵动的眼睛和一个朝天鼻，身材小巧优雅，衣着华美，十分得体，整个人犹如一尊精致的玻璃制品。他的谈吐和外表也十分相称，可以说是妙语连珠、对答如流、极善诘辩。他是那个时代最伟大的逗乐大师，即便放诸历史也难逢敌手。公爵、公爵夫人、法国元帅、大臣和王室亲王们都希望能将这位律师助手邀请到他们的晚宴和乡间别墅做客。只有教会不为所动，因为传言说小阿鲁埃竟然狂妄到对宗教事务不敬。认识且喜爱他的弗勒里红衣主教（Cardinal Fleury）[1]和路易大帝中学的神父们哀叹道，这位难得的人才就要被宠坏了。可怜的老阿鲁埃也是这么想的，在父亲眼里，儿子除了和那些年纪比他大、地位远高于他、对年轻人毫无益处的狐朋狗友闯祸外，一无所为。至于闲散青年小阿鲁埃整日信笔写下的诗歌，它们不仅没能带来一分钱，还惹出了麻烦。伏尔泰常说，那些在文学和艺术领域里扬名立万的伟人通常都是在和父母作对中成长起来的。

第一部给伏尔泰带来大麻烦的作品是一首名为《泥沟》（*Le Bourbier*）的讽刺诗。他在这首诗里攻击了寓言家拉莫特-乌达尔（Lamotte-Houdar）[2]。此人之前将伏尔泰梦寐以求的诗歌奖项颁发给了别人。《泥沟》在巴黎引起不小的骚动，为谨慎起见，它的作者还是躲起来为妙。圣阿涅侯爵（Marquis de Saint-Ange）[3]，一位富有

[1] 弗勒里红衣主教（1653—1742），弗雷瑞斯主教，路易十五的老师，1726—1743年在路易十五的授意下治理法国。

[2] 拉莫特-乌达尔（1672—1731），法国寓言家、歌剧家、戏剧家。

[3] 圣阿涅侯爵（1653—1720），伏尔泰的贵族保护人之一，也是他的老友，曾在路易十四治下担任财政督办官。

的老地方法官，主动提出愿意用他在枫丹白露附近的乡间住宅为伏尔泰提供庇护。这位侯爵是伏尔泰两位朋友达尔让松兄弟的舅舅。伏尔泰和他共处了几个月，这段短暂的时光让他受益匪浅。曾在宫廷中担任要职的圣阿涅侯爵，一生出入凡尔赛宫无数次。他的所见所闻使他了解路易十四漫长统治过程中的每一个细节，而这场统治如今（1714 年）正至终点。圣阿涅侯爵的父亲曾是雷斯红衣主教（Cardinal de Retz）[1]的朋友，他从父亲那儿了解到大量关于亨利四世和路易十三统治时期的情况。他喜欢讲这些旧时代的故事，而 12
伏尔泰则喜欢听。在圣阿涅侯爵那里，伏尔泰产生了写历史传记的想法，他开始撰写《亨利亚特》（*Henriade*），一首关于亨利四世的史诗，这首诗将会让伏尔泰名利双收。

伏尔泰与权力当局间所有矛盾的产生都遵循着相同的模式。他会写一个剧本、一部短篇小说、一首诗歌或一封书信，并在里面倾泄他对教会或国家既定权威下某一部门的鄙夷。他知道这将置自己于极大的风险之中。诗人让-巴蒂斯特·鲁索，因写了些诽谤诗，从 1707 年一直流亡至今。几乎所有想吐露“新声”的文人，不管他们新在何处，都会不时地被请去牢房体验一下冷板凳的滋味。而伏尔泰，在他与政府持续不断的游戏（汤姆·梯特勒的土地）[2]中，所冒风险超过了同时代的大多数人。他无法容忍愚昧与迷信，十分痛恨残酷暴行，喜爱戏谑讥讽，渴望能被阅读。这些因素共同

[1] 雷斯红衣主教（1613—1679），投石党运动的鼓动者。

[2] 汤姆·梯特勒的土地，一种抓人游戏，玩家们首先选出一名汤姆·梯特勒，让他当一块地的国王，其余玩家假装那块地上有金银而去捡，被汤姆·梯特勒抓住的人就会成为下一个汤姆·梯特勒。

发挥作用，使得他行事往往不顾后果。他认为自己的作品会让人惊叹不已，尤其是他正在创作中的原稿，并渴望看到朋友们对他作品的反应。在听者许诺保密的前提下，伏尔泰总会忍不住将作品大声朗读出来。而他的朋友们也总会忍不住跟人谈起伏尔泰的最新力作，援引他们能记得的所有内容，不管引用的是对是错。尤其是蒂埃里奥，他一而再再而三地以这种方式得罪伏尔泰。对此，伏尔泰总是装作非常生气，但出名对他而言其实就如同呼吸的空气一样，他的怒火也有过分夸大的倾向。

时值人们的思想正在成为一种有价值的商品，出版商们正竖起他们的耳朵探听商机——畅销书正在酝酿。接着上演的就是偷取原稿、炮制盗版等一系列肮脏复杂的商业运作，紧随其后的是一部篡改作品的私下发行，这种版本有时会被掺入异笔撰写的章节。伏尔泰的原稿被“盗”是他自己一手安排的吗？整件事情的来龙去脉总是易于变得错综复杂，乃至他的密友们也没法理出头绪来。当他的作品被所有重要人物阅读过，充分发挥作用后，警方便会插手。根据这部作品所含偏见的严重程度，它要么被没收充公，要么被公开焚毁；出版商则会被警告多加注意，或被处以罚款，甚至被送进牢房；同时还会发布一份针对匿名作者的密札(lettre de cachet)[1]。伏尔泰会因此变得愈发焦虑，编织出更多的谎言。“只要一有危险
13 的迹象，哪怕只有一丁点，”一次，伏尔泰在遇到这种情况时给达朗贝尔写信道，“我请求您一定要事先给我敲个警钟，好让我以一

[1] 密札，由法国国王预先签字的拘捕令。

贯的坦率和清白证明我与那部作品毫无瓜葛。”又一次，同样是在这种情况下，伏尔泰在给达朗贝尔的信中说：“让我担忧的并不是流放，而是如此声名狼藉的诗歌竟会被认为出自我手。”为寻求庇护，他常常会飞奔到某位亲王或公爵的乡间别墅。因为那些王公贵族的权势极大，警方不可能不预先警示就在他们的住所实施抓捕。一段时间过后，经过伏尔泰朝中朋友们的努力（黎塞留公爵、达尔让松兄弟，后来蓬帕杜夫人也在忠诚的达尔让塔伯爵的撺掇下出手相助），整件事情便会过去。他悄悄地溜回巴黎，不久就安下心来，继续在笔尖展开对当局的下一轮攻击。

在圣阿涅侯爵家避难两年后，伏尔泰再一次陷入麻烦之中。路易十四驾崩后，摄政王奥尔良公爵（Duc d’Orléans）[1]的统治开始，从道德的角度上看，这颇为可耻，难以服众，是对老国王严厉的宗教统治的反叛。在首都，关乎这位摄政王私生活的诗歌和诽谤不胫而走，其中一些被认为是出自伏尔泰的手笔。这些诗歌实在是胆大过了头，诗里提到洛特（Lot）[2]，并影射奥尔良公爵和他的女儿存在着不伦关系，事实也的确如此。伏尔泰当时极力否认写过这些诗歌，这是他后来在这种情况下的一贯做法，但没人相信他。于是乎，摄政王正式将伏尔泰流放出巴黎，并将他发配到遥远的蒂勒（Tulle）居住。伏尔泰动用关系，让他得以发配到位于卢瓦尔河（Loire）畔的叙利（Sully）。说是他在那边有些亲戚，他们的榜样

[1] 奥尔良公爵（1674—1723），路易十四的侄子。路易十四死后，于 1715—1723 年担任法国摄政王。

[2] 奥尔良公爵的母亲是帕拉丁公主伊丽莎白·夏洛特（1652—1722），洛特是她名字的后两个字，暗示诗中所写之人正是奥尔良公爵。

作用不仅可以帮助他改掉行事鲁莽的毛病，还能帮他收敛一下过分活跃的品性。可后来我们就再没听到过有关这些优秀亲戚的消息了，因为伏尔泰一到叙利，就住进了那里的城堡。叙利公爵（Duc de Sully）当时四十七岁，是一名勇敢的军人，也是一个放荡不羁之人。他是巴黎一个名为“圣殿浪子”（les libertins du Temple）[1]的组织中的一员，该组织在伏尔泰还是个孩子的时候就已将其招入门下。公爵喜欢和知识分子相处，巴黎高等法院庭长埃诺[2]说他身上散发着一股和聪明人待久了的味道，就像装过佳酿的酒瓶所带有的气味。在叙利，舞会和节日庆典接连不断地举行，喜欢与公爵为伴的伏尔泰在那里搜寻着一个接一个的宴会和各种各样的娱乐活
14 动，过得快活极了。他说，由于他原本无罪而蒙冤受罚，就应该被赐予这样欢快的流放生活，这才算公平。没过多久，本性善良的摄政王允许伏尔泰返回巴黎，伏尔泰立即开始为摄政王制造更多的麻烦，即便所受的处罚十分轻微，他仍然对此怀恨在心。很快，警方报道称，小阿鲁埃一说到奥尔良公爵就会大发雷霆，他沉迷于在巴黎各个地方朗诵有辱摄政王的恶毒韵文。

渐渐地，凡是印刷出来跟政府作对的文字，都开始归到伏尔泰的头上。其中有一首名为《我看见》（*J'ai vu*）的讽刺诗。“我看见政府的监狱人满为患。我看见穷苦的士兵饿死街头。我看见劳苦大众被赋税压垮。我看见耶稣会士被奉为神明……”此诗一出，伏尔泰立即被认定为作者，但这次还真不是他。真正的幕后黑手是某位

[1] 圣殿浪子，17 世纪法国秘密宗教组织，伏尔泰是其成员。
[2] 埃诺（1685—1770），巴黎高等法院庭长，作家、历史学家。

名叫勒布伦（Le Brun）的人，多年后他承认此诗是他所写。尽管伏尔泰否认是这首诗的作者，但这次依旧没人相信他。一天下午，摄政王正在他巴黎皇家宫殿（Palais-Royal）的花园里漫步，碰巧与伏尔泰迎面相遇。“阿鲁埃先生，”摄政王说道，“我打算让您见识一下您从没见过的东西：巴士底狱。”“啊！殿下，我将乐于领教。”

在1717年圣灵降临节[1]的早晨，“二十只饥肠辘辘、正在觅食的黑乌鸦”（这是诗人伏尔泰的想象，实际上只是两名警务人员）出现在伏尔泰的卧室并将他押解到牢房。从时间上来说，这是他第一次进巴士底狱。伏尔泰其实对这座堡垒式监狱的内部相当熟悉，因为黎塞留公爵十五岁时，由于失控行为，曾和他的家庭教师一起被送到那里吃了一年牢饭。伏尔泰那时常常去看望他。巴士底狱里的日子，对任何富贵人家或重要人士而言，都很难称得上是苦不堪言的监禁生活。这些“国王的客人”会在这座监狱里的一块特殊区域享受舒适的待遇。这块区域可容纳五十个犯人，但接纳人数很少达到上限，通常只会关押大约三十个犯人。在路易十四统治时期，那里的住客还为他们的房间配置了家具；到伏尔泰进去的时候，房间里备有生活必需品，但犯人仍须自带挂毯、银器、书籍、软垫、屏风、镜子和油灯（黎塞留公爵当年是带着家人肖像、乐器和一副西洋双陆棋到达巴士底狱的）。女犯人们还可带上她们的女仆。国王会负责监狱里的伙食，供应大量品质绝佳的葡萄酒，同时
还会提供取暖、照明和衣物清洗服务。犯人们只是在晚上会被关在 15

[1] 圣灵降临节，又称五旬节，复活节后的第五十天，据记载，耶稣复活后第四十日升天，第五十日差遣圣灵降临。

各自的房间里；白天，他们可在监狱的高墙之内自由活动。他们会互相串门，接待从外面前来探望的朋友。不用说，伏尔泰是监狱长餐桌上的常客。

然而，失去自由，对那些天性好动的人而言，总归是件坏事。尽管伏尔泰在巴士底狱住得不错，而且还设法在那里完成了大量的工作，但从那以后直到去世，他都对监狱怀有一种神经质的恐惧。1718年4月11日，伏尔泰获释出狱，但被禁止住在巴黎。他转而前往夏特奈（Châtenay），他父亲在那边有一处风景怡人的宅邸。那个夏天，即便乡间景色优美，可他丝毫不为所动。一个特殊的原因让伏尔泰当时特别希望能待在巴黎。他的第一出戏剧《俄狄浦斯》（*Œdipe*），已经被法兰西喜剧院[1]接受，即将进入排演阶段。

正是在此时，小阿鲁埃决定给自己另起一个名字。他说原本就对自己的名字不太满意，更不想因名字的发音而与诗人鲁瓦（Roy）[2]相混淆（该名按照法国宫廷的发音方式，应读作鲁埃，与伏尔泰的原名阿鲁埃发音接近）。为了不与哥哥们的名字混在一起，家里的小儿子改名是常有的事。莫里哀就是一个先例，他出生时的原名本为波克兰。伏尔泰比他更加自命不凡，他在新名字里加了个法语介词 de[3]，称自己为阿鲁埃·德·伏尔泰（Arouet de Voltaire）。至于选取这个名字的原因，伏尔泰从没跟任何人说过。

---

[1] 法兰西喜剧院，法国最古老的国家剧院，也是法国的戏剧中心，1680年奉路易十四之命创建，由原莫里哀剧团、马莱剧团、勃艮第府剧团合并而成。

[2] 鲁瓦（1683—1764），法国诗人、作家，曾是伏尔泰年轻时的对手。

[3] De，法语中的一个介词。在法国，名字中带 de 的一般都是贵族，而伏尔泰本身并不是贵族。

这个新名字很可能是将 Arouet 和 l.j（le jeune，意为一名年轻人）中的字母调换顺序后组合所成，字母 J 和 I、U 和 V 在当时也是可以相互替换的。小阿鲁埃现存第一封署名为伏尔泰的信件是写给英国人阿什伯纳姆勋爵（Lord Ashburnham）的。信的内容是关于一匹马的租借，时间是 1718 年 6 月 12 日，地址是夏特奈。对小阿鲁埃改名一事，法国上流社会的反应倒是十分平静。直到七年后罗昂-沙博骑士（Chevalier de Rohan-Chabot）愚蠢无礼的行为发生之前，在他改名这件事上没有一丝嘲笑或讥讽的声音。甚至连负责将伏尔泰流放出巴黎的大臣拉弗里利埃侯爵（Marquis de La Vrillière），都在 1718 年 10 月的一天称他为阿鲁埃·德·伏尔泰。

《俄狄浦斯》于 11 月上演。行动受限的伏尔泰原本没法前往他的心仪之地，但多亏布勒特伊男爵相助，他被允许在巴黎连续待上几天，协助这部戏剧的创作。总是容易爱上他剧中女主角的伏尔泰，当时与伊俄卡斯忒（Jocaste）的扮演者利夫里小姐（Mlle Livry） 16
产生了恋情。要是把《俄狄浦斯》放到路易十四时代，其中的一些章节是绝不允许存在的，但在当下，它不仅没给行动已受限的作者招来更多的麻烦，还收获了一场令人惊叹的胜利。这部戏剧广受关注，宣传大为成功。宣传册上要么是极力吹捧，要么是猛烈批评。剧院接连上演四十二晚，购票观众达到两万七千人（当时一出戏剧接连上演的平均次数为五或六次）。首演那天，坐在剧院一角的老阿鲁埃流下了骄傲的泪水，嘴里还突然说出“这混小子”，这一幕就像一只家鹅经过长久等待，终于孵出了天鹅。在这之后，直到老阿鲁埃于大约三年后去世，父亲和儿子的关系一直都很融洽。摄政王此时也原谅了伏尔泰，准许他前来觐见，并赠予他一枚金质奖章和一份由国王颁发的年金。这样的待遇通常都是给予那些被政府错判入狱的人。伏尔泰十分厚脸皮地调侃说，虽然他十分赞成由国王为自己的伙食买单，但他以后还是想自己找住的地方。摄政王听后开怀大笑。这两个人如果地位更平等的话，说不定会成为朋友。伏尔泰总是用他最糟糕的一面去对待王室；此外，摄政王正尽力于重重困难之中治理好法国，而伏尔泰不添麻烦就很不错了。

接下来的几年对伏尔泰来说可谓是一切顺利。他父亲去世的时候并没有像他生前经常威胁的那样剥夺伏尔泰的继承权。由于遗嘱问题，伏尔泰和他的哥哥吵了一架，但这次争吵并没有让他感到半点忧伤，因为他从没喜欢过比他大十岁的哥哥，那个令人讨厌的詹森教徒[1]。对他的姐姐米尼奥夫人（Mme Mignot），伏尔泰则是满怀爱意，也没有与她在遗嘱上发生争执。伏尔泰在追随著名苏格兰人劳(Law)[2]的过程中既没赚到钱，也没亏损。这位苏格兰人倡导的“体系”将纸币引入经济，并在18世纪20年代引起轰动。在那个危险的年代，伏尔泰设法保全了他的资产。最终，人们都抢着抛售手里的纸币，伏尔泰当时评论说“他们正在将纸还原到它本来的价值”，事后证明，正是伏尔泰的这句话敲响了“体系”的丧钟。

当伏尔泰再次遭到为期几周的流放时，他又一次去了叙利，又是和他“可爱的公爵”在一起，而不是那些谜一样的亲戚们。在路

[1] 詹森教徒，信奉詹森主义的人。詹森主义的理论强调原罪、人类的全然败坏、恩典的必要和宿命论。

[2] 约翰·劳（1671—1729），苏格兰金融家和投机家，18世纪早期法国的财政总监，引入纸币导致通货膨胀，造成著名的金融崩溃“密西西比泡沫”。

易十五还未成年时，法国的乡村别墅生活要比他掌权后热闹得多，因为等到他执政时，他把贵族们都吸引到凡尔赛宫去了。伏尔泰很适合住在豪华的城堡里，那里的安静环境和清新空气正是他的神经 17
系统所需要的，更别说还有讨人喜欢的同伴作陪。要是他住够了，开始心生厌烦，或想找个借口回巴黎，他那可怜的病体便会发挥作用。他会编个理由回巴黎接受治疗。对伏尔泰而言，完全不存在因客居时间过长而惹人生厌这回事，他离开的时候，住所的主人们都是一万个舍不得。伏尔泰是沃子爵堡的常客，这座城堡当时也被称作维拉尔堡，为法国元帅维拉尔公爵（Duc de Villars）所有，这位公爵的夫人一度是伏尔泰的情人。另一个他常去的城堡是黎塞留堡，在他看来，它是所有城堡中最漂亮的一个。这座城堡是黎塞留公爵的舅公黎塞留红衣主教所建，与它一同建造的还有一座同样风格的小镇。除此之外，伏尔泰也在拉苏尔斯城堡做过客，那是博林布鲁克勋爵和其法国妻子的居住地，他还和贝尔尼埃侯爵（Marquis de Bernières）同住过侯爵位于鲁昂附近的拉里维埃-布尔代城堡。伏尔泰和贝尔尼埃夫人关系暧昧，但与她丈夫之间的关系非常友善，并且在他们位于巴黎的住宅里还有一套专属的房间（如今在伏尔泰滨河路 27 号）。出于难以捉摸的因缘，他最终将在那里死去。蒂埃里奥和伏尔泰一样，也是拉里维埃-布尔代城堡的常客，而身为鲁昂高等法院成员的西代维尔则住在城堡附近。

自身十分努力的伏尔泰也一直在给他喜爱的蒂埃里奥找工作——这可是那位懒汉最不想要的东西。沐浴在伏尔泰荣光之下的蒂埃里奥，在各路有钱、粗俗的金融家那里过着寄生虫式的生活。

这些金融家为享受与他为伴的乐趣，十分愿意提供住宿。在极其少见的情况下，他也会干点小活。当大郡主（Grande Mademoiselle）安妮-玛丽-路易丝·德·奥尔良（Anne-Marie-Louise d'Orléans）[1]的回忆录在1729年出现时，他进行了编辑整理工作，后来则成为当时最出色的伏尔泰研究专家。

那段时期，伏尔泰一直在忙于《亨利亚特》的创作。这首诗赞扬了亨利四世，从他开始算起，法国的王权往下交接了五次才传到现任君主手中。也许在伏尔泰看来，一首赞美法国国王的诗歌理应会在宫廷受到欢迎，毫无疑问，他也是这么希望的。如果伏尔泰是一位寓居阁楼、毫无名气的三流作家，他的作品或许就不会被人深究表面之下的含义。但他批判旧俗的论调已经广为人知，并使得权力当局对他创作的书籍产生了偏见。现在他写的任何东西都会被致以最深的猜疑，字字句句都会被探究是否含有对政府不利的深意。
18 在这样的严查下，《亨利亚特》被指带有詹森主义的气息。诗中，新教海军上将科利尼(Coligny)[2]被捧得过高，国王却只是一介凡人，而非半神。伏尔泰在这首诗上受到的第一个挫折是想将它题献给路易十五但遭到拒绝。更糟的是，他求取一项特权也未能获准，即王室准许刊印的保证书。这样一来，相比在巴黎出版此诗，将其带到鲁昂出版似乎更加明智一些。随后，四千本同一版式的《亨利亚特》被秘密带往巴黎并在人们的手中流传开来。这部作品获得了

[1] 安妮-玛丽-路易丝·德·奥尔良（1627—1693），蒙庞西耶女公爵，路易十四的堂姐，在投石党运动（1650—1653）中发挥了重要作用。

[2] 科利尼（1519—1572），法国海军上将、政治家，法国宗教战争时期胡格诺派最重要的代表人物之一。

又一次令人惊叹的胜利。当时任何一位追求时尚的女性，在一边“打扮”一边接待朋友的时候，梳妆台上都会摆上一本《亨利亚特》，而那些文学专家更是对它赞不绝口。已经在时间的浪潮中为法国人民所遗忘的亨利四世现今一跃成为最好且最受人爱戴的国王，而且他的这一地位自那时起一直没有被人取代过。这首诗虽然引起了警方的不满，但并没有遭到官方的禁止。在这种情况下，伏尔泰得以左右逢源。官方任何形式的反对都会为这部作品起到宣传作用，让伏尔泰受益，与此同时，他还可以不受限制地安排新版诗歌的印刷。但整件事进行得相当紧张。另一边，在没有受到丝毫阻碍的情况下，他的又一出戏剧《玛丽安娜》（*Marianne*）在法兰西喜剧院顺利上演。但这部作品并未获得成功，伏尔泰一看到演出就意识到它不可避免地要失败。

伏尔泰的名气越来越大。三十岁时，小阿鲁埃就已经成为家喻户晓的伏尔泰先生、法国在世最伟大的作家。他的恋情也随之枝繁叶茂。除了与贝尔尼埃夫人的恋情外，其他的都不足为道。在他所有的恋情中，掌握主导权的一直都是他，争风吃醋的始终都是情人们。在摄政王于1723年驾崩后，法国由波旁公爵[1]执政。这位公爵的情妇普里侯爵夫人（Mme de Prie），十分迷恋伏尔泰。她把伏尔泰带到凡尔赛宫，并使他在那里受到欢迎。年轻的王后玛丽·莱辛斯卡（Marie-Leczinska）告诉他，他的《玛丽安娜》使她哭泣落泪，而他的《冒失鬼》（*L'Indiscret*）则让她喜笑颜开。她把他唤作

[1] 波旁公爵（1692—1740），昂基安公爵、孔代亲王，法国国王路易十五时代的首相。

“我可怜的伏尔泰”，并颁给他一份年金。伏尔泰的影响力似乎是无限的，这一点，他在 1725 年给予了证明。

德方丹神父（Abbé Desfontaines）[1]，与伏尔泰相识的一位文人，因猥亵数名清扫烟囱的儿童而遭逮捕，并被关进比塞特尔（Bicêtre）[2]的监狱。伏尔泰替他辩解称，他一定是由于这些孩子
19 缠有绷带的眼睛和手中的铁棒而将他们错当成了爱神丘比特。当时犯下鸡奸罪的人都会被处以重刑，即被绑在巴黎市政厅外的河滩广场（Place de la Grève）上活活烧死。德方丹害怕得脚直打颤，赶忙给他所有的朋友写信求救。但几乎没人愿意施以援手，除了伏尔泰。尽管当时疾病缠身，但伏尔泰还是起身赶往宫廷所在地枫丹白露。他会见了一些人，动用了一些关系，最终使得德方丹免遭一次痛苦的死刑。审判被阻止，这位神父也重获自由。伏尔泰和德方丹最初是在蒂埃里奥的介绍下相识的，而这位介绍人现在却在两人中挑拨离间。德方丹似乎前脚刚从比塞特尔的监狱中踏出来，后脚就写下一本令人气愤的小册子攻击伏尔泰。他把这本小册子拿给蒂埃里奥看，后者非常得体地把它扔进了火堆之中，但事后还是没能忍住把这本册子的事告诉了伏尔泰，从而为后来所发生的一切埋下了祸根。伏尔泰对这位神父的忘恩负义耿耿于怀，并对他心生恨意。

伏尔泰的健康状况相比他年轻的时候好了很多。他以往的主要病症神经性消化不良，已经被他的幸福和成功治愈。他开始理解自

[1] 德方丹神父（1685—1745），法国记者、翻译家、历史学家，伏尔泰的死敌。

[2] 比塞特尔，法国古代的一个地区，过去曾建有安置伤残者、精神错乱者、罪犯等社会边缘人士的医院和监狱，位于现在的莱克朗兰-比塞特尔市。

己的身体，并对此怀有永不衰竭的兴趣。他知道自己的身体需要休息，需要定期锻炼，还需要注意饮食。他对健康有着十分理性的认识，远远领先于他所处的时代。在他看来，大部分疾病都是由饮食过度造成的。“好厨师犹如毒药，他们会用炖菜和前菜毁掉整个家庭的健康。”当他生病时，他就会躺在床上，并停止进食。伏尔泰从不跟医生们作对，还说绝不应轻视明智的建议，但他嘲笑所有的医学迷信。他认为相信动物的健康状况胜过人类是一件非常可笑的事。在人们看来，雄鹿和乌鸦具有特别长的寿命——伏尔泰倒想看看有没有哪只雄鹿或乌鸦活到了圣奥莱尔侯爵（Marquis de Saint-Aulaire）的岁数（接近一百岁）。1723 年，伏尔泰从一种致命的天花中恢复健康，该疾病夺走了巴黎三分之一人口的性命。他将痊愈归功于八支催吐剂和两百品脱柠檬水。他很可能是因为太热爱生活而不愿意死去。但他忙碌愉快的生活很快就会因一次不快的遭遇而告一段落。

1725 年 12 月的一天，伏尔泰和法国戏剧史上最著名的女演员 20
之一阿德里安娜·勒库夫勒（Adrienne Lecouvreur）[1]在王家歌剧院看剧。这时，罗昂-沙博骑士走进这位女演员的包厢，显然是存心来给伏尔泰找事的。罗昂-沙博比伏尔泰年长十岁，是一名既愚蠢又暴躁的军人，同时也是个花花公子。他人脉广泛，在宫廷中有很多朋友。由于勒库夫勒小姐曾经是也许现在仍是伏尔泰的情人，罗昂-沙博可能对伏尔泰心怀妒意。也可能是伏尔泰曾在罗昂-沙博

[1] 阿德里安娜·勒库夫勒（1692—1730），18 世纪法国最伟大的女演员，因其自然、不落俗套的演技而闻名。

面前摆过架子，或者罗昂-沙博是那些无法容忍伏尔泰的人之一。在那天晚上，这位骑士几次无礼地说道："伏尔泰先生，阿鲁埃先生，或者随便您怎么称呼自己。"最后，伏尔泰发了火，反击说他是他名字的第一人，而罗昂-沙博骑士则将是其名字的最后一人（le dernier）*。这句话戳到了罗昂-沙博的痛处。罗昂家族是继承了布列塔尼王室[1]血脉的一个古老家族，罗昂-沙博的祖母是罗昂公爵[2]唯一的孩子。她嫁给一个沙博家族的人，罗昂家族由此后继无人。这位骑士顿时火冒三丈，他举起手杖，放出狠话说，此番羞辱，除好好躲藏外，别无他法可解。伏尔泰伸手向剑。见此情形，勒库夫勒小姐机智地假装晕倒，罗昂-沙博骑士随后便离开了她的包厢。

两三天后，正当伏尔泰和他可爱的叙利公爵在叙利府邸用餐时，他收到传话，说是外面有人想见他。他便出门迎见，看到门外的街道上停着一辆受雇的马车。伏尔泰以为，无论请他相见的人是谁，那人应该就坐在这辆马车里，便跨上马车的脚踏，准备上车。就在这时，几个恶徒突然从背后冲过来，用棍棒猛击伏尔泰。罗昂-沙博骑士从他的马车里欣赏着这一幕，并喊道："不要打他的头，那里将来可能会生出一些好东西。"当时的旁观者应该是这么回应的："哦！多么仁慈的大人呐！"罗昂-沙博后来在跟他的朋友

---

* le dernier，既是指时间上的最后一人，也可指最差劲、垫底的人。

[1] 布列塔尼王室所统治的布列塔尼本是独立于法国的一个王国，但在1499年失去自治权，1547年正式成为法国的一部分。

[2] 罗昂公爵（1579—1638），也是莱昂亲王，军人、作家，胡格诺派的领导者之一。

们描述那一幕时说：“是我亲自给那几个工兵＊下的命令。”

在伏尔泰终于挣扎着摆脱这群施暴者之后，他冲回府邸，把刚刚发生的事告诉了公爵和公爵的其他客人。但他得到的却是令人尴尬的冷漠。没人站在他那边，也没人同情他，甚至没人认为他刚刚 21
遭到了恶劣的对待。叙利公爵表现得十分冷漠。多年来，他对伏尔泰而言就如同父亲一般，但到了要为他的客人主持正义的时候，他连一根手指都没抬一下。在警方那里，伏尔泰连珠炮似的向他们投诉此事，但后者却毫无作为，伏尔泰在宫廷中的朋友也是如此。普里侯爵夫人倒是站在他这边，但刚刚掌权的波旁公爵立足未稳，若是因此事丧失任何的支持者，都是他所承担不起的。

法国的贵族们就如同一群乌鸦，其中一个跟一只愤怒的小狗陷入了争吵，余下的人现在则聚在一块，黯然且迟钝地关注着这场争斗，可就是没人采取行动。几乎所有伏尔泰的朋友都乐意帮他讨回公道，但没人愿意迈出第一步。字典里压根没有迟疑二字的黎塞留公爵在这件事情上本会与伏尔泰并肩作战，但不凑巧的是，他当时正在维也纳担任法国大使。普里侯爵夫人一直在向他通报整件事情的进展，他对伏尔泰深表同情。

承受着如此之多的羞辱，伏尔泰的神经在重压之下开始崩溃。他在巴黎四处游荡，频繁造访下层人士出没之地，并常常和一群来路不明的人为伍。他不断变更住处，不久去了一名击剑大师家里。之前一直在这件事情上反应滞缓的警方现在却开始留意观察，伏尔

＊ 工兵，指军队里负责挖壕沟的士兵。

泰明显是在学习击剑，好与罗昂-沙博决斗。他们将此事告诉了骑士和他的家人，后者立即采取行动，致使伏尔泰被捕，并遭到保护性拘留。伏尔泰第二次被关进了巴士底狱。监狱长依旧对他的犯人很好，请他来自己桌前用餐，并对他的探访人数不设限，直到来访人员太多以致无法管理，人数才遭到削减。大臣莫尔帕伯爵(Comte de Maurepas)[1]虽从没和伏尔泰相处过，但却仁慈地给监狱长写信，建议给予伏尔泰特殊的对待，还说要应对伏尔泰的性格，多数情况下机智老练都是不可少的。伏尔泰的这次监狱生活持续了不到半个月。他请求前往英国，并得到准许。

[1] 莫尔帕伯爵（1701—1781），法国路易十五时代的大臣，路易十六在位头七年的国王首席顾问。

3

英国之旅 22

Voltaire in England

1726 年 5 月的一天，伏尔泰乘船沿泰晤士河而上。那天正逢初夏天气极好的时候，不列颠岛美得犹如仙境。伏尔泰从船上所见到的伦敦，欣赏过卡纳莱托(Canaletto)[1]画作的人应该都不会陌生：地面上的砖瓦房连成一片，形成一条低矮的天际线，遥居其上的是圣保罗大教堂巨大的白色穹顶，又有无数教堂的白色尖顶穿插其间。泰晤士河上挤满了船只，河流上空飘扬着向国王和王后*致敬的旗帜，他们正乘坐一条镀金的驳船顺流而下。伏尔泰说，根据那些王家船夫的面容，不难看出他们并非奴隶，而且他们生活在这片富饶的土地上。他们高昂着头颅，知道没人敢碰他们的一根头发。

---

[1] 卡纳莱托（1697—1768），意大利风景画家，名作有《圣马可广场》《大运河上的赛船》。

* 此王后仅存在于伏尔泰的想象之中，乔治一世当时仍在位（米特福德这么说，是因为乔治一世的妻子一直被其软禁。——译者注）。

伏尔泰上岸时，放眼望去，街道上似乎满是勋爵和贵妇，不过他很快发现，他们只是奔走于自己日常事务中的正直市民。这美好的第一印象后来一直使得伏尔泰对英国的整体看法有失偏颇。但当他带着汇票（letter of credit）[1]来到应将其兑现的一名犹太人家里时，得到的结果却让他大惊失色。

“我那该死的犹太人，”伏尔泰用英语给蒂埃里奥写信道，“破产了。现在的我，一个孤独无助的异乡人，身处一座陌生城市的中心，身无分文，举目无亲，还染上了烈性疟疾，濒临死亡。博林布鲁克勋爵夫妇倒是身在这个国家，可他们远在乡下。身陷如此窘
23 境，我也不敢去见我们的法国大使。这种不幸我从没经历过，但我生来就是要尝尽人间疾苦的。不过我那天上的星星[2]每次在给我招来厄运的同时，也总会向我撒下些许仁慈的星光，让我得以喘息恢复。在这样的境遇下，它给我送来一位与我素不相识的英国绅士，他坚持要我收下一些钱财，那正是我所需要的。另一位与我在巴黎有过一面之缘的伦敦市民则把我带到了他的乡下住宅，自那时起，我暂时告别伦敦，沉湎于慵懒和友谊所带来的乐趣之中，过上了既隐秘又迷人的生活。这个人抚平了我生活中的伤痛，他真挚丰盈的感情让我愈加爱您。所有体现友情之举都使我更加喜爱我的蒂里奥（伏尔泰对蒂埃里奥的昵称）……”

---

[1] Letter of credit，现在更多用来指外贸中的信用证，但此处实指汇票，指由出票人签发的，委托付款人在见票时或者在指定日期无条件支付确定金额给收款人或者持票人的票据。

[2] 西方人相信人出生后，天上会有一颗星星与其对应，象征他的命数，他死后，这颗星星也会落下。

伏尔泰口中的“另一位伦敦市民”是一个叫做埃弗拉德·福克纳（Everard Fawkener）[1]的商人。在身处英国的这段时间里，伏尔泰会见了蒲柏(Pope)[2]、盖伊(Gay)[3]、斯威夫特(Swift)[4]、康格里夫(Congreve)[5]、威尔克斯(Wilkes)[6]、赫维勋爵（Lord Hervey)[7]、牛津伯爵[8]、马尔博罗公爵夫人（Duchess of Marlborough)[9]、彼得伯勒伯爵[10]（伏尔泰与其共处了三个月）和其他许多富有魅力的名人，但他最爱的还是埃弗拉德·福克纳。福克纳比伏尔泰年长十岁，和伏尔泰来自同一阶级，他的父亲和伏尔泰的祖父同为绸缎商人，而他的祖父则是一名药商。跟伏尔泰一样，他也在社交圈斩获了自己的名声，但他比伏尔泰更为神秘，因为虽然他在各个方面都杰出非凡，可他的优秀事迹并没有被记录在册。他在1735年受封为爵士，并以英国大使的身份出使土耳其宫廷，之后成为坎伯兰公爵（Duke of Cumberland)[11]的秘书，后来

---

[1] 埃弗拉德·福克纳（1684—1758），英国爵士，商人、外交官，在伏尔泰流亡英国时帮助过他，并成为伏尔泰的好友。

[2] 蒲柏（1688—1744），18世纪英国最伟大的诗人，杰出的启蒙主义者，他推动了英国新古典主义文学的发展，代表作有《夺发记》《愚人志》。

[3] 盖伊（1685—1732），英国诗人、剧作家，代表作有《乡村游戏》。

[4] 斯威夫特（1667—1745），英国作家、政论家、讽刺文学大师，著作有《格列佛游记》《一只桶的故事》。

[5] 康格里夫（1670—1729），英国剧作家，风俗喜剧的杰出代表，著作有《以爱还爱》。

[6] 威尔克斯（1727—1797），18世纪英国政治家、新闻工作者，办有报纸《北不列颠人》。

[7] 赫维勋爵（1696—1743），英国廷臣、小册子作者、回忆录作家，著有《乔治二世宫廷回忆录》。

[8] 牛津伯爵（1689—1741），也是莫蒂默伯爵，英国政治家、收藏家。

[9] 马尔博罗公爵夫人（1660—1744），萨拉·丘吉尔，与安妮女王私交甚好。

[10] 彼得伯勒伯爵（1658—1735），也是第一代蒙茅斯伯爵，军队领袖。

[11] 坎伯兰公爵（1721—1765），英王乔治二世幼子，英军将领和统帅，有“弗兰德恶棍”和“坎伯兰屠夫”之称。

又迎娶查尔斯·丘吉尔（Charles Churchill）[1]将军的私生女。尽管他最终在贫困中死去，但他子女们的婚姻都很美满。他那既放荡又时髦的女儿布弗里夫人（Mrs Bouverie），还是克鲁夫人（Mrs Crewe）[2]的闺蜜。

“忧郁症患者，”伏尔泰说，“在这里会受到很好的招待。”遭流放的法国诗人也是如此，英国人丝毫不反对向他们位于英吉利海峡对岸的宿敌展示一下应如何对待一位著名的文人。国王乔治二世为伏尔泰送来一百几尼，卡罗琳王后颁给他一枚金质奖章。从某种程度上来说，当时的英国在作家们的心目中就如同现今的法国：只有在那里，文学才会被给予真正的尊重；只有在那里，文学才会受到鼓励；也只有在那里，无论作者多么坦率，其作品都可以无惧警方而付梓刊印。

24 伏尔泰指出，“他们是自由人，而我们则被奴役，他们对理智执着，我们对迷信疯狂，所有艺术在伦敦均备受鼓舞，但在巴黎却遭到可耻的压迫”。毫无疑问，他对英国怀有真挚的热爱和钦佩之情，但他表现出这种热爱与钦佩多半也是为了取笑他的同胞。对此他简直做过了头，用英语给他的法国朋友写信，并在信中将法国称为“你们民族”，还说“我以一名自由英国人的身份写作和思考”。伏尔泰初到英国时，英语对他而言只是一门哑语——能读会写，但

---

[1] 查尔斯·丘吉尔（1656—1714），英国将军，第一代马尔博罗公爵的侄子，曾参与过西班牙王位继承战争。

[2] 克鲁夫人（1748—1818），第一代克鲁男爵约翰·克鲁之妻，经常宴请英国政客，被誉为她那个时代最美丽的女性之一。

就是不会说。与蒲柏的会面让他十分受挫，因为后者根本不懂法语，沮丧的伏尔泰在福克纳爵士位于旺兹沃思的住宅里隐居了三个月，直到能说一口流利的英语时，他才重返伦敦的社交圈。

您是如此的诙谐、瘦弱和放荡

我们瞬间觉得您就是弥尔顿、原罪和死亡

爱德华·杨（Edward Young）[1]在与伏尔泰讨论后如是写道，伏尔泰在这次讨论中大谈弥尔顿在原罪和死亡之间的对话。他的英语一定达到了很高的水平，因为用外语做到谈吐诙谐可不是一件易事。

伏尔泰与康格里夫的会面也被记录在册。伏尔泰说他早就希望见到这位在他眼中可与莫里哀比肩、冠绝当世的剧作家，这当然是恭维之词。而康格里夫则说："我宁愿您希望见我是因为我是一名英国绅士。"伏尔泰接着回应道："但这儿有太多的绅士了！"

伏尔泰的生活离不开工作，在英国一安顿下来，他就再次投身到《亨利亚特》的创作中。他重写了已经发表的部分，删去了所有提及第一代叙利大公爵（the great Duc de Sully）的内容，即那个对伏尔泰而言已不再可爱的叙利公爵的祖先，并把改写的部分加到全诗当中。此诗完成后，他请求将它题献给卡罗琳王后，并得到允许。该诗的限量版很快就被英国的藏书家订购一空，发行的前三

[1] 爱德华·杨（1683—1765），英国诗人，"墓园诗派"的创始人，名作有《夜思录》。

周，在伦敦销售的《亨利亚特》普及版也加印了三次。在法国，伏
尔泰为新版《亨利亚特》选择的代理人是蒂埃里奥。但八十本已被
25 订购的限量版却在蒂埃里奥做弥撒时被他人窃取，而他人的另一种
说法是可怜的蒂埃里奥自己偷走了这些书。此事在财政上给了伏尔泰沉重一击，但《亨利亚特》在英国赚得盆满钵满，伏尔泰用赚来的钱做了一番巧妙的投资，为他后来的财富奠定了基础。他对蒂埃里奥的爱并没有因为这件事而受到影响。“我总会原谅弱者，只对恶人铁石心肠……人，大多都是如此的不忠、善妒、残忍，因而能找到一个只是软弱的人何尝不是一种慰藉。”数月后，伏尔泰用英语给蒂埃里奥写信道：“如果您不从王后拖欠我的款项中拿走五百里弗，我们就永远决裂。除了来自贝尔纳的……您还得拿走一百克朗……必须如此，否则我们就不是朋友了。”后来，蒂埃里奥去英国的时候，所有开销用的都是伏尔泰在那里的版税。

1729 年 3 月，伏尔泰获准返回巴黎。尽管他热爱英国，但思乡之情早已漫上心头。像许多法国人那样，他无法忍受英国这边简朴的生活。据他所言，即便是在有钱人家里，桌面上也见不到银器；除了非常富裕的人家，人们用的都是油脂蜡烛；而且没有一个地方的食物是能吃的。他还说英国关乎社交和取悦他人的艺术都仍处于尚未起步的阶段，与法国相比，它的社交生活十分无趣。更糟的是，英国的天气并不适合他那台“倒霉机器”的运转。伏尔泰常说，南方的气候才是他那不幸的身体所需要的，但若要他在那些让人汗流不止的国家和那些人尚能思考的国家之间选一个，他只能选择后者。巴黎的气候对他而言已经够糟了，但伦敦的天气简直要了

他的命。所以，总的来说，能回家他很高兴。从那以后，他再也没有跨过英吉利海峡。

回国后，因为得到警示，说巴黎这块地方现在还是不去为妙，伏尔泰便寄宿在圣日耳曼昂莱，不时“如鬼怪一般”出现在黎塞留公爵等一干挚友位于市镇的家里。但他很快就获得允许，“可重拾我在巴黎的牵引链”，也就是说可以完全自由地继续他往日的工作和娱乐。黎塞留带伏尔泰去了趟枫丹白露宫，在他的安排下，伏尔泰对着王后一番讨好，此举使他的社会地位恢复到与流亡前无异。波旁公爵已在伏尔泰流亡英国期间遭到推翻，并被驱逐到尚蒂伊。普里侯爵夫人也被放逐到她丈夫的城堡里，由于不堪忍受乡下生活的枯燥，不久，她在那里自杀身亡。波旁公爵倒台后，年幼的国王 26
路易十五让他的老师弗勒里红衣主教接任首相一职。这位红衣主教以前曾是弗雷瑞斯地区的主教，该教区位于普罗旺斯，并不出名。他在这个位子上度过了人生的大半光阴，七十三岁时，他发现自己竟位至法国权力的巅峰。他掌管法国长达十七年之久。

凡是伏尔泰碰过的东西，现在都变成了金子。他买的国家彩票中了一大笔钱，所做的投资也都收获成功，书籍更是空前畅销。与此同时，他的《查伊尔》（*Zaïre*）也出版面世，这是他所有悲剧中最好的一部。它讲述的是一个生来就是基督徒的奴隶在土耳其重拾其基督教信仰并死去的故事，审查员在这部作品上没有找到任何反对的理由。但不出所料的是，伏尔泰自己为他们提供了一个。他将《查伊尔》题献给了福克纳爵士（“我喜欢把我的作品题献给外国人，因为这样一来，我就有机会谈谈同胞们的愚蠢”）。借这次题献的机会，伏尔泰在序言里将法国在出版方面的苛刻与英国在这方面的包容放在一起比较。这篇序言没能逃过警方的法眼。但伏尔泰做了些必要的删减，他们也就不再反对。他的另一部戏剧《布鲁图斯》（*Brutus*）则获得了出版特权，《查理十二史》（*Histoire de Charles XII*）在问世的时候虽没有得到官方正式的许可，但也没有造成任何的不快，它成为伏尔泰所有著作中可读性最强的作品之一。随后，伏尔泰便定下心来创作他接下来的两部作品《趣味的圣堂》（*Le Temple du Goût*）和《哲学通信》（*Lettres philosophiques*），但在这两部作品前面等着伏尔泰的均是让人不悦的结果。

虽然伏尔泰的钱包现在鼓了起来，但他过得并不开心。“我的苦难折磨着我，让我羞愧难当。”他跟蒂埃里奥说他在君士坦丁堡的朋友都比在巴黎的多，因为在那里他还有两个朋友，而在巴黎他就只剩下蒂埃里奥——但他这个朋友的价值要比两个土耳其人加在一起还多。当时的伏尔泰正过着从一个住处漂泊到另一个住处的生活，他需要一个锚让自己安定下来。回国后的他也没有与贝尔尼埃侯爵夫人再续前缘，因为当初他前脚刚起身前往英国，后脚就有人看到这位夫人和罗昂-沙博骑士一起出现在王家歌剧院里。伏尔泰原谅了她，但她也已成为过去。在伏尔泰远赴英国期间，他挚爱的亲姐姐不幸离世。而更让他感到雪上加霜的是，他的另外两名好友阿德里安娜·勒库夫勒和迈松侯爵（Marquis de Maisons）也在那段时期相继离世。迈松侯爵曾在 1723 年对身患天花的伏尔泰照顾有加，但他自己却在 1731 年被天花夺去了生命。这两位好友“都死在了我的怀里”。正如每次难过时都会发生的那样，伏尔泰的健康

状况开始恶化，有时他都好奇，以他这种身体状况是否还能继续工作下去。 27

1731—1732 年的那个冬天，伏尔泰开始与年迈的方丹-马特尔男爵夫人（Baronne de Fontaine-Martel）交往。他住进这位男爵夫人位于好孩子街的别墅里，从那里可以俯瞰巴黎皇家宫殿的花园。在这位夫人的晚宴上，伏尔泰表现得跟一家之主似的，他还在她家的客厅里指挥戏剧的排练，从来不把自己当外人。男爵夫人身上可谓没有一丁点吸引人的地方。她已不再奢望能有情人，原因并不是她的年龄——法国人在恋爱问题上从不考虑年龄——而是她的湿疹。她并不缺钱，但相当吝啬，家里的晚饭从来都是胡乱对付，除非有血亲王子碰巧大驾光临，桌上的饭菜才会勉强达到能吃的地步。伏尔泰说进入她欢心的通行证掌握在性事无能之辈的手中，她十分害怕某位男性会将她割喉杀害，好把她的钱财送给某位女演员，她的这种恐惧已经达到病态的程度。她之所以能容得下伏尔泰（根据他的说法），是因为他已经虚弱到连房事都无法进行。

“我在这位男爵夫人家过得很安逸。”伏尔泰心想，要是让蒂埃里奥也来这里享受安逸的生活该多好，但男爵夫人可不傻，她拒绝顺从伏尔泰的这一计划。后来，当伏尔泰想要男爵夫人为他的新朋友和门生利南神父（Abbé Linant）提供庇护时，她同样表示拒绝，此举十分正确。利南神父来自鲁昂，他母亲在那儿经营着一家酒馆，心怀文学志向的他正在创作一部古罗马悲剧。西代维尔发现了他，并将他送到伏尔泰那里，但事后证明这是一个不幸的发现。伏尔泰很快便迷上了他，并拜托所有的朋友帮这位神父找一份高薪舒适的工作。但伏尔泰也对西代维尔坦言，利南是个不好安置的人，因为他既无魅力，也无学问，字还写得模糊难辨，因而不能胜任文职；说话结结巴巴，也就没法从事朗诵；此外，他还具有懒惰这一“可爱”的品质。不过没关系，这颗好果子肯定会有成熟的一天。

1733 年 1 月，方丹-马特尔男爵夫人病倒了，伏尔泰不得不告诉她，她所剩时日无多。命数将尽，男爵夫人并不想请神父过来做临终祷告，但伏尔泰坚持说她应该这样做，因为他害怕如果她不这么做，人们到时会说男爵夫人死前不请神父做祷告是因为受到了他的阻止。于是他自己出去请了一位神父回来。伏尔泰其实从没喜欢过男爵夫人，他甚至觉得她临终前接受圣礼的方式很滑稽。最后，男爵夫人没有死在他的怀里。而唯一让伏尔泰感到难过的是，男爵夫人那栋他曾当过主人的精美房屋和她一年四万里弗供他享乐的收
28 人，都随着她的去世离他而去。

方丹-马特尔男爵夫人的遗言十分奇怪：“现在什么时间?”“两点，夫人。”“哦，”她接着说道，“想到无论在何时，总会有人阻止我们种族的灭绝，这是多么令人欣慰啊!”

4

埃米莉俘获伏尔泰

Émilie Inherits Voltaire

当前最大的问题不是谁将获得方丹-马特尔男爵夫人的财富和家具，而是谁将俘获伏尔泰？过去有伏尔泰在的时候，男爵夫人的家就是全体巴黎人民的欢乐中心；现在，不知哪位幸运儿将会赢得这位万人迷？答案不久就会揭晓。伏尔泰此时正寄居在巴黎市政厅后面一个破败街区的陋室中。正是在此地，1733 年夏天的一个夜晚，他迎来了一次意外的拜访。他说三位天使出现在亚伯拉罕面前。其中的两位是一对情人，圣皮埃尔公爵夫人（Duchesse de Saint-Pierre）和富尔夸基埃先生（M. de Fourqualquiers）；这两位岁数稍长的天使正陪伴着伏尔泰的新朋友夏特莱侯爵夫人。这次突然造访进行得十分愉快。《圣经》里的三位天使是在亚伯拉罕家里与其共进晚餐的，而伏尔泰的天使们则担心他单身公寓里的饭菜可能不够可口，更情愿将他带到一家客栈用餐，他们在那里享用了炖鸡。这样正好，伏尔泰说：“若在此贫民窟举办一场晚宴，这主意肯定会让我的厨子玛丽安娜（Marianne）大叫不已。”透过他住处的窗户，伏尔泰很可能向他的拜访者展示过窗外圣热尔维教堂（Saint-Gervais）的正面风光，并调侃说，此番景象便是其《趣味的圣堂》为他交到的唯一的朋友。这是他非常喜欢的一个笑话，也的确不无道理。

不久前，伏尔泰的《趣味的圣堂》出版问世，当时几乎没有获得任何人的支持。但伏尔泰选择的有资格踏入这座圣堂的作家、艺术家和不朽之作，大多数现代人都深表赞同。这些名人和不朽之作包括拉法耶特夫人、塞维涅夫人、帕斯卡（对其入选，伏尔泰抱有疑虑）、无人可及的莫里哀、他最爱的诗人拉辛、拉·封丹、普桑、
30 勒布伦、勒叙厄尔、勒沃、佩罗和他参与设计的卢浮宫方形广场、让·古戎与布沙东打造的喷泉、圣德尼门及圣热尔维教堂的正面。照他的看法，“所有这些不朽之作既没有得到粗野民众的瞩目，也为轻浮的上流社会所忽视”。但被伏尔泰排除在外的人、物更有争议。他口中的“被胡乱摆放的破旧饰物充斥着”的巴黎圣母院便是其中之一（在18世纪的法国，对哥特式艺术的憎恨极端到令人难以置信的地步，而哥特式风格的作品竟被允许继续存在，这不禁让人好奇）。凡尔赛宫的小教堂和塞尔万多尼（Servandoni）当时正在建造的圣叙尔比斯教堂——一座在伏尔泰看来“品位低劣的纪念性建筑”，也都没能进入他的圣堂。或许没有什么可以像品位问题那样能在高雅人士的胸中激起如此强烈的感情，而伏尔泰则以一种近乎挑衅的方式为品位立规明矩。乃至连西代维尔都说，伏尔泰关于

品位的一些言论伤到了他的感情。凯吕斯伯爵（Comte de Caylus），一位在《趣味的圣堂》里受到伏尔泰表扬的伟大收藏家和鉴赏家，同时也是一个为人粗鲁、不太友好的人，要求将他的名字从这部作品中剔除出去。

伏尔泰此番鲁莽之举既冒犯了全体文学批评家，即他眼中的那些“胆小懦弱的迫害者……那些曾自以为史居里(Scudéry)[1]比拉辛还伟大的人”，又得罪了与他同时代的各路作家，包括让-巴蒂斯特·鲁索和德方丹神父。这下可算把马蜂窝给捅了。里面的“马蜂们”开始奏响反击的嗡嗡声。在木偶剧场（Marionette），一部关于《趣味的圣堂》的滑稽短剧拉开了帷幕。该剧制作粗糙，内容恶毒，讲的是波里希内儿(Polichinelle)[2]生病了——医生前来看病——开出的药方是一顿毒打和一副泻药——服药后，《趣味的圣堂》以你们能想象到的样子被带到舞台上来。伏尔泰拜托他那些有权有势的朋友禁掉了这部闹剧。但这之后，在意大利喜剧院（Comédie Italienne），又一出闹剧被搬上了舞台。剧中，伏尔泰宛如一位身穿格子服的英国人，并就品位问题大发愚蠢的评论。伏尔泰从来都无法忍受针对他作品的闹剧。现在的他火冒三丈，气得连肠子都发炎了。

在为《圣堂》闹剧这件小事大动肝火的同时，伏尔泰也一直在追求埃米莉。就在天使们来访后的第二天，他写了封信给圣皮埃尔公爵夫人，但这封信显然是越过公爵夫人香肩，给在她身后一同读

[1] 史居里（1607—1701），17 世纪法国著名女作家，代表作为《伟大的西吕斯》。
[2] 波里希内儿，法国木偶剧中鸡胸驼背、尖嗓音的滑稽人物。

31 信的那位天使看的。“夫人，您引人入胜的书信和那些某人寄给您的信件无不使阅读者沉迷其中……自从读过您和您朋友的散文后，我便不敢再动笔写文章。”他和夏特莱侯爵夫人会互相吸引实属意料之中的事。伏尔泰可是满载着牛顿的科学发现和洛克的哲学思想从英国回来的。但在巴黎，能与他谈论这些话题的人少之又少，女性中除了埃米莉更是别无他人。当时，法国的学术派科学家仍都是笛卡尔主义者。他们对这些来自英国的新思想抱有莫大的怀疑。而埃米莉，年轻、充满热情，有着卓越的科学头脑，不仅能理解伏尔泰在说什么，还十分乐意让他用论证来说服她。她热爱学习，在他们两人眼里，师生关系是他们的恋情中最具魅力的一面，这种关系让埃米莉很满意。而夏特莱侯爵夫人的身份和她在宫廷享有的特权也让伏尔泰感到心满意足。他从来都没法对这些细枝末节无动于衷，尤其是现在。一位在上流社会拥有真正重要地位的女性竟甘愿做他的情妇，这使其自尊心大为满足。迄今为止，伏尔泰经历的恋情基本上都是在小打小闹，但他从未中断过，直到流放在他和贝尔尼埃夫人之间画上了句号。在流亡英国期间，我们听闻他曾与妓女及劳拉·哈莉（Laura Harley）有染，但后者顶多只是给他提供了些练习写英文情诗的机会：

劳拉，您可知您在我胸中
燃起了多大的爱火？

那之后，整整四年毫无爱火（除非他真的对利南神父怀有几许爱恋之情？若非如此的话，很难解释他为何对这位圆胖的神父如此上心）。伏尔泰的生活不能没有女性的陪伴，在他看来：“男性和女性的唯一区别就在于女性更为亲切。”但他从来都不是一个炽热如火的恋人，甚至在他年轻时也是如此。就在他宣布已经病到无力再行房事后，仅仅过去数周的时间，他便与埃米莉相遇了。他曾说：“我觉得再次置身爱恋对我而言是件可笑的事情。”一个对男欢女爱不抱指望的男人是无法对埃米莉意图挑起的情欲作出回应的。但他对埃米莉所作的补偿相当丰厚。伏尔泰也许从没满足过埃米莉身体 32
的欲望或她对浪漫的渴求，但多年来，埃米莉对他确实给予她的东西还是很满意的。这位世界上最负盛名、最会逗乐的男人一直在为她，也只为她施展戏法。这可不能等闲视之。

在爱情的激励下，伏尔泰与埃米莉都投入努力的工作。埃米莉此时正在向伏尔泰学习英语对话，三周后，她便能说一口流利的英语。从那以后，他们常常用英语交谈。与此同时，她也在跟莫佩尔蒂(Maupertuis)[1]修习代数。作为一名典型的上流社会女性，埃米莉并不会为霸占代数老师的时间、向他求教诸多问题而感到愧疚；若莫佩尔蒂不能一直任她摆布，她还会加以抱怨。很快，埃米莉想从莫佩尔蒂那里得到的就远不止知识了，她也爱上了他。莫佩尔蒂当时年约三十五岁，英俊，冷酷，对女性颇具吸引力。可对埃米莉的示爱，他似乎反应并不热烈，但我们只有埃米莉写给他的书信，并没有他的回信来确认这是否属实。埃米莉曾写道：“我今天一整

[1] 莫佩尔蒂（1698—1759），法国数学家、物理学家、哲学家，他是最先证明地球形状为近扁球形的科学家。

天都在家，过来看看您能否教我如何从惯例推演到定理。”“我已无事可干，除非您给我布置一个任务。我极其想要一个。”“今天六点过来一下。”“毫不奇怪的是，一个人离开您时，脑子里除了再次见到您的喜悦，别的什么都想不了。”“我现在的生活十分杂乱。我正在死去，我的灵魂需要您，正如我的身体需要歇息。”“虽然您今晚没来，但我爱您如您已来。”

埃米莉当时并不仅仅只忙于从两位著名大师那里汲取知识。她还和闺蜜圣皮埃尔公爵夫人过着充满活力的社交生活。她们一起去王家歌剧院，逛王家花园，泡不同的咖啡馆以及参加法国科学院的会议。在这些地方中的每一个，夏特莱侯爵夫人都将莫佩尔蒂约来相会。她还带他去见她的母亲，其母如今已是一名寡妇，住在巴黎附近的克雷泰伊（Creteil）。埃米莉总是能将大量的事务塞进同一天之中，她在一天里所完成的事比大多数女性在一周内完成的还要多。她如牛一般健壮，而且需要的睡眠很少。如果必要的话，她可以通宵达旦地工作。实际上，她也喜欢这样做，因为她知道如此便会心如止水。

不幸的是，除了两三张便条外，伏尔泰和夏特莱侯爵夫人之间所有的通信全都消失无踪。他们可都是著作等身的书信作家，即使
33 住在同一屋檐下，他们也会写信给对方。当埃米莉执笔书写时，她会直白得令人脸红，说出涌入她脑中的一切。如果能一睹她在这段时期写给伏尔泰的书信，我们应该能更清楚地了解她对伏尔泰的感情。那些写给莫佩尔蒂的信件会让一位 20 世纪的读者很难相信，她竟还能和另外一个人置身于一段让人欲罢不能的恋情中。但埃米

莉对人际关系的看法并未受到当时浪漫主义思潮的影响。伏尔泰有很多东西可以给予埃米莉，但他当时疾病缠身，并且唯独在那段时期病得比平时更加厉害。而莫佩尔蒂则给了埃米莉其他的东西。她从两人身上分别取得了欲求之物。

伏尔泰还有许多其他理由让他对莫佩尔蒂心怀嫉妒，后者的存在让他的人生轨迹蒙上了一层阴影。莫佩尔蒂和伏尔泰于同一时期客居英国，并且在那期间，他还当选为英国皇家学会会员。他也是一名满怀热情的牛顿追随者，而且，毫无疑问，他对牛顿科学思想的理解比伏尔泰更为深入。此外，他也在努力使信奉笛卡尔的法国同胞转信牛顿，就这一主题，他已经写下好几篇论文。尽管出身资产阶级，但他也是法国社交圈中的一名宠儿。后来，当伏尔泰前往德意志时，他发现莫佩尔蒂也在那里，而且还是柏林科学院的院长，并娶了一位出身高贵的普鲁士妻子。最终，积攒了大约二十年的怨恨让伏尔泰与莫佩尔蒂反目成仇，而且伏尔泰简直要用嘲讽结果了这位可怜人。但在1733年，他们又重归于好。

而今，在新住处被工人们围绕着的伏尔泰正在进行《哲学通信》的收尾工作。他同时也在排练《阿代拉伊德·杜·盖克兰》(*Adélaïde du Guesclin*)；为拉莫(Rameau)[1]创作一出歌剧；撰写一篇攻击帕斯卡的文章，并准确地预言到，这篇文章将会惹恼每一个人（即使他已经仁慈到放过了帕斯卡关于奇迹的愚蠢观点）；他还在一边为利南神父寻找住处，一边让他定下心来写一部名为《拉美

[1] 拉莫（1683—1764），法国18世纪最重要的作曲家、音乐理论家，大器晚成，代表作有《希波吕托斯与阿里奇埃》。

西斯》(*Rameses*)的悲剧。此外，伏尔泰还让埃米莉沐浴在他的诗歌之中："我现在不作诗歌，除非是写给她。"难怪他会说，每天都太短，还说作家应被给予两倍的时光。

其实伏尔泰那段时期的兴趣主要集中在被他称为"哲学、政治、批判、异教、恶魔书信集"的作品上，人们认为这些信应是伏
34 尔泰在英国时写给蒂埃里奥的。而蒂埃里奥本人目前正在英国。在伏尔泰的授权下，他将于伦敦出版这些信，并会把挣来的钱纳为己用。1733 年 8 月，这些信件以《英国书简》(又名《哲学通信》)为名发行于世，并迅速大卖。而且意料之中的是，英国人民没有对这些信件提出反对。用伏尔泰的话说，英国民众全都是异教徒，不仅对教皇漠不关心，还十分乐意亲自为恶魔的作品喝彩。除了这一有利因素外，这些信件若没有夸赞他们的国家和民族，它们在英国将会微不足道。但伏尔泰清楚的是，要是把它们放到法国，引起的丑闻将会超过出自他手的任何作品。他一边惧怕它们会出现在法国，一边又渴望如此，可他已愚蠢地将这些书信的原稿交给了鲁昂一位名叫若尔(Jore)的出版商。伏尔泰随后轰炸式地给这位出版商写信，恳求他无论在什么情况下都不要让任何人看到这份原稿。7 月的时候，他告诉若尔，掌玺大臣(Garde des Sceaux)* 已派遣一名警方间谍到鲁昂去查出能找到的有关这部作品的一切证据。若尔一定要把原稿和副本藏好，最重要的是，千万不能让任一副本脱离掌心。在将这些信件带给公众之前，一定要做好舆论准备；等

---

* 掌玺大臣，但常常也享有首席大法官的权力且俸禄丰厚，就像在此例中。

《趣味的圣堂》的风波过一段时间平息后，一定要为这部书信集找到一位合适的赞助人；最为关键的是，在将这些信件投入印刷之前，一定要选择一个合适的时机。这些话，伏尔泰向若尔本人和同样身处鲁昂的西代维尔重复了一遍又一遍，后者将会继续向这位出版商强调这些话的重要性。伏尔泰还寄给若尔一大笔钱，以免他因为此次出版的延迟而陷入亏损。

那年的整个冬天，伏尔泰一直与疾病为伴：数月在床，时起时卧。《圣堂》闹剧带给他的肠胃困扰仍未消退，眼下的《哲学通信》又使他忧心忡忡，加之1月上演的《阿代拉伊德·杜·盖克兰》也以失败告终，没有证据表明埃米莉在这段时期为伏尔泰带去很多安慰，而一直与他同住的利南神父则完全是在给他添乱。这位可怜的小老弟每晚七点就上床睡觉，却要到第二天正午才起来；他终日无所事事，还不断向伏尔泰索要更多的零花钱。伏尔泰把他送进法兰西喜剧院，好让他在那里学习戏剧创作的艺术。他会盛装粉 35
饰得犹如亲王贵胄，然后前往那里，并和男女演员在喜剧院对面的普罗可布咖啡馆（Café Procope）八卦数小时。但他的《拉美西斯》依旧毫无进展。对伏尔泰而言，时间是如此的宝贵，他最讨厌眼睁睁地看着它被浪费掉。

5

黎塞留的婚礼

The Richelieu Wedding

伏尔泰和埃米莉之间的恋情，在经历了一个热烈的开端之后，被困扰两人的各类事务吞没，似乎处于危机之中。1734 年 4 月，伏尔泰告别了曾一度看着像其临终之地的病床，和埃米莉启程前往勃艮第参加一场乡村婚礼。黎塞留公爵将在那里迎娶吉斯小姐（Mlle de Guise）。这位新娘是夏特莱侯爵夫人的亲戚，而新郎则是侯爵夫人的旧爱。这场婚礼由伏尔泰一手促成。新娘的父亲吉斯亲王（Prince de Guise）是伏尔泰的债务人。伏尔泰手里一有些闲钱就会迅速投资出去。他最喜欢借贷人为贵族的债券投资。他过去常说，“这些大人物”从不会让他失望，即使他们不能准时支付利息，但最后总会如数归还。吉斯是个十足的恶棍，要是在那个不同寻常的 18 世纪可以剥夺贵族头衔的话，他和已在 1732 年去世的妻子早就因臭名昭著的违法行径而被打入社会底层了。但这对道德败坏的父母却生下了一位冰清玉洁、品位高雅的女儿。关于此女，伏尔泰早就萌生将其嫁给好友黎塞留的念头。他后来更是揽下这桩亲事的所有交涉任务，那可不是轻松的工作。黎塞留出身平庸，他的公爵之位源于旁系先辈，而非祖上直系相传。更为糟糕的是，他甚至都不属于第一代黎塞留公爵的杜·普莱西（Du Plessis）家族（一个高贵但并不出名的市郡家族），而是维涅罗（Vignerot）家族的一员，是红衣主教黎塞留妹妹的后代。他对此十分在意，觉得他跟其他公爵不一样，这种感觉折磨了他一辈子。他非常想要这桩能为家族盾 37
徽增添荣光的婚姻。但是，吉斯所属的洛林家族自视与王室相差无几，拒绝考虑这桩联姻。最终，知道吉斯亲王经济拮据的伏尔泰提出了一条具有魔力的建议：黎塞留迎娶贵千金可以不要嫁妆。这下，吉斯勉强被说服，而且比意料中更加情愿，因为他女儿出人意料地宣称她和这位公爵十分合适。按理说，就出身而言，黎塞留似乎应是这世上最不可能吸引她的男性，但是，就像其他许多女子那样，她爱上了他。

黎塞留是他那个时代的万人迷之一。虽近乎文盲，只对天文学略知一二，但他为人机灵，风趣幽默。他为摄政王和路易十五带去了如此之多的欢笑，乃至无论犯下何种大错，他们都会予以原谅；而他确实也有不少需要原谅的地方，其中就包括背叛。他喜爱编造一些中伤他人的轶事。正是他造谣说格里尼昂夫人（Mme de Grignan）痛恨她的母亲塞维涅夫人；也是他确定无疑地声称波舒哀秘密地和比西-拉比汀（Bussy-Rabutin）的一位女性后辈结为夫妻。这则消息一出来，新教徒满怀热切地信以为真[1]。黎塞留大摇大摆地从其人生旅途中一路走来，活像一部滑稽歌剧中的英雄，操着一口摄政时期人们竞相效仿的伦敦腔法语，在多场决斗中手刃仇敌，从其他男性眼前掳走他们美丽动人的妻子。不止一位公主曾为他坠入爱河。而那些追求时尚的女性，只有当过他的情妇，哪怕仅有短短几天，才会觉得她们是时尚浪潮中的一员。作为一名军人，尽管不讲策略，但他敢冲敢闯，战功卓著，像研读地图、组织供给和筹划战役这样的苦差事都不适合他。他最喜欢征战沙场，而后和他的战友们一起奸淫掳掠。虽然在大多数与他人的交际中都未能恪守忠诚，但对伏尔泰，他一直是个忠贞不贰的朋友，自路易大帝中学时期起便是如此。他们的友谊经受住了一切考验，甚至包括伏尔泰借给他的巨额钱财。在伏尔泰看来，黎塞留“对女人们而言，是个恶贯满盈的负心汉，但对男人们来说却是一个必不可少的人”。伏尔泰建议这对新人不要爱彼此太深，因为这才是让爱永驻的最可靠之法。这条建议当然是说给新娘听的。但是，倘若黎塞留真的可以只爱一个女人而非全体女性的话，
38 那么这个女人非他相貌平平的妻子莫属。为了向妻子隐瞒他的婚外情，他不惧千辛万苦，而他妻子也对他十分满意。

这对新人的婚礼在吉斯亲王的乡村宅邸蒙丘堡如期举行。但新娘的两位堂亲利克桑亲王（Prince de Lixin）和庞斯亲王（Prince de Pons）当日拒绝出席，他们公开声称这场错误的联姻让他们感到厌恶。要是没有这段小插曲的话，婚礼可谓一切顺利。黎塞留被欢聚

[1] 波舒哀为天主教主教，与新教是敌对势力，而当时天主教主教按教会规定不可结婚。

一堂的宾客妥妥地送到了婚床之上。伏尔泰很高兴能在这桩喜事中起到主要推动作用，但他在给各方朋友的信中写道，“所以，我从二百四十英里外的地方赶来，就是为了见证一个男人和一个女人同床共枕”，说得好像十分无聊似的。三天后，新郎黎塞留便脱下新装，回到由贝里克公爵（Duke of Berwick）[1]率领的正在德意志围攻菲利普斯堡（Philippsburg）的军队。

而婚礼上的宾客则继续陪在黎塞留夫人身边。一切都如新婚的钟声般欢欣愉悦，直到一则惊人的消息从巴黎传来。该消息称，《哲学通信》正在巴黎私下发售，出售的作品中还囊括了所有信件中杀伤力最强的《关于帕斯卡之思》。伏尔泰的名字赫然出现在这部作品的扉页上，但即便没有，他也难以声称这本已在英国发行数月的书非他所写。他顿时惊恐万分，立马抓起他的笔，写信给每一个他认为可能会帮到他的人。他告诉西代维尔和德芳侯爵夫人，当他开始写这些信时，已经决定要把英国当成他以后的家了，但转念一想，若是那样的话，他会非常怀念他的朋友们。当然，现在又多了一个让他不愿住在国外的新理由[2]。

伏尔泰对西代维尔说，他被“受您庇护的若尔”背叛了（由于带来了利南神父，西代维尔一直遭到伏尔泰的责备。但他从不予以反驳，抑或指出伏尔泰已经年长到足以自行挑选他的出版商和朋友）。或许，若尔应该受到谴责，但是已经不可能知道事情的真相了。自这些信件首次在英国出现以来，伏尔泰就步入了一座迷宫，

[1] 贝里克公爵（1670—1734），英王詹姆斯二世的私生子，法国元帅。
[2] 此处指埃米莉。

里面充斥着关于它们的骗局和谎言。他创作这些书信可不是为了眼睁睁地看着它们在鲁昂的仓库里无限期地烂下去。所以，他很可能利用不在巴黎的机会将这部作品推向市场。若尔毫不含糊地指出了
39 这一点。然而，证据是站在伏尔泰这一边的。鉴于一开始做出让若尔保管原稿的愚蠢轻率之举，他后来似乎真的为阻止若尔出版而竭尽所能。而若尔则准备凭借此书大赚一笔，发行短短几天，一千五百册《哲学通信》便以每本十里弗的价格销售一空。而且，这样的非法出版在若尔的家族已成传统，他父亲在路易十四统治时期就进过好几回巴士底狱。从获取的利润来看，那几次牢肯定坐得不亏。

此时，在蒙丘的一行人正屏息等待来自巴黎的信件。消息越来越糟。若尔已在巴士底狱住下，伏尔泰的家遭到搜查，一份针对伏尔泰的密札也被签发。但当局并不真的想把伏尔泰这位著名人物关押起来，他们允许他收到及时的警告，好尽快离开蒙丘，而伏尔泰也的确以他最快的速度逃离了那里。在他离开两天后，那份命他立来奥克松（Auxonne）监狱堡垒的密札就传到夏特莱侯爵夫人的手里。但鸟儿早已飞走。按伏尔泰自己的话说，“我对监狱怀有一种极端的反感”。

现在，夏特莱侯爵夫人的信件吐露着绝望的气息。这也难怪，她此前一直幻想于平静的生活中和爱人长相厮守。而今，他们的幸福似已永远破灭。她害怕他会被抓住，再被关进地牢里。身子骨如此纤弱的他可能会在那里轻易丧命，或在那里遭受长达数年的折磨。但伏尔泰充其量只是被迫再次踏上她无法追随的流亡之旅而已。有一阵子，她确信伏尔泰刚离开蒙丘就被抓了，消息的匮乏增

添了她的痛苦。她写信给黎塞留说：“年轻有什么用？我宁愿已年至五十，于乡间某处和我不幸的朋友、黎塞留夫人还有您共度人生。唉！我们一生都在为幸福制定计划，但我们从未成功过！”这段时期，埃米莉最大的安慰来自她与黎塞留夫人的友情。对这位夫人，埃米莉是真心实意地喜爱。她将牛顿的思想灌输于这位年轻女性的脑中，这项工作完成得如此彻底，乃至几个月后，黎塞留夫人竟使一位信奉笛卡尔的耶稣会士对其信仰产生了困惑。当时在场的一些英国游客对她甚为钦佩，而她尚未成年以及公爵夫人的身份更增加了他们对其演说的兴趣。伏尔泰论及她时，说她似乎真的懂得 40
哲学的基本原理。

很快，夏特莱侯爵夫人就不得不离开蒙丘返回巴黎。在那里，她开始为伏尔泰唇枪舌剑，其精力是如此旺盛，对颜面是如此不顾，以至连伏尔泰都对她大呼谨慎收敛。他说，事情做得实在太过，人们会开始对他们的友情说三道四。其实夏特莱侯爵夫人在整个事件中的处境要比伏尔泰糟糕得多。事发之后，伏尔泰藏匿得非常隐秘——很可能是躲在洛林——直到今天，无人确切知道他当时身居何处。那段时期，他所写的无数信件寄出之地相隔远如第戎和巴塞尔。毫无疑问，他是托前往那里的旅客代为寄出的。他可不想坐牢，他确信自己将躲过这一劫。与此同时，得知巴黎市内人人都在阅读他的作品，他感到志得意满。上流社会的妇女和咖啡馆里的闲人开始对牛顿和笛卡尔各自的竞争优势议论纷纷。对此，伏尔泰佯装愤怒，实际上，这正是他这部作品所要达成的目标。伏尔泰自己从未有过原创性的哲学思想，但他拥有简化他人思想的超凡才能，这就使得在他的书中，他人的思想能够为上流社会的妇女和咖啡馆里的闲人所理解。“如果我没有挑起这一话题的话，没有人会颜面扫地，但也就没有人会读到我。”

伏尔泰的哲学思想和他对帕斯卡的攻击并不是在巴黎引发众怒的唯一导火索，而且，这回他惹恼的可绝不只是教会和政府。《哲学通信》中被重复了一遍又一遍的主题即为：英国的一切都是真实有序的，而法国的一切则都散发着轻佻复古的腐臭味。英国人都是自由人；法国人则为迷信、暴政和不合理的法律所奴役，他们已经忘记如何思考。严肃的英国人会先对他们的国王进行公正的审判，然后再将他们处决。而任性的法国人则会直接通过暗杀弑君。英国的牧师年迈且有妻室，当他们喝醉时，他们仍会认真待己，而不会放任自我，造成丑闻。在英国，既没有年轻放荡的宫廷神父，也没有由男孩担任的主教。谁才是更有价值的公民？是能准确告诉你国王起居时间的法国贵族，还是从其办公室向苏拉特和开罗发号施令，为世界人民的幸福贡献力量，并帮助国家富强的英国商人？英
41 国比法国更早拥有剧院。它的创建者名为莎士比亚，是一个虽毫无品位、不知戏剧规则，但却影响深远、高效多产的戏剧天才。当时，世界上没有哪个民族像英国人民那样喜爱公共绞刑。这部分体现了莎士比亚戏剧的成功，因为他常常会将尸体带到舞台之上。相比法国，文学在英国更受尊崇。假使存在一个英国学术院的话，它定会远远胜过法兰西学术院这一荒谬可笑的组织。目前，英国的医生正在使用过程十分简单的接种技术消灭天花这一可怕的疾病。而过于墨守成规的法国医学界自然是不会允许其病患从这一新发现中

受益的。至于哲学，若是一名法国人到了伦敦，他会发现一切在那里都发生了翻天覆地的变化。在巴黎，人们认为宇宙由许多漩涡构成，但伦敦可没有这种漩涡。随后，伏尔泰开始证明，作为一名思想家，牛顿较之笛卡尔所具有的优越性。

对于伏尔泰书中的内容，要是仅仅说法国人民不满意，那就是在轻描淡写。整个读者群体都处于愤怒的火海之中。伏尔泰怎么会有胆子让野蛮粗俗、信奉异教、忤逆弑君的英国人凌驾于文明优雅的法国人之上？他怎么敢将他们落后的英国文学和孕育出拉辛的法国文学放在一起比较？莎士比亚确实璀璨夺目！那与他同一时代，并著有一部关于尤利乌斯·恺撒的精彩戏剧的格雷万(Grévin)[1]呢？马蒂厄·马雷（Mathieu Marais)[2]说，“英国人十分欢迎这位背弃我们国家的出逃者”。

怒火丝毫不输给其他人的还有科学家。在18世纪，人们的思想深受民族主义的浸染。正是因为笛卡尔是法国人，法兰西人民才对他如此偏爱，伏尔泰、莫佩尔蒂和其他哲人耗费了数年的时间才使牛顿为法国学术界所接受。同样的道理，尽管腓特烈大帝向德意志民众强行灌输牛顿思想，但他们始终无法舍弃莱布尼茨，因为他是德意志人。

6月10日那天，《哲学通信》在巴黎司法宫（the Palais de Justice）外被集中撕碎焚毁。人们谩骂作者“可耻，背离宗教，有失体面，毫无对当权者应有的尊重”。而当伏尔泰收到这则消息时，

[1] 格雷万（1538—1570），法国剧作家，代表作有《恺撒》。
[2] 马蒂厄·马雷（1665—1737），法国作家、法学家。

42 他只是简单地回应，下次，他会说得更多。

回到包围菲利普斯堡的军队中后，黎塞留发现他和妻子的两位堂亲利克桑亲王与庞斯亲王同在一支队伍里。当时，为庆祝自己的十七岁生日，统率着一个团的孔蒂亲王（Prince de Conti）举办了一场晚宴。黎塞留是这位亲王的父亲的老友，靠着这层关系，他觉得在结束一天的战壕生活后，无须更换衣服就可径直去参加宴会。当利克桑亲王在晚宴上看到黎塞留时，他大声讥讽道，黎塞留先生，虽已结了婚，但身上似乎仍旧沾着许多污物。随后，公爵便把亲王叫了出去，他们决定立刻进行决斗，因为军官之间的决斗是被禁止的，他们担心若择日再战会受到阻挠。所以，两个人和他们的朋友一起来到战壕后一片荒芜的空地，吩咐仆人们点火照明。火光引来了敌人的炮火，这场决斗就在从天而降的炮弹中拉开帷幕。德意志人很快就找准了目标范围，一名仆人随即被炸死。对决的双方势均力敌，利克桑在开始的瞬间就刺伤了黎塞留的大腿。决斗过程中，黎塞留那些愈发觉得形势不利的随从都力劝他投降，但他予以回绝。这场激战持续了相当长的一段时间。最终，黎塞留一剑刺穿了利克桑的心脏。在场的军官们无不庆幸能活到这场决斗结束，他们将决斗的两位主角带离战场：一位送进坟墓，另一位送往医院。

决斗的消息抵达伏尔泰那里时已变得十分夸张，声称黎塞留命不久矣。伏尔泰听后没有丝毫犹豫，立即命仆人备好马车赶往菲利普斯堡。他是真心实意地爱着这位公爵的，并觉得自己对此次事件也负有一定的责任，因为这桩婚姻是由他撮合成的。然而，伏尔泰抵达后却发现他的朋友已逐渐康复，并对他当时的麻烦摆出一副相

当诙谐的态度。黎塞留调侃说，伏尔泰这个混蛋，又开始玩他的把
戏了，像之前一样，在安全离开巴黎后他自己安排了《哲学通信》
的出版。贝里克公爵司令部的贵族们见到伏尔泰都很高兴。伏尔泰
很快就融入愉快的军营生活中，那里的生活也因他的到来变得更加
惬意。三位年轻快乐的血亲王子，即来自孔代家族的克莱蒙（Cler-
mont）亲王和沙罗莱（Charolais）亲王兄弟俩，加之孔蒂亲王，都
为他举行了宴会，对他十分看重。然而，他们很快便得到巴黎方面
严厉的指示，命令他们停止这样的行为。眼下国王的警力正在四处
搜捕伏尔泰先生，而这位通缉犯竟和国王的堂亲们在前线寻欢作 43
乐，这实在是不合规矩。此外，一场战役似乎正在逼近，伏尔泰觉
得离别的时候到了。他再一次命令他的仆人备好马车。

6

西雷庄园

Cirey

离开前线后，伏尔泰朝位于香槟的西雷庄园驶去。那是属于夏特莱家族的一处乡间宅邸。周围的林地将其与外界隔离开来，林中到处都是自罗马时期就运转不息的铸铁厂和锻造厂。这里非常适合充当藏身之所，居于其中的人若事先做好安排，就算警察突然前来抓捕，及时的警告也会先一步抵达。而且从那里可以轻易到达洛林的边界。这座庄园始建于10世纪，它曾两次被夷为平地，一次是在同盟战争[1]期间，一次是在奥尔良公爵加斯东(Gaston d'Orléans)[2]的阴谋破产之后。夏特莱侯爵的曾祖父对庄园进行过部分的重建，但这里已空置多年。伏尔泰到来时发现其中

[1] 此处指旷日持久的意大利战争（1494—1559），当时法国、西班牙、神圣罗马帝国等大国觊觎尚未统一的意大利，根据形势组建过多个同盟，彼此对抗竞争。

[2] 奥尔良公爵加斯东（1608—1660），法国国王亨利四世和玛丽·德·美第奇的第三子，法国国王路易十三之弟，曾意图谋反，但以失败告终。

家具全无，破败不堪。埃米莉和他决定在此处追求他们柏拉图式的爱情，远离巴黎的险恶与纷扰。埃米莉曾告诉黎塞留，不想和心爱之人于乡间共度宁静的生活对她而言是不可思议的。她还说，要是住在巴黎，她确信早晚会失去他。至于伏尔泰，他厌倦了独自操持家事。他已经到了一个男人想安定下来、享受某个迷人女人照顾的年龄。

埃米莉目前仍待在巴黎继续跟随莫佩尔蒂学习，并开展社交和进行赌博。她之所以没法立即前往西雷庄园，可能是因为她出生才十六个月大的孩子生了病。这个婴儿最终于当年 9 月夭折。在那个年代，一个孩子的夭亡很少被看成一桩重大的不幸。当时的父母将孩子看得轻如鸿毛，而且家里的一两个孩子通常还会被认为活不到成人。然而，出乎夏特莱侯爵夫人意料的是，她对孩子的死相当在意。在这个孩子去世的第二天，她给莫佩尔蒂寄去一张便条，说她必须承认真的非常伤心。如果莫佩尔蒂当时愿意过去安慰她的话， 45
他将会发现埃米莉正处于独自一人的状态。她已经告诉过仆人不想见任何人，但无论在什么情况下，莫佩尔蒂的出现总会带给她莫大的喜悦。在这之后，夏特莱侯爵夫人并不急着赶往西雷庄园，而是继续留在巴黎，直到莫佩尔蒂于几周后奔赴瑞士。这样一来，伏尔泰在西雷庄园独处了大约三个月。

不过他已经开始在西雷进行一项大规模的建造和装修计划。庄园的屋内满是他招来的泥瓦匠和粉刷工；屋外则将建起由他设计的台阶、大门和小径。由于社交是伏尔泰的快乐源泉，他开始向两位邻居——正值青春的拉纳维尔伯爵夫人（Comtesse de la Neuville）

和芳华犹存的尚邦隆夫人（Mme de Champbonin）献好。每当家里的建筑工人让他觉得极不舒服的时候，他就会待在拉纳维尔伯爵夫人那边，接着，尚邦隆夫人便会驱车赶来，陪他下西洋双陆棋。这位快乐而肥胖的女士随后沦为了伏尔泰的“奴隶”，且在将来一直如此（她早就认识夏特莱侯爵夫人，她们曾一起上过学）。当伏尔泰身处西雷时，这两位女士便会源源不断地向其供应野味、禽肉和桃子。对这些礼物，伏尔泰会在献给她们的散文和诗歌之中予以感谢。他在其中写道，“巴黎才是您应属之地”。对一名地方上的夫人而言，这是极大的恭维了。

最终，10 月，在伏尔泰阅读埃米莉的一封来信，并从中得知近期不要期盼她会来的时候，埃米莉出现了。她的到来为这座庄园带来了上百件的包裹和比以往更多的混乱。伏尔泰跟她报告说：“我们现在有床但没有床帘，有房间但没有窗户，有漆柜但没有椅子，有迷人的马车但没有马来驱使。”夏特莱侯爵夫人刚刚才结束一场糟糕的旅行，她的身子骨快在一辆不舒适的马车里摇散架了，而且一路上都没合眼，但此刻她却精神亢奋，谈笑、逗乐，丝毫没把入住新居的困难放在眼里。在此番魅力的感染下，当埃米莉对装修布局作出全盘改动时，伏尔泰几乎没有提出任何反对意见。她在原先计划安窗户的地方放上了门，在先前打算建壁炉架的地方装上了楼梯。幸亏他没有安置菜园，不然的话，她肯定会换成花坛。伏尔泰把这些事统统告诉了尚邦隆夫人，他可爱的香槟女子，没有她的话，他简直没法活。由于西雷没有多余的床可让尚邦隆夫人过夜，
46 （为什么，为什么三个人睡就必须要用三张床）？伏尔泰和埃米莉就

派遣壮如巨象的马儿和轻若羽毛的马车来接送这位夫人，这样，她便可前来度过白日的时光，并在晚上及时赶回。不过仅仅因为少了一两张床，朋友间就要彼此分离，这真是令人难以置信。由于怀有身孕，拉纳维尔夫人现在不方便走动，但是，等伏尔泰在西雷指挥装修的日子一结束，他将立即驾车送夏特莱侯爵夫人前去看望她。待客房准备妥当后，这两位迷人的邻居必须前来分享他的快乐，伏尔泰写道，仿佛他就是这片庄园的领主，是女主人的丈夫。夏特莱侯爵那时正在勇敢地与德意志人作战，当得知他名下的房产正在翻新，妻子在继续进修数学的时候，他表现得十分平静。伏尔泰为西雷的一切买了单，但向来实际的他把账目都记了下来，并把这些钱看作是借给夏特莱侯爵的。

为了欢度圣诞节，埃米莉返回巴黎。朋友们说她在那里沉迷于放荡的生活，以至于很难见着她。她和黎塞留共度了大把的时光，并再次对莫佩尔蒂展开追求。在圣诞节的晚上，她给莫佩尔蒂写道："我宁愿您与我相隔远如西雷和巴塞尔，也不愿与您共处一地但却会面甚少。我想和您一起庆祝神的降生。为什么不来与我和克莱罗(Clairaut)[1]一同为他的健康祝酒呢？我希望您能在晚上八点至九点间出现。我们会去参加子夜弥撒，聆听风琴演奏的圣诞赞歌，之后我将把您带回家。我对此满怀期待，除非德拉涅小姐(Mlle Delagni）反对。"

就这样，伏尔泰再一次在西雷过起了独居生活，但他有很多事

---

[1] 克莱罗（1713—1765），法国数学家、力学家、天文学家、大地测量学家。

情要做。庄园的装修工程仍在进行，与之同步的是《阿尔齐尔》（*Alzire*）的创作，《奥尔良少女》（*La Pucelle*）的写作也已开始，而他的健康本身就是一项工作。此外，他的书信往来也与日俱增。在给蒂埃里奥的信中，他用英语写道：“您告诉我您已准备好离开英国，到我这里来。这是千真万确的吗？您能向我展示一下您的这番心意吗？……不要让您的这一打算沦为软弱之人转瞬即逝的热情，让它成为高贵的强者坚如磐石的决心。来吧，我亲爱的朋友，我恳求您到我身边来，我万分确信我所剩年岁无多，不要剥夺我与您共度生命最后时光的乐趣……若无朋友相伴，文学不值一提。一个胸无点墨的朋友仅是一个无趣的伴侣；但一个像您这样的朋友则是一件珍宝。”

47 在收纳巴黎信件的邮件袋中，伏尔泰收到来自小克雷比永（Crébillon）[1]的《日本故事》（书里尽是些淫言秽语和对各类主题含而不露的挖苦，例如对曼恩公爵夫人和教皇通谕《论上帝独子》的讽刺）。伏尔泰说要是他写下这些内容，应该已经被送进巴士底狱了。果不其然，不久他就听说小克雷比永到巴士底狱报到去了。伏尔泰注意到政府从不在意它为关押作家文人花了多少钱，但如果问题是出在某位作家那点可怜的年金上，当局就总是无力支付。这实在是不公平。伏尔泰本人一直从王后那里领取一份数目可观的年金，这笔年金甚至在他流亡英国期间也未曾停止发放。

“《拉美西斯》进展如何？”伏尔泰向西代维尔询问道，后者当

[1] 小克雷比永（1707—1777），法国小说家、杰出诗人，戏剧家老克雷比永之子。

时已将利南神父接到鲁昂照管。“我肯定它必是溢满雄浑的词句和精妙的思考”，西代维尔回复道，并补充说，能让公众在戏剧的五幕演出中始终保持兴趣高涨的本领只可源于神赐。此外，每出戏剧都有着自身奇特的命运，而且从来都无法预见，只有等到幕布升起方可知晓。

伏尔泰曾向某位麦卡锡神父（Abbé MacCarthy）放贷，但这家伙却在没有偿还债务的情况下去了东方。如今消息传来，这位神父在君士坦丁堡被行了割礼，遭穿刺而死。伏尔泰听后评论说，很多人都欠他钱，但迄今为止还没有一个被刺死。

他开始好奇公众会对《阿尔齐尔》作何反应。如果它失败了，“我的敌人们会很高兴，德方丹之流将会抓住机会，公然对我施加嘲笑和鄙夷，这便是人类的不公：没有什么惩罚会比想取悦别人而遭遇失败来得更加狠毒”。

当初被伏尔泰从木桩上救下来的那位德方丹神父现今已成为他的死敌。伏尔泰无法忘却（据蒂埃里奥所说）这位神父当年刚出比塞特尔监狱就针对他写下的那些讽刺文章。打那时起，伏尔泰就对德方丹恨之入骨，从不会放过任何伤害后者感情的机会。出于某种难以解释的原因，伏尔泰将他写的《论史诗》（用英语写成）交到这位神父手中，委托他翻译成法语。就像所有译者那样，德方丹在翻译时犯了一两个小错误。伏尔泰原文中本是“被他们吞掉的蛋糕”（cakes devoured by them）的内容，到这位神父的译文中却成为“卡库斯（火与工匠之神伏尔甘之子）如狼似虎般的饥饿”［the devouring hunger of Cacus（son of Vulcan）］。伏尔泰当时毅然投身到

48 对这一错误以及其他错误的追责上来，向它们施以令人畏惧的尖叫，致使德方丹看上去像一个傻瓜。他同时也没能放过这位可怜人的短处，称他为“同性恋神父”（il buggerone abbate），并暗指他是那些小萨瓦人（les petit Savoyards）中的一员（直到今天，巴黎的烟囱清洁工仍几乎都是萨瓦人）。而且自始至终，伏尔泰都在强调一个事实，即他曾将德方丹从鬼门关里抢救回来。总而言之，伏尔泰对这位神父极其刻薄。但德方丹并非圣人君子，他才不会伸出另一边脸让伏尔泰去打。而且他同样具有惹人恼怒的才能，并握有一件强有力的武器：《当代写作观察》（*Observations sur les écrits modernes*），一份由他担任编辑的文学评论刊物。如此喜爱嘲讽他人的伏尔泰本身也是一块可以用来嘲讽的上好材料。据他的同学所言，小伏尔泰上学时若受嘲弄，定会起身反抗。向上撅起的嘴唇和表示轻蔑的沉默绝不会是他的选项，没人像他那么容易一点就着。与人争斗于他而言是种享受。他喜欢各种形式的人际关系，从某种意义上来说，他的敌人比他的朋友更有存在的必要。身处文坛，敌意是永远少不了的。

伏尔泰曾在很长一段时间里与让-巴蒂斯特·鲁索剑拔弩张。这位比他年长二十三岁的著名诗人曾给他看过一篇《后世颂》（*Ode à la Postérité*），伏尔泰当时忍不住开了一个玩笑，说恐怕这篇颂歌永远都无法传到后世。这之后，两人间并没有发生冲突。鲁索可不像德方丹那样位居便于打击伏尔泰的有利地位，他当时正在布鲁塞尔过着不甚光彩的流亡生活。如果可以的话，他真的很愿意与伏尔泰和解，但他常说，“我能做什么呢？战争已经开始，那就必须向前推进”。

伏尔泰对其他中产阶级作家少有好感，并且还会特地向他们寻衅滋事。皮龙(Piron)[1]，一名谦逊的勃艮第人，他到达巴黎时胸中满怀对伏尔泰的景仰，并渴望与之相见。伏尔泰当时的情妇，同为勃艮第人的米默尔夫人（Mme de Mimeure），将皮龙置于自己的保护之下。一天，她对皮龙说：“到我的餐厅去，在那儿您将见到伏尔泰。”的确，伏尔泰正待在那里，蜷缩在炉火边。当见到皮龙时，他假装睡着了。皮龙于是坐在一旁，盯着他看。最后，伏尔泰装不下去了。他从口袋里掏出一小块面包，开始小口小口地吃起来，并解释说他有一种病，这种病使他必须整天不停地吃东西。皮龙随即拿出一个小水瓶，说他也有一种病，因而不得不一天到晚喝酒。但此举并没有将他面前的这位伟人逗乐。在忍受了多番的羞辱之后，皮龙成为另一位伏尔泰无法和解的敌人。 49

有一位批评家被伏尔泰置于一个不同于“德方丹们”的范畴之中，他就是普雷沃神父（Abbé Prévost)[2]，《曼侬·雷斯戈》（*Manon Lescaut*）的作者，文学报刊《赞成与反对》（*Le Pour et Contre*）的经营人。伏尔泰不赞成他的地方只有两个，一是他已剃度的秃顶（人类的耻辱），二是他不富裕的境况。德方丹是一个雇佣文人，而普雷沃是一个真正的人。从所写的文字中，可以轻而易举地看到他们本性的不同。其中一个很明显曾对小男孩行苟且之事，另一个则是为爱而生。假若伏尔泰能为普雷沃效劳的话，他定会乐意为之。

总体而言，如果说伏尔泰痛恨那些批评家，那些“寿命只有一

[1] 皮龙（1689—1773），法国讽刺诗人、剧作家，著作有《作诗狂》。
[2] 普雷沃神父（1697—1763），法国小说家，代表作有《曼侬·雷斯戈》。

天的可怜虫”，那么他对公众则怀有截然不同的感情。他有句格言：一部未获成功的戏剧就是一部坏剧，一本被允许绝版的书就是一本烂书。在他看来，“有趣的戏剧从不会失败”。根据他的计算，在巴黎大约有四千名受过教育的戏剧爱好者，他准备迎接他们的审判。不得不说的是，事实上他的书籍都十分畅销，戏剧也鲜有失败，这使他更容易持有这种态度。

1735 年 3 月底，伏尔泰获准返回巴黎，这很大程度上是夏特莱侯爵夫人和黎塞留公爵夫人两人努力的结果。曾与伏尔泰一起同过窗的警察总监在将返回巴黎的许可令寄给他的同时，恳求他今后要像个成年人一样行事。收到许可令后，伏尔泰迅速离开他的住处，但是，当到达巴黎时，在那里的发现却让他心生不悦。莫佩尔蒂现已成为各家沙龙的宠儿。公爵、公爵夫人和漂亮的女性均迷上了科学，并且都在排队等着这位伟人的授课；凡尔赛宫也变为他经常光顾之地；经他阐释过的牛顿理论目前是人们交谈的热点话题；上流社会人士现在坚定地声称万有引力定律确实比笛卡尔的漩涡论更具优越性。尽管伏尔泰本应对莫佩尔蒂满怀爱意和钦佩之情——因为他曾对后者写过，“终生温柔地爱着您，浑身都渗透着对您最柔情的敬意”——可当发现他的好朋友已然成为人们兴趣的中心时，他显然被激怒了。

50 他愤怒地给西代维尔写信道：“现在他们都爱上逻辑论证了。人类的情感、想象力和恩典都已被放逐。文学正在消亡，这是显而易见的。当然，我并没有对哲学的培育感到不快，但是哲学绝不能成为一个暴君，将其他一切排除在外。在法国人这里，旧风尚总会被新潮流取代，但转瞬间便轮到新潮流自己谢幕离场。”埃米莉对这一新潮流万分支持，并表示“愿其永存”，而伏尔泰则对此表示怀疑。不过，在伏尔泰带回来的行李中，有一件会让这些既愚蠢又业余的哲学家们都为之愤怒的东西。这件东西，如果伏尔泰胆敢发表的话，将会把人们的注意力再次聚集到他身上来，但它也能使他永远待在巴士底狱，而且还是待在那里的地牢里，与监狱长那美味的晚餐遥遥相隔。这一火药桶就是《奥尔良少女》。按照莫利勋爵（Lord Morley）[1]的说法，不论披着何种语言的外衣，它都称得上是最不得体的诗歌之一。在伏尔泰所有的作品中，《奥尔良少女》是最受他宠爱的宝贝，多年来，他一直在对其进行增添润色。它是一首关于圣女贞德的讽刺诗，部分内容十分荒唐。在这首诗中，宗教、爱国主义、美德、勇气、圣女贞德本人及伏尔泰大部分的朋友都遭到了他无情的嘲弄。伏尔泰本人则觉得它趣味无穷。每当情绪低落或心情沮丧时，他就会读这部作品，这准能逗得他咯咯地笑个不停。

伏尔泰同时也告诉西代维尔，利南神父曾来看过他。这位神父已经严重发福，他将《拉美西斯》大声朗读给伏尔泰听，但这部作品根本谈不上好。演员们绝不会同意把它搬上舞台，他们这么做是十分正确的。利南会把它写得这么糟似乎是件不可能的事，因为这可是伏尔泰亲自下功夫为他挑选的主题，该主题是如此之好，如此有趣，几乎可以说根本不可能会产生失败的作品。事已至此，现在

[1] 莫利勋爵（1838—1923），英国政治家、历史学家。

的问题是利南将何去何从。安排他去当家庭教师肯定是件困难的事情，因为他不光口吃、近视，还缺乏教育。然而，伏尔泰认为夏特莱侯爵夫人可能会愿意聘用他去教她那九岁大的儿子。“但是夏特莱侯爵夫人有一个丈夫，这位女神嫁给了一个凡人，而且这个凡人颇有自己的主意。”这是女神的情人第一次提及她那可怜的凡人丈夫。

总的来说，伏尔泰的这次巴黎之行并不成功，而且也没能持续很长时间。他在那里收到警告，让他最好再次藏匿起来，因为人们已经开始谈论他的《奥尔良少女》。不用说，他并没有让这部作品
51 安安静静地躺在行李之中。“像成年人那样行事”，伏尔泰故意把这条来自警察总监和其他朋友们的建议抛在脑后，一直带着《奥尔良少女》往来于沙龙之间，诵读这首诗里的少许内容，以挑起巴黎人民的胃口，同时也让受累于太多科学的他们放松一下。他将诗中的部分内容读给莫尔帕听，他是一个爱笑的人。毫无疑问，他听后哈哈大笑，但他也建议伏尔泰对这首诗严加保管，因为它足以让他丢掉性命。夏特莱侯爵夫人告诉黎塞留，事后证明，伏尔泰短居巴黎的这段时光是致命的，《奥尔良少女》所引起的不安和动荡是无法用语言来形容的。她不明白，一个这样聪明的人怎么会对自身的危险如此盲目呢？但是，她依然爱他，爱到足以为他弃绝人间一切欢娱，只和他一人安然厮守。

黎塞留当时仍在前线。他曾做出承诺，会负责将夏特莱侯爵掌控在自己手里，跟他解释家里出现的新情况，并向他指明，他的妻子在各方面都与他堪称佳偶，吃这样一位妻子的醋是件十分愚蠢的事。他必须对伏尔泰住在西雷的这一事实习以为常。就像其他许多

女性那样，夏特莱侯爵夫人惧怕战争的结束和军人丈夫的回归。她已经告诉过伏尔泰一切都会安好如初，他们三人将会和睦相处，但是她心里对此却远没有把握，而且她有一种感觉，整个事情可能会走向一个糟糕的结局。就在埃米莉跟黎塞留通信的同时，伏尔泰也在给黎塞留写信，催促他到西雷来和他们一起生活，前提是他得放过“我倾心爱慕的美人”。黎塞留并不是一个会重拾旧爱的人，而且目前并无迹象表明这对老情人会破镜重圆。实际上，他和夏特莱侯爵夫人已然归于一种令双方都深感舒适的友情之中。埃米莉说她过去无法相信黎塞留会喜欢一个与他的快乐毫不相干的人，一个在任何方面都对他无用的人，一个甚至都不是他情妇——在当时是布朗卡公爵夫人（Duchesse de Brancas）——朋友的人。但黎塞留确实喜欢她，而且可以说对她心怀爱意。

在收到警告后，伏尔泰立刻前往洛林。他在那儿行事低调，甚至都没去那里的宫廷宣告自己的到来，直到夏特莱侯爵夫人从掌玺大臣口中得到许诺，说伏尔泰可以安心住在西雷。黎塞留也为他争取到一份保证书。获得保证之后，伏尔泰回到西雷，夏特莱侯爵夫人随后便到那里与他会合，与她一同到来的还有她将会进入西雷附 52
近一所修道院的女儿、她的儿子和新上任的家庭教师利南先生（不再是神父了）。伏尔泰让他抛弃圣职并告诉他：“在埃米莉家里，我们不允许有神父存在。”作为一名家庭教师，利南实在是派不上用场，乃至夏特莱侯爵夫人不得不亲自教授他拉丁语，而那理应是他负责教给她儿子的课程。来到西雷的他还是和往常一样，一天中有半天都在睡觉。在醒着的时候，他所能做的最得体的事情就是向拉纳维尔伯爵夫人求爱，但收到的反应很不好，导致伏尔泰不得不用一封信——“他完全对您着了迷”——和一些诗歌来抚慰这位夫人。最终，利南恢复了理智，并写下一首小诗，诗的大意是：一位偶然来到西雷的旅客一开始很可能以为它是一座宫殿，但等到他遇见埃米莉的时候，就会明白他正处于一座神庙之中。这首诗受到了极其热烈的赞扬，毕竟，利南算得上别有诗才之人。

现在，伏尔泰感到既安宁又愉悦，这是他生命中仅有一次的好心情。“我正于绝对的平静和满满的闲暇之中，和一位独一无二的女士品味学习和友谊的甜蜜。她不光能读懂奥维德和欧几里得，还同时具备前者的想象力和后者的精确度。”这时的伏尔泰已经开始创作他的《路易十四时代》。这部作品并不是一部再现路易十四时代的史书，更不是一本记述那位帝王生平的传记，而是一幅描绘法兰西文明的图景。作品行文简洁，诙谐有趣，这种风格后来还受到里顿·斯特拉奇（Lytton Strachey）[1]的成功效仿。“国王为喜欢上一名已婚妇女而责备自己，而这种自责在他不再爱她后变得更加强烈。”在创作期间，伏尔泰一直在向他的熟人们打听那段统治时期的趣闻轶事，他记得它的结束（路易十四驾崩那年伏尔泰十九岁），但它的开始对他而言却似乎是无法企及的遥远之事。他喜欢用些轶闻来对他写作的内容加以说明，就是他将牛顿和苹果的故事保存了下来。他认为一部研究历史的书应具备像戏剧那样的结构，有开端、发展和结局，而不应仅仅是一堆事实的汇总：“如果想让读者

[1] 里顿·斯特拉奇（1880—1932），20 世纪英国著名传记作家，代表作有《维多利亚》。

感到厌烦的话，那就把所有事情都告诉他。”

可惜的是，这段平静快乐的日子很快就被风暴吹散。当年的 8 月 21 日，阿尔古公学的一群男孩排演了伏尔泰的《恺撒之死》（*La Mort de César*）。伏尔泰将这部写于离英返乡之初的作品描述为“一 53
位英国作家的作品的相当忠实的译本。这位作家生活在一百五十年前，名曰莎士比亚。他是伦敦的高乃依，也是个疯子，可所写的一些东西却相当值得赞赏”。在此之前，这部作品仅由表演爱好者上演过一次，伏尔泰一直都没将其出版。他认为它似乎不可能会取悦大众，因为书中没有任何女性角色，“太罗马化”。现在，他很高兴能以这种方式将它呈现给世人。当然，此番上演获得了成功。那群男孩的朋友和亲戚都疯狂地为他们鼓掌喝彩。而且其中两位男演员据说演技好到足以荣登法兰西喜剧院。简言之，这次演出受到了过分的吹捧，这在业余剧院是常有的事。而伏尔泰则深受感动，为之欢喜。他在当时写道，“现在我只为学校写诗。我已经公开宣布与两家阴谋常驻的剧院断绝联系，一是法兰西喜剧院，一是这个俗世”。他还将赞美寄送给每一个与这场演出相关的人。这之后，麻烦开始发酵。阿尔古公学里的一位年轻绅士，或者可能是这所公学中的一位教师，炮制出一份内容不实的《恺撒之死》副本，将自己的一些拙劣诗文掺入其中，并把它寄到一位出版商那里。随后，遵循着盗版书籍惯有的命运，这部赝品带着阿姆斯特丹的出版说明发行于世。书中的每一个错误都让伏尔泰气愤不已：“他捅杀恺撒的次数比布鲁图斯和卡西乌斯所做的还要多。”预先料到下一步将发生什么的伏尔泰迅速给德方丹神父写信，希望能阻止最糟糕的事情发生。他将此次事件的真相一五一十地告诉了他，“如此一来，这位神父就不会往伤口上涂毒了”。这当然是不切实际的幻想。“同性恋神父”一拿到《恺撒之死》，就开始在《当代写作观察》上向它倾撒嘲弄的毒药。别的不谈，他说伏尔泰笔下的布鲁图斯，与其说是一个斯多葛派人士，倒不如说是一位贵格会成员，并声称在舞台上表演恺撒被刺是违反社会公德的，还说尽管书中有些不错的诗句，但除去那些以外，其余均表现乏力，僵硬呆板，韵文中也有许多令人厌恶的地方。但是，不论这些批评是多么令人恼火，比它们当中任何一条都糟糕得多的是：德方丹将伏尔泰从西雷寄给他的信件公之于众。现在，白纸黑字面前，全世界都发现了一个理应只在被选中的少数人之间低吟耳语的秘密：伏尔泰正和夏特莱侯爵夫人一起居住在她丈夫的祖屋里。这下黎塞留需要动用所有的手段和威望来使夏特莱侯爵冷静下来，侯爵夫人娘家那边的布勒特伊亲属对此也甚为恼怒。

54 就算处于满腔愤怒的时刻，伏尔泰下笔也从不匆乱。现在填满外寄邮件袋的书信依旧写着他那小巧整洁、清晰可辨的字迹，但所包含的怒火并不因此而有所减少。信中言辞毫不遮掩：“我真后悔当初把他从比塞特尔的监狱里救出来，没让他在河滩广场上遭受火刑。现在看来，与其让他活着烦扰大众，还不如当初就把他烧死。”（伏尔泰最狠毒的侮辱便是称某人为“烦人精”。“您真是个烦人精”，他曾这样给让-巴蒂斯特·鲁索写信道，当时他想到的其他绰号都不能使他满意。）德方丹则表现得冷静、漠然，并给人以无法形容的愤怒。他说他为自己的所作所为感到抱歉，但是仅仅因为一个男人将他从牢中救了出来，他，一个著名的批评家，就必须为那个男人的作品唱赞歌直至时间的尽头，对此他表示无法接受。他有自己的正直。接着，通过发布一则声明，声称这部盗版作品存在谬误，德方丹将自己在恺撒风波中的位置摆到了正确的一方。这之后的一段时间，伏尔泰的愤怒稍稍平息了一些，但很快便又燃成熊熊大火，因为德方丹将他写给埃米莉的一首诗刊印了出来，而且还是在被明确告知不要这么做之后。其实，对立双方都在玩一场危险的游戏。对德方丹而言，一而再再而三地被谴责为鸡奸犯是他所承受不起的，因为他仍在犯下那样的罪行，而鸡奸罪在当时仍然是要被处以死刑的。考虑到伏尔泰和被他称为“守护人”的掌玺大臣之间那复杂的关系，德方丹所遭受的像鸡奸犯之类的指控很可能会摧毁他。于是他狡猾地指出所有存在于伏尔泰作品中的革命和自由思想倾向。这两人如果能放过彼此的话，对各方都大有好处。但是，正如伏尔泰过去常说的那样，“写作就是打仗”。目前进行的这些都只是小打小闹，在未来，一场大战将会在两人间上演。

就在这场风暴袭来时，布勒特伊夫人病倒在她邻近巴黎的家中。夏特莱侯爵夫人不得不急忙赶往她的身边。她到时发现母亲已经脱离危险，因而这次外出总共只持续了一周的时间。其间她的一个想法便是见莫佩尔蒂一面。她写了一封必须刻不容缓呈送到他手中的书信。信上说，“如果您仍对我心怀一丝爱意，那就过来见我。凭您对我母亲的了解，您足以知道到哪儿来找我。如果您想的话，她永远都不必知道您来过这里”。但他既没有予以回复，也没有去与她相见。

7

“柏拉图式的爱情”

‘*Les Amours Philosophiques*’

现在，西雷的生活开始走向正轨。夏特莱侯爵已同意伏尔泰入住其祖业之中，一切的发展都正如埃米莉所愿。实际上，这两个男人后来十分喜欢彼此。相传，夏特莱侯爵曾抓到过伏尔泰和另外一个女人在一起，并愤怒地斥责他“对我们（夏特莱侯爵和埃米莉）不忠”。尽管这一流传甚广的故事很可能并不属实，但所反映的人物关系却与实际情况相当吻合。夏特莱侯爵虽说头脑反应非常迟钝，但他已接受跟他妻子的聪明朋友们无话可聊这一事实，而且从不会强行加入他们。这位侯爵喜欢分量大、有规律的饮食，因而极其讨厌埃米莉和伏尔泰所遵循的进餐时间。每当这两人处于工作状态的时候，他们只会不定时地匆忙吃点东西，所以，夏特莱侯爵都是与利南和他儿子一起用餐，中午吃正餐，夜里八点吃晚餐。他为妻子感到自豪，但即便没有她太多的陪伴，他同样也能过得很好。

而且他每次随军出征，都会离家长达数月。

终于，西雷的装修工人们收拾行装，完工撤离。如此一来，便可迎宾纳客了。这可是件十分重要的事情。伏尔泰喜欢和他的朋友们相聚，他同时还需要一班演员。自从与他曾在巴黎度过大量时光的法兰西喜剧院断绝往来后，现在，每当伏尔泰想以演出来宣告其作品大功告成之时，他都没法看到它们在舞台上演。解决之法便是业余剧院。伏尔泰成功地在一座阁楼里搭建起一个小剧院，该剧院现今依然存在。当场地准备就绪后，任何人，无论多么愚笨，只要能领会剧中的角色，都会在西雷受到欢迎。随后，所有街坊四邻都被说服来参加演出。夏特莱侯爵夫人的小女儿还常常被人从修道院带过来表演，侯爵也会被强推上舞台，献上他那十分拙劣的演技。

伏尔泰目前可于平静、安稳的状态中有规律地工作，这样的生 56
活正是他一心渴求的，但也并非一帆风顺。偶尔，他仍会收到宫廷那边友人发来的危险信号，每次他都不得不到荷兰躲上几周，有时则是因为他要打官司，而不得不离开西雷。例如，他与出版商若尔之间的又一场纷争最终演化为一纸诉讼，在诉讼过程中，伏尔泰似乎一直在说谎（尽管他很可能是受害的一方）。他因此失信于人，甚至连像黎塞留公爵这样的朋友都对他的官司冷漠以待，拒绝听取他的辩解。他们都劝他撤销诉讼。这之后，夏特莱侯爵卷入一场在18世纪需要持续好几代人才能得以解决的法律纠纷之中。这场纠纷，夏特莱侯爵夫人替她丈夫代为打理，这就使得她必须偶尔去一趟布鲁塞尔，伏尔泰也会随同前往。但无论如何，从现在开始，西雷就是他们的家。

他们在这里生活、工作，演绎着他们著名的爱情故事。这段恋情自被公之于众后，立刻闻名于世。全欧洲都向这对情侣投来嫉妒的目光，但他们的妒意与其说是出自情欲，倒不如说是因为想到这两人间那精妙绝伦的对话都被浪费在了香槟区的冷风之中，而没有被记录下来。这是他们同时代的人所无法忍受的，因为在那个年代所有形式的娱乐活动之中，对话的级别是最高的。眼下，来自西雷的每则消息、每一个动作、每一句话都会引起人们浓厚的兴趣。在巴黎举行宴会的女主人们都对埃米莉偷走伏尔泰一事感到怒不可遏，就好像她们是一群剧院经理，而伏尔泰是一位明星一样。随着时间的推移，她们的怒火越烧越旺，因而埃米莉在她们的口中变得愈发丑陋。她们向她发起猛烈的抨击。理应是埃米莉朋友的德芳侯爵夫人反复在其笔尖将她描绘成一副令人厌恶的样子，一个严重脱水的活物，没有任何曲线，浑身挂满钻石，还穿着廉价的内衣。而埃米莉的表亲克雷基侯爵夫人则这样说道："每次听闻夏特莱侯爵夫人身上那超凡的才能和精深的学问时，我们总是忍不住放声大笑。"这样的女人根本没有资格来评判一位像埃米莉那样的人，当她们对某些事物心生困惑或感到一丝恐惧的时候，她们便会借助愚蠢的大笑来予以掩饰。此类抨击，在埃米莉活着的时候，无一使她感到忧虑，在她已死去的当下，亦不能使其价值减损分毫。她和那些妇女有着天壤之别——一个卓越的人，就像圣伯夫
57 (Sainte-Beuve)[1]所说的那样，"并非平庸之辈"。她广博的学识在

[1] 圣伯夫（1804—1869），法国文学批评家，法兰西学术院院士，著有《文学肖像》。

她那个时代的女性中足以称得上凤毛麟角。她所掌握的科学和数学知识要凌驾于伏尔泰之上，并深受那些有资格评判之人的敬佩。莫佩尔蒂或许从没爱过埃米莉，但他确实对她怀有一份深厚的喜爱之情，他曾说她“既出色，又俊俏，是法国心地最善良、最和蔼可亲的女人”。在另一场合下，他还说“她不可思议到能够理解似乎是专属我们男性的高深学识，并具有她们女性最讨人喜爱的品质。聪明伶俐、言语诙谐，毫无阴毒之心，从不说任何人的坏话”。当然，真正给埃米莉带来名气的，还是伏尔泰对她的垂青。在涉及人的问题上，伏尔泰不愚昧，但也并无骑士风范。实际上，他常与卑鄙下流为伍，每当写作时，他手中的笔常会轻易地脱离控制、信马由缰。他和埃米莉过着亲密无间的同居生活，对她可谓知根知底；然而，仅有一两次，他在谈及她时出言不逊。这仅有的几次过失行为当然会被人们抓住，并加以放大。但是，与埃米莉在一起的十六年间，几乎每一天，伏尔泰都会在其书信、诗歌、书信体诗文和题献词中写到她，而且无不带着满怀爱意的赞美。就算他对她的夸赞言过其实，以致招来一些刻薄的言论（“一些好戏谑者可能会调侃说他们并没有意识到他们曾睡过这样一位伟大的哲学家”，西代维尔的一位朋友写道），但毫无疑问的是，他对她的感情是真心实意的。这是一个必须被接受的判断。德芳侯爵夫人看出了这一点，不过，她自以为埃米莉会喜欢上伏尔泰只是因为他能把她带到世人瞩目的中心，使其成为不朽。这也难怪，那时的德芳侯爵夫人对爱情和它千奇百怪的表现方式一无所知。毕竟她自己那颗年老空洞的心还未曾因爱情而跳动和破碎过。

在第一批造访西雷的人之中，有一位维勒福尔先生（M. de Villefort），他是克莱蒙伯爵的侍从。他对此次拜访的描述与西雷的真实情况分毫不差。他说尽管他是在大白天到达的，但他发现屋舍的百叶窗均未打开，整栋房屋处于一片黑暗之中。他的来访被通报给夏特莱侯爵夫人，后者同意对其予以招待。紧接着，他被一名手提灯笼的仆人领着穿过几个废弃的大房间，最终来到那片传说中的乐土；推门便是一个点着二十根蜡烛的客厅。那位女神就坐在一张书桌旁，桌上覆盖着她写有“××”的纸张；她四周摆满了书籍和科学仪器。佩戴着钻石的她耀眼夺目，犹如歌剧舞台上的维纳斯。
58 在与之稍作交谈后，她提议他们一起去见见伏尔泰，他正在他自己的房间里。他们爬上一段隐秘的楼梯，叩响了伏尔泰的房门。可无人应答，这位魔法师正在房内施展他的魔法，目前还没到他可以出现的时刻。但是，为了维勒福尔先生，伏尔泰愿破例一次，他随后现身并加入他们。不一会儿，进餐的铃声响起，三人一同朝餐厅走去，餐厅的墙上有两个小窗口，一个是用来传递食物的，另一个是用来回收脏盘子的，但并没有仆人前来服侍，他们便自行用餐（在法国，富人在吃饭时自行自助并不会被看作一件非常不得体的事情。每当路易十五独自与其情妇或与一些密友一同用膳时，他就常会这么做。而他就餐的那张横跨整个房间、摆满各种食物的餐桌，至今仍在小特里亚农宫展出，尽管人们对法王曾在这张巨大的桌子上自行用餐深表怀疑）。食物和葡萄酒均是精心制作而成，晚餐持续时间很长。在它结束时，又一铃声响起，宣告道德和哲学书籍的阅读时间来临。这位客人在受邀并同意参与后，阅读便开始。一小

Nancy Mitford
Voltaire in Love

Nancy Mitford
Voltaire in Love

时后，就寝的铃声传来，三人便各自退去。凌晨四点的时候，铃声再次响起。一位仆人前来询问维勒福尔先生是否愿意过去参加诗歌诵读，出于好奇，他加入其中。第二天，他们一起外出野餐。在野餐途中，维纳斯和阿多尼斯(Adonis)[1]共同驾驭着一辆双轮马车，而那位外来的宾客则独自骑着一匹马，他们朝着一片小树林驶去，并将在那里享用炸肉饼。跟随在他们身后的是另一辆马车，里面装满了书籍。自始至终，维纳斯的丈夫从未出现过。

当这位来访者把以上描述化作一则故事，并不失礼数地将其寄回到夏特莱侯爵夫人手中的时候，她对它感到甚为恼火。她说它是一篇既无韵律也无逻辑的童话故事。尽管如此，其中的一些内容均在其他拜访者那里得到证实：持续不断的工作，埃米莉总不离身的钻石，西雷那令人不解的作息时间以及精致可口的饭菜。此外，那段关于秉灯途经几处空房的描写很可能也是真的，因为伏尔泰和埃米莉从未对整栋房屋进行过修缮，但他们分别为自己建了一间小厢房。他们的房间十分阔气，内部装饰华美气派。

伏尔泰现在非常富有。但他的财富既不来自他那常遭盗版的书籍，也并非源于版税总是被他赠予演员的戏剧，而是得益于他机敏的商业交易。在赚钱这件事上，他愿意勉强自己到任何地步，如果他发现有一个好的商机，就算让他从病床上爬起来，跨越整个法国他也愿意。鉴于他其他方面的麻烦已经够多了，他可不想再为钱发愁。他常说，人应为工作而活着，而不应为活着而工作。一次，通 59

[1] 阿多尼斯，希腊神话中的人物，春季植物之神，拥有如花一般俊美精致的五官，是西方“美男子”的最早出处。此处维纳斯与阿多尼斯指夏特莱侯爵夫人与伏尔泰。

过一则简单的运算，伏尔泰发现，无论是谁，只要购得一定份额的公众彩票，就会中奖，而且奖金的数额会远远超过购买所付出的成本。但这一点均为他人所忽略。他筹集到足够多的资金来将这一发现付诸实践。当财政大臣了解到事情的原委后，他大发雷霆，竭力要把伏尔泰告上法庭，但却找不到指控他的理由，因为伏尔泰的行为完全是遵纪守法的。又一次，为认购一笔似乎非常有利可图的国债，伏尔泰千里迢迢地从巴黎赶到洛林。当他抵达洛林的南锡时，他不光身体抱恙，还为途中颠簸所累，而且发现只有洛林本地人才有资格认购国债。在一番大吵大闹后，最终，出于一个十分牵强的理由，当地政府同意他的认购——伏尔泰的名字阿鲁埃（Arouet）和博沃亲王（Prince de Beauvau）[1]位于南锡附近的阿鲁埃(Haroué) 城堡有着一模一样的发音。这笔投资仅在几个月后就翻了三倍。伏尔泰从不会把所有的鸡蛋都放在一个篮子里，他对各式各样的商品和生意都感兴趣：房地产、军需供应、巴巴里贸易[2]等。当时最有权势的四位金融家帕里斯兄弟，是伏尔泰的朋友，每当有好事的时候，他们经常会带着他一起挣钱。伏尔泰对极端复杂的商业交易很有天赋，而且他还拥有一位尽职尽责的事务代理人：穆西诺神父（Abbé Moussinot)，对伏尔泰而言他几乎可以说是至关重要。由于伏尔泰当前住在乡下，他须从巴黎获取的一切都要写信交由穆西诺代为置办。橘子、书籍、钻石鞋扣、一块十英尺见方的

[1] 博沃亲王（1679—1754)，即马克·德·博沃，又被称作克朗亲王，洛林贵族，托斯卡纳总督。

[2] 巴巴里贸易，指巴巴里海岸的白人奴隶贸易。

地毯、一大罐“芬芳教长”牌（Provost au signe des parfums）的面霜、一个在沸水中不会炸裂的温度计（华氏温度计要比列氏温度计好）、一块银表（急需，是给夏特莱侯爵夫人十岁大的儿子的，他铁定会把它打碎，但他就是想要）、两到三块上好的海绵、三百块包装好的金路易[1]（无须报税），所有这些和许多其他物品会被装上两周一次的马车，从巴黎运往西雷附近有邮局的市镇奥布河畔巴尔（Bar-sur-Aube）。这位神父同时负责将伏尔泰数之不尽的钱财散布给他的朋友、熟人，甚至是他听闻遭遇不幸但却从未谋面的可怜人。他还担负着从伏尔泰的债务人那儿收取到期利息的工作，黎塞留公爵和吉斯亲王在还钱方面是两个十分难对付的主，每当付款的时刻来临，对他俩必须多费一番口舌。除此之外，其他各种各样的活穆西诺神父也全都干过。他曾被吩咐去找一位能每周一次将巴黎 60
所有八卦新闻汇诸笔尖的聪明小伙，也曾被派去寻找可以添加到伏尔泰收藏之列的画作。在当时，伏尔泰的收藏已包括特尼耶（Teniers）、提埃坡罗（Tiepolo）、华托（Watteau）、朗克雷（Lancret）、阿尔瓦尼（Albani）和马罗（Marot）的多幅作品以及加洛什（Galloche）的两幅大作。有时，伏尔泰买画纯粹就是为了投资，这种时候，他会告诉穆西诺神父，他有一定数额的钱可以用来运作，并把这笔钱的处置权留给他。穆西诺从没让伏尔泰失望过。对伏尔泰而言，他不仅仅是一名事务代理人，还是一位满怀爱心、深受其爱的朋友。而且，即便是在被强迫的情况下，他也极少愿意为他所付出

[1] 金路易，法国古时的一种货币单位，一路易等于二十四里弗。

的辛劳收取一些理所应当的报酬。

现在，尚邦隆夫人在西雷有了自己的房间，因而便可在那里来去自如。不论停留时间长短，第一个从外部世界来西雷做客的要数一位二十三岁的威尼斯人，阿尔加洛蒂(Algarotti)[1]。在来之前，他就已下定决心，他要与社会名流生活在一起。为达到此目的，他十分明智地去学习了有关科学方面的知识，这使得欧洲各地的名人都为他敞开大门。而他自身对男女两性的吸引力则完成了剩下的工作。为修习哲学，他现已踏上前往英国的旅途，与此同时，他也正在为意大利妇女撰写一本简明版的牛顿理论书籍。在卡莱尔(Carlyle)[2]眼中，这位威尼斯人“尽管在举止和穿戴上都颇具绅士风度，而且还具有十分机巧的逻辑，但并没有俊美到超凡脱俗的地步；对我（卡莱尔）而言，他皮肤很黄，思想媚俗，带着威尼斯过时头油的难闻气味”。不管怎样，在西雷的时候，温柔的爱意包裹着阿尔加洛蒂，他几乎被视作家里的儿子。可对他所写的《献给女士们的牛顿主义》，埃米莉和伏尔泰则在私下里摇头否定，他们认为这本书过于浅薄，里面有太多的笑话，而没有足够的实质内容。但抛开此事，埃米莉恳请他日后想来就来，并且想住多久就住多久。她同时向他指出，她和伏尔泰各有一个极好的图书室，她的主要藏有科学和哲学类书籍，而伏尔泰的则是文学和历史类书籍。阿尔加洛蒂第一次拜访西雷是在 1735 年的 11 月，并在那里逗留了

[1] 阿尔加洛蒂（1712—1764），腓特烈大帝和伏尔泰的密友，一位博学多才的威尼斯人，哲学家、诗人、散文作家、艺术批评家和收藏家。

[2] 卡莱尔（1795—1881），苏格兰哲学家、评论家、讽刺作家、历史学家、教师，著有《法国革命》等。

一个月。在他离开后，他并没有时常给西雷的人们写信，为此，他的两位“埃米莉”一直在指责他；不过，他在第二年再次到西雷时长住了一段时间，算是对他久疏音信做出了补偿。

就像所有住在乡下的人那样，伏尔泰和夏特莱侯爵夫人十分依赖他们的邮件袋来维系生活。如果他们认为朋友给他们写信的次数不够频繁，就会大声抱怨，虽然他们也几乎从不会对一封信件予以
赞赏，除非是来自王室成员。伏尔泰在伦敦时，曾与赫维勋爵交 61
好。他和埃米莉都说，尽管只是个熟人，但如果这位勋爵能够对信件予以回复的话，他会更加讨人喜欢。他甚至都没有对伏尔泰寄给他的一本书作出回应，这样的做法不仅不甚友好，而且可以说十分无礼。懒散自私的蒂埃里奥在通信方面当然更是无可救药。西代维尔则要好一些，他住在乡下，拥有更多的时间。至于守护天使达尔让塔伯爵，他在这方面的表现跟他在其他方面一样完美；不过这并不奇怪，伏尔泰是他生活的一大兴趣所在，而他生命中仅剩的另一兴趣就是法兰西喜剧院。他曾为阿德里安娜·勒库夫勒陷入狂热的爱恋，乃至不顾她的职业、名声和私生子，毅然向她发起求婚。在她死后，这位守护天使又娶了一位迷人的妻子，第二位天使。他的这任妻子深受伏尔泰和埃米莉的喜爱。达尔让塔伯爵是法兰西喜剧院的鼎力支持者，对剧院里的演员很有影响力，当伏尔泰无法亲自在巴黎排演其戏剧的时候，这位伯爵便会发挥出巨大的作用。伏尔泰从不在意他在麻烦达尔让塔伯爵办事时给他带去了多少烦扰和不快，因为他清楚地知道，这位伯爵接下的每一桩麻烦事，于他而言都是一种乐趣。

莫佩尔蒂有时也会“从极地”写信过来。他在1736年去了北极的拉普兰，希望能在那里证明，在地球形状的问题上，牛顿的看法是对的而卡西尼父子[1]的观点则是错的。牛顿说，地球的形状在两极位置会更加平坦，而卡西尼父子则持相反的观点，认为会更加突出。莫佩尔蒂将测量出经线上一个经度的距离来证明孰是孰非。与他一同前往的还有埃米莉的另一位朋友克莱罗。他们的这次科学考察是由路易十五出资赞助的，拉孔达明（La Condamine）[2]也于同一时间被送往赤道勘探。但埃米莉告诉黎塞留，莫佩尔蒂之所以会前往极地，只是因为他无法忍受一个没有她的巴黎。当莫佩尔蒂不负众望地带回证明牛顿是正确的测量数据之时，人们说他打扁了地球和卡西尼，这之后，伏尔泰在给莫佩尔蒂的信中便将日期署为“自地球被打扁以来的某月某日”。除测量数据外，莫佩尔蒂还将一名拉普兰妇女连同她的妹妹一起带了回来。这位妇女为他远赴极地的那段时光增添了许多生气。但这些来自极北之地的多情女子到了巴黎似乎就远不如在她们故乡那样美丽动人了，很快，莫佩尔蒂便渴望摆脱她们。于是他发起一次募捐，其中伏尔泰捐献一百里弗，埃米莉拿出五十里弗。凭借这些捐款，莫佩尔蒂将她们中的
62 一人安置到一家修道院，而艾吉永公爵夫人（Duchesse d'Aiguillon）的好管家则为另外一人找到一位丈夫，但事后证明，她并非一个令

[1] 卡西尼父子，指法国天文学家雅克·卡西尼（Jacques Cassini）和其儿子塞萨尔-弗朗索瓦·卡西尼（César-François Cassini），该家族祖孙四代均为天文学家，相继连任巴黎天文台台长。

[2] 拉孔达明（1701—1774），法国探险家、地理学家、数学家，法国科学院院士，曾花十年时间在赤道附近的厄瓜多尔测量一个纬度的长度。

人满意的妻子，实为一名荡妇。

在从伦敦传来的消息中，伏尔泰和埃米莉听说，有一位富有的老邦德先生十分喜爱伏尔泰的《查伊尔》，他已在科文特花园(Covent Garden)[1]订下剧院，不久就会在那里上演这出戏剧。他本人将扮演《查伊尔》中那位信奉基督教、出身贵族的老父亲。在演出当晚，他以万般的热情投入这一角色，乃至于当他要死在一位女性怀里时，他真的（并非表演）断气了。这种对剧中人物经历感同身受的演绎在西雷受到了好评。

同时，伏尔泰和埃米莉也从伦敦听闻，埃弗拉德·福克纳如今已是一名骑士，获任成为英国驻土耳其宫廷大使。伏尔泰恳求他在去往土耳其的路上前来西雷做客，但这是他无法做到的。当福克纳到达君士坦丁堡时，伏尔泰用英语给他写信：

现在，旺兹沃思那位诚实、简单、善良的哲学家已是其君王和国家的代表，位同于土耳其的苏丹（the grand signior)。毫无疑问，英国是世上唯一一个能赐予具有美德的商人这般荣耀的国家。我亲爱的朋友（请允许我这么称呼您，因为尽管您是一名外交大使，但您依然是我的朋友)，如果我心中仍有任何悲戚，那便是因为我未能成为您这新的荣耀与幸福的见证人。若不是我以一种如隐士一般的生活方式驾驭着我的生活，我将飞奔到那个满是我憎恨的野蛮奴隶的国度，去见我所爱的人。若能于众多各色各样的异教徒之中凝视

[1] 科文特花园，又名科芬花园，坐落于伦敦西区的圣马丁巷与德鲁里巷之间，是伦敦最大的特色商品市场。

我亲爱的福克纳，向统治着斯坦布尔(Stamboul)[1]和加拉塔(Galata)[2]的迷信愚行致以人道主义哲学式的微笑，这将会是多么有趣的乐事啊！我内心洋溢的喜悦将会多么充盈！正如玛丽·沃特利(Mary Wortley)[3]女士所言，我不会钦慕：

傲立于众人之间的穆斯林大臣
六个衣着鲜艳的奴隶牵挽他的缰绳
马笼头嵌满宝石，马镫由黄金打造

我怎能去仰慕一个马背上的奴仆呢？我应仰慕的是我的朋友福克纳。但是我必须向君士坦丁堡这座伟大的城镇挥手作别，留居于我在这个世界上的小角落里，也就是您在去往巴黎的路上受邀前来
63 做客的那座庄园，如果您当时选取的路线是从加莱到马赛的话。但您取道另一条路，让人大失所望，尤其是对那位女士而言，她天天用着您的锁*，而您的书则对她作用更大。我敢说，一位能读懂牛顿、洛克、艾迪生和蒲柏的法国贵妇，一位已从巴黎的虚幻与喧闹中隐退并于乡间培植她那超凡脱俗、引人赞叹的天赋的法国贵妇，比您的君士坦丁堡和整个土耳其帝国加起来还要有价值，此话绝无

[1] 斯坦布尔，土耳其伊斯坦布尔市的旧城区。
[2] 加拉塔，又名加拉太，伊斯坦布尔一郊区名，周围筑有城墙，在历史上为防御君士坦丁堡的要地。
[3] 玛丽·沃特利（1689—1762），蒙塔古夫人，一位多才多艺的女作家，生时被誉为英国最有个性的女人，著有《土耳其大使馆来信》。
* 这些锁是蒂埃里奥应伏尔泰的要求从英国福克纳那里带回来的。

虚言。您大可放心地将给我的信件经由马赛寄到香槟区西雷夏特莱侯爵夫人那里。我保证，在您的信件没有惠顾我这里之前，我是不会离开这一方土地的。

此外，您在那边很可能会见到一个叛徒，一个爱尔兰人的私生子，他到达巴黎时所用的名字为马卡提（Makarty），是个胆大妄为、天天忙于惹是生非的人。出于偶然，他有幸结识侯爵夫人，但由于他的流氓痞气和厚颜无耻，他最终被这位夫人赶出家门。这之后，他引诱两位身负债务的年轻人改信伊斯兰教，并带着他们离开了巴黎。他的恶行和秉性必须为君士坦丁堡的人民所知晓。我非常乐意知道他和他那些穆罕默德的追随者正过着什么样的生活。

但是，更使我担忧同时也是我更加渴望知道的，是您是否如看上去那样快乐。您是否已经拥有一座小型的私人后宫（Serraglio）或已与他人成婚？您的工作是否过于繁忙？您的慵懒有没有为您的事务让步？您是否常常畅饮那甘美的塞浦路斯葡萄酒？至于我，尽管目前的健康状况十分堪忧，但我非常幸福。

我一切都好，除了您不在身边。

再见！我最亲爱的大使，再见！我要亲吻您温柔的双手。敬您爱您。

西雷，1736 年 2 月 22 日

伏尔泰

8

腓特烈登场

Frederick Appears on the Scene

1736年8月，伏尔泰从一位年轻的德意志仰慕者那里收到一封来信，这封信用蹩脚的法语写成，字数远超一千，内容极其老套乏味（“给人感觉布鲁图斯若不是罗马人，就一定是位英国人”[1]），尽是些浓墨重彩的夸赞和形而上学的思考，同时附上一本书烦请伏尔泰这位文学大师予以评阅，并恳求对信件做出回复。这就是那种所有作家都会偶尔收到，但在他们繁忙时定会害怕收到的信件。然而，该信有两个地方引起伏尔泰的注意。一是附寄的书籍是莱布尼茨的追随者克里斯蒂安·沃尔夫（Christian Wolff）部分论文的法译本，二是这封信结尾处的文字是这样的：“我在远方仰慕您已久，假如我的命运不容许我得到您的话，那么我希望至少在将来某一天

[1] 这是腓特烈大帝对伏尔泰作品《布鲁图斯》的评价。

能见到您，并追随真理的火炬，怀着对为人民福祉奉献己力之人应有的敬重与景仰向您面对面保证，先生，我，普鲁士王子，费代里克(Fédéric)[1]是您的朋友。”于是乎，伏尔泰和腓特烈之间那段漫长且著名的关系便开始了，与此同时展开的还有腓特烈和埃米莉之间就伏尔泰应归谁“所有”的较量。

伏尔泰欣喜若狂。他立即执笔回复，同样写下一封字数远在一千之上的长信，为他所受到的赞扬而赞美这位王子。他对他所收到的那本沃尔夫书籍感激不尽，这位作者的形而上学思想确为人类的智力增光不少（实际上，真正对此书着迷并将书中思想化为己有的人是埃米莉，伏尔泰则认为那些思想纯属无稽之谈）。他说若能去觐见这位殿下，他将会获得无与伦比的幸福，还说人们去罗马是为了欣赏那儿的教堂、绘画、遗迹和浅浮雕，而到远方去参见这样一位王子的价值要远胜于去那里观光旅行，他堪称一位旷世奇才。但 65
是，友谊使得伏尔泰继续栖身于他当前的避世之所，并且不允许他离开。毫无疑问，这位殿下应会同意罗马皇帝尤里安的观点，即朋友总是比国王权势更为珍贵。

随后，伏尔泰不顾埃米莉的反对，将自己各式各样的哲学文章寄给他的这位新朋友。这些文章，要是在巴黎为人所见的话，足以让伏尔泰遭到永远的放逐。埃米莉在他们第一次信件往来时就觉察到危险的气息。她清楚伏尔泰十分喜爱王室贵胄，且对聪明的年轻人相当没有抵抗力，因而意识到这位满嘴形而上学的王位继承者可

[1] “费代里克”为腓特烈大帝的法文名。

能会轻而易举地成为一个危险的竞争对手。而另一边的伏尔泰则迫不及待地向世人宣告发生在他与腓特烈之间的事情，说是有一位开明的王子（被不幸地埋没在日耳曼），他一见到哲学家便能将其认出。如果凡尔赛宫里的人们不多加注意的话，法国将会永远失去伏尔泰。这位卓绝出众的王子，就像过去尤里安写信给利巴尼乌斯（Libanius）[1]那样给他写信，邀请他前往他的宫廷。腓特烈的来信被一再誊抄，寄往四面八方。伏尔泰嘱咐所有收件人都要将这些信件当作一个重大的秘密来保守。目前来看，伏尔泰仍打算继续留在西雷，以满足其友人对他的需要。至于将来，谁又知道呢？

我们英国人每每想到腓特烈大帝时，所能忆起的只有卡莱尔对其名字的读音——这位仁兄十分渴望自己看起来像个“条顿人”（Teutsch），因而总是将其英雄腓特烈的名字读作“弗里德里希”（Friedrich），而他的英雄则迫切地希望自己像个法国人，总是将他的名字署作“费代里克”。当年的8月6日，即在腓特烈给伏尔泰写信的两天之前，他和他的妻子“开启了神圣的家庭生活”。但卡莱尔清楚地知道，他们的婚姻从来都没有夫妻之实，他的意思只是说他们如今在莱茵斯贝格有了自己的家。“他在那里向缪斯女神们看齐，致力于精神生活的提高，享受着社交娱乐活动，度过……一段欢欣愉悦的日子。”“伏尔泰是腓特烈精神生活的补充。他们那个贫乏的世纪所诞生的那点不朽功业大多都出自这两人之手。”“承认吧，读者们。”卡莱尔说道。

[1] 利巴尼乌斯（314—392/393），希腊诡辩派修辞学教师，与罗马皇帝尤里安是朋友，并互有书信往来。

在收到伏尔泰的来信后，腓特烈用另一封长信对其做出应答，这封信让它的收件人喜极而泣。伏尔泰预见到这位王子将会深受世人爱戴，他这样对腓特烈写道：“您思考时像图拉真，写作时像普林尼，对法语的驾驭就如同我们国家最为优秀的那些作家。在您的 66
统摄下，柏林将会成为德意志或许是整个欧洲的雅典。”也许他真的如此认为，可谁又知道伏尔泰的真实想法呢？后来，在论及此次通信时，伏尔泰说道：“这些溢美之词均不会让我们双方费什么功夫。他当时并无太多的事可做，所以才会花时间给法国的文人写信。而与他通信的主要重担便落在我的身上。”他当然不是真的认为腓特烈的法语写作“就如同我们国家最为优秀的那些作家”。他的法语实际上十分粗劣，到处都是伏尔泰所谓的“低级错误”。在得意扬扬地将这位王子的来信大肆向巴黎友人宣扬之前，伏尔泰会仔仔细细地把这些信件都修改一遍。很快，腓特烈的礼物便开始寄往西雷，其中包括这位王子的多幅肖像、赠予埃米莉的一些小饰品、一根带有苏格拉底黄金头像的手杖。腓特烈认为，抛开抹黑这位哲学家的诬言谤语不看，苏格拉底是位可与伏尔泰比肩的人物。

关于与腓特烈的这段有趣情谊，伏尔泰将它的每一进展都写进了寄给蒂埃里奥的信中。蒂埃里奥认识巴黎的每一个人，且到处都有人邀请他做客，他是一位出色的宣传代理人，他之所以甘愿担任这一角色是因为它并不会为他招来任何的事务和麻烦。而伏尔泰和他的一举一动就是新闻，蒂埃里奥就仰仗着发布这些消息来获得关注。现在，伏尔泰代表腓特烈聘请他定期写一份文学八卦寄往柏林。由于此事涉及少量必要的劳动和麻烦，蒂埃里奥完成得并不好，尽管他漫不经心地将这项工作维持了数年。他从来都不会遗漏市面上出现的任何对伏尔泰不利的事件，并满怀热情地搜集将他的这位老朋友和资助人污蔑得最为严重的诽谤，好寄送到腓特烈那里。伏尔泰对此心知肚明，他有时说道，如果蒂埃里奥能在他的八卦中收入关于他的好事，他会多么高兴啊！这些事通常都被蒂埃里奥忘诸脑后。关于写文学八卦一事，大家都心照不宣的是，腓特烈将会为蒂埃里奥所付出的辛劳支付一定的报酬，但不是现在，而是要等到他继位之后。然而，腓特烈从来都没付过钱。每当蒂埃里奥为此事抱怨时，伏尔泰总会含糊其词地回应说，总有一天，他会听到国王说出这样的话："干得漂亮，你这位忠实能干的仆人。"

伏尔泰现今对自然哲学越来越感兴趣。但一如既往，每当一位作家转向新的领域，他的朋友们就会为他竟然放弃诗歌和戏剧创作而深感遗憾。西代维尔悲伤地询问他道，知道土星的重量能让他得到什么呢？达尔让松侯爵则说在物理科学的领域里，有许许多多的
67 人在教导世间大众，若伏尔泰加入他们，很快世界上便无趣文可读了。法兰西喜剧院里的演员们已在为求得一出戏剧而大声疾呼，但伏尔泰说他们的呼喊必将是枉费力气的。他现在满脑子都是牛顿，几乎无暇顾及其他事情。借助于穆西诺神父寄给他的仪器，伏尔泰眼下正于一间暗室中进行光学实验，与此同时，他也在撰写《牛顿哲学原理》。在那个年代，英国以外几乎无人懂得这些原理，牛顿本人的书是用拉丁文和代数写成的，因而常人无法理解。伏尔泰逼迫自己去领会牛顿的原理，好让它为其他人所明白，算是为法国效劳了一次。但若不是为了埃米莉，他很可能永远都不会下这番力

气。在撰写这本书的过程中，“密涅瓦指点，”伏尔泰自己说，“我来写。”

当伏尔泰持续修习物理学长达数年之后，他要求克莱罗对他的进步给出一个坦率的评价。后者回应说，伏尔泰在科学方面并无天分，就算他的勤奋冠绝世人，他也绝不会成为一名一流的科学家。由于克莱罗是一个善良简单的人，对任何人都毫无妒心，人们可以相信他所说的是真话。这之后，伏尔泰放弃了对物理真理的独自探索。他真正感兴趣的是人类，是过去、现在和将来。埃米莉觉得他对历史爱之过甚，而历史在她眼中则完全是无用之物。她曾说："对我，一个生活在自己庄园之中的法国妇女而言，瑞典的埃吉尔（Egil）取代哈尔坎（Harquin）成为国王与我有何相干呢？我绝不会从事一项让人脑处于重荷之下，但却又不给予它启迪的研究。"不过话说回来，伏尔泰在西雷所从事的科研工作绝非像他巴黎的朋友所认为的那样，是在浪费时间。至今人们仍能读到的有关伏尔泰的一切，几乎都受到了那段工作时期的影响。现在没人能耐着性子读完伏尔泰的悲剧，对我们而言，他的悲剧似乎像是出自一位低劣版的拉辛之手，也没人再演他的喜剧或是阅读他的《亨利亚特》。而伏尔泰打心底里看不起的马里沃（Marivaux）[1]却以剧作家的身份经受住了时间的考验。但是，伏尔泰的《老实人》和其他小说、他的《哲学辞典》以及他在西雷那段时期所写的在数量、深度和重要性上均有所提升的书信，只要我们的文明依然存在，都将会继续

[1] 马里沃（1688—1763），18世纪最重要的法国剧作家之一，同时也是一名小说家，代表作有《爱情与偶然狂想曲》。

为人们所阅读。

在进行那些更为严肃的工作期间，伏尔泰还设法抽出时间，信笔写下一首诗歌——《俗世之人》，以供他自己和他的朋友们娱乐。
68 这首诗的主题是文明生活之于原始生活的优越性。伏尔泰说，亚当和夏娃在过去一定无聊到连话都不想说，因为可怜的他们除了吃喝和做爱外，别无他事可做。没有肥皂，没有剪刀，他们的指甲和头发一定脏得令人恶心。他们在橡树下进行的晚餐也仅包含粟米和被雨水冲刷下来的橡子。与之形成鲜明对比的是一位当代文明人的生活，他的周围均是其品位所好之物：他的墙面上悬挂着柯勒乔、普桑和戈布兰家族(Gobelin)[1]的作品，他所用的银器为热尔曼(Germain)制作，他的雕像则由布沙东打造。当他想要娱乐一番的时候，他便会派人备好他的马车，前往歌剧院观赏卡马戈(Camargo)[2]的舞蹈，在那里，所有感官都会得到满足。而那些大喊着抵制奢侈生活的人通常都是些脾气暴躁的穷光蛋。正是在《俗世之人》这首诗中，一句经典名言横空出世，“多余之物实乃极为必要之物”。

跟往常一样，这首小诗的副本被伏尔泰寄往少数几个朋友那里，接着，同样按照往常的剧情，其中的某人背叛了伏尔泰，将此诗交到一位出版商的手中。随后，米尔普瓦（Mirepoix）主教[3]——蓬帕杜夫人后来在朝堂之上的敌人——在读到这首诗后，

[1] 戈布兰家族，法国著名染坊世家。
[2] 卡马戈（1710—1770），法国舞蹈家，是第一位在芭蕾舞中完成四次击腿跳的女性。
[3] 米尔普瓦主教（1675—1755），让-弗朗索瓦·布瓦耶，路易十五长子的家庭教师，法兰西学术院院士，法兰西科学院院士。

表示了强烈的反对。自从为了担任太子的家庭教师而放弃主教职位以来，他一直将名字署为“anc de Mirepoix”（意为米尔普瓦的前任主教，“anc”为“ancien”——旧时——的缩写），而假装不知道的伏尔泰故意将“anc”读作“âne”（蠢驴）。现在，这头米尔普瓦的蠢驴就伏尔泰的诗向弗勒里红衣主教大加抱怨，于是麻烦便来了。该神职人员声称此诗对神明不敬，因为它说亚当和夏娃会在伊甸园里不停地做爱。除此之外，还有一些其他的抱怨理由，同样十分牵强。伏尔泰的“守护人”（掌玺大臣）之前曾向黎塞留夫妇和夏特莱侯爵夫人颇具权势的表亲贝利·德·弗鲁莱（Bailli de Froulay）许下诺言，当伏尔泰身处西雷时，绝不会在没有事先警告他的情况下对他采取任何行动。他遵守了这一承诺。在 1736 年 11 月 22 日，伏尔泰和夏特莱侯爵夫人收到一封来自他的警告信。

当时地上积雪已厚，伏尔泰感觉天气简直冷得夸张；但是，他们心中的焦虑是如此之盛，以致当晚便启程离开西雷，来到瓦西镇（Vassy）的小旅馆，从那儿，伏尔泰驾着驿马继续朝荷兰进发。一路上，伏尔泰毫无睡意，他提笔写信，并于凌晨四点时向达尔让塔伯爵写道：“……但是，我忠诚、温柔、可敬的朋友啊，她为我放弃了巴黎，放弃了社交，放弃了使生活欢愉的一切，我爱慕她且这种爱慕并没有错，在看到必须永远与她分离的当下，我此刻的心情 69
或许能为您所理解……我的心已被刺穿。仅仅因为我在巴黎有敌人，她就必须独自回到她曾为我建造的家，而我就必须被夺去我一生的慰藉吗？”他说要不是为了埃米莉，他可以轻易地前往普鲁士或者任何异域之地生活，而不会有太多的遗憾。最后，他在信的结尾写道：“我现在筋疲力尽，悲伤和疾病使我不堪重负。再会。”

实际上，这整件事让伏尔泰感到毛骨悚然。他本已安定于惬意且规律的工作，建立了他自己的图书馆、实验室和暗室，同时也找到一个可与之幸福生活的女人。但是，警告一来，这所有的一切都必须被抛弃在一个寒冷的冬夜里。一种不公平感加剧了伏尔泰的痛苦。他那本令人着迷、只为取乐的《俗世之人》着实不应当受到这样的对待。然而，他意识到，埃米莉当前的处境甚至比他还要糟糕。她现在不得不回到一个为悲伤萦绕、遭他弃置的西雷，从今往后，她唯一的伴侣就只剩下她的丈夫、两个呆头呆脑的孩子和利南。伏尔泰为此很是担心。在前往布鲁塞尔路上的第一站济韦(Givet)，他就给尚邦隆夫人捎去一句话，恳求她立即赶往埃米莉的身边。

而埃米莉自己则在为他担忧。她觉得在那样严寒的天气下，他的身体可能会垮掉。但也正如她所知，其实，伏尔泰的身体每逢危难时刻便好得出奇，并且会在漫长、艰苦的旅途中达到最佳状态。所以，她最主要的担忧在另一方面，这一面包含了她更多的私心。她害怕伏尔泰会奔赴普鲁士。尽管腓特烈的来信文笔不佳，而且迄今为止还不能从中看出他的真实面目，但他犹如一块令人好奇的磁石，已然开始对伏尔泰产生吸引力。埃米莉惧怕这位王子。在伏尔泰离开后，她疯狂地给达尔让塔写信，这位伯爵那些天肯定对他的邮件袋心生恐惧，因为里面满是来自两位哲人的哀号。其中，埃米莉对他写道：“我跪下来乞求您阻止他去普鲁士。”事实上，当前没有迹象表明伏尔泰会前往普鲁士。腓特烈眼下并不想将伏尔泰占为已有，因为他的父亲普鲁士国王依然在世。腓特烈本人十分畏惧这位具有绝对权势的疯王，他铁定不会看好儿子与伏尔泰之间的友情。而伏尔泰则告诉巴黎的每一个人，他正在前往普鲁士的途中，并将这一行程发布在公报上，但这都是为了掩盖他真实的行踪：实 70
际上，他并没有走远，就藏在阿姆斯特丹。

在此期间，正独自一人在西雷边沉思边忧虑的埃米莉对整件事情产生了新的看法，并通过歇斯底里的长信将她的想法传达给达尔让塔伯爵。在她看来，就算法国宫廷在宗教方面顽固偏执，但仅仅因为伏尔泰说亚当和夏娃从未洗过澡，它就将一位像他那样的人物流放出境，这的确不太可能。真正的原因肯定另在他处。达尔让塔告诉她，夏特莱侯爵将会被要求撤去他对伏尔泰的保护，这给了埃米莉一条线索。她判断，整件事情一定是由她的堂亲布勒特伊侯爵（Marquis de Breteuil）一手策划的，因为她曾与他有过争执，这是他采取报复的手法。幸运的是，夏特莱侯爵是个正人君子，同时也是世界上最好、最值得信赖的人，他绝不会支持这样的报复行径。如果她的推测正确，那伏尔泰就只须潜伏一阵子，然后，一切都会好起来。但埃米莉现在的心情极度忧伤。两周之前，她从没与伏尔泰分开过两个小时，即便他们双方都在工作，也会不停地将小便条送往对方那里。而现今，由于仍未收到他的信件，她甚至都不确定他身在何方。西雷目前对埃米莉而言只不过是些山峦而已，她真的可谓不胜悲惨。但当伏尔泰的信件开始到来时，她惊恐地了解到，他已将一份尚未出版的《论形而上学》（*Métaphysique*）副本寄到腓特烈那里。这部作品，无论是在危险性还是在可罚性上，都要超过

《奥尔良少女》万倍（她本不必为这件事担心，因为腓特烈将伏尔泰出卖给法国政府是后来才发生的事，当前就为此事发愁没有任何意义）。

在这一时期，那些写信对伏尔泰一事发表看法和建议的巴黎友人，无一不使埃米莉感到心烦意乱。一些人说掌玺大臣对伏尔泰没有事先通知他就离开法国很愤怒。其他人则说伏尔泰与腓特烈之间的通信在凡尔赛宫引起了高度的怀疑，还说伏尔泰写了一封对警察总监埃罗先生（M. Hérault）颇为不敬的信件。这些猜测在埃米莉的脑子里转来转去，几乎要使她疯掉。夏特莱侯爵想带她去吕内维尔的洛林宫廷换换环境，好散散心，但她无法离开她与伏尔泰的最后分别之地。所以她继续留在西雷，像一条忠犬那样盼望伏尔泰的归来。

71 而在当时的巴黎，人们传言说伏尔泰引诱了西雷门房的女儿，并使她产下一子。当这个女孩遭到质问时，据说她回复称，她只是和伏尔泰先生做了她之前曾目睹的夫人和他做过的事情，并说她知道夫人从来不会做错事。这之后，埃米莉便将伏尔泰打包送走。另一传言则声称，夏特莱骑士——有着跟他哥哥夏特莱侯爵一样的智商但为人却并不随和——以辱没家门为由，将伏尔泰赶出西雷。

与此同时，另一边的伏尔泰则在尽情享乐。他给自己取了一个假名，雷沃尔先生（M. Revol）。不过，就像他发布在公报上宣称他已去往普鲁士的告示一样，这个名字没有骗过任何人。他在他从未喜欢过的布鲁塞尔只留宿一夜，并在那儿冒险与他的仇敌让-巴蒂斯特·鲁索相会。但在那天晚上，为欢迎伏尔泰的到来，鲁索一行人向他演绎了他的戏剧《阿尔齐尔》。之后在荷兰，伏尔泰收到了一些极尽恭维的拜访。当时，普鲁士驻伦敦大使碰巧正在海牙，他登门造访说如果伏尔泰想去英国的话，他在伦敦的宅邸可由他随意支配。此外，英王乔治家中的二十位王室成员纷纷前来拜谒。博学的斯赫拉弗桑德('sGravesande)[1]也向伏尔泰张开双臂，欢迎他的到来，他是莱顿大学的一位哲学教授和一名杰出的牛顿主义者。伏尔泰出席了他的讲座，他们之间进行了多次十分有趣的长谈。伏尔泰的出版商邀请他继续留在这里。很快，他便投入努力的工作，纠正校样、处理插图等等。伏尔泰最喜欢的事莫过于修改甚至是重写他已经发表过的作品，那对他而言是一种放松。

他会定期给那位普鲁士王子写信。信中这样说道："腓特烈，您的伟大已超过苏格拉底"；"苏格拉底于我而言无足轻重，腓特烈才是我所爱之人"；"每当腓特烈出现时，橄榄树、月桂树和桃金娘均会再发新芽"。"您在柏林所作的法语诗歌就像是在世人品位和娱乐活动均处于黄金时代的凡尔赛宫写成的。""波舒哀和费奈隆(Fénelon)[2]一定曾当过您的私人教师，塞维涅夫人肯定做过您的保育员。""就像老西面(Simeon)[3]曾在神殿中所言的那样，我想说，主啊，如今可以按照您的真言，容许您的仆人安然离开，因为

[1] 斯赫拉弗桑德（1688—1742），荷兰数学家、自然哲学家。

[2] 费奈隆（1651—1715），法国康布雷大主教，作家、教育家，18 世纪启蒙运动先驱之一，著有《泰雷马克历险记》。

[3] 西面，《圣经》中的先知，他预见到自己死前必看见主所立的耶稣。一日，他进入圣殿，遇见耶稣的父母抱着他进来，便称颂神说："主啊，如今可以照您的话，释放仆人安然去世；因为我的眼睛已经看见您的救赎。"

我的眼睛已看到我的救赎*。”然而，尽管伏尔泰在腓特烈的信中得到反复暗示，但他并不打算在那个冬天去面见他的救赎之人。

72 相反，他返回到西雷。正如夏特莱侯爵夫人曾说过的那样，夏特莱侯爵做到了绝对的忠诚，并且为了帮助伏尔泰，他宣称他准备前去与弗勒里红衣主教交涉。年轻善良的黎塞留公爵夫人也毅然投身到这场挽救伏尔泰的斗争中来。事情最后在伏尔泰的“守护人”掌玺大臣那里得到解决。于是，伏尔泰获准可在2月返回。如此一来，他的外出行程不过两个月时间。

---

* 此处本应是“您的救赎”，但伏尔泰在说这段话时总是替换为“我的救赎”。

9

利南离开，德尼夫人到来

Exit Linant, Enter Mme Denis

由于伏尔泰的回归，西雷往日快乐、辛勤的生活得以重续——尽管不再平静安宁。伏尔泰成为滋生忧虑与冲突的温床。他寄予热切盼望的邮件袋无时无刻不让夏特莱侯爵夫人处于焦虑之中，其中腓特烈的来信更是每次都让她恼怒不已。“请务必前来做客，”她给莫佩尔蒂写道，“您的到来相当于增加（+）一个克莱罗同时减去（-）一个王子，我讨厌那些王子。”伏尔泰时常一遍又一遍地高声诵读腓特烈信中那些过分表露情感的词句，将它们条分缕析，并加以细致入微的讨论。这一过程对埃米莉而言十分冗长乏味。不久，从巴黎传来某种坏消息，就像大多时候发生的那样，内容一般是德方丹或让-巴蒂斯特·鲁索犯下新的恶行，接着伏尔泰便为此陷入狂乱，奋笔写下鲁莽的言论。这回是鲁索，他到处散布谣言说伏尔泰曾前往低地国家宣扬无神论。伏尔泰向荷兰的斯赫拉弗桑德呼救，后者在公报上声明鲁索的言论与事实十分不符，并同时向弗勒里红衣主教写信说明情况。

伏尔泰从未承认过自己是无神论者，那样做会过于危险，而他并不是一块当烈士的料。又或许他真的相信神明存在，他曾说："当我看到一只钟时，我相信钟表匠的存在。"不过，他确实不是一位非常虔诚的天主教人士。他认为只有贵格会发展出了合乎逻辑的基督信仰，天主教神父被剥夺了太多的欢愉，这驱使他们权欲膨胀。但伏尔泰目前并不是教会公开声明的敌人，那是后来才发生的事。他当时在西雷的卧室就位于一间小教堂的隔壁，好让他生病时可在床上聆听从旁边传来的弥撒声。他也希望能雇用一位懂科学的年轻教士，穆西诺神父将会为伏尔泰找到这样一个人，他十分清楚地表明，此人须能宣讲弥撒，帮助伏尔泰进行实验，并陪伴夏特莱
74 侯爵、他的儿子和利南一同用餐。

在伏尔泰从荷兰归来后不久，腓特烈就为他送来一位凯泽林伯爵（Count Kaiserling），"普鲁士驻西雷宫廷全权大使"。他被西雷人民称作"恺撒里翁"（Caesarion），并深受他们的喜爱。他是一个矮小肥胖、欢快健谈、爱恋同性的库尔兰人（Courlander），不仅通晓各国语言，偶尔还能同时说出好几种来，而且对包括利南在内的每一个人都极其和蔼可亲。他为埃米莉所吸引，并声称："当她说话时，我爱慕她的聪颖，当她静默时，我迷恋她的娇容。"伏尔泰他们用宴会和烟花来取悦这位大使，燃放的烟火照亮了腓特烈的名号："致人类的希望。"伏尔泰和埃米莉还在他们的剧院为凯泽林献上演出。如今，他们在那儿有两队演员，一队专演喜剧，另一队专

演悲剧。最终，这位大使带着尚未完成的《路易十四时代》和其他各种各样的作品被伏尔泰和埃米莉送回莱茵斯贝格，但他并没有得到《奥尔良少女》，那才是腓特烈真正想要的。埃米莉十分明智地将这部作品严加锁藏，没有什么能够引诱她将其交出。而在另一边，凯泽林对西雷靓丽生活的描述使腓特烈想将伏尔泰占为己有的决心变得前所未有的强烈，与此同时，伏尔泰也写道："每次我们经过殿下您的肖像时，都会歌颂老西面在神殿中吟唱的圣曲。"埃米莉则告诉每一个人，等那位普鲁士的王子一继位，她和伏尔泰就会一同前去觐见他。但这完全不是腓特烈的本意，"西雷夫人"的这一打算让他深感厌烦，他并不想将苏格拉底-阿波罗和维纳斯-牛顿一起收入囊中。不过，在他与伏尔泰所有的信件往来中，他和夏特莱侯爵夫人互相传达的仍是满怀爱意的信息。

利南目前在西雷过得并不成功。他摆出一副极其恼人的架势，表现得好像他那仅仅写出几句平庸诗文的《拉美西斯》就已经使他跻身像伏尔泰那样的作家之列。例如，他未经许可就前往一些邻居家居住，忘记他是被雇来照看孩子的。当他远在他方时，他给夏特莱侯爵夫人写来一封颇为无礼的书信，该信以这样一句话作结："西雷的无聊乃是世间无聊之最。"此外，他还惯于将西代维尔称呼为可怜的西代维尔或亲爱的西代维尔，而不是西代维尔先生。伏尔泰非常看重对他人合适的称呼，且希望别人也能如此，他常说法兰 75
西喜剧院里的无名之辈和攀权附贵者都称呼著名演员阿德里安娜·勒库夫勒为拉·勒库夫勒，而弗勒里红衣主教从来都只将她称作勒库夫勒小姐。利南的"可怜的西代维尔"这一称呼简直让伏尔泰抓狂。夏特莱侯爵夫人现在经常提起要把利南送走，但是伏尔泰向她指出，尽管她不需要利南，可利南需要她啊，而且事实上，如果利南离开西雷，他准会饿死他乡的。

按照伏尔泰的敦促，西代维尔给利南写了封信，对其傲慢和懒惰大加训斥。利南十分可怜地做出了回复。在他被告知由于夏特莱侯爵夫人是洛林家族成员，每当她在场他必须一直站着的时候，他忍不住放声大笑。但西雷于他而言就如同监狱一般，他在那里甚是悲惨。伏尔泰他们期望他能完成《拉美西斯》这部作品，这也是他一心想做的事，但和一个小男孩拴在一起他如何能腾出手来工作呢？他必须在夏天避免他摔落水井，在冬天防止他跌入火中。他必须教给他的知识他又不想学，而这在他那个年龄又是十分自然且正当的。利南为他被雇来使这个小男孩不开心感到抱歉，但这个孩子却回复他说，没关系。他就像一个手脚被缚却被命令奔跑的人。

但是，在被西代维尔一顿训斥过后，利南的表现转好许多。他趁此氛围较为融洽之际，请求夏特莱侯爵夫人对他身陷经济困境的母亲和妹妹施以援手。借助埃米莉的影响力，他的母亲被安顿在一家修道院，而他的妹妹则要棘手一些。利南乞求埃米莉，麻烦她为他妹妹在西雷找份工作。埃米莉说招她在这里做女仆并非易事，因为那样会拉低她儿子家庭教师的身份。所以，埃米莉将利南的妹妹安置到黎塞留公爵夫人那里，但是这项安排在最后一刻落空。于是，在别无他法的情况下，埃米莉只得把她留在西雷。

在凯泽林离开西雷后，伏尔泰他们发现他仍与利南保持着联系，后者已与他定好计划，准备离开西雷，加入普鲁士王子的门下。在得知此事后，埃米莉非但没有为将要摆脱这样一个讨人厌的家伙感到高兴，反而暴跳如雷，并声称她过去还指望他将她的儿子教导成人呢。她极力反对利南的离开。毫无疑问，她定然认为利南要是到了莱茵斯贝格，会将各种有关西雷的故事倾泻而出，而他也无疑会这么做。于是乎，这位可怜的老兄眼睁睁地看着这次逃离西
雷的机会化为乌有，在没有得到他雇主同意的情况下，腓特烈是无 76
法将其纳入麾下的。在此期间，利南的妹妹则表现得相当不错。当伏尔泰他们向其告知她哥哥与凯泽林的密谋时，她似乎深感震惊，并表示没有什么能诱使她跟随她的哥哥离开。她说她过于喜爱她的女主人。她的女主人也为她的这番话所打动。然而，仅仅几天后，夏特莱侯爵夫人设法获得利南小姐写给鲁昂某位神父的信件，并在其中发现她自己并没有受到多少尊重——实际上，她被嘲笑了。这顿时引爆了她滔天的怒火，最终，这两位利南家的人都永远地离开了西雷。

事后，伏尔泰向西代维尔写道：“利南过去一直在不断地编织我在大约七年前就让他开始的那个既带有异国情调又巧妙复杂的故事。他那时似乎已然振作起来，我也自以为不出十四年，他就会完成这出戏剧的第五幕。严肃地说，哪怕他以前只是每天稍微工作一下，我相信这部作品现在可能已经收获成功了。但正如你所知，是他的妹妹被司管文章写作的恶魔迷失了心窍，以致夏特莱侯爵夫人不得不把他们都送走。这两人十分愚蠢，他们本能过上愉快的生活，展望一个美好的未来。利南本可带着一份年金继续留在这里，他的学生将会在以后承担起照顾他的责任……夏特莱侯爵的家庭教

师就是在侯爵家里去世的，他走得很安详。如今，既然他们已经辜负对夏特莱侯爵夫人的职责，那我就有义务将他们遗忘。”伏尔泰告诉蒂埃里奥，他眼下觉得自己就如同一位神父，向他忏悔的人最终还是堕入妓院。而这并不会是我们最后一次听闻埃米莉查阅他人的信件。不过，在后来，对某位有意雇用利南的人士，埃米莉还是给了她的老员工一个不错的评价，并将他的解雇归咎到他的妹妹身上。

或许是由于受自己庇护的利南到头来竟如此不成器，伏尔泰现在忆起自己的家人。他从没喜欢过那个比他年长十岁，在各个方面都与之不同的哥哥。大阿鲁埃长久以来一直是个顽固偏执的詹森主义者，他属于那个教派最高级别的会众，曾多次参与在圣梅达尔（Saint-Médard）组织的动乱。伏尔泰说他哥哥品性残暴且和每场动乱中的最美女人都有过一腿。但他喜爱在他身处英国时命丧黄泉的
77 姐姐，他开始替她的孩子们做考虑，并为他们的未来制定计划。这些孩子最近刚刚失去他们的父亲。最年长的女儿路易丝已经二十六岁，在当时算得上是一个老处女。伏尔泰打算把她嫁给尚邦隆夫人的儿子。那样的话，她会得到一座小府邸，尽管不是特别漂亮，但为了她可以被打理得更为美观，一位讨人喜欢的香槟区女性会成为她的婆婆，她每年还可获得八千里弗的收入。除这些以外，她将会与她的舅舅为邻，陪伴他的晚年。由于结婚对象尚邦隆先生自身的迷人之处从未被加以强调，所以它们很可能并不是难以抗拒的。但不管怎样，这位未来的德尼夫人（Mme Denis）有着她自己的想法。她将自己视作一位知识分子、一名音乐家——歌剧大师拉莫的弟

子、一个真正的巴黎人，根本不适合过乡村生活。从未涉足西雷的她似乎疑心那里的无聊乃是世间无聊之最。她拒绝考虑嫁给年轻的尚邦隆。伏尔泰已答应会给她一份嫁妆，许多舅舅处在他的情况下都会对这样的拒绝置之不理，强行按照自己的选择举行婚事。但伏尔泰甚至都没再劝劝他的外甥女，而是说，她必须按照她自己的方式获得幸福，而不是他的。

她最终决定和德尼先生一起追求幸福，他是一位与她年纪相仿、品位相同的资产阶级人士。这桩婚事相当美满。伏尔泰对他的外甥女十分慷慨。由于伏尔泰的哥哥，另一位阿鲁埃舅舅为这位外甥女所做的也超出了他应尽的责任（他同样是一名富有的未婚男性），于是乎，德尼夫人的新生活就满载着亲人欢心赠予的恩惠拔锚起航。夏特莱侯爵夫人说她唯愿她的亲戚也能待她如此之好。但伏尔泰还是有所保留的，他拒绝出席他外甥女的婚礼。他对这样的婚礼会是什么样子实在是太过清楚，“宗族聚会，不正经的婚礼笑话和双关语，会让在场的新娘脸红、让谈性色变者抿嘴的下流故事，不绝于耳的噪音，被打断的谈话，大量难吃的食物，毫无真心实意的咯咯笑声，毫不吝惜的深情热吻以及透过眼角将这一幕幕尽收眼底的小女孩们”。

婚后，这对新人前往西雷度蜜月。在此期间，德尼夫人给蒂埃里奥寄去一封信，讲述他们在那里的所见所闻。她在信中说，她的舅舅已不再归他的朋友们所有，他和埃米莉之间的链条已经铸成，如今再也无法斩断。夏特莱侯爵夫人和他生活在一块可怕的荒僻之地，距离最近的人家也有十二英里，四周为山峦和旷野所围绕。他

们的巴黎友人几乎没有一个会去那里拜访他们。他们有一间迷人的
78 小剧院，但却很少能找到足够多的演员来使它派上用场，尽管方圆三十英里的邻居都身负前去表演的长期委托。德尼夫人在那里的时候，这些邻居没有一个造访西雷，于是他们只得转而依靠木偶戏取乐。而那个年代最伟大的天才在当时也并无多少生气。在德尼夫人拜访期间，伏尔泰一直有病在身。夏特莱侯爵夫人那时发福不少，但毫无疑问的是，她依旧十分迷人，充满风趣，并愿费尽世间一切麻烦去吸引伏尔泰的目光。他现在似乎比以往更加对她着迷。这对新人在西雷受到了最为亲切的招待，伏尔泰非常喜爱德尼夫人，他是真心实意的，而且也不足为怪！

德尼夫人后来肯定一直对她的幸运星心怀感激，她庆幸自己没有嫁给年轻的尚邦隆，因此无须搬迁至位置偏远且为群山荒野环绕的香槟区。

10

德方丹之战

The Battle of Desfontaines

1738 年春，西雷的两位哲人参加了一场由法国科学院发起的论文竞赛，主题是火的属性（爱德华·摩根·福斯特先生已于《在阿宾格村的收获》中对这件事作过记述，欲知此事，一定要读读他的文字）。但伏尔泰和夏特莱侯爵夫人均未杀进前三。这场竞赛的最终赢家是欧拉(Euler)[1]。他对热流的急速性提出了新的见解。而另外两篇位居二三名的论文，尽管比不上伏尔泰和夏特莱侯爵夫人的参赛作品，但它们都拥护笛卡尔，因而更得科学院院士们的欢心。伏尔泰的那篇参赛论文后来被认为已经领先于他那个时代的物理学，他距离完全理解在当时仍颇为神秘的氧化现象仅有几步之遥。不过，对他们遭遇的这次失败，这对情侣选择安然处之，并将

[1] 欧拉（1707—1783），瑞士数学家、自然科学家，18 世纪数学界最杰出的人物之一。

其归因为他们对牛顿坚定不移的信奉。他们说："在法国，一个人只有相信涡流的存在，才能算得上是一位好公民。""我们是哲学的异教徒。"

由于牛顿遭受的偏见，伏尔泰目前在其新书《牛顿哲学原理》（又名《献给大众的牛顿读本》）的发行上陷入困境。出于不想招来更多警告和流亡的考虑，伏尔泰这次将他的新作寄给审查员，并直截了当地要求获得出版许可。但这位审查员对此却玩起了拖延战术。他既不点头答应，也不予以回绝；既不退还伏尔泰的作品，也不给出任何的修改建议。这样一晃便过去数月。伏尔泰早先已将这部新作的副本交到他荷兰出版商的手中，但是，因为他这回殷切地希望能按规矩行事，所以他告诉这位出版商，不等到他获得在法国出版的许可，此书不可面世。他左等右等，最后也没能等来凡尔赛
80 宫方面的回复。终于，熟悉的剧情再次上演。此书的盗版在荷兰面世。书中到处都是印刷错误，但比这还要糟糕的是，该盗版掺入了两到三章由一位荷兰物理学家撰写的内容，而且毫无解释说明的文字。伏尔泰为此陷入绝望，他的这部最新力作是他迄今为止最为喜爱的作品，他之前一直在期待着它的问世。从几周缓缓拉长到几个月的等待时光已经刺激到他的神经，也因而影响到他的健康。埃米莉说："他对此类事件的敏感可能是天生的，但却并不明智。"然而，任何一位作家在看到那本混乱不清的盗版后，都会明白伏尔泰当时的心情，而他的敌人们无疑会对书中林林总总的错误幸灾乐祸。腓特烈当时在拿到一本盗版书籍后，立即给伏尔泰写信说，斯赫拉弗桑德已向他谈过此书，那语气他一点都不喜欢。可怜的伏尔

泰回复称，这也难怪，因为该书在他全然不知的情况下所掺入的章节含有一些对斯赫拉弗桑德的轻蔑影射。在该盗版书籍的标题页上，荷兰出版商赫然印上了《牛顿哲学原理：人人均可阅读》，而德方丹神父则毫不犹豫地声称，这个标题的后半部分应该读作“人人踢出家门”[1]。

这之后，伏尔泰便开始对这位神父展开疯狂且病态的攻击。在如今的德方丹身上，似乎能看到许多他仇敌的影子。他将下面的这首诗寄给蒂埃里奥，心里十分清楚，几天后它便会风靡巴黎。

因反自然之癖
德方丹受鞭笞
人说其曾贬斥
牛顿自然体系
他想倒行逆施
最为纯粹之理
而其错误总为
违反自然之罪

这首诗既不高明，也不礼貌。德方丹已经受够了被人称为鸡奸犯。他迅速在《当代写作观察》上巧妙地予以回击。他这样说道，很明显，对一位年事已高的哲学家而言，放弃哲学去从事诗歌创作

[1] 法语“mis à la portée de”与“mis à la porte de”仅一词之差，但前者意为“适于……的范围”，后者表示“被……踢出”。

81 是一件十分荒唐的事，但若一位诗人在晚年向哲学发起进军，那显然是毫无荒谬可言的。然而，令人颇感遗憾的是，这位老诗人竟把自己交付给所有真正的哲学家都口诛笔伐的牛顿主义。

对此，伏尔泰做出的答复是《防范〈当代写作观察〉的侵害》。在这部水准高超但却极不公正的作品中，伏尔泰挑出了出现在往期《当代写作观察》中的每一个错误，不论是印刷之误，还是作者之误；所有的语法、事实、品位和判断错误都无一幸免。他将句子从语境中剥离，再把它们一个个都打成笑话。他同时也将一些旧事重提了一遍，即他曾把德方丹从实施火刑的木桩上救下以及这个忘恩负义的卑鄙小人写小册子抨击他，并拿给蒂埃里奥看。德方丹现在是一名相当出色的记者，但就像他所有的同行那样，他常常必须快马加鞭地写作。而那时的印刷工又是出了名的粗心大意且未受教育。所以，《当代写作观察》的过往期刊在伏尔泰这双巧手给出的诊治下问题尽现，他毫不费力就使这位神父愚态百出。然而，《防范》这部作品登场亮相时并没有带着伏尔泰的署名，而是被扣在他手下一名杂工的头上，即穆希骑士（Chevalier de Mouhy）[1]，一位有时会得到伏尔泰帮助的雇佣文人。穆希受到指使，声称在读了《当代写作观察》上多篇攻击伏尔泰先生的文章之后，他冒昧写信给素不相识的伏尔泰先生，而这便是他得到的答复。此处所谓的答复就是伏尔泰对德方丹忘恩负义以及被蒂埃里奥烧掉的那本小册子的描述。不过，显而易见的是，伏尔泰才是整个《防范》的作

[1] 穆希骑士（1702—1784），夏尔·德·菲厄，雇佣文人，曾为伏尔泰效力。

者，其中的每一个字都只能出自他的笔下，可他从没承认过此事。他告诉蒂埃里奥，毫无疑问，这位神父应该被好好教训一下，但倘若穆希在发行前曾向他本人咨询的话，他会建议穆希再将他的风格改进一下。伏尔泰说，“一个人不可能同时出现在各处”。

《防范》发表于1738年的11月。它出现后，德方丹神父没有浪费任何的时间，在当年的12月12日就推出《伏尔泰式的躁狂或一位年轻律师的信件》。在这部作品中，穆希骑士的对手，一位“年轻的律师”，飞奔到他朋友德方丹的身边为其辩护，并对伏尔泰大加辱骂。《一位年轻律师的信件》这部作品行文粗暴、不甚委婉，但尽管如此，其中的每一句话都不失锋芒。它的目的就是向人们展示伏尔泰是个既疯又坏的危险人物。没有人也没有任何事物能免遭这位人类之敌的迫害，不论是死是活。这位“年轻的律师”怀着热 82
情与决心投身到他的工作中。他从伏尔泰的作品开始，声称他的戏剧之所以能获得成功，都要归功于它们对神明尤为大胆的亵渎，并且说他的《查理十二史》是一部沉闷的旧闻轶事集，还说《哲学通信》断绝了正派人士频繁造访伏尔泰的可能，所以他现今不得不在远离巴黎的地方生活。而《牛顿哲学原理》已使他沦为所有正经科学家的笑柄。接着，这位“年轻的律师”讲起德方丹神父过去被捕入狱和伏尔泰声称的前去营救一事，他指出一些事实，尽管伏尔泰曾经可能对神父的获释有所帮助，但自那以后，他就一直在指控他犯下一种罪行，而德方丹神父却从未因这种罪行遭到过起诉。德方丹（更确切地说，这位“年轻的律师”）现在亮出他的王牌。他继续说道，一直以来，伏尔泰之所以会对他的这位作家同行施以无情的迫害，只是出于一个理由，就是那本据说写于这位神父出狱之后并被蒂埃里奥焚毁的小册子，传言其中含有对伏尔泰的诽谤。而实际上，这本小册子从未存在过。蒂埃里奥先生已开始（谁又能责怪他呢?）后悔和伏尔泰这样的流氓结为朋友，他否认对那本小册子的事知情。那还有其他证据能证明它存在过吗？并没有。这整个故事只不过是伏尔泰的又一则谎言而已。

《一位年轻律师的信件》在当时十分畅销。伏尔泰的敌人们幸灾乐祸地争相购买，而他的朋友们，尽管公开宣称它是一则情节严重、内容骇人的诽谤，但也忍不住对这部作品暗自发笑。在所有可能会伤害到我们心爱之人的不幸中，最容易为我们所承受的便是对他们的文字攻击。当可怜的受害者本人正抓挠痛处并于一遍遍的阅读中从每句话里发掘出超越原文本意的恶毒之时，我们则可以将那些文字一览而过，对其中的笑话一笑置之，然后放到一旁（或者装入信封，寄给一位我们与受害人共同的朋友），最后统统忘掉。在这起事件中，大部分人都觉得，是伏尔泰本人的《防范》为他自己招来了恶果。

《一位年轻律师的信件》是在圣诞节那天抵达西雷的。寄给伏尔泰的一共有两本，其中一本被埃米莉提前抽出，因她总是会先于其他人一步将邮件袋里的邮件浏览一遍。但她漏掉了另外一本，这一本很可能是装在穆西诺神父寄来的包裹中，这位神父的包裹带有
83 神圣的气息，即使是埃米莉也从来不敢触碰。后面几天的时间，埃米莉和伏尔泰都在私下研读这部可怕的作品，并且互相瞒着对方。埃米莉认为，按照伏尔泰目前的健康状况，如果让他读到这本书，

他可能会丧命；而伏尔泰则清楚埃米莉是多么在意与自己有关的任何事情，因此不想让她担忧。当时和他们一起住在西雷的有一位格拉菲尼夫人（Madame de Grafigny）[1]。但他们两人均没有向她袒露过此事，不过，在这种情况下，他们或许很高兴能有第三个人在那里陪着他们。而她仅能在吃饭时间与他们相处，当他们一起用餐时，伏尔泰和埃米莉一定做出了极大的努力来使自己强颜欢笑，因为格拉菲尼夫人在她信中描述的用餐时光仍不乏妙趣横生的交谈和许许多多的笑话。

当然，可怜的达尔让塔伯爵在那期间成了埃米莉和伏尔泰两人宣泄的靶子。埃米莉疯狂地给他写信。起初，她说他们的“朋友”决不能知道关于《一位年轻律师的信件》的事，必须向它致以表示轻蔑的沉默，并在沉默中忽视它的存在，对其避而不谈。然而，她转念一想，认为恰恰相反，必须要对它予以回应。不应该在公众的脑海里留下伏尔泰被禁止进入巴黎这样的印象。同时必须要让蒂埃里奥说出那本小册子的事。在这样的想法下，她在给达尔让塔伯爵的信中附上了一份对《一位年轻律师的信件》的答复，并于其中竭尽全力向德方丹发起攻击。这份答复的开头是这样的：“自然主义者不辞辛劳地探寻曾经为大自然所孕育的怪物之起源。他们这样做是出于好奇，并不能向我们保证它们不会再次出现；但是世上还存在着另一种怪物，对它的研究于社会而言更有益处，而且它的灭绝也更为必要。”接着，埃米莉一个接一个地驳倒德方丹的所有论证，

---

[1] 格拉菲尼夫人（1695—1758），弗朗索瓦丝·德·伊桑堡·德·阿旁古，作家、沙龙女主人，代表作有《一位秘鲁女人的来信》。

将其称作“无耻之徒”，并在结尾写道“苏格拉底感谢上帝使其降生为人，而不是一只野兽，是一名希腊人，而非一个野蛮人；伏尔泰先生也必须感谢上帝生出这样一位面目可憎的敌人”。随后，她给蒂埃里奥写信，向其指明前来支持他的朋友是他的责任。但蒂埃里奥的回复极其令人不满。他在回信中说，他认识到夏特莱侯爵夫人为伏尔泰先生操劳的热忱，并从中深受教益，还说他极度反感《防范》这部作品，而且他惊恐地了解到一些居心不良的民众正将这部作品归到伏尔泰的头上。自它出现以来，关于那本含有诽谤内容的小册子，许多人都向他询问过，对此他总是给出一个相同的答案，而今他也将这个答案给予夏特莱侯爵夫人：他确实模糊地记得
84 曾见到过这样一本小册子，但无法肯定是在那位神父入狱之前，还是出狱之后（这个日期当然是极其重要的，因为如果德方丹写下那本小册子的时间是在他入狱之前，那他就不能被指责为忘恩负义）。

埃米莉将蒂埃里奥的这封回信连同她自己的评注寄给达尔让塔伯爵。

（1）能从她的热忱中受到教益，并说为向其效仿，自己会对伏尔泰先生的事情予以关注，蒂埃里奥真是太好了。

（2）刚才他还深受教益。现在，突然之间，他就反感至极了，并暗示他怀疑《防范》是伏尔泰先生所写。这种猜想无疑让夏特莱侯爵夫人甚为反感。

（3）刹那之间，蒂埃里奥先生能够轻而易举地忘掉那些对伏尔泰先生至关重要的事情。

（4）他似乎是世界上唯一一个不知道那位“年轻律师”真实身

份的人。

埃米莉同时说道，他们手上有二十封蒂埃里奥写于 1725 年的信件，每一封都对那本小册子的事情有所提及。如果他的记忆力继续糊弄他，这些信件将会被印出。在第二年的 1 月 3 日，埃米莉告诉达尔让塔伯爵，伏尔泰和她最终将他们各自隐瞒的事和盘托出。让她大为欣慰的是，伏尔泰对此事的在意程度比她之前所害怕的要少上许多，而且他在乎她的感情胜过在乎他自己的感情。她同时发现伏尔泰并不想将这场笔战继续下去，而只是打算将德方丹起诉到法庭，这让她松了一口气。伏尔泰已经给穆西诺写信，吩咐他在有两位目击者的情况下购买一本《一位年轻律师的信件》，并将它带给一位地方法官。

伏尔泰也给蒂埃里奥寄去一封信，信中他将自己描述为一名公众人物，因此他必须为自己辩护，抵制那些谣言，而他的朋友必须帮他完成这件事。他对德方丹那本小册子的了解全部来自蒂埃里奥，而德方丹现在声称蒂埃里奥否认对这本小册子的事知情。伏尔泰说这当然是那位神父的谎言，就在不久前的一天，当蒂埃里奥身处西雷的时候，他和伏尔泰还一直在谈论那本小册子的事。蒂埃里奥如今可没法说此事与他无关，相交这么多年，他不能让他的老朋友失望。他若敢辜负伏尔泰，普鲁士的那位王子会怎么看待这样的行为？友谊和真相必须战胜仇恨与背叛，伏尔泰知道世事定会如此——因而在书信中向他的这位朋友致以比以往更为深情的拥抱。

但很明显的是，伏尔泰根本就不相信他的这位朋友会来为他辩护，事实证明他是正确的。蒂埃里奥眼下正和巴黎最富有、最有修 85

养的金融家拉波普利尼埃（La Popelinière）[1]住在一起，过着奢侈的寄生虫生活。他喜欢以一名社交达人的身份安逸地行走于世。努力，尤其是令人不悦的努力与其天性格格不入；自己活，也让别人活是他的座右铭。毫无疑问的是，他非常喜爱伏尔泰，并对他的作品烂熟于心，在各个版本的研究上堪称当时最为出色的专家，他同时也愿意为西雷的居民们干些小活。但是，伏尔泰朋友中的每一个都逐渐对其无休无止且十分荒谬的争吵感到厌烦。黎塞留曾经非常直白地告诉伏尔泰："甚至连蒂埃里奥都不再为您挺身而出了。"在他们那个崇尚轻松愉悦的社会里，助长那些极端强烈的恨意可不是一种风尚。蒂埃里奥并不想卷进这场他朋友根本没有把握取胜且定会在整个巴黎沦为笑谈的官司。而且，蒂埃里奥的熟人圈子每周都在阅读德方丹的刊物《当代写作观察》，这位神父在嘲弄他人方面可谓天赋异禀，比起为伏尔泰辩护，蒂埃里奥更倾向于不去得罪这位神父。伏尔泰曾在《防范》的事上对他撒过谎，假若他认为西雷那边或许还有许多其他的谎言正处于炮制之中，那他错得并不离谱。这整个事件背后的推动力就是涉事双方那发挥到极致的欺诈。鉴于蒂埃里奥轻佻易变的性格，人们可能会对他在此次事件中的态度表示理解，但是没人会赞成他将《一位年轻律师的信件》寄给腓特烈，而这正是他现在急着要做的。此乃伏尔泰所害怕的一件事情，尽管他确信它定会发生。这一性质恶劣的寄书行为就是蒂埃里奥对这件事所做的唯一贡献，而后他便退居幕后，坐视不管了。

---

[1] 拉波普利尼埃（1692—1762），路易十五时期的包税人，法国当时最富有的金融家之一。

在此期间，又一新的刺激增添了伏尔泰的痛苦。他的另一位大敌让-巴蒂斯特·鲁索，在经历了三十二年的流放生活后，终于被允许回归法国。伏尔泰假装对此漠不关心——“他，命近黄昏的鲁索，实际上已与死人无异”——但他感觉脸上被打了一巴掌，并且心里清楚，鲁索将会在巴黎尽其所能地给他制造麻烦。明智的达尔让塔伯爵写信来说，伏尔泰当前所能做的最好的事情就是忘掉这些烦恼，去创作一部有趣的作品。但他忽视了他这位朋友身上那可怕的精力。按照他的建议，伏尔泰创作出《聚里姆》（*Zulime*），他正 86
好用掉一周的时间完成这部作品，接着便再次继续他与德方丹之间的战争。他想要实现彻底的报复，那也就是说，让《当代写作观察》的出版许可遭到撤销。但即便如此也还不够，除非官方清楚地声明该刊物是由于对伏尔泰的攻击才遭禁的。

为此，一封请愿书横空问世。它自底层的烟囱清洁工向上蔓延，传遍世间各个角落，让众人都以为德方丹一生都在单方面地迫害伏尔泰。书中自然没有提到伏尔泰自己对那位神父的多番攻击，也没说起《防范》的事。穆西诺神父将会把这封请愿书呈给一位地方法官。伏尔泰同时指示他雇用几辆马车。因为他接下来要去将伏尔泰所有的亲友一一接来，连同三位在《一位年轻律师的信件》中被提及的人士：律师皮唐纳尔（Pitanal）、安迪（Andy）——一位时髦的医生、普罗可布（Procope）——另一位医生（老普罗可布之子，这位父亲的普罗可布咖啡馆经常受到戏剧界人士的光顾）。还有伏尔泰各式各样的逢迎者，其中的一些人将会为他们所付出的辛劳收取一些报酬。实际上，花钱是免不了的。他们，包括穆西诺自己，都将会扮演伏尔泰愤怒的家人。一般认为，展现宗族团结精神的做法会对地方法官起到不错的效果。拒绝前来是不允许的：“不接受任何理由和借口，友谊必须跨越所有的障碍。”

遗憾的是，蒂埃里奥并没有受到这种氛围的引领。伏尔泰写信力劝他不要听信那些建议他饮杯愉悦的香槟酒然后忘掉其他一切的人，不过这都是枉费力气。他应该欢饮，但他也应该履行友谊神圣庄严且振奋人心的职责。“蒂埃里奥能对这样的恳求充耳不闻吗？”伏尔泰写下这句话时已经泪流满面。但蒂埃里奥不仅继续装聋，还装哑。在给夏特莱侯爵夫人写去一封信之后，他便躲避到沉默之中。伏尔泰在当年1月2日、7日、9日、10日（未标明日期）、15日、17日接连给蒂埃里奥写信。夏特莱侯爵夫人后来再次给他写信。夏特莱侯爵也执笔上场。“夏特莱侯爵，”他的妻子说，“表现得如同天使一样。”尚邦隆夫人（突然成为伏尔泰的表亲）同样写去一封浸满泪水的信件。最终，在1月18日，“那棵墙头草”回复了一封信件，但它并没有给西雷的人们带去太多的满足。蒂埃里奥
87 在信中说他对伏尔泰感到十分抱歉，并发自内心地同情他。接着，他却文不对题地转回到一件旧事上，讲起那批不知是被遗失还是遭到盗窃的《亨利亚特》，没有回答伏尔泰的任何问题，也没有提及那封请愿书。很明显，他并不想出庭作证。但最糟糕的是，伏尔泰他们现在从另一消息来源得知，蒂埃里奥正打算在普雷沃神父的刊物《赞成与反对》上发布他自己写给夏特莱侯爵夫人的信件。于是乎，更多泪墨交织的文字如潮水一般从西雷涌向巴黎。好在善良的达尔让塔伯爵成功地阻止了这一行为，不然的话，埃米莉的名誉定

会受损。伏尔泰他们现在对蒂埃里奥的怒火已经远远胜过对德方丹的。前者写给夏特莱侯爵的回信被埃米莉提前打开查阅，她评价说这封回信既不得体，也不明了，甚至都算不上是体面的法语。他们将这封信送还给蒂埃里奥，让他好好修改。

与此同时，伏尔泰也在给他所认识的每一个人写信，争取他们对其诉讼的支持。整体而言，他的朋友们反应不错。不过，在腓特烈的回信中，他表示拒绝与蒂埃里奥决裂，这是真的。他说，在寄送《一位年轻律师的信件》这件事上，蒂埃里奥只是做了他职责之内的事。其实腓特烈尤其希望看到伏尔泰遭受的所有攻击，不然的话，他如何能看懂事件的真相呢？但是他指示他父王在巴黎的大使尽其所能为伏尔泰效劳。尚邦隆夫人和夏特莱侯爵前往巴黎拉拢关系。颇具权势的达尔让松兄弟自然是加盟到伏尔泰一方，同样站到他那边的还有许多他父亲从事法律业的老友。黎塞留当时正在图卢兹担任朗格多克的长官，因而无法前来，不过他写来一封信，否认《一位年轻律师的信件》里一段与他第一任妻子有关的言论。甚至连可怜的利南都写来一封令人伤感的信件，声称伏尔泰对他而言一直就像一位父亲。此时，在与尚邦隆夫人多次交谈并收到一封腓特烈的来信后，蒂埃里奥很可能是发现目前的形势正倒向伏尔泰那边，于是便半心半意地答应交出所需的证据。他说如果他之前能对他们期望他做的事有一个准确的理解的话，他当时就会做出行动。然而，即便受到这样的对待，蒂埃里奥仍是一如既往地喜爱他的这位老朋友，尽管他并不认为他的写作才能有多了不起。

这场旷日持久且日益乏味的事件最后的结果可以说是一场平

局，但于伏尔泰相当有利（1739 年 4 月）。德方丹神父被迫签下一
88 份文件，声明他认为《一位年轻律师的信件》是一则性质恶劣的诽谤，如果他曾与它有过任何关系，他会为自己感到丢脸。而伏尔泰随后则公开否认《防范》为他所写。他的朋友们都恳求他不要再去折磨德方丹，他当然没有对此做出承诺，但从那以后，他确实做到了对那位神父不理不问。至于德方丹自己，他特意在《当代写作观察》上写了一篇文章，赞扬夏特莱侯爵夫人那篇关于火的论文。这场大战使得斗争双方都疲惫不堪，因此随之而来的是一场持久的和平。而就像叛徒在战争结束时常有的待遇那样，蒂埃里奥后来也获得原谅。伏尔泰说每个人身边都有一位好天使和一位坏天使，以他为例，他的好天使是达尔让塔伯爵，而他的坏天使则是蒂埃里奥。但无论如何，与一位老友争吵都是一件可耻的事情。

11

格拉菲尼夫人的故事

Mme de Grafigny's Story

“我们或许能在往后某个时间来看看西雷这一家人，其实——本编者并不希望这么做。”托马斯·卡莱尔说道。然而，笔者却无法抑制地要将读者送往一场由格拉菲尼夫人引导的旅程；读者请谨记，只她一人是导游，而且没有任何证据支持她即将揭露的那些事件。

当前章所述事件正使西雷的哲人们饱受折磨之时，他们的这位宾客对正在发生的事情仍一无所知。她自己当时也有着不少麻烦，其中不乏一位中年妇女可能会遭遇的最严重的两种困境：既无家，也没钱。她被迫沦为一只流转于乡间屋舍的寄生虫，靠一群心地善良的朋友们过活。这种类型的寄生虫人尽皆知，他们过去一直存在，而且毫无疑问的是，只要仍有乡下人家愿意收留他们，他们就会继续存在下去。寄生虫格拉菲尼夫人冬日里会坐在火炉旁取暖，夏天时会于雪杉下乘凉，并时刻准备着为她的宿主们干些小活。她知晓其寄宿家庭里的每一个细节，了解与家里仆人、狗、孩子及邻居有关的一切。对家里任何一位向她诉苦的成员亲切以待，是这位夫人的一项特殊职责：被忽视的妻子、遭背叛的丈夫、生气的老舅舅、有点蠢的儿子。她因而减轻了其他人的负罪感，使家里的一切运转得更加顺畅。而她自己从来都不是必须被讨好的对象。她写信无数。她的写作技艺在她成为格拉菲尼夫人后精进不少。观察我们当代的作家如何应对她在西雷所面临的那种处境，必定会是一件十分有趣的事情。

90 格拉菲尼夫人如今约有四十四岁，和伏尔泰一样的年纪。他们曾在吕内维尔相遇过，当时那里仍处于洛林最后一任公爵的统治之下。后来，这位公爵前往维也纳迎娶奥地利的女继承人玛丽亚-特蕾莎。1738 年，在《维也纳条约》的规定下，洛林被交付给波兰前国王、路易十五的岳父斯坦尼斯拉斯·莱克辛斯基，作为对他失去自己国家的补偿。地处洛林的吕内维尔距离西雷只有大约一天的路程，夏特莱侯爵经常前往那里，因为他在洛林有自己的利益需要关心。伏尔泰和埃米莉至今还没觐见斯坦尼斯拉斯，尽管他俩在前任洛林公爵统治时期就已经熟悉吕内维尔这座城镇，并且在那边有许多朋友。格拉菲尼夫人的丈夫曾在吕内维尔的宫廷里担任侍从，他是一个残暴如兽的疯子，曾不止一次差点致其妻子于死地，现在被关了起来。格拉菲尼夫人以丈夫残暴为由获得一份合法的分居许可，这在那个年代可是件十分不同寻常的事情。黎塞留夫人麻烦埃米莉暂时先收留格拉菲尼夫人一阵子，等黎塞留从图卢兹回来，她就会将她接过去和他们一起生活。埃米莉其实一点儿都不想要她，但为了取悦黎塞留公爵夫人，她愿意做任何事情。

伏尔泰和埃米莉在迎宾待客的问题上存有分歧。伏尔泰渴望将他的朋友们请来做客，根据他的说法，无论他的朋友们去哪儿，西雷总在他们前进的道路上（他曾经告诉埃弗拉德·福克纳爵士，西雷就在从加莱到巴黎的路上；还有一次，当达尔让松理应奔赴里斯本的时候，西雷据说也在去那里的路上）。但当夏特莱侯爵夫人难得邀人来做客时，她通常会说得相当坚决，“您必须为来而来”。实际上，位于香槟区偏僻一角的西雷根本不在去任何地方的路上。如果可以的话，埃米莉现在不想接待任何人，当然，除非来者是莫佩尔蒂。她目前正在对莱布尼茨的哲学进行深入的研究，这项工作需要她全神贯注。与此同时，她的思想开始和她情人的想法背道而驰，这在一个女人身上是很不寻常的。伏尔泰从来都不接受莱布尼茨的观点。最终，西雷的两位哲人同意在这个问题上各持己见。伏尔泰说：“一个人必须爱他的朋友，无论他们的立场如何。”当时，他自己同样在埋头苦干几件不同的事情，在一片混乱中他也能如此 91
工作（腓特烈过去常说伏尔泰有一百只臂膀）。而夏特莱侯爵夫人则需要一个平静安稳的环境。她并不想去照料那些来访者。此外，情绪上的扰乱如果说对伏尔泰有任何影响的话，那似乎是使其更为振奋，但对埃米莉而言，它可不是一件好事。在格拉菲尼夫人来到西雷后不久，那里的氛围就因《一位年轻律师的信件》所造成的情绪波动而变得沉重起来。她简直找不到一个比当时更加不合时宜的拜访时间了。

格拉菲尼夫人在吕内维尔有许多朋友。对于闻名遐迩的西雷，他们都兴致满满地渴望知道那里正在上演的一切。按照安排，格拉菲尼夫人会先将她的消息写给德沃先生（M. Devaux），再由他传达给其他人。德沃是被全体吕内维尔妇女宠坏了的宝贝，人们向来只称呼他为“帕帕”（Pan-pan）或“帕皮雄”（Panpichon）。他年仅二十七岁，曾因家庭之故注定要进军法律界，可当他长大成人后，人们注意到尽管他乐于进行少许轻松的阅读，但他对工作怀有一种显而易见的反感。所以，他宫廷之中的若干朋友请求斯坦尼斯拉斯国王雇用他做读书侍从。这位心地善良但绝不嗜读的国王答应说很好，不过，帕帕能起到的作用和路易十五的忏悔神父无异，也就是说毫无用处。人人都喜欢帕帕。格拉菲尼夫人给他写信时将其称作“tu”[1]，在当时的法国，这在两个并无亲属关系的男女之间几乎是件闻所未闻的事。1738 年 12 月 4 日，格拉菲尼夫人从她口中的“无聊之家”，即她另一朋友斯坦维尔侯爵夫人（Mme de Stainville）的家中动身前往西雷。从那时起，每天的分分秒秒都被她写入致帕帕的著名信件之中。

西雷，星期四，1738 年 12 月 4 日。当帕帕看到这封信的落款时，他定会高兴地跳起来。“哦！我的上帝，她在西雷！但她是如何到达那里的呢?”是这样的，她说她从其住处的另一位客人那里借来马匹，天未亮就离开了那座“无聊之家”。随后迎来的那天堪称完美，与其说是 12 月里的一天，倒不如说是 6 月中的一天，只

[1] 意为“你”，在法语中通常用于关系亲密的人。

是路上并无灰尘而已。她当时正处于一种极度兴奋的状态。到达茹
安维尔（Joinville）后，她朋友的马车夫拒绝再往前走，于是她便
搭上一辆公共马车，并在入夜两小时后被置于一条荒无人烟的道路
上。她和她的女仆迪布瓦（Dubois）当时吓得浑身发抖，只好摸索
着上山，抵达西雷时她们已是一副半死不活的状态。夏特莱侯爵夫
人亲切地接待了她的这位客人，将其领至为她准备的房间。不一会
儿，伏尔泰手持一根小蜡烛出现在那里，犹如一位修道士。他给予
格拉菲尼夫人极其热烈的欢迎，同时不停地拥抱她，并在她手上亲
吻了十次。他向其打听消息，并对她的答复很感兴趣，这让她心里 92
甚是感动。他至少花了一刻钟的时间谈论帕帕，然后才问起他在吕
内维尔的其他朋友。之后他便离她而去，好让她为晚餐整装打扮一
番，她的确这样做了。眼下，她正在房里等待晚饭铃声响起。等了
一会儿，她再一次拿起她的笔来。她先前称夏特莱侯爵夫人对她予
以了亲切的接待。的确如此，但这便是她在上次写作中对埃米莉的
全部描述。现在她接着写道，夏特莱侯爵夫人当时身穿一袭印花棉
布连衣裙，外加一条大大的黑色塔夫绸围裙，她长长的黑发被系于
头部顶端，并以卷发的形态向下垂落，就像一个小女孩的头发那
样。这身装扮对她而言极其合适。她讲话时犹如一位天使。至于伏
尔泰，他身上的衣着和脸上的粉饰都和他在巴黎时的装束一模一
样。夏特莱侯爵当时也在西雷，但他次日就要动身前往布鲁塞尔，
到时西雷就会剩下他们三个人（除去仆人和孩子）。不过，他们已
互相坦言，称夏特莱侯爵的离去并不会使他们悲伤落泪。写到此
时，铃声仍未响起。格拉菲尼夫人接着说，帕帕的来信对她而言是

一大乐事，他必须确保继续写下去。她特别想念她在吕内维尔的朋友们。“那么，晚安，我最亲爱的朋友。”

第二日。天呐，从哪儿开始讲起呢！最好的办法是把发生的一切都讲述出来，并且是一小时一小时地讲，而不是一天一天地讲。所以，她昨晚写信一直写到晚餐时间，当时他们过来接她，将其带至伏尔泰的房间。没时间四下张望，因为他们一抵达就立即坐下用餐。这是施展了什么魔法啊！美味可口、分量不大的食物被盛装摆放得如此之好——桌上有漂亮的银器。由于伏尔泰的书房当时尚未完工，所以他房间四周摆放着球体和各式各样的科学仪器。此外，要对他们那精彩有趣到极致的对话做出恰如其分的描述是一件绝无可能的事情，因为谈话内容涉及诗歌、科学和艺术，而且到处都是笑话。伏尔泰就坐在她的右手边，他是如此博学、文雅和亲切；而西雷的一家之主则坐在她的左手边，他十分无趣，但很少讲话，并且在晚餐结束前就离开了宴席。他们当时正在谈论书籍，某人提起让-巴蒂斯特·鲁索。在此人身上，伏尔泰少了些英雄气度，多了些人之常情。在西雷，赞美鲁索的行为是被禁止的。那位夫人［夏特莱侯爵夫人］说她无法忍受颂歌，而那位偶像［伏尔泰］则不能理解儒雅之士如何能读得下去这样乏味的作品。他们接着谈到德方丹神父的刊物《当代写作观察》。格拉菲尼夫人询问他们是否订阅这一刊物。实际上，他们确实有，可突然之间，针对此刊物的谩
93 骂声如流水般不绝于耳。伏尔泰将一本名为《防范〈当代写作观察〉的侵害》的书塞到她的手中。据他所言，这本书乃是他的一位朋友所写。她也会给帕帕寄去一本。

最后，他们都上床就寝。天呐，她睡得如此香甜！直到正午十二点才醒，醒来时身体由于昨日的攀登僵硬得几乎无法动弹。那位夫人晨间来拜访过她，而且待她比之前更为亲切。为了从容应对，格拉菲尼夫人已然拜读了《防范》。随后，伏尔泰把牛顿的一本书送至她的房间。由于这栋房子里的人似乎并不需要吃饭，所以她从早到晚都在阅读牛顿，为了能在晚饭时有话可聊。她做得并不差，对很多内容都能理解。正当她在牛顿的书籍中艰难前行之时，她迎来了一位拜访者——尚邦隆夫人，她是夏特莱侯爵的一位乡间邻居。这位夫人大部分的时光都是在西雷度过的。她跟马里沃《暴发户农民》中的那个矮胖女人简直一模一样，但实际上为人十分和善。她无疑非常崇拜伏尔泰。不过她也是个可怜人，伏尔泰他们常把她关在她的房间里，逼迫她阅读家里的所有书籍，这完全是在给她找没必要的麻烦，而她却对此浑然不知。尚邦隆夫人所待时间并不长。接着，伏尔泰前来造访，但是格拉菲尼夫人却把他赶走了，因为她的房间很冷，而他当时患有严重的感冒。真想不到伏尔泰也会被赶走！那之后西雷的主人接踵而至，搅扰了她两个小时，直到伏尔泰派人邀她前去相见，她才得以被解救出来。她迫不及待地赶去会面！

伏尔泰在这所房屋之中的房间就位于主楼梯的底部。穿过一个小前厅便可抵达他的卧室，卧室又小又低，冬天的时候会挂上拷花丝绒。房中挂毯不多，但有内嵌图画的镀金镶板，卧室家具呈中国式风格。镜子、油漆角柜、瓷器、一只外观上由秃鹳托起的钟以及许许多多其他的贵重物品统统都是中国样式。其中有一个戒指架，上面有十二只宝石雕刻戒指和两只钻石戒指。房内的一切都是那么干净，你甚至可以亲吻它的镶木地板。一个长达三十或四十英尺的画廊从卧室延伸出去。这间画廊有三个窗户，三个窗户间摆放着两个油漆底座，立着十分精美的小雕像：其中一个是法尔内塞（Farnese）[1]版本的维纳斯，另一个则是赫拉克勒斯（Hercules）[2]。两个用来盛装书籍和科学仪器的壁橱间有一个火炉，它负责为画廊升温，使得置身其间就像融入春日一般——该火炉前竖立着一座丘
94 比特的雕像。卧室的镶板上了黄漆，室内有大量的家具、钟表等，可谓什么都不缺，只差一张舒服的椅子。身体的舒适对伏尔泰而言似乎并不是必不可少的。

当日的晚餐相当令人失望。席间有一名单调沉闷的男人，名为特里沙托（Trichâteau），由于夏特莱侯爵对他的遗产抱有指望（此人是他的堂亲），所以每个人都必须跟他聊一聊。不过，格拉菲尼夫人后来得以与伏尔泰小谈片刻，谈话间他提及帕帕，说他真的应该用他的生命做些什么。“他的父亲应该把他撵出家门，就像我的父亲那样。”然而，圣朗贝尔侯爵（Saint-Lambert）* 倒是个有才华的人。顺便一提，圣朗贝尔曾托她给伏尔泰带条消息，可她已经忘记了，帕帕能查出那条消息是什么吗？

这便是她昨日的时光。今天早上，她在十一点钟的时候走下楼来，和伏尔泰他们一起在画廊里喝咖啡。伏尔泰当时身着晨衣，他

[1] 此处指世界著名的法尔内塞藏品，为亚历山德罗·法尔内塞红衣主教收集而来，囊括希腊和罗马的古代艺术品。

[2] 赫拉克勒斯，古希腊神话中的大力神，宙斯与阿尔克墨涅之子。

* 圣朗贝尔侯爵，另一位吕内维尔的朋友。夏特莱侯爵夫人当时还不认识他。

的感冒着实可怕。这之后，那位夫人带着格拉菲尼夫人去参观她的房间。与她的那些房间相比，伏尔泰的房间简直不值一提。她的卧室装有黄色和蓝色的镶板，放置床铺的凹室衬有印度式的壁纸，床上覆有蓝色的云纹——房内的一切，甚至包括狗狗的篮子，都互相搭配。室内的镜子配有银色的边框，擦拭得非常明亮。一扇大大的玻璃门装饰得如同一只鼻烟盒，通向那位夫人尚未竣工的图书室。那里将会收入保罗·委罗内塞的画作。凹室旁边是一间小巧的闺房，该闺房美不胜收、令人倾倒，它饰有蓝色的镶板，其顶部的天花板为让-巴蒂斯特·马丁（Jean-Baptiste Martin）[1]的一位弟子打造，他过去三年一直在西雷工作。闺房中的每一块镶板上都有一幅华托的绘画。房内还置有一个由普鲁士王子赠送且附上诗文的琥珀色墨水台和一个出自马丁之手带有托架的壁炉，托架上放有一些漂亮的小玩意。一张大大的扶手椅和配套的两个脚凳均包着白色塔夫绸的软垫。这间神圣的闺房有一扇窗户，窗外连着一个景色优美的阳台。卧床的另一边是一间铺有大理石的更衣室，里面装着灰木质地的镶板，挂着令人悦目的印花棉布。一切都显示出极佳的品位，包括质地为平纹细布的绣花窗帘。在她们看完这一切后，夏特莱侯爵夫人将她的客人留在卧室，向她细说起她婆家在过去八十年间所卷入的一场官司。说来也奇怪，尽管夏特莱侯爵夫人连着讲了一个 95
半小时，但她并没有对该话题感到无聊。她讲述得如此之好，乃至不被她吸引住都是不可能的。她同时也向格拉菲尼夫人展示了一下

---

[1] 让-巴蒂斯特·马丁（1657—1735），法国画家、油漆匠、设计师。

她的珠宝首饰，那些珠宝比黎塞留夫人所拥有的还要美丽动人。令人不解的是，夏特莱侯爵夫人过去在克朗（Craon）时连一个龟壳形状的鼻烟盒都没有，而她现在至少有二十个，其中一些为黄金打造，上面嵌着珍贵的宝石，另一些也是黄金质地，但上面被珐琅所覆盖，这是当时的新潮流，十分昂贵。此外，她还拥有由碧玉和钻石制作的手表，饰有珠宝的盒子，镶嵌稀有宝石的戒指以及数之不尽的小饰物。格拉菲尼夫人对此大为吃惊，因为夏特莱侯爵可从未富裕过。

来自外部的邮件已经抵达西雷——可里面没有给格拉菲尼夫人的信件，真令人伤心！她回到自己的房间，并将此事诉诸笔下。她的房间极其宽大，但非常阴暗，只有一扇尺寸与房间不匹同时还会漏风的小窗户，该窗面朝一座毫无生气的山峰，它离窗如此之近，以至于伸手便可触及。[这相当失实，西雷并没有这样的山。] 房中的挂毯上满是身形巨大的丑陋人物，她绝不会在挂毯上放这样的图案。床上装饰着一些本身相当不错但彼此间互不搭配的物品，因而显得难看。房里的壁炉不仅小，而且深到哪怕你往里丢进一座森林，也无法提高房间的温度。室内家具由几把老式的椅子和一个衣橱组成，而她床边放着的是房间里唯一的一张桌子。她痛恨这个令人生厌的房间，事实上，她女仆的房间都比她的好，尽管那位仆人的房间连外窗都没有。西雷的房屋，除了伏尔泰和夏特莱侯爵夫人所住的区域外，其他所有地方都肮脏得令人作呕，这是事实。

既然帕帕已经知晓西雷庄园的模样，接下来他们将谈谈住在那里的人。普鲁士王子似乎派了一个大使团到这里来赠送他的肖像，同时取走伏尔泰的《路易十四时代》。他一定是位英俊的王子，应该与黎塞留先生并无二致。伏尔泰常常花时间为格拉菲尼夫人寻找可读的书籍和手稿。可她不能将它们抄写下来，寄送给她的帕皮雄，这是何等的遗憾啊！顺便一提，帕帕在复述她告诉他的那些事情时一定要多加小心，因为和伏尔泰他们生出嫌隙对她而言绝无益处。另外，帕帕能不能行行好，为她到拉图尔（La Tour）家取来一些黄色的漱口药，再寄送到西雷来？这种药对治疗她嘴里生出的那 96
些讨厌的小东西十分有效。但是拉图尔绝对不能知道这药是给她用的，因为她还欠着他钱。晚安——她前去参加晚宴，为明天的写作补充食粮。

后来，格拉菲尼夫人的信变得越来越热情洋溢，实际上已至语无伦次的地步。她说伏尔泰讲了些有趣的故事，哦！她是多么同情帕帕没能来此做客，他们当时真的要把肚皮笑破了。接着，伏尔泰诵读了阿尔加洛蒂最近才被翻译过来的著作《献给女士们的牛顿主义》。书中提到，物理学在某些方面就如同一座为田野所环绕的城镇。虽然阿尔加洛蒂是此间熟客，但只要一想到这个概念，没人能不放声大笑。格拉菲尼夫人目前正在阅读《路易十四时代》——其中有一段关于投石党运动的叙述十分精彩。但那位夫人却不让伏尔泰将此书写完，她把这本书锁了起来，并逼迫他去研究几何学。那位夫人自己对历史一无所知，这太不可思议了。他们两人也会像其他人那样发生口角。今天晚上当那位夫人回房休息之时，他们一起坐在她的卧室之中。她让伏尔泰把他的外套换掉。那的确不是一件好看的外套，但他佩有漂亮的花边，而且还在上面涂了粉。于是他拒绝更换外套，说他会因此着凉。而那位夫人则一直唠叨着让他换掉，直到他用英语说了些刺耳的话，然后离开房间。她派人去把他请回来，但遭到拒绝，他正在生闷气。这时，一位邻居来到西雷。格拉菲尼夫人前去寻找伏尔泰，结果发现他正在和那位胖乎乎的女士交谈，开心到了极点。不一会儿，那位夫人传话让他们都回来，但伏尔泰一看到那位夫人，就又开始生气。最后，他们两人用英语解决了问题，一切重归于好。这是表明他们恋人关系的第一个迹象，因为他们通常都表现得十分谨慎，尽管那位夫人常常给他找些不必要的麻烦。顺便一提，帕皮雄尽可时常给她写信，因为来信的邮费都由这里承担，这是不是一项殷勤之举？她唯愿外寄信件的邮费也可由这里支付——唉，算了吧！

那位夫人想让她驾车出去兜兜风，但是那些马匹看上去有点活泼，所以她转而去和胖乎乎的尚邦隆夫人一起散步，后者接着带她参观了浴室。那里就像施了魔法一般！内部完全由瓷砖砌成，配以大理石的地板和陶瓷质地的浴缸。里面那个小小的盥洗室装着雕花
97 镀金的灰绿色嵌板——那么鲜艳，那么美丽——并置有与嵌板同种木料且同样具备雕花镀金工艺的一张小沙发和几把椅子。此外，盥洗室内还有印花棉布、图画、瓷器和一个梳妆台，上顶一个被粉刷过的天花板。浴室的另一区域也与盥洗室搭配得当，摆放在这里或那里的漆桌上散布着镜子和书籍。一切都十分小巧，同时又是那么精致美观，令人欢欣，让人陶醉，要是此浴室为格拉菲尼夫人所有，她准会在夜里醒来，并去那里欣赏一番。这次散步和参观为格拉菲尼夫人的生活带来了一点小变化，因为她通常都是在卧室度过

从正午到晚餐（晚上九点）的时光，其间一个人都见不到，尽管没有一分钟会觉得无聊，因为她有太多东西要读。昨晚，伏尔泰用黎塞留先生、德方丹神父等人的故事上演了一场魔术幻灯秀，这场演出简直要让他们笑死。她当前正在阅读伏尔泰《书信集》中的一些信件，她喜欢他的一个观点，即快乐证明了世上存在着一位造物主，我们在享受欢愉的同时必须记得爱戴他。

西雷迎来一位名叫以利沙巴·德·布勒特伊（Élisabeth de Breteuil）的人，他是一位神父，也是夏特莱侯爵夫人的亲弟弟＊。他似乎极为和蔼可亲，并从巴黎带来许多八卦。所以，为了欢迎他的到来，他们将会表演伏尔泰的喜剧《布尔苏夫勒》（*Boursoufle*）。他们眼下都在忙着理解他们的角色。格拉菲尼夫人同时也在辅导那位夫人的小女儿掌握她的角色。帕帕着实应该更加频繁地写信过来。现在，信件要等到周六才会抵达，寄送的路程似乎真的十分遥远。顺便一提，帕帕收信时必须将他的信件仔细检查一遍，看看它们是否被他人提前翻看过——如果他心中有任何的怀疑，一定要让她知道。她的两位宿主似乎生怕她会做出任何轻率之举，她想不通这是为什么，她一直不停地说这里的一切是多么完美。但这位弟弟的到来似乎是一个秘密。

她当前正等待着邮件的到来，它真的早就应该到了。当它确实到来的时候，她发现寄来的信写于很长一段时间之前，并在读信后不解为什么帕帕仍没有收到她的信件。这些时间上的延迟十分奇

＊ 夏特莱侯爵夫人的亲弟弟，生于 1711 年，教名为以利沙巴。

怪。那位夫人总是会亲自打包外寄的信件——并且是在夜里。

帕帕说他仍不太清楚西雷的作息是如何安排的。上午十一点到中午是在伏尔泰的画廊里饮用咖啡的时间。正午时分会有一顿为夏特莱侯爵、他儿子和尚邦隆夫人准备的午饭，他们将其称为“马车夫的午餐”（coachman’s dinner）[1]。伏尔泰、那位夫人和格拉菲尼夫人午餐时会前往用餐地点待上大约半个小时，然后各自回到房间
98 里。下午四点，他们有时会再次聚在一起享用下午茶，但并不是天天如此。晚餐在夜里九点供应，他们会一直聚到午夜才散场。哦，她是多么为她那些可怜的朋友没能在此共享这般愉悦的生活而感到遗憾啊！那位夫人意欲邀请德马雷（Desmarets）* 前来做客，前提是他愿意来，并且能在来之前掌握两三个表演角色，但是格拉菲尼夫人认为他当时正在他的军团里。她建议邀请圣朗贝尔侯爵前来，可那位夫人却说，除非他懂得如何待在自己的房间，并能使自己适应他们的生活习惯，不然她不会请他过来。那位夫人真心不喜欢有人来做客。事实上，她似乎惧怕那些来访者。孤独才是她一心所求的。今后，格拉菲尼夫人将会把伏尔泰和那位夫人分别称作“尼科代姆”（Nicodème）和“多萝泰”（Dorothée），这样更安全一些。如此一来，她便可打消顾虑，畅所欲言了。

格拉菲尼夫人现在听说她的家具将要被卖掉，用于偿还她的债务。帕帕必须尽力阻止此事的发生，或者至少将她的一条裙子寄过来。一条裙子的有无不会对售卖结果造成任何影响，少一条裙子对

[1] 此处指一顿较为随便的餐饭。

* 利奥波德·德马雷是格拉菲尼夫人的情人。

卖主而言也不会是件无法接受的事情，但若真的无法接受，那就太糟糕了。她想要一条裙子。她现在情绪十分低落，抑郁得厉害。她已经服用过鸦片，但根本不见好转。最终，她的抑郁在伏尔泰对其作品《让娜》[《奥尔良少女》]的诵读声中得到治愈，不过他是在浴室里阅读这部作品的。前往吕内维尔的仆人已经返回，但并没有带来那种漱口药。这实在是太糟了。当然，想到她对她的朋友要比他们对她好上许多，格拉菲尼夫人大可从中获得一种满足感，然而这并不能治好她的嘴。

说实话，她为尼科代姆感到难过，因为他和多萝泰实际上不是很合得来。唉！我们再一次见证，天下并无幸福这回事。如果我们只是偶尔见到别人，我们会觉得他们十分幸福，但如果我们将自己插入他们的生活，那就会像月亮帝国（Empire of the Moon）[1]一样。幸福并非人类的宿命，地狱则无处不在，因为我们即是它的容器。

现今，伏尔泰对《让娜》的诵读又多了两次。格拉菲尼夫人对他最近所读的一节内容做了一段描述，该节讲的是某位阿涅丝
（Agnès）的故事。阿涅丝与一位准骑士有染，这位准骑士的屁股上 99
曾被让娜画过一朵百合花。接着，英国军队出现，一场战役随之打响，阿涅丝的马带着她逃到一家修道院。当时由于忏悔的心情，阿涅丝摇响了修道院的门铃，修女贝苏涅（Besogne）开门迎接。她将阿涅丝带至她的小房间，并和她一起上床就寝——这位修女贝苏

[1] 月亮帝国，法国作家西哈诺·德·贝尔热哈克作品《月亮旅行记》中的一个国家，故事主人公到达月亮后，与月亮上的居民交流，发现地球上的人类其实并不幸福。

涅实际竟是一位年轻的先生，被修道院女院长留于院中照顾自己。幸运的是，院长当时远在他方，所以阿涅丝度过了一段极其欢快的时光。格拉菲尼夫人提醒帕帕，在选择此部分内容的告知对象时一定要格外小心，因为这是一个可怕的秘密。同时他也必须注意他对多萝泰的描写。如果他身在西雷的话，他就会了解到，她并不常像格拉菲尼夫人最初描绘的那个多萝泰，而通常是个冷漠无情、不易相处的人。至于尼科代姆，他在让-巴蒂斯特·鲁索和德方丹的问题上真的有一点病态。格拉菲尼夫人试图劝说他无视他们，可他却无法从与这两人有关的事情上找到忽略他们的理由。他把他们两人都做成讽刺画，并亲自在上面添加了诗文形式的说明文字，他真的很渴望能让每个人都知晓此事，但又不敢公开承认。帕帕在回复此信时一定要小心。

晚饭后，那位夫人询问格拉菲尼夫人是否有过子女。她的这两位宿主当时仍对她的过去一无所知，于是她便将整个故事告诉了他们。这次叙述起到了非凡的效果。讲述中，那位夫人一阵咯咯的笑声被当场抓住，对此她以“为了不哭，她必须大笑”为由搪塞过去。[实际上，格拉菲尼夫人被她那疯子丈夫以过分旺盛的施虐激情抛来扔去的场景的确很可能会让人忍俊不禁。] 但是伏尔泰，充满人性的伏尔泰在情感上被彻底击溃，因而哭泣落泪。他从不羞于表露自己的情感。“什么，您的朋友没有一个去营救您吗？”最后，他们都潸然落泪，并一直聊到凌晨两点。尚邦隆夫人通常在夜里十一点上床休息，但是那天，当格拉菲尼夫人上楼回房时，善良的她已在这位夫人的卧室之中，并待在那里安慰她到凌晨三点。帕帕可以看出和她在一起的是一群多么可爱的人。

他们即将上演《布尔苏夫勒》。格拉菲尼夫人在其中饰演一位 100
爱无所得的妻子。哦，她会把这一角色演得多好啊！伏尔泰提议："让我们把帕帕请过来吧。"她回复说："但您是知道帕帕的，他极其害羞，绝不敢在这位美丽的女士面前张嘴说话。"伏尔泰说："他第一天可以透过钥匙孔看她，第二天他便可待在她隔壁的小房间里，第三天他就能与她相隔屏风而坐。我们将会向他致以十足的爱意，使他不怕见人。""什么胡话，"那位夫人说，"见到他我将会很高兴，希望他不要对我感到害怕。"格拉菲尼夫人说如果他来，他们可以为他上演《恺撒之死》，伏尔泰对这一主意很是入迷，因为那是他最喜欢的戏剧。

在当年的圣诞节，一个将会被铭记的日子，伏尔泰和夏特莱侯爵夫人都读到了《一位年轻律师的信件》。格拉菲尼夫人那时并不知道伏尔泰他们受到了一次可怕的打击，她喋喋不休地给帕帕写信说伏尔泰躺在床上，身体发热，似乎病得很重。他们当天从他房间里听到子夜弥撒的声音。伏尔泰说他那会儿正在与圣母玛利亚进行一次长谈——比起其他圣人，他更愿意与她打交道。第二天他再次生病，而且情绪十分低落，尽管很有礼貌。夏特莱侯爵夫人开始为他高声诵读蒙克里夫(Moncrif)[1]的一部新小说，可它的文笔过于拙劣，以致她不得不中途放弃。格拉菲尼夫人眼下仍在牛顿的书籍中苦苦挣扎，但她也想将其放弃。啊！这样的生活真无趣！帕帕的

[1] 蒙克里夫（1687—1770），法国作家、诗人，路易十五的王家史官。

信里全是关于吕内维尔的欢愉乐事，这让她哭泣流泪——她多么喜爱她在那里的朋友啊。唉，亲爱的宝贝们，她希望他们偶尔也能谈到她。德马雷来信说要推迟他对西雷的拜访，这让她陷入深深的悲伤之中。

从现在开始，格拉菲尼夫人对生活的态度发生了彻底的改变。她不再是那个世界上最快乐、最幸运的人了，也不再为帕皮雄及所有没能在此刻与那位偶像共居一堂的人感到遗憾。她的信件如今弥漫着伤感的气息。欧洲大陆冬日的严寒已降临西雷。这位可怜的女士开始愈发痛恨她那个讨人厌的房间。房内的漏风是如此严重，刮进来的风几乎要把她的蜡烛吹灭。她所坐的位置四周为一扇屏风所遮挡，但这并没起到作用。她缺少舒适的椅子，她的身体因而感觉不舒坦。接着，时间的流逝开始变得如此缓慢。现在是晚上七点钟，她已经一整天没见到人了。她上午十一点下楼去喝咖啡时，发现画廊的门是闩着的。但这些都无关紧要，只要她能稍微舒服一
101 点。这并不是说伏尔泰他们吝于给她木柴，她炉子里的火旺盛得如同那场焚毁特洛伊的烈焰，可她的房间并没有因此变得更加暖和。西雷的房屋里一共有三十二个火炉。当时，格拉菲尼夫人的狗莉丝（Lise）正在发情。她担心它会和农家庭院中的那些大型杂种狗交配。此外另有一件不幸的事情：她的女仆迪布瓦已向她递交离职函。好吧，这位仆人近来真是让人无法忍受，十分粗鲁易怒。现在再来看看邮件，一封信也没有。这意味着什么？她太伤心了，她的朋友们是她在困境中继续前行的唯一动力，她恳请他们牢记这一点。

今天是元旦。可她却不幸患上疝痛。帕帕写信来说《让娜》的

那一节内容令人着迷。而格拉菲尼夫人则要求他寄回她写有《让娜》的那封信件。此事至关重要。他必须将那封信寄回，并做到从此对《让娜》闭口不谈，因为他实在称得上是个轻率的人。他询问她3月将会置身何处。当然不会在西雷。可她没有足够的钱前往巴黎，所以她已经派人去圣迪济耶（Saint-Dizier）打听那里是否有可让她隐退的修道院。他会问为什么选择圣迪济耶。因为那里的邮件往来似乎相当稳定，而她在这世上仅存的乐趣便是她朋友们的信件。此外，该地处于通往巴黎的路上。每年可能会有人来一次一小时的拜访。必须承认，但凡有一个更好的选择，她是绝不会考虑这种事情的，可既然没有，那她就必须完成她的宿命。

几天后她收到一封帕帕的信件，但另一封似乎遗失了。他一定要告诉她另一封信里的内容，必须如此。她的抑郁并没有得到好转，反而更加严重了。她现在很少下楼。啊！如果哲学此时能对人有所帮助的话，那它将会显得多么神圣啊！

帕帕的下一封来信无疑被人打开过，而且重封得很糟糕。真让人厌恶！她现在十分担心她的未来。她很抱歉拿这种忧虑烦扰帕帕，但她还有谁可以诉说呢？若不是还有那位胖乎乎的女士，她现在已经疯了。当然，那头迪布瓦家的蠢驴已疏忽大意到让那些杂种狗得以与莉丝交配，这正是格拉菲尼夫人先前所害怕的——现在他们将不得不做打胎的准备，那可能会导致致命的后果。她从没像现在这样喜爱那只可怜的小狗。目前的状况就是如此，她的朋友们都可以嘲笑她，大笑个不停，能让别人大笑，她开心还来不及呢。之 102
后又来了两封信，很明显被打开过，而且根据其中的内容，帕帕似乎还没收到她那封索要《让娜》书信原稿的信件。她已经写信去询问她的朋友沙特奈夫人（Mme de Chatenay）能否在她进修道院之前收留她一阵子。帕帕必须将她那封写有《让娜》的信寄回——哦，她早已说过此事，抑郁正使她变得愚蠢。如果他能看到她疾病发作时浑身颤抖的样子，他将会为她感到难过。她已患病达半个月之久。那段时期，伏尔泰对她极其之好，尚邦隆夫人也是。她再也不下楼喝咖啡了，只在中午和那些吃午饭的人一起喝些汤，余下时间都待在自己房里。不过，当莫佩尔蒂先生来到此地时，她倒是下来和他共进过晚餐，并发现他为人十分欢快、博学。由于这两种优点她都不具备，她与他相处时从不开口说话。

现在她必须告诉帕帕一件可怕的事情。她已经一贫如洗了。如果他要问何以至此，那是因为在来西雷的路上，她意识到她的旧裙子没法见人，于是便花费一个路易为自己买下一条缎子做的新裙子。迪布瓦则需要一条干净的棉布裙，她也为她购入。而给那位马车夫的小费则花光了她余下的那点钱。她已写信给巴多夫人（Mme Badaud），看看她能否让她借住一阵子。德马雷似乎将于一两天后抵达西雷——夏特莱侯爵夫人送来的消息如此说道，哦，多好的消息啊！

今天是忏悔星期二（Shrove Tuesday）[1]。德马雷已来到西雷。他几乎没和她说上话，不过他们都一直忙得不亦乐乎，因为有众多安排好的戏剧要表演。他们已经学习并排练了三十三幕不同的表

[1] 忏悔星期二，又称薄饼日，是基督教的一个传统节日，一般在大斋节首日的前一个星期二举行。

演，上演了《查伊尔》、《浪荡子》（*L'Enfant prodigue*）和《矛盾的精神》（*L'Esprit de contradiction*）。她的抑郁已被治愈。巴多夫人回信说可以收留她，她将在一两天后离开西雷。迪布瓦已经带着行李先行离去。德马雷是一名出色的演员，当时没人可以把话题从他身上移开，这位不幸的人无疑错过了他应属的职业。他们白天都在排练并学习他们的角色，表演则会在晚上彻夜不停地进行，丝毫没有喘息的时间，更别说写信了。他们刚刚结束今天的第三幕演出。现在已是午夜，他们将要去吃晚饭，那之后，夏特莱侯爵夫人将会演唱一整出歌剧。这将会是她最后一次在西雷写信，她现在没法继续给帕帕写下去了，因为她正忙着奔向在前方向其招手的一件件乐事，尽管如果她有一双翅膀的话，她将飞向帕帕的怀抱。

我们多么希望可以在这一虽略带癫狂但总体欢欣愉悦的旋律 103
之中与格拉菲尼夫人挥手作别。然而，2 月 12 日，在她已安全远离西雷的那一刻，她向邮局投入一封她已酝酿长达数周的信件，这封信揭开了过去事件可怕的一幕，并充分解释了她精神状态的变化。

“我最亲爱的朋友，现在，我可以告诉您一件发生在我身上的可怕的事情——”

她告诉帕帕，在 12 月 29 日，伏尔泰他们说那天并没有寄给她的信件。当日的晚餐进行得相当顺利，可以肯定的是，每个人话都不多，并没有迹象表明一场风暴即将降临到她的头上。她于就寝时间安静地走上楼去。突然间，让她大为吃惊的是，伏尔泰闯进她的房里，大呼他不知所措，并声称她手里正握着他的性命，还说《让娜》最后一节内容的副本已完全流传开来，他不得不立即奔赴荷兰。他说格拉菲尼夫人必须当即写一封信，夏特莱侯爵将会亲自把这封信带给帕帕，恳请他召回所有的副本。但帕帕会愿意这样做吗？格拉菲尼夫人回答说，当然会，帕帕愿意为伏尔泰做任何事情，而她当然也愿意给帕帕写信。在她做客西雷期间竟会发生这等事情，她真的感到万分难过。“别装糊涂了，夫人，是您亲自把那节内容寄出去的。”她几乎无法相信她的耳朵。她向伏尔泰保证，她这辈子从未见过《让娜》中的任何内容，又如何能做出一份副本来呢。伏尔泰拒绝听信她的话。他说帕帕曾在一位朋友的家里高声诵读过《让娜》的那节内容，并把它传给在场的每一个人看，声称它来自格拉菲尼夫人。他同时补充道，证据就在夏特莱侯爵夫人的口袋里。可怜的格拉菲尼夫人听后完全是一头雾水，但仍然十分恐惧。伏尔泰让她坐下，并让她写信索要写有《让娜》的原稿及其副本。可由于她无法向帕帕索回她从没寄过的东西，她便要求他尽力查明事情的原委。伏尔泰读完她写的信后，在绝望的叫喊声中将信朝她扔了过去，尖叫着说，他的生命已经岌岌可危，除非她如实照办。鉴于这个可怜的女人此时说什么都是白费功夫，她便躲避到沉默中去。

当那位夫人也冲进来的时候，这一可怕的场面已经持续了整整一个小时。她嚎叫着，怒吼着，犹如一位复仇女神，一遍又一遍地
104 重复伏尔泰刚刚已经说过的话，而格拉菲尼夫人则保持着相同的沉默。最终，那位夫人拿出一封信，并把它交给格拉菲尼夫人，说

道："您这个可怜虫、畜生，我会收留您数周并不是出于什么天知道的友情，而是因为您无处可去，如今您却背叛我——企图谋害我——从我桌上盗走一份稿件，并对它进行抄袭——"她就像这样继续说下去，冲着格拉菲尼夫人的脸大喊大叫，伏尔泰的在场似乎是她当时忍住没有动手的唯一原因。最后，格拉菲尼夫人说道："夫人，我是个可怜人——您无权这样对我。"伏尔泰随后伸出一只胳膊搂住夏特莱侯爵夫人，把她拉开。这之后她便在房里大步来回地走动，嘴里高呼背叛。这些话迪布瓦在两个房间之外听得一清二楚。可怜的格拉菲尼夫人此时已是奄奄一息的状态。末了，她要求出示表明她犯下所谓罪行的证据。那是一封帕帕写给她的信件，其中只是说了一句："《让娜》的那一节内容令人着迷。"这时，格拉菲尼夫人当然明白了整个事情。要是伏尔泰他们先前能给她些时间整理思绪的话，她早就醒悟过来了。她解释说她之前寄给帕帕的只是她对那节内容及其所留印象的一小段描述。伏尔泰立刻相信了她，并乞求她的原谅。他说帕帕曾给德马雷念过她的信，后者又把这封信的事讲给别人听。而这个人又向夏特莱侯爵夫人转述了此事。那位夫人后来打开帕帕的信件，信中内容似乎印证了她最为担心的事情。现在已是凌晨五点。夏特莱侯爵夫人依旧余怒未消。伏尔泰用英语与她交谈了很长时间，最终迫使她说出她相信格拉菲尼夫人，并对她刚才所说的话感到抱歉。他们让她给帕帕写信，要回她那封描述《让娜》的书信原稿，以证明她的清白。之后他们便离她而去。那位胖夫人先前在听到嘈杂声后曾进来查看过，但见状又迅速离开。现在，在他们离开一小时后，她又折返回来。格拉菲尼夫人此刻只觉身体不适。

接着，格拉菲尼夫人在信中让帕帕设想一下她当时的处境，无家可归、身无分文，还无法离开一栋让她备受辱没的房屋。她宁愿睡在草席上，也不愿待在那里，但她甚至连去最近村子的路费都没有。“啊！帕帕！”第二天中午，善良的伏尔泰再次来到她的房间，
105 当他看到她所处的状态时，他几乎要流下泪来，一遍又一遍地重复他是多么抱歉。夏特莱侯爵也来了，并且待她非常亲切。八点钟的时候，那位夫人在她丈夫和胖夫人的鼓励下来到她的房间。她行了一个屈膝礼，说道：“夫人，我为昨晚发生的事深感抱歉。”然后平静地说起别的事情。自那以后，格拉菲尼夫人的生活简直如堕地狱。她整日都被关在房间里，并且每天只有最无趣的书籍可读。而伏尔泰和那位夫人则从巴黎获取了所有的新奇事物，但除他俩外没有其他人见到过它们。晚餐现在也成为一种煎熬，因为那位悍妇常在餐桌上对她怒容相向，所以他们一结束用餐，她就再次回到楼上。那位胖夫人依旧对她很友善，但她是他们的朋友，所以她自然不得不站在他们那边。她说那位悍妇之所以会如此难以相处，是因为她感到内疚。尽管如此，格拉菲尼夫人还是永远都不会忘记那位胖夫人的好。

当德马雷最终来到西雷时，情况也并没有太多好转。他来后所做的第一件事便是告诉格拉菲尼夫人他们之间的一切都结束了。他既没有爱过她，也不想去爱她。接着那位夫人十分厚颜无耻地去对德马雷一番讨好，不得进展仍追随其后，犹如一位初入社交界的傻姑娘。他们就在格拉菲尼夫人和伏尔泰眼皮子底下好上了。伏尔泰

勃然大怒，向他们两人致以尖锐的讽刺。

当夏特莱侯爵夫人知道格拉菲尼夫人已为离开西雷做好安排时，她又开始恳求她留下来："如果黎塞留夫人听闻您将离去，她会作何感想呢?"（令人遗憾的是，格拉菲尼夫人一离开西雷，埃米莉就给她写去一封很不体面的信，质问她是否对西雷的居民有过一丝爱意。显然，她十分害怕她这位昔日的客人可能会在巴黎散布有关西雷的流言。）

格拉菲尼夫人这封回忆信的余下内容满是对帕帕种种轻率之举的责备，其中不仅包括他在吕内维尔对她信中内容的反复宣扬及他在自己信中对那些内容所做的愚蠢评价（当然，那位夫人都已阅过），也包含他在将她那封描述《让娜》的信寄回时的敷衍塞责。她在那封信里说，她当时正希望通过一些安排调度，好继续留在西 106
雷。像往常一样，伏尔泰他们在把这封信送给她之前已将它打开看过——想象一下在当时那种情况下，这得有多丢人啊！帕帕真的应该在寄送前把那一部分内容删掉。最后，在总结尼科代姆和多萝泰的性格时，格拉菲尼夫人说他们都被妒意所吞噬，前者嫉妒其他作家，后者则为前者吃醋。根据格拉菲尼夫人的说法，埃米莉手下有一位仆人，此人每天除了向她报告伏尔泰的动向外，其他什么事都不干——当时，如果伏尔泰前往西雷那两位女性住客的房间去看望她们，一条让他到夏特莱侯爵夫人那里去的消息便会立即抵达。一天，伏尔泰邀请格拉菲尼夫人去他的房间，当他正在为她高声诵读的时候，那位夫人突然出现在门口，她头发低垂，眼睛因愤怒而闪着白光，嘴里说道："夫人，如果您不介意的话，我想和这位先生聊聊!”

当格拉菲尼夫人和德马雷安全地行驶在通往巴黎的路上时，她描绘她前任宿主的笔调变得愈发尖锐起来，德马雷此时也加入进来。就他而言，他从没度过如此愉快的一周，伏尔泰的醋意为他增添了许多乐趣。夏特莱侯爵夫人已邀请他再访西雷。若他胆敢拒绝，他将被绞刑伺候。他说：“那栋房子里充斥着能引起感官快感的混乱，这使它在我眼里犹如一座天堂。”

在接下来的十八个月里，格拉菲尼夫人和黎塞留公爵夫人一起在巴黎和凡尔赛享受着奢华的生活。但是她的困境并没有就此告终。1740 年，那位公爵夫人不幸离世，每一个认识她的人都因此陷入巨大的悲伤之中。她为格拉菲尼夫人留下了一小笔年金，但这笔钱并不能定期到账，这位不幸的女士发现自己穷到连退隐修道院的费用都无力支付。著名女演员克莱龙（Clairon）雇她当过一阵陪同女侍（dame de compagnie），但克莱龙小姐的男性朋友们都非常排斥“可恶的格拉菲尼”，所以这份差事也因此画上句号。一位名为德拉姆戈德（Drumgold）的爱尔兰情人为她掀开了下一段冒险的篇章，此人写有一篇攻击伏尔泰的讽刺文章，他俩一起经营着一家旅社。她也发表了一些小东西，但均未收获成功。最终，在 1747 年，借助《一位秘鲁女人的来信》，她无可置疑的文学才能终于崭露锋芒。这部作品风行于世长达六十年，收获一大批仰慕者，其中还包括查理十世。紧跟其后的是她的《塞妮》（*Cénie*），一部非常成功的戏剧，观看人数达两万人之多。她随后开办一家文学沙龙，并将一位女性晚辈接来与她同住。这位女孩后来出于爱情嫁给极其富有的爱尔维修，成为巴黎社交圈至关重要的一分子。1758年，格拉菲尼夫人的另一出戏剧《阿里斯蒂德的女儿》（*La Fille d'Aristide*）在舞台上演，但以失败收尾。她本人在几个月后便撒手人寰。瓦塞农神父（Abbé de Voisenon）[1]说："她将她的剧本念给我听，我觉得它很糟糕，她认为我不厚道。戏剧上演后，公众烦闷得要命，她也悲伤而死。"她离世后留下高达四万七千里弗的债务。 107

[1] 瓦塞农神父（1708—1775），克洛德-亨利·德·菲塞，法国作家、剧作家。

12

多样的旅途

Various Journeys

那年冬天发生的种种事情不仅让伏尔泰的健康遭到重创，也使他的精神深受打击。埃米莉因而认为他必须要换个环境。他们已在西雷度过四年多的时光，这次长长的蜜月总体而言是成功的。现在他们都已做好再次面对这个世界的准备。数月来，夏特莱侯爵夫人一直在为购买朗贝尔府邸[1]或她口中的朗贝尔宫一事进行商谈。那是一栋坐落在圣路易岛（Île Saint-Louis）[2]上的漂亮建筑，历经世事沧桑仍得以留存下来。时至今日（1957 年），它归于恰尔托雷斯基（Czartoryski）家族[3]名下已长达一百多年。埃米莉将要把它买下，而伏尔泰将会为其买单。这笔买卖在 1739 年的春天成交。

[1] 朗贝尔府邸，坐落在巴黎圣路易岛，建成于 1660 年，由路易·勒沃（Louis Le Vau）设计，被认为是最纯正的法国巴洛克建筑之一。

[2] 圣路易岛，巴黎塞纳河上的小岛，位于巴黎的中心，名称源于路易九世。

[3] 波兰贵族，欧洲最古老的艺术收藏家族之一。

他们花费二十万里弗将其购入，认为这笔生意十分划算，因为这栋府邸当初的造价可是高达一百多万呢。但是该府邸所在的街区此时已疏于人气。伏尔泰说他们买的并不是宫殿，而是寂寞；除了哲人外，没人会愿意去那里拜访他们。对那些上流社会人士而言，它的位置实在是过于遥远。然而，当伏尔泰一行人离开西雷时，他们并没有前往巴黎，而是去了布鲁塞尔。夏特莱侯爵夫人想去那里为她婆家的那场官司做个了断。如果能胜诉，她丈夫的堂亲特里沙托侯爵将会从中受益。他当时正在西雷安稳地走向生命的尽头。膝下无子的他已立下一份对夏特莱侯爵夫人他们有利的遗嘱。如此看来，似乎是时候结束这场官司了。

于是乎，在 1739 年 5 月 8 日，夏特莱侯爵一家和伏尔泰启程前往低地国家，这让他们在西雷的左邻右舍纷纷陷入绝望。有伏尔泰相伴的快乐，这些邻居已享受太久太久。对他们而言，再次回到乡村的无聊生活之中势必十分困难。那两位哲人将一个名叫柯尼希 109
(Koenig)[1]的人携带上路。此人受到莫佩尔蒂的庇护，他将会给夏特莱侯爵夫人讲授代数课程。他们路上走得十分从容，途中备受款待。在军事驻地瓦朗谢讷（Valenciennes）城内，有许多舞会、芭蕾和喜剧表演及大批英勇的上校们。伏尔泰一行人在一栋为夏特莱侯爵所有的破旧城堡里停留了一阵子。该城堡立于一片蛮荒之地，与外界消息隔绝，根本无法获得报纸。堡中无浴室，但倒有草木长势良好的林荫道。它根本没法与西雷相媲美。埃米莉此时在代

[1] 柯尼希（1712—1757），瑞士数学家，柯尼希定理的提出者。

数的学习上正取得不错的进展，据伏尔泰所言，代数将成为她一生的慰藉，且会使她在社交中变得大受欢迎。最终他们抵达布鲁塞尔，并下榻于大塔街（rue de la Grosse Tour）上的一栋房屋之中。由于别无他事可做，他们两人便双双安下心来，投入辛苦的工作中。伏尔泰当下一边在创作《穆罕默德》（一出戏剧），一边在为《路易十四时代》收尾，同时还在像往常那样重写或修改他已经发表过的作品。而埃米莉，除了代数的学习外，已经熟悉了她婆家那起官司中的每一个细节，即将成为一名睿智的年轻法官。伏尔泰对这起官司已采取实际手段，即让腓特烈跟神圣罗马帝国司法机关的人打个招呼（他让他们将正义的天平稍稍倾斜，卡莱尔说道）。所以，纵然这起官司定会进展迟缓，但几乎可以说胜局已定。

自1713年《乌特勒支条约》签订后，比利时就不再是西属尼德兰领地，而变为奥属尼德兰领地。这个地方的过去可谓不胜悲惨。数代以来，它一直充当欧洲的战场。从前，比利时的任何土著居民，只要显现出头脑聪慧的迹象，就会被实行西班牙式暴政的总督砍掉脑袋。不去思考反而更为安全。如今，佛拉芒人（Flemings）的生活已完全被物质发展和他们城市的重建工作所占据，他们既没有时间，也没有意愿去追求精神生活。这里完全不是伏尔泰应该待的地方，他愤愤地抱怨道："布鲁塞尔是人类想象力的坟墓。""它是无知和愚钝的家园。这里既没有称职的印刷工或雕工，也没有任何文人……这是一个讲究服从的国度。"伏尔泰有一回准备为埃米莉举办一场宴会，他以"来自乌托邦的使者"之名向外发出请柬，结果发现邀请的宾客中竟无人听说过乌托邦。另有一回，他和埃米莉前往昂吉安（Enghien）的阿伦贝格公爵（Duc d'Arenberg）家做客，其间得知，在他的整个家中，唯一能找到的书籍就是他们自己带过去的书。但是，那位公爵却使他们着迷（他是一位有权有势的公爵），而且他家中的花园十分可爱。腓特烈说阿伦贝格公爵是个 110
生活放荡的老家伙，并让伏尔泰阻止其用德语给他写信。当人们给腓特烈写信时，他们都应该用法语写。这位普鲁士王子对伏尔泰关于佛拉芒人的抱怨表示理解和同情，但他也说道，伏尔泰应该看看德意志人是什么样子的：他们凶残犹如他们所追捕的野兽。不过，柏林已迎来一定程度的思想觉醒，这正是他所希望的，几朵玫瑰正在一片荨麻地上绽放。

在伏尔泰和全欧洲其他大有可为的自由主义者的极力鼓舞下，腓特烈目前正致力于撰写他的《驳马基雅维利》一书。他要驳倒那些出自撒旦之喉舌、意大利籍人类公敌之口的利己主义格言，并证明慈悲为怀、诚实守信、公开透明对一位君主而言是有益的。这位王子同时计划出资打造《亨利亚特》的豪华版。该版本拟由英国人派因(Pine)[1]负责印刷和配图，此人因其做工精美的《贺拉斯》而闻名。然而，请派因操刀《亨利亚特》的这一计划最终化为泡影，因为他当时正忙于《埃涅阿斯纪》的制作。腓特烈公开声称，鉴于伏尔泰要比维吉尔更加伟大，派因应舍弃《埃涅阿斯纪》的工作。但派因当时可能对这一裁决无法赞同。

8月，伏尔泰和夏特莱侯爵夫人再次上路，此行是对巴黎——

[1] 派因（1690—1756），英国设计师、雕刻师、制图师。

“一座过去在人们耳中常留美名的城镇”——的一次短期造访。伏尔泰给他的“肥猫”尚邦隆夫人写信，说道如果她问他为何前往那里，他的回答是，因为他要追随埃米莉。但埃米莉为什么要去巴黎？对此他也并不知情。她声称此行十分必要，相信她并随她前往是他的宿命所在。他们这次重走来时的道路，途中没有受到一场款待，犹如一位被马车接去看病但事后须步行回家的乡村医生。为装饰朗贝尔宫，伏尔泰在布鲁塞尔购入许多画作，花费约六千里弗。在过边关时，他声称这些画的价值仅为两百六十里弗，但被收税官识破。结果，所有的画都被没收充公。

抵达巴黎后，埃米莉住到黎塞留家，而伏尔泰则在马莱（Marais）区钟锥街（rue Cloche-perce）上的布里府邸（Hôtel de Brie）里找到一个配有家具的套房。他一抵达就清楚地得知两条新闻。一是利南因一首名为《路易大帝时期雄辩术之进步》（*Le progress de l'éloquence sous le règne de Louis-le-Grand*）的诗荣获一个法国学术院的奖项，二是路易十五终于迎来一位情妇——迈利夫人（Mme de Mailly）。“冷酷之心不再。神爱温柔的灵魂。”当时的巴黎正举城欢
111 庆，因为国王将要把他的长女许配给一位西班牙王子。伏尔泰觉得为此展开的各类娱乐活动质量欠佳。路易十四在位时，这样的庆典由莫里哀、高乃依、吕利和勒布伦负责，而上演的成果便是他们的艺术作品。在法国由罗马人统治的时期，人们会为一天的庆典活动竖起若干坚硬的石拱门。如今，在一伙浓妆艳抹的资产阶级和穷人几束烟花的助兴下，巴黎市政厅外已立起架子，但仅仅只是在昨天这里还被用来对几个窃贼施以轮刑。比起行刑，国家的钱要是花在

一家戏院或一家歌剧院上会更好，因为两者在巴黎的数量都有所不足（与路易十五同时代的人总是指责他花钱不够多）。伏尔泰将这些内容都写入寄给腓特烈的信中，后者回复说他近来听到的各方消息无一不是关于庆典和舞会的。在圣彼得堡，俄国女皇安娜一世的外甥女兼继承人将要嫁给不伦瑞克公爵[1]。腓特烈最近曾同洛林公爵（玛丽亚-特蕾莎的丈夫）一起与这位即将成婚的亲王见过面，并说他想不通为何上天竟会安排这两个人来统治他们之间的领土，即欧洲的大半江山。腓特烈说："我曾见过这对新人在一块喋喋不休地讲话，从他们的谈吐中难觅帝王之气。"而另一方面，他又全力支持庆典活动，声称："寻欢作乐是我们存在过程中最伟大的现实。"

伏尔泰在巴黎的这两个月过得并不十分愉快。在那里，生活对人的消磨于一个像他这般性情的人而言危害甚大。他认识到他再也无法于此地长住。这里每个人都走得太急，而且噪音太多、节奏太快、混乱不堪，以致根本无法觅得自己的朋友：整个城镇似乎都在笛卡尔的漩涡中打转。每个人都像一位异域来客那样，在歌剧院、戏剧院和各个景点间穿梭如飞。每天都要和上百人会面相拥，收到并发出上百条友好声明。没有一刻是属于你自己的，没时间写作，没时间思考，没时间睡觉。不过，有一点倒令人欣慰。如今，德方丹再也没在任何地方露过面，就像让-巴蒂斯特·鲁索再也没在布鲁塞尔出现过那样。这些蜘蛛在操持得当的家中是无法寻得的。

[1] 此处指不伦瑞克-贝芬公爵安东-乌尔里希，他是俄国军队大元帅，安娜·利奥波多芙娜的丈夫。

112 埃米莉已飞回她所深爱的社交生活当中。她正处在社交的年龄，交际并不会让她感到劳累。她再次拾起她与莫佩尔蒂间那无法令她心满意足的关系，并仍旧用小便条对他展开追求，时而命令、时而恳求他前来与之相见。埃米莉说他必须为她找到一个能够代替柯尼希的数学老师，因为柯尼希看上去并不想继续留任。在当今的宫廷里，一切事务似乎都比往日多出许多。这也是理所当然的，鉴于国王有了一位情妇。而埃米莉在宫廷之中的朋友则依旧如故，他们身上仍是一股令人愉悦的轻浮之气。

就像带伏尔泰来巴黎时的那样不合情理，现在，埃米莉又同样令人不明缘由地拉着他重返布鲁塞尔，途中在西雷稍作停留。这趟旅程因一起争论而变得很不愉快。埃米莉和柯尼希在马车上因数学里无穷小的问题爆发矛盾，并展开激烈的争执。在回布鲁塞尔的路上，他们全程都在奋力相搏。这两人之间其实早有不和，据传，柯尼希在某些方面不懂得知恩图报。此次争论彻底断绝了他们两人的来往，但决不是他们分歧的终结。由于在此事上选择站在柯尼希那边，莫佩尔蒂深深地得罪了夏特莱侯爵夫人。这之后，他们两人之间的关系一度僵化，直到伏尔泰最终给莫佩尔蒂写去一封和解信。他说莫佩尔蒂与这世上唯一能够理解他的女人之间的冷漠让他深受折磨，并说："你们是为相爱而生的。"（1752 年，因发表一封伪造的莱布尼茨信件，柯尼希被柏林科学院找上麻烦。这一次，为了惹恼莫佩尔蒂，伏尔泰故意选择支持柯尼希）。

在重返布鲁塞尔后，伏尔泰他们发现当初选择回来未尝不是一件好事，因为他们刚一抵达，就收到来自巴黎的坏消息。伏尔泰在巴黎时，为了促成一本名为《随想录》（*Recueil de pièces fugitives*）的书，曾将一些零零散散的作品交给他的新出版商普罗（Prault）——其中包括《路易十四时代》开头的几个章节、一首诗歌《狂热颂》以及许多已经出版过的作品。但不知是由于审查员真的在这本小集子里发现了有异议的内容，还是普罗未获出版许可就将该书付梓刊印，警方对他的经营场所发动突袭，没收了相关的文件纸张。普罗本人被处以五百里弗的罚金，并遭禁业三个月。假若伏尔泰当时仍身处巴黎，这一切都会令人不快；然而，实际情况则是，他当时正安全地待在布鲁塞尔，且比以往更加努力地工作，所以他没有把这件事放在心上。而且这一次，他与这位出版商之间并没有发生争吵：他完全站在普罗这一边，并亲自为他缴纳了五百里弗的罚款。113
当然，他依旧没忘像往常那样向达尔让塔伯爵写信抱怨，并向当局表示抗议。他说："我热爱法国人民，但我痛恨迫害，所以我将留在这里。"

在1740年的夏天，普罗出版了埃米莉的《物理系统论》（*Institutions de physique*）一书。在这本书中，埃米莉阐明了沃尔夫所宣扬的莱布尼茨思想。此书被她题献给她年幼的儿子："我一直认为教育子女是一项庄严的职责，这样，他们将来就不会为虚度他们的青春——人一生中唯一可以学习的时光——而感到后悔。你，我亲爱的儿子，正处在那个快乐的年龄，那个头脑开始思考且尚不会为心中激情所乱的年龄……所以我想让你好好利用这理性觉醒的时刻。我将尽力保护你，使你免受愚昧之影响，这在和你同一阶层的人士中太常见了……"如同伏尔泰为法兰西人民带来牛顿那样，夏特莱侯爵夫人将莱布尼茨介绍给法国大众。与她同时代的人对其书中无比清晰的表达赞叹不已。拉美特利（La Mettrie）[1]说：“由于莱布尼茨主义者出色地完成了对夏特莱侯爵夫人思想的吸纳，现在每个人都能理解单子(monad)[2]了。”伏尔泰则并不认同埃米莉书中的论点，同时为维纳斯-牛顿竟沦为一位美丽的女版沃尔夫而感到难过。不过他对她这部作品的质量只有称赞。他认为她在文字的简洁、明晰和条理上已经超越莱布尼茨。但是，他并不赞同埃米莉将时间浪费在“莱布尼茨出于虚荣心呈给世界的科学荒谬上。德意志人研究他的科学是因为他们是德意志人，而一位像夏特莱侯爵夫人这样的法国女性竟耗费她的聪明才智去装点此般犹如蛛网之物，使这些异端邪说引人注目，这实在是可悲”。

西雷的两位哲人经常会为他们自己招来无休无止的争吵，而其中之一便是因埃米莉的这本书而起。埃米莉的数学老师柯尼希，在经历了归途大道上那场激烈的争论后，早已离开伏尔泰他们，而现在他却向巴黎的每一个人宣称，《物理系统论》其实是他给夏特莱侯爵夫人所讲课程的翻版。当埃米莉听闻此事后，她立即反驳说，柯尼希过去教给她的是代数，而非形而上学。没错，柯尼希说道，
114 起初他的确是在教代数。但在每节代数课结束时，夏特莱侯爵夫人都会沾沾自喜地评论道：“这是显而易见的。”这让他抓狂。一天，不堪忍受的他主动提出要授予她同样至关重要但绝不显而易见的真

---

[1] 拉美特利（1709—1751），法国哲学家、启蒙思想家、医生，代表作有《灵魂的自然史》《人是机器》等。

[2] 莱布尼茨认为，单子是能动的、不能分割的精神实体，是构成事物的基础和最后单位。

理，换言之就是形而上学。听到这话，她突然大笑起来，笑声十分恼人，但她告诉他，如果他愿意，他可以试着挑起她的兴趣。这次他讲得非常成功，她的这本书便是对他那些课程内容的汇总。

对此，夏特莱侯爵夫人自然是愤怒不已。她在这本书中和写给莫佩尔蒂的一封信里都对柯尼希的帮助表示过答谢，但据此就认为此书并非她自己的成果实在荒谬。书中许多内容远在她见到柯尼希之前就已写成。埃米莉将法国科学院拉入这场争论之中，恳请秘书长迈兰(Mairan)[1]告诉世人，早在柯尼希前往西雷的一年之前，她就已经向他阐述过她的莱布尼茨主义观点。但迈兰的回复却含混不清。这整件事都有失公允，因为所有科学家都知道，夏特莱侯爵夫人完全有能力写出这样一本书来。若她不是一位女性，他们或许会更愿意站到她那一边。数月来，对于这场争议，巴黎社交界和科学界议论纷纷。伏尔泰尽可能使自己置身事外，他想站到法国科学院那边。他认为关于形而上学的玄思是对时间的极大浪费，因而无法对这场争议燃起激情，他现在的目标是将埃米莉带回到牛顿身边。

1740 年 3 月 2 日，伏尔泰致信福克纳先生，信件接收于同年 8 月 1 日（用英语写成）：

亲爱的先生，无奈近来乏新可陈，我冒昧寄予您一些我的旧日愚事。我目前正居于布鲁塞尔，与我在一起的仍是那位夏特莱夫

[1] 迈兰（1678—1771），法国地球物理学者、天文学家、时间生物学家。

人。多年前，她曾阻止我前往君士坦丁堡拜访您。十有八九，我将会和她走完我人生中最美好的部分，鉴于十年来我从未离开过她。她现在正身处麻烦之中，因为她在布鲁塞尔有一桩该死的官司要解决。我们放弃了最为惬意的乡间隐居生活，来到佛拉芒人耍诈的洞
115 穴里争论叫骂。那位亲自将我这包装有法式遐想的邮件带给您的尼德兰男爵是神圣罗马帝国皇帝派遣到土耳其的尊者，他会在穆斯林的苏丹面前代表帝国的威严。

我相信您现在已成为一名完美的土耳其人。毫无疑问，您定能将他们的语言说得极好，同样无疑的是，您定有一群后宫佳丽。但我恐怕您仍需两样给养或配料。我认为它们是使那口令人作呕的生命苦水得以下咽的必需之品。我所言即是书籍和朋友。在佩拉（Pera）交游时遇见与您思维方式相符的人应使您足够开心吧？若果真如此的话，您已别无所求，尽情享受您的健康、荣耀和财富吧。健康与住所是我所没有的，我为失去前者后悔不已，而后者的缺失则正合我意。至于财富，我所有的已十分可观，而且我还有一位朋友作伴。所以，尽管我仍如您当初在旺兹沃思见到我时那样体弱多病，但我认为自己是幸福的。

我希望我将会在两年后和我的夏特莱夫人回到巴黎。如果，在我归来的那个季节，您恰好途经巴黎返回我亲爱的英国，我希望我能有幸在那位夫人的家中见到尊贵的阁下。毋庸置疑，她的府邸是巴黎最好的住宅之一，其地理位置不逊于君士坦丁堡，因它所朝向的正是塞纳河。无论从其中的哪一扇窗户向外看去，都可望见一大片缀有漂亮房屋的土地。尽管如此，请相信我，比起塞纳河的风

光，我更喜爱马尔马拉海[1]的美景。倘若没有那位夫人的陪伴我也能独活下去的话，我愿与您在君士坦丁堡共度数月的时光。在我眼里，她是一名了不起的人，一位最可靠、最值得尊敬的朋友。她理解牛顿；她鄙视迷信。总而言之，她使我快乐。

我这周已收到一名法国男子的两次召唤，此人打算前往君士坦丁堡。他欣然地诱使我加入这场令人愉快的旅程。但既然您尚且不能做到，那此事便无人可成。别了，我亲爱的朋友，我将用尽一生爱慕、尊敬之人，再见。告诉我您过得如何；告诉我您很幸福；若您依旧幸福，那我便幸福。您永远的朋友，伏尔泰。

[1] 马尔马拉海，土耳其内海，土耳其亚洲和欧洲部分分界线之一段，是黑海与地中海之间的唯一通道。

13

腓特烈登基

Frederick Comes to the Throne

1740 年，在写给腓特烈的新年贺信中，伏尔泰问道：如果一位王子不仅坐拥身为王子所想要的一切，同时也具备造福任何一方百姓的才能，那还能期望他拥有什么呢？因此，他对腓特烈已别无他求。对他自己，伏尔泰多次说道："我的眼睛已看见我的救赎。"对于公众，他希望他们将来能看到一位帝王之后反驳败坏君主形象的马基雅维利。伏尔泰和夏特莱侯爵夫人近来一直在如饥似渴地阅读这部将留名文学史册的珍品（《驳马基雅维利》）。他们对此书唯一的批评就是，作者反对那位暴君之师的热忱使其行文的一两处近于偏激；不过，这是一个正面的错误。这部宏伟著作的某些枝节可能需要修剪一番。伏尔泰打算向他的王子提交一份修改计划，同时恳求允许他为该书作序。他已收到阿尔加洛蒂就其莱茵斯贝格之旅所写下的一篇热情洋溢的游记。后者是与巴尔的摩勋爵（Lord Baltimore）[1]从俄国返回时拜访那里的。哦，要是去的人不是阿尔加洛蒂而是他伏尔泰，不是巴尔的摩勋爵而是夏特莱侯爵夫人该多好！

伏尔泰常常暗示腓特烈，夏特莱侯爵应在普鲁士获封一官半职，如此一来，他们三人便可前去与他们的王子一同生活。那样的话，他就能见到所有君王的楷模。而如此一来，伏尔泰依旧可以留在那位全体女性的榜样身边。可腓特烈十分擅长对那些他不感兴趣的建议充耳不闻，除上述那条以外，另一条就是他应该买下夏特莱侯爵那块仍在诉讼中的地产。腓特烈热切地想要得到伏尔泰，但同时决心只要他一个，不收留那些妨碍他成就此事之人，而伏尔泰是 117
不会抛下埃米莉的，其态度同样坚决。那时，这位哲人和那位王子，或者按照腓特烈的说法，这两位哲人之间的通信比以往任何时候都更加密切。伏尔泰为腓特烈修改《驳马基雅维利》，而腓特烈则为其修改《梅娄普》（*Mérope*）。两人都在私下认为另一方对自己作品的评价十分愚蠢，但他们信件中所包含的爱意却并没有因此而减损分毫。伏尔泰继续将腓特烈与埃斯库拉庇乌斯、图拉真、普罗米修斯、马可·奥勒留、贺拉斯、赫拉克勒斯、圣婴基督和其他受人景仰的人物做对比，并认为其有过之而无不及。

腓特烈希望《驳马基雅维利》一书能够匿名出版，他将出版一事中的商业运作都交给了伏尔泰。伏尔泰一收到该书的所有稿件，就立即与海牙的一位出版商凡·杜伦（Van Duren）联系。在向这

[1] 巴尔的摩勋爵（1699—1751），查理·卡尔弗特，他在1739年与阿尔加洛蒂一同去俄国参加安娜女皇外甥女安娜·利奥波多芙娜的婚礼。

位出版商描述此书时，伏尔泰称这本书逐章逐节地驳斥了马基雅维利的《君主论》，作者是欧洲最为重要的人物之一。本书的出版物必须将法文版或意大利文版的《君主论》纳入其中，且应做到印刷精美，页边留白充足。凡·杜伦到时可独享此书的全部收益，但必须将两打用摩洛哥山羊皮精心包制的副本寄往一处德意志宫廷，地点日后详述，再将另外两打用小牛皮包制的副本寄给伏尔泰本人。伏尔泰要求他立即给出准确的答复。如果凡·杜伦能知道这本书的作者到底为何许人，他就会明白伏尔泰送了他多大一个恩惠。假若他不愿占这份便宜，伏尔泰将会把它奉送到别人嘴边。

1740 年 5 月 31 日，腓特烈眼中无比仁慈的父王，一位实则残暴如兽、五十有二的老者（相对于那时欧洲的人均寿命而言），在因年迈而痴愚数月后，终于被召唤到索尔（Thor）远古的儿子们身边去了。当时，普鲁士外无人知晓这件刚刚发生的事情，在柏林，邮件往来被中断，城门大锁数日，直到腓特烈觉得自己已经安全地坐上王座。罕见的是，这种三流国家王位的交接随后引起了众多的关注。似乎，在各地思想开明之士的眼中，王权最终又变得可敬起来。阿尔加洛蒂和其他莱茵斯贝格的访客已将他们对这位王太子的
118 描述散播出去，颂扬他高尚的原则以及他对哲学和艺术的热爱。腓特烈写给伏尔泰的信也经复制抄录，在巴黎各沙龙间流传开来，《驳马基雅维利》中的章节内容因而也变得人尽皆知。贯穿这两人通信的一个观点，或者说，《驳马基雅维利》的整个主题，即为那些以牺牲他人生命来寻求自我扩张的君王是邪恶的；土地征服是徒劳无益的；学习和快乐是至关重要的，其中快乐的重要性高于

一切。

不幸的是，德意志人自有办法将其历代君王转变为青睐主流思想——战争——的军阀大人。与过去那些普鲁士国王相比，腓特烈的思想开放程度要远远领先他们所有人，这里面必然有伏尔泰的一份功劳。腓特烈在统治初期采取了许多开明的举措。他提出要把普鲁士的军队裁减至四万五千人（但从未付诸实践）。他解散了他父王的巨人军团，致使德意志到处都是无精打采的傻大个，拖着悲伤而蹒跚的步伐，在街上寻找工作。1740 年，欧洲北部土地未获丰产：当年毫无收成可言。腓特烈于是打开政府粮仓，以合理的价格将玉米卖给他饥饿的国民。他同时将一千位贫困的老妪安置到烘暖的房屋之中，让她们从事纺织工作。酷刑在他手里也遭到废除，且在普鲁士往后约两百年的时间里没有再被使用过。同样遭到废除的还有审查制度，在腓特烈整个统治期间，他的臣民均可按照自己的意愿自由地书写对他的看法，不过外国的统治者仍是受到保护的。此外，腓特烈将遭到先王放逐的哲学家沃尔夫从流亡中解救了出来，并召集斯赫拉弗桑德和莫佩尔蒂两人改组柏林科学院。对此，斯赫拉弗桑德予以回绝，而莫佩尔蒂则无法抗拒这项任命带给他的荣耀与名望。

6 月 6 日，腓特烈给伏尔泰写去登基后的第一封信，他希望在今年就见到他。信里是一则简短却满含深情的便条，其中包含一句带有预言性质的话，“世事如旋风般将我们裹挟其中，而我们必须放任自己随风而行”。“永远爱我，永远真诚地对待您的朋友，弗代里克。”伏尔泰读信后的第一反应就是将《驳马基雅维利》寄给

凡·杜伦，告诉他最好尽快着手此书的出版。接着，他给腓特烈写了封回信，将这位新上任的君王称作“人道主义陛下”。在陛下的
119 来信中，有一句话让他看到他有望在今年与之相见，这一神圣的愿景，使其激动得不能自已。他随后提醒陛下，希巴女王也渴望见到身披荣光的所罗门（当然，她的丈夫也将会陪着她）。腓特烈对此回应说，同时面见两位神祇，他会因他们的光辉而目眩，遂将不得不借来摩西的面纱，以保护自己免受圣光所害。与此同时，腓特烈也在与夏特莱侯爵夫人通信，双方措辞极其客气，并互相表示他们是多么强烈地希望见到彼此。

现今，在腓特烈自己成为一名掌权的小国之君后，他发现《驳马基雅维利》中的某些话最好还是不说为妙。这也在伏尔泰意料之中。若伏尔泰是一位算命先生的话，预判他人动向的天赋定早已使他发家致富。自普鲁士的老国王驾崩后，伏尔泰就一直在催促凡·杜伦尽快将腓特烈的书投入印刷。7 月的时候，正如伏尔泰先前所料，腓特烈告诉他，他必须不惜一切代价把他的书拿回来，并阻止它的出版。于是乎，伏尔泰便匆匆赶往海牙，去看看他能做些什么，走之前还与埃米莉发了通脾气，因为她觉得此行纯属徒劳。伏尔泰将出版商们视作他天生的敌人，总是乐于找个理由和这个可恶行业中的一员展开交锋。他说：“所有的出版商都是傻瓜或无赖，他们对自身的利益有着程度很深的误解，并执着于那些利益不放。”在凡·杜伦那里，伏尔泰找到一位值得一战的对手，他立即迎敌而上。他说：“我不得不与一位荷兰人交手，此人滥用其国家的开放自由和他自身拥有的权利，迫害出版物的作者。”换句话说，这位

出版商在得知他手里握有一座金矿后，无论如何都不肯撒手。于是，伏尔泰向其索要校样，说希望对它们做出修改。凡·杜伦说很好，但他必须在办公室内并且在其工作人员的围观下进行修改。伏尔泰答应下来。他仔仔细细地修正了几页的内容，因而获得了凡·杜伦的信任。第二天，他又回来完成了剩下的工作。这一次，只他一人被留在房间里。他匆匆地将胡乱编造的废话插入文中各处，涉及篇幅之多致使他以为凡·杜伦绝对无从修复，因而幸灾乐祸地回到布鲁塞尔。但是他小看了他的对手。凡·杜伦随即招来一位雇佣文人，对伏尔泰毁坏的段落进行了重写，然后出版了此书。对一位作者而言，没有什么能比这样的结果更令人恼火了。出于自我辩 120
护，腓特烈被迫允许伏尔泰发行原版的《驳马基雅维利》，但该版本带有伏尔泰自己作出的删减和修改，这是腓特烈所不喜的。他再也不把《驳马基雅维利》认作他自己的作品，并意欲把这本书重铸一遍，日后在柏林出版。然而，这位与众不同的小国君主很快就忙于奉行马基雅维利的那些至理名言，再也无心顾及自己对它们的反驳了。

伏尔泰现在满脑子想的都是他与腓特烈的会面。这位普鲁士国王眼下正四处奔走，巡视他名下的领土。有关其未来成败的传言已占据各路报纸的版面。以前，腓特烈的父亲从不允许他进行周游欧洲的大旅行，那本被视作德意志王子教育中的一部分，游历地点包括罗马、荷兰、布鲁塞尔和巴黎。而今，人们认为这正是他现在打算做的事情。伏尔泰和埃米莉决意，倘若腓特烈来到布鲁塞尔和巴黎，他就要住到他们那里。于是，他们两人开始为接待他做准备工作。伏尔泰给穆西诺神父写信，指示他立即将朗贝尔府邸准备妥当。夏特莱侯爵夫人在她接生婆的家里留有一些个人财物，主要就是一张没有床垫的床。除此之外，穆西诺和那位接生婆将要去购买其他任何所需之物（哦，多么幸福的时代，那时，一切人造之物皆美丽动人，那时，将一座朗贝尔府邸的家具布置交给一位神父和一位当地姆妈，就像在今天交给拉姆齐或詹森[1]一样令人放心）。

在布鲁塞尔，图恩和塔克西斯公主（Princess Thurn and Taxis）[2]与埃米莉之间上演了一场激烈的争吵。这位公主宣称普鲁士的国王将会住到她家。"根本不会，"埃米莉说道，"那位君王属于伏尔泰，毫无疑问，除了他那里，他哪儿也不许去。"随后，令人兴奋加剧的是，腓特烈在莫佩尔蒂、阿尔加洛蒂和凯泽林的陪同下，正朝布鲁塞尔驶来。伏尔泰和埃米莉会在安特卫普与其相见。之后，这位国王将严藏其身份，前往大塔街做客几天。然而，在距布鲁塞尔仅有一百五十英里时，腓特烈突然病倒。他派人请伏尔泰立刻赶往他的身边，但声称他身体过于不适，以致无法接见女性，为此他深感失望与难过。夏特莱侯爵夫人自是十分气愤，可依旧同意把伏
121 尔泰借给他几天。鉴于没什么能阻止伏尔泰前去赴命，埃米莉只好对其离去装出一副若无其事的样子。她当然认为那位国王的病只是将伏尔泰诱使到他身边的诡计，但实际上腓特烈真的病了。腓特烈

[1] 此处指拉姆齐之家和詹森之家，均是来自法国的著名室内装饰公司。

[2] 图恩和塔克西斯公主（1706—1756），玛丽·奥古斯特，符腾堡摄政。当时因怀孕绯闻风波暂居布鲁塞尔。

告诉他的朋友若尔丹(Jordan)[1]，第一眼看到伏尔泰的时候，他心神之动荡犹如其病体之羸弱。

在秋分前的一个月圆之夜里，伏尔泰匆忙出发。两天后（1740年9月11日），他抵达克莱沃（Cleves）附近的一座废弃城堡莫兰德堡（Castle of Moyland）。在那里，他找到了他的国王。穿过一个昏暗空荡且十分巨大的房间，他的双眼终于看到远处的一个小人，他裹着一件粗呢的蓝色晨衣，身子因持续四天的疟疾而不住地发抖打颤。伏尔泰，像所有长期患病需要照顾的人那样，在病房中丝毫不显违和之感。他坐到那位君王的床头为其把脉，借此来打破沉默，并为其开出耶稣会用于治疗疟疾的药方（奎宁），声称瑞典国王的疟疾就曾被它治好过。虽说两位君王的头脑和灵魂毫无相似之处，但他们的身体大概是以相同的方式在运作着。而腓特烈则宣称，要是见到伏尔泰还治不好他的话，那他倒不如祈求神明赦免他的罪过。他于是从病床中起身，更衣打扮，与他的朋友们一同进餐。在接下来的三天里，伏尔泰和腓特烈尽情享受着彼此的陪伴，互相谈论各种各样的话题，如灵魂不朽、命运、自由意志以及柏拉图的男女同体人。对伏尔泰而言，若是夏特莱侯爵夫妇也在场，事情肯定不会像现在这样有趣。他在那里诵读了他新写的一出戏剧《穆罕默德》，逗得大家都很开心。他同时帮助腓特烈撰写了一份给列日主教的宣言。这位国王要向该主教索取一些土地所有权。伏尔泰实在是太兴奋了，乃至当他听到这份宣言将由两千名士兵带给那

[1] 若尔丹（1700—1745），普鲁士出生的胡格诺教难民，腓特烈的顾问和法语老师。

位主教时，他竟忘了自己的和平主义原则，高声欢呼起来。此外，伏尔泰为腓特烈带来了夏特莱侯爵夫人的那本新书，后者在伏尔泰面前对这本书不吝赞美之词，但在其他朋友那里却说，此书是一部可悲之作，不论争议如何，它必定是由柯尼希写成，并饰以伏尔泰的一些精妙评论。然而，能够占有伏尔泰，她是多么幸运的一个女人啊！任何一个记忆力不错的人，只须在他说话时作作笔记，就能写出一部经典作品来。

至于伏尔泰自己，他在此次会面中的感情只能借由陈词滥调来表达。他说国王本人极富魅力，不管他身份如何，对任何社会而言，他都会是一道可添光彩的风景。实际上，他堪称第二个西代维
122 尔（皮龙过去常将腓特烈称作“北方的蒂埃里奥”）。伏尔泰不得不时刻提醒自己，那个前来坐到自己床边，并与自己攀谈的男人可是十万大军的主人。这位在兽群中成长起来的恐怖国君之子，竟会对法国文明怀有如此深厚的热爱，这真是一个奇迹！通过此次会面，腓特烈想占据伏尔泰的梦并没有破碎，他更加坚定了要把伏尔泰从埃米莉身边夺走的决心。当这位国王返回柏林的时刻来临时，他并没有让伏尔泰立即回到布鲁塞尔与埃米莉重聚，而是说服他前往海牙处理《驳马基雅维利》的事务。

在海牙，虽说住得并不舒服，但伏尔泰被隆重地安顿到了拉维埃耶宫（La Vieille Cour）。那是一座属于腓特烈的宫殿，在当地充任普鲁士的大使馆。它已有两百年的历史，伏尔泰在一首诗中对其正在瓦解的辉煌进行了一番描述——腐烂的地板、漏雨的房顶、无窗无门的华屋、摆满生锈铁甲的阁楼。宫中有书但除老鼠外无人问

津，欧洲最厚的蛛网遮住了世俗的眼睛*。不过，伏尔泰对这一住处并未感到不快。他给所有仰仗他的巴黎友人写信，落款皆为：在海牙，普鲁士国王的一座宫殿之中。在腓特烈和埃米莉的第一轮较量中，胜利倒向普鲁士国王这边。

但是，夏特莱侯爵夫人绝非毫无招架之力。她现在想出一条妙计，那就是修复伏尔泰与法国当局之间的矛盾，使之受邀前往自己国家的宫廷。她清楚，一旦伏尔泰发现自己在法国宫廷受到欢迎，世上绝没有德意志人能够把他引走。于是，她将包裹、行李和丈夫抛在身后，从布鲁塞尔赶往枫丹白露的宫廷。在那里，她为赢得伏尔泰展开了活动。一位善良的保护女神已永远离他们而去：黎塞留公爵夫人在一次艰难的怀孕后久病不愈，于当年8月2日不幸辞世。黎塞留公爵悲痛至极。"您对您的告解神父满意吗？"他向他的妻子询问道。她回答说："当然，因为他并没有禁止我爱您。"她说 123
她唯一的愿望便是死在她丈夫的怀里，最后她如愿以偿。伏尔泰、莫佩尔蒂及其他许多人都为她感到深深的惋惜。她是为数不多的真正喜欢夏特莱侯爵夫人的女性之一。

但埃米莉从不缺乏有权有势的男性友人，也从不介意麻烦别人。她使出一条诡计，令腓特烈指示他的驻法国大使为伏尔泰说话。腓特烈知道这是中了敌人的圈套，可也不好另作他择。此外，埃米莉为弗勒里红衣主教带去一封伏尔泰的信以及一本精美的《驳马基雅维利》。信中，伏尔泰勾起了主教阁下在维拉尔的那一段回

---

* 这座16世纪的宫殿当时似已濒临破败，但却一直留存下来，直到在1948年被大火烧毁。它曾化身为一座王家宫殿。荷兰女王朱丽安娜就是在此地完婚的。

忆，并说他刚刚离开这本随信之书的作者，但很快就会再次拜访他。主教大人有任何信息需要捎带给他吗？伏尔泰总是乐于看到自己披上某种新的身份。他觉得他有可能成为法国宫廷与普鲁士宫廷之间的非官方特使。腓特烈当时非常讨厌法国驻柏林的新任外交大使瓦洛里侯爵（Marquis de Valory）。此人一身傲慢之气，特喜摆谱说教。他与腓特烈交谈时，所用语气就像一位经验丰富的士兵在跟一个从未上过前线的年轻人讲话一样。腓特烈向伏尔泰抱怨说："我总担心他哪天会把我误当作敌军的防御工事，然后向我发起进攻。"而伏尔泰也有理由对这位他并不认识的大使心怀不满，因该大使曾散布谣言说，伏尔泰之所以会住在布鲁塞尔是由于他在巴黎遭到驱逐。可最终，这两个男人均变得非常喜欢"我的胖瓦洛里"，这是腓特烈对他的称呼（大概他们两人都被这位大使手下出色的厨师勾住了魂魄，伏尔泰过去常说他已爱上那位大厨）。但目前，瓦洛里"尚不是普鲁士宫廷的受邀对象"。所以，伏尔泰将他可执行另一使命的想法植入弗勒里红衣主教的脑中。时逢欧洲的事态开始发生变化，这位主教大人正在认真思考伏尔泰的问题。

1740 年是三位君王的逝去之年。继普鲁士国王腓特烈·威廉驾崩之后，在当年 10 月底的一周之内，神圣罗马帝国皇帝查理六世和俄国女皇安娜一世也相继离世。查理六世膝下没有男性继承人，
124 他把自己名下所有统统传给他二十三岁的女儿玛丽亚-特蕾莎，并在生前就此事与欧洲各君王达成协议（即 1713 年的《国事诏书》）。根据该诏书，他们将尊重她的权利。然而，查理六世一死，这些君王就都记起，根据他们妻子或女性祖先的血脉，他们自己可

能有权继承皇位。欧洲顿时陷入一片混乱。腓特烈给伏尔泰写信说："这一死搅乱了我反战主义的主张。"接着，他又像他往常爱做的那样，笔下突然迸出几句法文诗来：

我已听到战鼓在擂动
我于百位将士身上看到怒火在跳动
我已望见正在举兵侵略的大小君王
以及未至天年，就被收割的泱泱大众

这首诗可能谈不上十分优美，但表意极其清晰。

弗勒里后来给当时仍在海牙的伏尔泰写信。他其实对伏尔泰知根知底，清楚他是一个正直善良的人。但伏尔泰也曾年轻过，并在成长一事上花了太多的时间。在他年轻时，他常与糊涂人口中的"好朋友"为伴，也就是法国最有势力的一干人等。那些位高权重的大人宠坏了伏尔泰。他们夸赞他，虽然这么做并没有错，但他们事事都迁就他，实在是骄纵过甚。伏尔泰自己现在也已意识到这一切。在他写给弗勒里红衣主教的信中，他满怀敬意地谈到了宗教，令这位主教大为欣喜。他说每一位文明之士都对两个人负有重大职责——一是对他的国王，一是对他的造物主——即便是野蛮人也知道这一点。是时候让伏尔泰带着这些思想回到他的祖国了。他的国家因其才华而增添荣光，现在他应该把他的才华用于报效祖国，这将会使他名留青史。

弗勒里主教的这封信表达了官方对伏尔泰的看法，平和的笔调中透露着深情。信中说伏尔泰过去曾是一个少年得志的顽童，现在到了该长大的时候。这位聪明的老神父眼下将赐予伏尔泰一个为国效劳的机会，而不是任他在祖国的边境藐视、刺激当局政府。他命令伏尔泰前往柏林，查明腓特烈在新的国际形势下打算作何应对。而弗勒里自己，年迈（他当时八十七岁）、睿智，管理着一个所欲之土已尽在掌握的国家，他希望能维持现状，但假若其他人都打算去争城夺地，他或许将不得不重新考虑他的立场。为什么腓特烈突
125 然派兵前往西里西亚？弗勒里翻遍《驳马基雅维利》，可并没有在其中找到答案。他当时在柏林有两位官方使节，一位是瓦洛里，另一位是博沃侯爵，但他俩对此也是云里雾里。也许，腓特烈将会对他那位伟大的新朋友敞开心扉。

伏尔泰读完信后喜不自禁，在自上次拜访腓特烈后还没回去看看埃米莉的情况下，他就又立即向柏林进发。此行，他除去身负的重要使命外，还要为自己解决一两件小事：一定要让腓特烈替他报销他为《驳马基雅维利》所掏的费用，同时，腓特烈也必须为蒂埃里奥四年来持续从巴黎寄送给他的新闻信件、书籍和小册子买单。此次柏林之旅，伏尔泰有一个名叫迪莫拉尔（Dumolard）的人作陪。他是一位东方学者，曾受蒂埃里奥的庇护，他将前去接任普鲁士国王的图书管理员一职。

伏尔泰与腓特烈的第二次会面并不像第一次那样令人沉醉。腓特烈对伏尔泰向其开出的账单颇有怨词。这张单子上除了列有上文提到的款项外，还有伏尔泰来柏林的支出。腓特烈说：“和一般宫廷小丑们的花销相比，这笔账单收费不菲。”在他俩漫长的友谊之

路上，腓特烈从始至终都在指责伏尔泰小气吝啬。他准是清楚吝啬的症状，因为无人能在这方面胜过他。但是，伏尔泰与穆西诺之间的通信表明，伏尔泰就是慷慨的代名词。他固然讨厌被人赖账，尤其是在小钱上，可当其失掉成千上万的里弗，就像他在投机过程中有时会遭遇的那样，他总是以一副非常达观的态度来面对，从没像夏洛克(Shylock)[1]那样放声哀号过。伏尔泰看不出腓特烈有任何理由可以欠债不还。在这次会面中，腓特烈作出了一条荒谬可笑的论断，他说鉴于他的钱包要比夏特莱侯爵夫人的深得多，他大有机会可将伏尔泰从她身边夺走。与此同时，尽管承诺多次，但这位普鲁士国王仍未向蒂埃里奥付过一个子儿。

在此次拜访的末尾，下笔时会鲁莽到令人难以置信的伏尔泰给莫佩尔蒂写去一张便条，邀请他前来与瓦洛里、博沃共进晚餐。信中他表示希望能在辞别“那个受人尊敬、与众不同、和蔼可亲，但已沦为娼妇的人”之前，拥抱一下他的哲人。在经过更深入的一番了解后，伏尔泰昔日口中的马可·奥勒留已变为一个受人尊敬的婊子。

不过，从事后来看，当他俩在一起的时候，吝啬鬼伏尔泰和婊子腓特烈着实纵情享乐了一番。伏尔泰的身体当时好得无以复加，腓特烈的疟疾也因皇帝查理六世的死而得以痊愈。他们一起吟诗作赋，部分所著诗歌异于常规，同时互相将对方唤作“狐狸精”和“情妇”。他们在一个纯粹的男性世界里八卦闲聊，弹奏音乐，下注

[1] 夏洛克，莎士比亚喜剧《威尼斯商人》中的主要人物之一，是一个放高利贷的犹太富商，为人刻毒、贪婪、小气，是世界文学作品中的四大吝啬鬼之一。

126 赌博。那种由德方丹做来显得如此恶心羞辱的罪行，却在温柔的阿尔加洛蒂和美丽的吕雅克（Lugeac）* 于瓦洛里的休息室内忘我寻欢之时呈现出古典多情的一面，令人联想到一位年轻英俊的“威尼斯籍苏格拉底”。伏尔泰不是总说腓特烈的宫廷是当代的雅典吗?[1]

腓特烈在伏尔泰造访期间演奏了长笛，并向其展示了他的画作收藏，其中有四幅不起眼的华托画作被伏尔泰宣称为赝品。伏尔泰说：“德意志到处都是假画，那里的亲王们容易忽悠，且对上当受骗的机会来者不拒。”

世上没有什么能比普鲁士的宫廷更加有趣了，也没有什么能比普鲁士国王的心思更加神秘莫测了。说来也奇怪，腓特烈对其心中所想从来都是只字不提。所以，伏尔泰和瓦洛里、博沃、迪肯斯（Dickens）及其他大使一样，也未能查明腓特烈究竟在盘算什么。然而，在1740年12月12日，腓特烈举办了一场假面舞会，紧接着第二天，他就入侵了西里西亚。伏尔泰当时已经离开。在造访两个星期后，他突然决定忍痛告别他的狐狸精，国王乞求他再多留三天，但却是枉费力气。依据腓特烈相当得意的说法，“暴君般的埃米莉，醋意翻腾”，已写信以死逼迫伏尔泰回去。

伏尔泰对腓特烈的第二次拜访之旅让埃米莉陷入绝望。她告诉达尔让塔，这是对她在法国为伏尔泰奔波劳碌的一种残酷回报，她已在那里为他光荣归来甚至是进入各个学士院铺平了道路。伏尔泰

---

* 吕雅克侯爵，法国大使馆中的一位秘书，后来娶了巴希小姐（Mlle de Baschi）。

[1] 古希腊曾盛行同性爱恋之风，因在当时人们的眼中，男人与男人之间的爱情才算是真正的爱情。

之前曾冷淡地向她宣布过他要远行柏林，他清楚这会伤到她。果不其然，她现在疾病缠身，并将不久于人世，就像可怜的黎塞留公爵夫人那样，好在时间更快，遗憾更少。照此下去，伏尔泰最后可能会感到后悔，因普鲁士宫廷终将失去它的魅力，他到时很可能会因对埃米莉的哀思而深受折磨。而埃米莉则唯愿她的朋友们将来千万不要因伏尔泰对她所做的事而责备他。 127

夏特莱侯爵夫人既生气又心烦，但实际上并未大限将至。她离开巴黎，赶往布鲁塞尔，因那边的官司需要她再次出席，同时，她也希望能在那里与归来的伏尔泰相见。自他抛下她去莫兰德堡找寻腓特烈以来，一切在她那儿都开始变得不顺。在巴黎，人们说埃米莉之前出版的那本书是由柯尼希所写＊。而且，尽管不希望让埃米莉知道，但他们还是说她之所以对伏尔泰不在身边感到绝望，是因为她的作品实际上是由伏尔泰替她完成的。这当然只能显示出那些相信此种说法之人的愚蠢。伏尔泰不可能写出埃米莉的作品，正如埃米莉同样写不出他的《俗世之人》。此外，埃米莉所遇的另一羞辱则是：当她身处枫丹白露的时候，她像之前那样下榻于黎塞留的住处。其间，她曾试图与黎塞留重续旧情，但最终未果。毫无疑问，那位公爵当时定有别的事要忙。当埃米莉后来在布鲁塞尔等伏尔泰归来时，她给黎塞留写信说（1740 年 12 月 24 日）：“我只遭遇过两件能伤我到心里的不幸之事。我有理由对他抱有怨言。为

＊ 令人高兴的是，在威廉·亨利·巴伯先生（Mr W. H. Barber）的《莱布尼茨在法国》（*Leibnitz in France*）（牛津大学出版社，1955）一书中，他从未表示过《物理系统论》可能是由柯尼希所写。他将夏特莱侯爵夫人视作一位能够独立著书的哲人。

他，我抛下了一切。一个没有他的世界（如果您也不在其中）于我而言将毫无意义。我最好的朋友们现在正怀疑我有不当之举。与您的友谊是我唯一的慰藉，但您却远在三百里格[1]之外。当您伴我左右时，吾心如觉在家，因只您一人懂它。在别人眼里似是引人怜悯的愚行，于您而言则是天性的自然流露，即便它可能不合常理。我不知为何要在枫丹白露向您告白。您莫要问我，因我也无法解释。这就是事实，我总是喜欢让您知道关于我的事实。我当时无法遏制我自己。我本可能会感到后悔，可我是如此如此地了解您，所
128 以我将始终毫无保留且永无悔意地向您吐露我心里对您的感觉。这一做法对其他任何人而言都会是难以理解的，同时，它也并非我胸中此刻狂乱到要使人发疯的激情所致。说‘这一切都是不可能的’毫无用处，因为我接下来的答复将会令人无言以对——哪怕您不巧并不喜欢这一回答——即‘可它就是如此’。我从巴黎听闻，我的著作发行告捷。我现在希望它的成功能广为人知。”

在布鲁塞尔，埃米莉等了伏尔泰整整一个月之久。他当时正在进行一场十分糟糕的冬旅，途经“令人憎恨的威斯特伐利亚”和德意志其他地区。这些地区的居民与其说是人，倒不如说是野兽，因此，倘若一位旅客在这些地区的行程安排出现差错，他注定将迎来一段即便躲过危险终究难逃艰辛的时光。最终，在 1741 年新年之初，伏尔泰安全归来，与埃米莉上演了一次感人的重逢。他的眼睛有一些发炎。在后来写给腓特烈的一封信中，他将此事归咎到埃米

[1] 里格，一种长度单位，旧时用于测量陆地和海洋，一里格约相当于五千米。

莉头上，说正是因为她，他才失去了他的视力、他的幸福和他的国王，但伏尔泰在其他所有通信对象那里说的却是，夏特莱侯爵夫人似乎从未像现在这样高于那些君王。

然而埃米莉那年实在是运气不佳。伏尔泰刚刚回到她的怀抱，他就宣布他年事过高（四十六岁），再也无力进行房事！“吾心未老，但此不朽心灵却注定将居于一具废躯之中。”

若您愿我残灯再明
就在我迟暮之年华
还我爱恋之芳华
如若可能的话，许我重返黎明

人生有二死，此理我已看清
爱欲、魅力之终止
此为不堪忍受之死
而生命之死则如鸿毛之轻

因此，从天国屈尊而降
友情来向我施以援手
她没有爱情的热烈奔放
但更加平等且同样温柔

她那被点亮的智慧 129

和她正值青春的美丽让我为之感动
我曾追逐其后，但继而哀伤悲恸
因我再也不能与之相随

夏特莱侯爵夫人说，要论谁对谁的恨意更多，她不惮向普鲁士国王发起挑战。

14

伏尔泰落选法兰西学术院

Voltaire Fails for the Académie Française

在历经此番动荡之后，伏尔泰和埃米莉这两位哲人再次安定下来。尽管伏尔泰做出了一则令人沮丧的宣告，但很可能的是，他们那从不依赖寻常肉体之爱的感情并未发生太大变化。关于埃米莉的“英勇事迹”，外面一直流传着风言风语，据说她很快就与她儿子的新任家庭教师关系暧昧。

伏尔泰告诉夏特莱侯爵的儿子说：“我的孩子，若想和男人交好，就必须拉拢他们身边的女人。若想和女人交好，就一定要知道她们是什么样的人。记住我的话，所有女人都是不忠且不贞的。”“所有女人？”埃米莉叫道，“您在说什么呢，先生？”“千万不要误导孩子，那样做是不对的。”

接下来的几个月，他们两人仍旧待在布鲁塞尔。夏特莱侯爵夫人现在心里对腓特烈恨意稍减，因为忙于“保护”西里西亚的他再也不需要她伴侣的到场。她说，没有什么事比这次入侵更能打脸那位君主了——《驳马基雅维利》中的原则被悉数推翻。但她也说，腓特烈尽可去攻占所有他渴求的省份，只要他别来夺取她生命的魅力所在（伏尔泰）。

1741 年 4 月 10 日，伏尔泰将其戏剧《穆罕默德》搬上舞台，演出地点在里尔。德尼夫人当时就住在那里。她在那儿开了一家沙龙，专门招待驻防军官和当地的知识分子。这场戏剧首场演出过半时，伏尔泰收到腓特烈在摩尔维兹（Mollwitz）获胜的消息。他随
131 即中止演出，向疯狂欢呼的观众们宣布这一捷报，因为里尔的人民都无一例外地反对奥地利。那会儿尚无人知道，在战况似乎步入低潮之时，腓特烈惊慌失措、逃之夭夭（照卡莱尔爱怜的说法，是被莫尔甘特[1]抓去了仙境），直到听闻胜利的消息，他才敢重回战场。伏尔泰后来说道，腓特烈生命中唯一感激过的活物就是那匹带他逃离摩尔维兹的马。

莫佩尔蒂在前去与腓特烈会合的途中不幸被卷入这场战斗，据说已遭杀害。可眼下他们听说他根本没有被杀，而是落入西里西亚农民的手中。埃米莉对此感到不寒而栗，因为西里西亚人只要一有机会，就会对他们保护人（腓特烈）的追随者做出残忍之举。然而，莫佩尔蒂最后却毫发无伤，但全身赤裸地出现在奥地利的司令部。由于他先前已见过他们的军队，且是如此精于计算，奥地利人认为暂时不要让他回到普鲁士为好。于是他们给了他一些衣服和五

[1] 莫尔甘特，意大利路易其·浦尔契（Luigi Pulci）长诗《巨人莫尔甘特》（*Morgante*）中的一个巨人，是该诗的主人翁奥兰多（Orlando）的忠心追随者。

十路易，把他送往维也纳。那里的人将会乐于招待他。玛丽亚-特蕾莎当时问他，看到两位小国之君为了他曾测量过的地球之一角大打出手，感觉如何。莫佩尔蒂圆滑地回答说："君王之思虑，非我所能窥测也。"玛丽亚-特蕾莎的丈夫，在发现莫佩尔蒂除去其他财物外还失去了他的格林厄姆手表[1]之后，取出自己的格林厄姆手表，赠送给他。夏特莱侯爵夫人写信祝贺莫佩尔蒂死里逃生，并恳求他去维也纳宫廷看望她的一位表亲。

现在，布鲁塞尔的那桩官司开始朝着对伏尔泰他们更加有利的方向发展。这无疑是受到了腓特烈的推波助澜。10月的时候，有关这场官司的一些秘密事项又引领他们重返西雷（特里沙托侯爵已经离世，他的遗嘱必须得到证实）。回去的路上他们取道巴黎。在那里他们并没有住进朗贝尔府邸，而是落脚于那栋伏尔泰曾和方丹-马特尔男爵夫人共同居住过的房屋。因为尽管穆西诺神父和那位接生婆作出了种种努力，朗贝尔府邸仍没有做好接待他们的准备。伏尔泰邀请蒂埃里奥和达尔让松去其住处看望他，好让男爵夫人的魂魄感到开心，同时也回忆一下那段旧日时光，那些他们过去常吃的虽难以下咽但却欢闹愉悦的晚餐。

在1742年夏天，伏尔泰和夏特莱侯爵夫人可能在朗贝尔府邸 132
住过约一周的时间。由于他们已成为这座宅邸故事中的一部分，我们很容易会在那里想起他们，但事实上，在他们两人的信件中，既无一封是寄自于它，也无一字与其相关。那年6月，朗贝尔府邸回

[1] 格林厄姆手表，当时英国知名手表。该品牌由"计时码表之父"乔治·格林厄姆（George Graham）创立。

到其原来主人的手中，并很快就以两倍于伏尔泰的购买价格——如果伏尔泰真的付清全款的话——转售他人。在当时，由于一个名叫米歇尔（Michel）的人物宣告破产，伏尔泰遭受重创。此人是一位举足轻重的巴黎金融家，曾向伏尔泰借过一大笔钱。因此，那时伏尔泰可能觉得朗贝尔府邸对他来说过于昂贵。夏特莱侯爵夫人随后在圣奥诺雷郊区街 13 号租下一栋小房子，比邻沙罗斯特公馆（如今为英国驻法国大使馆）。到 1745 年夏天为止，那里一直是他们在巴黎的住处。不过十分遗憾的是，再也没有人像格拉菲尼夫人那样对伏尔泰各处市镇房屋中的家具陈设和大体布置进行详细的描述。他可总是被美丽的事物包围着啊。

在 1742 年 6 月，伏尔泰给埃弗拉德 · 福克纳爵士写信道：

就算我已然忘却曾经学来的些许英语知识，我也永远不会忘记我亲爱的大使先生。我目前居于巴黎，且仍是和那位在过去十二年间与我朝夕相处的女哲人为伴。若不是我一直在与病魔抗争，我一定会到您的凉亭之中，去看一个平静安宁、焕发荣光的您。

您将听闻我的好友普鲁士国王获得新胜的消息。他先前反对马基雅维利的文字写得如此之好，但后来又马上表现得像马基雅维利眼中的那些英雄。在行骗和作战方面，他不亚于基督教世界中的任何一员。他彻底击溃了奥地利的军队，同时对您的国王——他亲爱的汉诺威邻居——全无好感。自从他摆脱他父王的暴政以来，我已与他见过两次。见面时他会将我留于他的宫廷之中，并和我同住在他的一间乡村别墅里。他给我的自由之多、待我的礼节之好就如同您在旺兹沃思对我时那样。但他无法战胜夏特莱侯爵夫人。我在法国的唯一理由就是我是她的朋友。您必须要知道，我的普鲁士国王，在他仍只是一位常人的时候，他炽热地爱着你们的英国政府。但国王的身份已使这位常人发生转变。现今，他就像穆斯塔法（Mustapha）、塞利姆（Selim）或苏莱曼(Soliman)[1]那样喜爱专制的权力。

昨天我们的宫廷收到消息说，撒丁国王根本不打算听从波旁家 133
族的提议。这一灌木将不会容忍法国这棵大树将其枝桠伸展到意大利全境。我应当害怕一场全面战争的来临，但我对我们善良的红衣主教那白发苍苍、饱经岁月的脑袋抱有很大的希望。他渴望和平与安宁，并将力所能及地把它们带给基督教世界。

我已经在这里见过我们的奥斯曼大使萨伊德帕夏（Sayd Bacha）。我与他的随行神职人员一起喝过酒，并跟他的翻译拉里亚（Laria）讲过道理。这名译员是一位通情达理的人，而且见多识广、能说会道。他曾告诉我他非常喜欢您，同时像全世界的人民一样爱您。我已嘱咐他向您传达我的敬意。我希望我这一意愿的承载者将告诉您，我会怀着怎样的柔情，永远做您谦卑忠实的仆人。

伏尔泰

伏尔泰眼下正在为法兰西喜剧院准备他的戏剧《穆罕默德》。在里尔的时候，没有一个人，甚至包括神职人员，从该剧中找到过任何反对的理由。它在那里受到的热烈欢迎极大地鼓舞了伏尔泰。

---

[1] 穆斯塔法、塞利姆和苏莱曼均为奥斯曼帝国的苏丹。

弗勒里红衣主教读过它，也喜欢它，还作出了一两处文学性的修改，并为伏尔泰所接受。但此剧现在面临着重重的阻碍。其中一个方面就在于，它可不是一出容易表现的戏剧。当时，一个由讨喜的土耳其人（也是福克纳的朋友们）组成的代表团仍在巴黎。他们的大使是一个极具魅力的男人，他使每一个人都为之着迷，并迷倒了一大片法国夫人。伏尔泰并不想伤害他的感情，所以最好等到他离开以后。于是，他继续打磨修改他的剧本，一边怀着作家渴望将其作品推向大众的迫切心情，一边耐心地等待良机。

不幸的是，那段时期他选择依旧留在巴黎。在那个地方，他当然会很快陷入麻烦。伏尔泰是一名始终如一的和平主义者。在他眼里，战争中的王公诸侯就是一群“可恶的蜘蛛，不好好吐丝，却互相要把对方撕成碎片”。自腓特烈入侵西里西亚以来，伏尔泰就一直在斥责他打破欧洲的和平。“我好怕您将来会走到轻视人类的那一天。”“我只是在斯堤克斯河(Styx)[1]的岸边驻足，但是，陛下，在我目光范围之内，从我身旁走过的可怜人之多让我深为痛心。”“您和那些同为君王的贵胄要一直蹂躏这片您说您想带来幸福的人
134 间吗?”这些话，腓特烈都相当友好地收下了：“现在流行打仗，而且这股潮流可能还会持续很长一段时间。”“我记得曾有一段时间，要是您能有一支军队的话，它定早已开向德方丹、鲁索和凡·杜伦。”

弗勒里红衣主教在和平的问题上与伏尔泰观点一致，但他们同胞中的大多数人却并不是这样。法国民众强烈支持加入腓特烈对抗

---

[1] 斯堤克斯河，希腊神话中的冥界之河，传说为苦难之河、守誓之河、愤怒之河，是进入冥界的必经之路。

奥地利的战争。如果能在几近无损于法国的情况下攫取到丰厚的利益，那么不去从中受益似乎就是一件愚蠢甚至可以说不爱国的事情。而且奥地利人目前的处境十分糟糕，腓特烈已在与他们交手的两场战斗中轻易取胜。当时，法国的将官们个个战意汹涌，朝中的大臣们也是如此。最终，法国上下不顾弗勒里红衣主教的意愿以及国王更为英明的判断，签订了与普鲁士的联盟协议。一支法国军队随即被派往布拉格，可腓特烈之后却又立即与玛丽亚-特蕾莎握手言和。对此，他的新盟友自是认为其做法前后不一、不讲诚信。于是乎，他在巴黎变得极其不受欢迎。而向来愿以任何代价支持和平的伏尔泰当时则在信中为腓特烈写去一首感情四溢但也因而有失谨慎的诗歌："巴黎——您的首都——每个人的嘴边都是您的名字——无论我身往何处，人们总将我团团围住，询问我是否真的见过您。"后来，按照腓特烈的说法，某位不知名人士，同时也是一位布鲁塞尔的邮政职员，把这封信的副本分别寄送给了法国众大臣、大使和路易十五有权有势的情妇迈利夫人。这一麻烦制造者当然就是腓特烈自己，他的目的就是借此来抹黑伏尔泰在他同胞眼中的形象，致使他不得不永远离开法国。这样一来，腓特烈定能将其据为己有。

正如这位普鲁士国王事先预料的那样，巴黎人民对伏尔泰怒火中烧。巴黎高等法院庭长埃诺在向德芳侯爵夫人描述伏尔泰的那封信时，称它疯狂至极。伏尔泰似乎已成为一个即使身处特拉普派(Trappist)[1]修道院，也会招惹上麻烦的人。他现在正奋力否认曾

[1] 特拉普派，一个从西多会分离出来，信奉天主教的教派。该教派由隐修僧侣组成，遵循圣本笃会规，严谨刻苦、远离尘世、无欲无求。

说过任何一句被归咎到他头上的话，并写信向瓦洛里索要他真实的信件，以证明他的清白。但埃诺是了解伏尔泰的，他确信，纵使伏尔泰真没写过那封已被公开发表的信件，真实的那封也绝好不到哪
135 儿去。迈利夫人此时选取了一条高调的爱国主义路线。她要求伏尔泰受到责罚。看来，伏尔泰似乎必须立即逃往布鲁塞尔。此外，庭长大人还补充说，夏特莱家的那位可怜人应在她租下的每一栋房屋的契约里都加上一则受益人为她的保险条款，以防她的情人做出傻事。

伏尔泰卑躬屈膝地向弗勒里红衣主教和迈利夫人否认那封信，当时并没有任何对他不利的证据出现。一些人认为那封信也可能是由德方丹所写，但其他人则发誓说，它定是出自真正的伏尔泰之手。最后，并无任何针对伏尔泰的行动。可整个事情给他带来了一个不好的公众印象。当下的舆论氛围既对他本人不利，也对他的作品不利。

尽管如此，《穆罕默德》在巴黎的第一晚演出还是大获成功。法官、大臣以及上流社会人士都对这出戏剧报以热烈至极的掌声。可不幸的是，伏尔泰的敌人德方丹、皮龙和众多心怀妒意的年轻作家当时也在演出现场，聆听着《穆罕默德》那尚未出版的剧本。他们注意到有好几处台词、情节和诗文都可能带有偏见，而且他们可没有保留自己的这些想法。但那些盼伏尔泰出事的人可不是被《穆罕默德》惊到的唯一观众。切斯特菲尔德勋爵告诉小克雷比永，伏尔泰在布鲁塞尔时曾向他读过该剧的许多内容。尽管他非常欣赏其中的一些诗文和各种各样的思考（或许，与其说观点正确，倒不如

说笔法高超），但他一眼就看出，剧中的穆罕默德无疑意指基督。这位勋爵吃惊于该剧在里尔演出时，竟无人意识到这一点。他认为，对一位文人而言，嘲笑自己国家的宗教信仰是不对的，因为那样做只会造成麻烦和混乱。许多毫无偏见的法国民众最后也得出这一同样的结论，并把这部剧视作对所有宗教的隐性攻击。对伏尔泰而言，他确实选了一个危险的话题。公众舆论早就被他那首写给腓特烈的诗歌所激怒，现在已是燃成一片火海。警察局局长送来消息，说他想见见伏尔泰。伏尔泰于是从病床中起身，在夏特莱侯爵夫人的陪同下前去相见。经过一次漫长、激烈的会谈，伏尔泰他们最终被说服取消《穆罕默德》的演出，但要在不引起流言蜚语的前提下。他们找了一个借口，随即另一出戏剧被搬上法兰西喜剧院的舞台。经历此事的伏尔泰愤怒多过惊讶，宣称他要将《穆罕默德》题献给教皇本人（在后来一个适当的时机，他真的这样做了）。 136
“那样的话，我就会被任命为‘不忠区’的主教，一个正适合我的教区。”

这件事过后，伏尔泰和夏特莱侯爵夫人愤然离开巴黎，重返布鲁塞尔。路上他们造访了兰斯。在那里，他们受到十分热情的款待，逗留时间超出了他们计划的天数。在他们到达当天，为表示对他们的欢迎，两场五幕剧接连上演，一场在晚宴前，一场在晚宴后，接着是一场即兴的舞会。每个人都对埃米莉着了迷，被她在晚宴上的歌声、她在舞会上的身姿以及她惊人的饭量吸引。她这一生从未熬过这么晚的夜。而正在秘密策划另一不忠行为的伏尔泰此时也沉浸在喜悦之中。

法国当局十分清楚那封给腓特烈的信就是伏尔泰自己所写，伏尔泰也清楚他们心知肚明，但弗勒里红衣主教仍礼貌地装着糊涂，说那封信定是经他人伪造而成，因为他比以往更加迫切地想要弄清楚腓特烈的意图。这正中伏尔泰的下怀。他当时特别需要一个官方的借口，好回到他的国王身边。而且若他再去执行一次外交任务，埃米莉也不会多说什么。腓特烈目前人在“查理曼和疑病症患者的首都”亚琛做矿泉疗养，无聊得要死。这种时候见到伏尔泰他定会非常开心。不过，由于患上致使听力出现问题的炎症，伏尔泰遂推迟他的拜访，直到他病情好转。他说：“一个耳聋的人去见他的陛下就如同一个阳痿的人去见他的情妇。”然而，在他到达后，关于腓特烈的计划，他一点风声都没有打探到。他将自己对两人谈话内容所作的浮夸叙述寄送给弗勒里和达尔让松侯爵，可这些内容并没有传达出任何讯息。伏尔泰还把腓特烈先前的失信行为归咎到英格兰头上，并相当没有说服力地暗示，他手里握有一些秘密到不能写在纸上的信息。拜访期间，那位普鲁士国王变得比以往任何时候都更加迷人、耀眼。事实上，腓特烈当时把天底下所有的事都八卦了一遍，当然，除了政治。此外，伏尔泰依旧未能说服腓特烈偿还他欠蒂埃里奥的债务，抑或是为自己帮他购置的一些朗克雷画作买单。他的人道主义陛下是可爱的，但这次拜访却是失败的。五天后，伏尔泰回到埃米莉身边。他们在布鲁塞尔度过圣诞节，之后又奔赴巴黎。

1743 年 1 月 29 日，弗勒里红衣主教驾鹤西去。他的逝世是一场不幸，但即便可以推迟，也无法延后太久，毕竟他已至八十九岁的高龄。伏尔泰一向都很敬重他，但直到最近才发现，相比其他那 137 些大臣，他是多么的出色。可这个善良且聪明的人却犯下一个严重的错误。在他将他的学生（即国王）和法兰西掌控在自己手里的时候，他未能消除反而很有可能助长了路易十五的自卑感。这使得国王无法在内阁会议上显示自己的权威。那些大臣只是在那里为他出主意的。他并不一定非要听取他们的建议，可他总是如此为之。路易十五其实具备良好的政治直觉，弗勒里本应教导他学会依赖这种直觉，但是这位红衣主教过于贪恋权力，因而不愿与他的学生一起分享。

弗勒里之死不仅使得第一大臣的位置空了出来，也在法兰西学术院留出一个席位。尽管伏尔泰经常取笑该学术院，但他其实也渴望成为其中的一员。正如老丰特奈尔过去常说的那样：

> 当我们是四十个人时，人们嘲笑我们
>
> 当我们是三十九个人时，人们跪拜我们

法兰西第一作家竟非院士，尽管公众觉得此事相当荒谬，但其他院士却并不急于选出一位将使他们所有人都黯然失色的同僚。入选院士一事很大程度上要取决于凡尔赛宫的意见。近来，国王对伏尔泰的态度已有所软化。他已送走迈利夫人，并将她的妹妹沙托鲁公爵夫人（Mme de Châteauroux）纳作他新的情妇，而这位夫人是站在伏尔泰一边的。她可远比迈利夫人聪明，并且对她们的长辈黎塞留先生十分友好。人们开始认为伏尔泰会赢得那个空置的席位。传闻国王已在晚宴上宣布，他将成为下一位院士。但是现今最有权势的大臣莫尔帕伯爵，对伏尔泰当选持完全反对的态度，与此同时，以米尔普瓦主教（伏尔泰口中的蠢驴）为首的教会党认为，让伏尔泰接任一位红衣主教留下的席位几乎无异于是在亵渎圣物。当此事仍在讨论中时，《梅娄普》在法兰西喜剧院上演。

138 《梅娄普》是伏尔泰根据希皮奥内·马菲（Scipione Maffei）[1]的同名意大利戏剧改编过来的一出悲剧。多年来，伏尔泰一直在断断续续地创作它。他对《梅娄普》做出的改动是如此之大，以至于它实际上已变为他自己的作品。不过，演员们起先对是否上演该剧犹豫不决，因为它是讲述母爱的，一个他们认为会将法国观众送入梦乡的主题（法兰西人民当时并不像他们在看过这部剧之后那样关爱他们的子女）。直到《穆罕默德》本应创造纪录的演出被中止，他们迫切需要另一出伏尔泰戏剧的时候，《梅娄普》才被决定启用。这一回，伏尔泰亲自督导《梅娄普》的排练。他用自己的天才激励他的演员们。他责备迪梅尼小姐（Mlle Dumesnil）[2]在演绎一位暴怒母亲的时候，没有将足够的怒火融入台词："野蛮人，这是我的儿子！"伏尔泰不停地训斥她，直到她哭着说："但要实现您想让我说出的那种效果，就必须得入魔才行。""一点没错，小姐，要想在任何一门艺术上取得成功，就必须得入魔才行。"《梅娄普》的上演堪称完美，是法国舞台上最伟大的成功之一。台下观众在最后三幕的时间里都无法抑制地啜泣，泪水在演出结束时顺势化作一股炽

[1] 希皮奥内·马菲（1675—1755），意大利作家、艺术批评家，著有《梅娄普》。
[2] 迪梅尼小姐（1711—1803），真名玛丽-弗朗索瓦丝·马尔尚，法国著名女演员。

热如火的洪流。有史以来第一次，戏剧的作者被呼喊着上台一起谢幕。伏尔泰，那时当然是身处现场的一个包厢之中，并有两位贵妇布夫莱尔夫人（Mesdame de Boufflers）[1]和卢森堡夫人（Mesdame de Luxembourg）作陪。他亲吻了她们的玉手，然后起身离去，但他随后并没有出现在舞台上。有人看见他走进另外两位公爵夫人的包厢，其中一位是他的旧爱维拉尔元帅夫人（Maréchale de Villars），另一位则是她美丽聪慧的儿媳，来自诺瓦耶家族。观众们接着叫喊道，维拉尔元帅夫人必须亲吻一下伏尔泰。当时，这位夫人做出一个高雅的手势，似是在寻求她元帅丈夫的同意，在获得允许后，她便投向伏尔泰的怀抱。欢呼声又持续一刻钟之久。或许，整晚最不满意的一角是伏尔泰的敌人们所在的区域。有人看见他们面色狰狞、气急败坏，且如将死之人一般步履蹒跚。《梅娄普》的票房收益在法兰西喜剧院创下新的纪录。伏尔泰大度地说，《梅娄普》并不值得印刷出版，它的成功都要归功于迪梅尼小姐精彩的表演。

现在再回到学术院的事情上来。有了这次令人振奋的成功，加
上国王的情妇也站在自己这边，而且国王本人似乎也不反对自己， 139
伏尔泰觉得是时候公开宣布自己为弗勒里主教席位的候选人了。他给一位院士写去一封信，并使之在巴黎和凡尔赛宫流传开来，他在信中说，伏尔泰是牛顿的追随者。在所有的哲人中，牛顿最为相信上帝的存在。他的著作之于有识之士就如同教义问答[2]之于孩童。

---

[1] 布夫莱尔夫人（1711—1787），玛丽-弗朗索瓦丝-卡特琳·德·博沃-克朗，也是前波兰国王斯坦尼斯拉斯的情妇。

[2] 教义问答，指带有答案、以问答形式写成的教义手册，传统上用于基督教宗教教育。

伏尔泰是派系内斗、宗教狂热和造反叛乱的敌人，他崇尚已使全人类融为一个大家庭的宗教。事实上，在过去辛苦付出但被报以悲伤和诽谤的三十年，宗教是支撑他走下去的唯一力量。在爱国主义的启发下，他曾过着隐士一样的生活，潜心于物理研究。如今，学术院的多位成员都鼓励他申请加入这一团体，这一当今王朝的荣耀。他也正准备着手书写眼下这一朝代的历史。他特别希望能（在向来由新成员担纲的就职演说上）成为赞美教会和国家之父的人，这样他就可以清楚地表明，他是多么热爱弗勒里主教的宗教，对这位主教大人的学生路易国王怀有多么高涨的热情，并且将永远如此。到时，他的演说将是对那些公然诽谤他的恶毒指控所做出的最终答复，同时也会向那些正悉心培育王太子之人交出一份臣服的保证书，太子在他们的辅佐下将无愧于拥有路易十五这样的父亲。

伏尔泰接下来做的事甚至要比上面这些还要卑贱。他给米尔普瓦主教写信，否认曾写过《哲学通信》。他说他的确有时会给朋友写信，但他绝没有给他所写的信件起过这么一个自命不凡的名字。实际上，《哲学通信》中的那些信大部分都是伪造的。好吧！他虽遭受过极大的迫害，但他确实懂得如何去原谅！

可不幸的是，伏尔泰所受的这些屈辱最后都化作泡影。吕内公爵（Duc de Luynes）的兄弟，一个年老又无趣的主教，同时也是王后在凡尔赛宫小圈子里的一员，被一致推选为那一空置席位的接任者。腓特烈对此很高兴。伏尔泰在巴黎的朋友则很愤怒，他自己更是一病不起。腓特烈利用其权力范围内的各种手段，将欢呼、奚落、嘲笑与叫嚣统统撒向伏尔泰的伤口。他对伏尔泰给那位头戴主教王冠的迈达斯(Midas)[1]写去的信件感到震惊，也对一位哲人竟向一个宗教迷信的偶像卑躬屈膝感到愤怒。想必，在经历这番侮辱后，伏尔泰定将与一位既认可其价值又不会亏待他的国王共同生活吧?

法兰西喜剧院先前已在彩排《恺撒之死》。但在首演的前一晚，警方下令撤销该剧的表演。

伏尔泰现在开始对他的同胞们换上一副凶残的面目。这并没有 140
让任何人感到意外。他已受够了嘲笑与迫害。幸运的是，在欧洲还有这样一位君王，他是真正的艺术热爱者与培育者。现在，没有人能阻止伏尔泰前往这位塔西佗或色诺芬的身边——没有人，甚至连夏特莱侯爵夫人也不行。他将离开密涅瓦，奔向阿波罗："您，陛下，就是我最大的激情所在。"伏尔泰现在高兴得令人生疑，整个人兴致勃勃，急着要走。于是他开始为他的出发做准备，动作十分招摇。

这整件事情其实是由伏尔泰自己、黎塞留和达尔让松兄弟精心策划的一场阴谋。对《恺撒之死》的禁令也是他们四个人一手安排的，为的是使伏尔泰的愤怒真实可信，好让他的逃离显得自然。他此行的费用将由法国宫廷承担。他同时被额外授予了一年的年金，而且，他和他的两位亲戚还获得了为法国军队及其马匹提供衣物和干草的垄断权。换句话说，伏尔泰收下一笔巨款，前去监视他可爱的陛下，并将尽其所能使他重新回到与奥地利的战争。

---

[1] 迈达斯，希腊神话中的国王，因在阿波罗和凡人潘比的音乐比赛中判决潘比胜出，阿波罗将他的耳朵拉成驴耳，这里暗指米尔普瓦主教。

法国人民开始认识到，他们针对奥地利采取的这次仓促且草率的行动最终可能演变为一场失败的赌博。玛丽亚-特蕾莎从英格兰方面获取的贷款已开始奏效。法国部队当初在准备不足且军无良将的情况下就被匆匆遣往波希米亚。眼下，他们正遭受一系列败绩。伏尔泰总是鼓吹他对当今普鲁士国王的影响力，法国政府于是决定，他现在最好把他的影响力运用到这位难以掌控的盟友身上，以使他自己的国王从中受益。

世上没有什么能够超越与同窗老友一同制定计划时的快乐。那头戴着主教王冠的蠢驴和摩尔维兹的英雄均沦为伏尔泰他们笑话中的嘲弄对象，而且好笑程度旗鼓相当。然而，在凡尔赛宫回荡萦绕的尖笑声最终还是传到那位主教的耳朵里。他随后前往路易十五跟前抱怨，但所获改变甚小。国王告诉他，一切都很正常，他自己也十分清楚当下的状况，还说米尔普瓦阁下最好忘掉所有与之相关的
141 事。布瓦耶（米尔普瓦）不是弗勒里，他能影响的是王后，而不是国王。

腓特烈目前很是得意。他说：“这次，我认为伏尔泰会永远离开法国。”“那位漂亮的埃米莉和巴黎终究还是酿成错事。”不过，巴黎并没有因为那位诗人的背叛而沮丧不已，但可怜的埃米莉却是如此。在伏尔泰离开之前，她多次当众跟他大吵大闹，乞求他坚持到底，继续留在法国，或者去任何地方都行，只要别去柏林。此时，她变得像寻常妇人一样不可理喻、令人抓狂。“别用那双不安、忧虑的眼睛看我。”据传，这是伏尔泰在当时的一次争吵中对她说的话。最终，伏尔泰向埃米莉吐出他的秘密，但只是为了让她闭

嘴，并答应她可与他一起进行这场间谍游戏。到时，他所有的急件都会经由她的手传送出去。此举也许能安抚一个具有政治野心的女人，或一个只是在为自尊受伤而难过的女人。可埃米莉那奇怪的心儿只为伏尔泰跳动：离开她，去往一个憎恨她、轻视她的男人身边，而且所去时日不定，同时急着出发，还表现出存心不良的欣喜之情，伏尔泰在做这些事的时候，也践踏了埃米莉的芳心。巴黎人认为埃米莉在绝望时的举动极其滑稽。伏尔泰走后不久，一位警方密探写道："这个女人整个周六和今天相当一部分时间都在以泪洗面，只因她还未能从她的阿多尼斯那里收到一封信函。"

15

伏尔泰与腓特烈

Voltaire and Frederick

正如生活中经常发生的事情那样，夏特莱侯爵夫人起先是如此惧惮伏尔泰对腓特烈的第四次拜访，但结果却并没有她担心的那么糟糕。毕竟伏尔泰已在他自己国家的宫廷受到欢迎，凡尔赛宫已开始施展它的魔力；现在，任何其他的王宫、任何其他的国王都必须被远远地甩在第二位。由于伏尔泰一向自命不凡并渴望名垂青史，他对于阔绰的排场和响亮的头衔尤为倾慕。所以，一边是他自己高大英俊、尊贵庄严的国王，周围环绕着一群名字正被载入史册的穿着时尚的公爵，同时置身于人类所建造的最为辉煌的宫殿之中；另一边是一位脾气暴躁，初次见面时穿着粗呢晨衣，浑身不住颤抖的小个子男人，现今仍被其他君主唤作勃兰登堡侯爵，而且其宫中人员无外乎中产阶级知识分子、来自欧洲各地的鸡奸者和普鲁士士兵。在伏尔泰眼里，后者之于前者可能根本就没有可比性。对此，腓特烈自身的伟大（尽管伏尔泰一直是心知肚明的）并不足以扭转乾坤。另外，波茨坦开放的同性恋氛围也未能对伏尔泰产生吸引力，虽然他很喜欢假想：整个欧洲的妇女一旦了解到那里的状况，该是多么愤怒啊！

现存唯一一封伏尔泰在那次拜访期间寄给埃米莉的信件写于1743年6月，他离开后的第二天。其中部分内容是用秘语写成。该秘语与自由法国在第二次世界大战期间常向抵抗组织发送的无线电消息并无二致。“你们怎么看待不回头的圣让？我们怎么看待马丁
呢？”没有她相伴左右，他在这里感到自己很愚蠢。他迫切希望见 143
到她，超乎她的想象。他目前身感不适。昨天他们两人都还觉得他身体尚好，他现已为这一错觉付出代价。“没有布列塔尼的消息，没有任何来信，这意味着新近发生了不好的事。爱您的，伏。”

伏尔泰离开后先是去了海牙。在那里，他再次入住拉维埃耶宫，并为往后的间谍活动做些有用的准备工作。当时，年轻的普鲁士公使波德维尔伯爵正与一位荷兰政治家的妻子相恋，并不断从她那里得知许多有趣的事实。这是一对迷人的情侣，伏尔泰对他们两人都很喜欢。这位公使先生据信在他自己人民的眼中不甚光彩，因而他并不觉得对伏尔泰畅所欲言有什么坏处。于是乎，众多的秘密便经由埃米莉之手被传送回凡尔赛大本营，虽然其中的数据信息严重失实。伏尔泰此行在海牙待的时间实在太久，埃米莉都开始希望，虽有计划在前，但他终可不用继续向柏林进发。然而，在当年8月底，她听说伏尔泰和波德维尔已在前往普鲁士的路上，这让她悲痛得无以言表。

此次拜访的开头十分不错。伏尔泰和波德维尔抵达柏林后，腓特烈立即在夏洛滕堡宫的花园之中接见了他们。他随后将伏尔泰带去散步，并接着向其展示已故的波利尼亚克红衣主教所收藏的一系列古董雕像，那都是他刚刚买下的。晚宴上的时光也极其愉快，像往常一样，餐桌上清一色全是男人。伏尔泰被安置在毗邻国王的一个房间里。两人之间有很多来来往往、闲谈说笑。

伏尔泰当时留有一份对腓特烈日常生活的描述。根据该描述，这位国王夏天五点起床，冬天则在六点起床。起床时并无仪式，没有大起床礼和小起床礼[1]，只有一位男仆前来，为他点火、穿衣、刮面。他的卧房为一个凹室，十分漂亮，外面围有一道银制的栏杆。但是床帷中藏有一个书架，腓特烈就睡在置于一扇屏风之后的一层薄薄的床垫之上。即便是斯多葛派人士也未曾这么不舒服地躺过。当普鲁士的殿下穿好衣服和靴子后，这位奉行苦修之人也会把些许时间奉献给伊壁鸠鲁学派。他会同少数当红宠臣、年轻中尉、青年侍从或军官学员一起喝咖啡。随后，他们中的一人将独自留下。在这些类似男学生间的娱乐活动结束后，一天的正事便开始了。首相，一位已如同腓特烈男仆的老战士，会夹着一捆文书前来觐见。这些文书都是其他大臣送来呈请国王审批的。普鲁士是一个
144 彻头彻尾的独裁国家，争论在任何事上都是不存在的，因而管理国家事务可在一小时之内完成。在大约十一点的时候，这位普鲁士国

[1] 大起床礼和小起床礼，法王路易十四的起床礼仪。小起床指国王起床后穿上睡衣，在壁炉旁刮胡子的时间；大起床指觐见者根据身份高低排好队，等国王吃完早餐，开始穿衣服时上前侍奉的时间。

王会去检阅他的近卫军，然后便进入正餐时间，其所用餐饭尽为素食，仿佛他所在的国家既无野味，也无家禽，亦无屠夫之肉案。正餐过后，腓特烈会回到他的书房，一直写诗到下午五点或六点，接着，一位年轻的法国男子将前来为他朗读。七点钟的时候会有一场音乐会，腓特烈常在现场吹奏长笛，其水平不亚于任何一位专业人士。演奏内容常是他自己编写的曲目。晚餐则是在一个小房间里进行，房内的主要装饰品是一幅由国王亲自设计的图画。画中是一场狂欢会，会上有一群人和动物正在交媾。餐桌上的交流通常都围绕于哲学，现场的氛围就好像是希腊七贤正汇聚于一家妓院一样。谈话中的言论丝毫不受限制。不过，上帝仍是被尊重的，但那些以祂的名义蛊惑苍生的人则不在幸免的范围之内。另外，既没有妇女，也没有神父曾涉足过腓特烈举办晚餐的王宫。总而言之，腓特烈的生活中没有朝廷，没有会议，也没有宗教。

若世上还有人比伏尔泰更为恶毒的话，那此人非腓特烈莫属。腓特烈几乎是在这次拜访的开头，就瞬间明白了伏尔泰此行的来意，之后，他便开始嘲弄他那可怜的哲人，毫不留情地开他玩笑。他说，跟伏尔泰谈政治就像是在给自己的情妇递一杯苦药。对他们而言，讨论诗歌要好得多。每次伏尔泰试图把话题引到正事上来时，腓特烈要么讲些愚蠢的笑话和双关，要么就对法国大加侮辱，攻击它的军队，它的国王，说它没有灵魂。他声称法国男人是亲切友善的懦夫，由于跟妇女们一起生活得太久，她们所有的毛病都已传染给他们。他们就是为表演戏剧而生的，所以应该把爷们的工作，例如打仗，留给其他人。腓特烈一而再、再而三地当着众人的面跟伏尔泰重复此类嘲讽之词。伏尔泰则一直压着性子，每次都尽其所能地转移话题或讲个笑话。一次，腓特烈说，法国将军布罗伊公爵在波希米亚的表现那么糟糕，应该把他的头砍掉。伏尔泰表示同意，但说道："没有脑子的人，我们是从不去砍他们的头的。"当然，这些谈话内容都没有被寄往凡尔赛宫，不过，有关腓特烈个人观点和未来可能打算的叙述却会定期抵达那里，而且篇幅很长、内
145 容枯燥。伏尔泰想借此表明自己正在竭尽全力地工作，但他不可能认为这种资料会对法国的那些大臣起到帮助。当时，他将一份写好的问卷呈给腓特烈填写。后者的回答是如此敷衍，要是换作大多数人，整张问卷定早已被丢入火堆之中，而不会被保存下来，供后人娱乐。

伏尔泰："陛下是否知道阿姆斯特丹首任市长巴瑟古（Bassecour）先生已到法国大使那里提过求和一事？"

腓特烈："老巴瑟古［Bassecour 在法语中有家禽养殖场之意］大概是在为那些绅士育肥阉鸡和珍珠鸡吧。"

伏尔泰："如果身为荷兰主战派之一的巴瑟古都在公开要求和平，那岂不是说明荷兰很快就会从这场战争中退出吗？法国难道没有从中彰显出它的力量与智慧吗？"

腓特烈："我佩服法国的智慧，但上天不容许我去效仿它。"

伏尔泰："奥地利人和他们的盟友正群情激愤，意欲重启西里西亚战争。在这种情况下，陛下，除了法国，您还有其他的盟友吗？"

腓特烈："我的朋友，我们将以同样野蛮的方式，以牙还牙！"

诸如此类。

腓特烈即将去拜访他的姐姐拜罗伊特边境伯爵夫人，伏尔泰问道是否可以与他一同前往。腓特烈说可以，但前提是他到时不会生病。这就完全由他自己做主。

实际上，腓特烈已经想好与法国重新结盟，但他也决心不让伏尔泰从此次阵线的改变中获得任何的功劳。相反，他打算尽可能地在法国政府那里败坏伏尔泰的名声，因为他知道，只要凡尔赛宫仍向伏尔泰敞开怀抱，他就永远无法将其据为己有。当下，腓特烈在巴黎的一位代理人向那头戴着主教王冠的蠢驴提供了伏尔泰写给腓特烈的一些信件，信中含有侮辱他的散文和诗歌。伏尔泰发现此事，并告诉外交大臣阿姆洛（Amelot），这都是腓特烈阴谋中的一部分，就是为了占有他。不过，他宁愿住到一个瑞士村庄里，也不愿受控于一个行为如此低劣之人。他的解释为人们所接受，可那位 146
主教还是不满意，但其他人都没有十分在意，腓特烈的这个小诡计因而也就付诸东流。

柏林此时的氛围已没有了两人间互相信任的喜爱之情。伏尔泰与腓特烈虽仍然会在一起连续攀谈数小时，但双方都清楚，另一方已经背叛了自己。失望、气愤的伏尔泰，把埃米莉当作撒火对象。后者埋怨说他几乎从不给她写信，而且就算写，信中也只是几句冷冰冰的话。这事要是放在另一个女人那里，可能就会被视作一个好的迹象，但埃米莉缺乏女性的直觉。她因而痛苦不堪，完全没有掩饰自己的感受。

当有需要的时候，伏尔泰通常都可以保持身体健康。于是乎，拜罗伊特之行如期而至。其间，腓特烈因要去造访附近的德意志各邦国，便把伏尔泰留在拜罗伊特夫人那里。在那儿，伏尔泰可要比在夏洛滕堡宫开心得多。夏洛滕堡宫里仅有一位妇女，名为拉·芭芭里尼（La Barbarini），是一个意大利舞者，四肢如同年轻男子一般强壮（可怜的普鲁士王后，自她丈夫登基以来，神圣的家庭生活就变为她一人的独角戏，据说她现已变得极其难以相处）。而在拜罗伊特，伏尔泰发现了一座外形像法国乡间别墅，气氛轻松自然、令人愉悦的小王宫，以及五官轮廓正常的女人。迷人的拜罗伊特夫人很快就把他的好脾气哄了回来。“哲学公主”，伏尔泰这样称呼她，并说她是“优雅与亲切的典范”。她爱他，就像他过去一度认为腓特烈爱他那样。实际上，她就是她弟弟的翻版，但穿上了衬裙，同时减去了那敏感易怒、令人不适的伟大光环。对伏尔泰而言，他与拜罗伊特夫人及其姐妹之间的关系是他这次德意志之行所结出的最好果实。他现在开始给埃米莉写长信，后者说他又醉又疯，尽讲他在那些愚蠢可笑的德意志小王宫（原文为 courettes，意为小院子）里发现的乐趣。埃米莉开始觉得她再也无法与之相见。她对腓特烈的嫉妒让位于对他姐姐的嫉妒。她常想，独自一人、没有国王的伏尔泰正在拜罗伊特做些什么呢？

伏尔泰仅在拜罗伊特夫人那里待了两周的时间。当他和腓特烈重新回到柏林时，他们的心情都好了很多。伏尔泰眼下正准备离开，腓特烈则换上一副好脸。当时，传言像往常那样说伏尔泰将会长住在这里，当然，是在不带其他人的情况下。事实上，在那个同
147 性恋社会，夏特莱侯爵夫妇将会如离水之鱼一般不自在。当下，即

使是伏尔泰也看出，他必须在腓特烈与埃米莉之间做出选择，尽管他很想把鱼与熊掌都收入囊中。最后，他依旧选埃米莉。瓦洛里请求伏尔泰趁现在腓特烈心情转好之际，为一位法国绅士做些事情。这位绅士曾在腓特烈·威廉手里遭过酷刑，鼻子和耳朵都已被砍去，如今被囚禁在施潘道的要塞之中。他的罪名是在被绑架并被强迫加入巨人军团服役后，试图从中逃跑。腓特烈答应会对他行使——他的原话是——狄托王的仁慈。他最终也同意解决与蒂埃里奥之间的债务。但无论是在大事还是在小事上，腓特烈的作为从来都不及他所说的那么好。那位法国绅士直到1749年才被释放，而蒂埃里奥，在听了九年的空头承诺之后，仍是一无所获。

在经历了摩尔维兹的种种险遇之后，莫佩尔蒂仍未回到柏林。伏尔泰写信给他亲爱的“打扁”地球之人，用最为欢快的笔调描绘了他的这次拜访，并对他们都认识的熟人逐一展开生动的叙述。他说若尔丹（腓特烈的好友）像斯卡龙小说中那个滑稽的驼背人物哈戈旦（Ragotin），不过，是一个友善谨慎的哈戈旦，现在还领着一笔数目可观且会定期到账的年金。达尔让斯侯爵是掌握一把大金钥匙的王室管家。柏林科学院，一个莫佩尔蒂深受人们爱戴但目前也引得人们惋惜的地方，当下正忙于进行埃勒（Eller）的实验。此人认为他能够将水转变成具有弹性的空气。在拜罗伊特，边境伯爵夫人说了很多关于莫佩尔蒂的逸闻趣事。那里是一个极其有趣的避世之所，一个没有任何繁文缛节的宜人王宫。而不伦瑞克（此地的公爵夫人是腓特烈的另一位姐妹）则另有一番不同的魅力。伏尔泰虽在各地间来回穿梭，但终将归于喧嚣的巴黎，在那里，若他找不到举世无双的莫佩尔蒂，一个他将用余生去钦佩爱慕的人，他真的会很伤心。

伏尔泰在 10 月 13 日离开柏林，踏着轻松自在的步调重返海牙，路上还顺道造访了不伦瑞克。夏特莱侯爵夫妇已在布鲁塞尔等待他归来。当时，埃米莉正处于一种已发展至病态的自怜情绪之中，而像往常那样，达尔让塔仍是她倒苦水的对象。伏尔泰先前从海牙到柏林仅耗费九天，现在换个方向，却花去他十二天的时间。他不在的日子本应只有六周，可现在已拉长至五个月之久。其间有整整三周没有一封来信。还有两个月，埃米莉不得不通过大使和公
148 报了解他的计划安排。任何其他的女人要是处在她的情况下，定早就从这段恋情中抽身而出，但埃米莉的情感之火却是无法熄灭的，她永远都不会是一个符合常情的女人。不过，必须要让伏尔泰感受到她遭受了多大的痛苦，同时，达尔让塔也必须让他明白她曾处于什么样的境况之下。她说她的健康已受到搅扰，状况令人痛心。她本人不停地咳嗽，肩膀上有一处疼痛，另一处在她认为一定是肝脏的地方。这种状况，换作其他任何人，性命早已不保，但若她也能死去，那就再好不过了。

达尔让塔以适当的方式将埃米莉的这些话悉数传达给伏尔泰，后者的反应就像男人们通常表现的那样，因被批做错事而有些恼火，并认为这完全是在无事生非。他在信中说，邮路不畅又不是他的错。他自己也很长一段时间没有收到信件。当然，他那时也很在意此事，但他并没有勃然大怒，也没有认为自己已遭背叛，抑或因此而大动干戈。达尔让塔的那位朋友（埃米莉）仍在采取的种种做

法，已让伏尔泰感到十分厌烦。但伏尔泰没有必要向他的老朋友做出辩解，因为达尔让塔十分清楚他的为人。不过，达尔让塔必须告诉他的另一通信对象（埃米莉），不要用乌云去遮掩他们两位老友间那片宁静的天空。两天后（1743 年 12 月 6 日），伏尔泰又在信末加上一则附言说，他现已抵达布鲁塞尔，并高兴地发现，他们的那位女性朋友可要比他自己健康得多。

16

西雷的快乐夏日

A Happy Summer at Cirey

重聚后的两位哲人很高兴他们又能在一起了。埃米莉说："他爱我。"而伏尔泰那边则说，他从没发现她这么可爱过。当然，埃米莉还是情不自禁地把自己先前犯下的过错简要重述一遍，并说这必须是伏尔泰最后一次造访那个可恨的德意志——一个人会学会冷酷无情的地方。同时，埃米莉很高兴达尔让塔已对伏尔泰做出训斥。她能看出，伏尔泰已收到他写的信，尽管两人都理所当然地对它闭口不提。他们只在布鲁塞尔待了几天时间，接着便经过里尔和德尼夫人家回到圣奥诺雷郊区街。夏特莱侯爵随后前往西雷，他已定好计划，去那里度过明年夏天。

在巴黎，伏尔泰工作，夏特莱侯爵夫人赌博。有一封（或许是现存唯一一封）埃米莉在当时写给伏尔泰的信件。该信以"亲爱的情人"（原文为英语）开头，向他讨要五十五路易去偿还一笔牌局的欠款。后来，她又陷入更多的麻烦，以致不得不向爱尔维修借钱。这引起了一些不愉快，因为当还款的日期来临时，她未能把钱还给他。伏尔泰在谈到夏特莱侯爵夫人时曾说，与她一块赌博的人定想不到她是如此的博学，尽管他们有时会惊讶于她算分的速度与准确。他自己就曾有一次目睹她在脑中同时进行九组除法运算。在当时，人们可能普遍认为，一个运算如此之快的人定会有不错的牌感，但夏特莱侯爵夫人几乎从未赢过，或者她赢过，只是我们没有听说过。她往往一输就会输掉一大笔钱。

大约在这个时期，夏特莱侯爵夫人写有一篇名为《幸福沉思录》（Réflections sur le bonheur）的文章。她在其中说道，当一个女人老去时，她仅剩的乐趣就是赌博、学习以及在健康允许下大吃大 150
喝。她认为赌博——她指的是赌注高到足以撼动个人财富的那种——有助于获得幸福。因希望或恐惧而震颤，是人的灵魂所需要的。而赌博将灵魂同时置于这两种情感的强烈掌控之下，且又使其处在一个健康的状态之中。夏特莱侯爵夫人自己常会借助这样一个想法来与她自身的贫穷和解，即现在的她，较之一个富裕的她，能从打牌赌博中获得更多的刺激。

她同时也解释说，她文中的那些思考并不是写给全人类的，而只是写给上流社会人士，即那些在生活中有地位保障的人。年龄和我们为自己铸造的枷锁会使获取幸福变得困难，不幸的是，只有在这一过程开始时，我们才会懂得幸福之道。为了成为幸福之人，我们必须做到品行端正，摒弃自己的偏见，享有良好的健康，具备灵敏的味觉，拥有旺盛的激情，并且不要丢掉自己的幻想。幻想是大部分乐趣的来源，失去幻想之人很少会有幸福的时候。那些认为我们应使自己摆脱激情和欲望的道德学家实则对幸福一无所知。幸福其实主要来源于对激情和欲望的满足。所以，当初勒诺特(Le Nôtre)[1]要求教皇给他诱惑而非赦免时，他的做法实际上非常正确。不过，夏特莱侯爵夫人将会被问到，难道不正是激情害得更多的人不幸福吗？这很难说，因为不幸福的人才会谈论他们自己，幸福的人总是默不作声。没人会去写关于幸福情侣的戏剧。但即便强烈的激情真的会使众多的人不幸福，夏特莱侯爵夫人依旧主张这样的激情是值得拥有的，因为少了它，就不可能享受到真正的极乐。

为了拥有激情，并能够使之得到满足，良好的健康至关重要。而这就要取决于我们自己。我们都生而健康，且均会存活一定的时间。如果我们不去用暴饮暴食、熬夜晚睡和其他过度行为来破坏自身的体质，我们将会享有人类正常的寿命。夏特莱侯爵夫人这里并没有提及不受我们控制的猝死。照此说法，那些以食物为主要乐趣的人该怎么办呢？贪婪的食欲是获得长久幸福的一个美妙源泉，而且纵情其中，同时又使我们的健康不受影响是完全可以做到的事，尽管这要求部分吃喝必须在家里进行。夏特莱侯爵夫人自己曾不得
151 不公开宣布戒酒。她平时常会感到身体发烫，所以她每天早晨都吞饮各种各样的液体。她屈服于自己嗜喝的欲望，不过，一旦感到不适，她就会立刻进行严格的饮食。

---

[1] 勒诺特（1613—1700），路易十四的首席园林师，曾受到罗马教皇英诺森十一世的召见。

在生活中，知道我们自己想要什么十分重要。可太多的人都对此茫然不知。但若没有目标，就不会有幸福。我们常在早上毁掉我们昨天夜里的成果，也常铸下大错，最后陷入悔恨。在所有困扰我们的情感中，悔恨是最为人不喜的一种。我们必须小心保护自己免受它的伤害。由于生活中没有任何事会以同样的方式发生两次，所以，老是想着以前的过错其实毫无用处。我们必须从我们当下所在的位置继续前行，不要回头，始终去思考一些令人愉悦的事，而非那些不为人喜之事。例如，沉湎于死亡，不管是为我们将来的死还是为其他人的死，都是一件愚蠢的事。这种使人悲伤且有损颜面的思维活动对我们毫无益处。

因此，对于一个像她那样被禁止追求政治和军事野心的女人而言，学习便成为最佳的快乐源泉。此外，在这篇理性的分析文章中，夏特莱侯爵夫人还对其他形式的乐趣予以称赞，包括购置新的家具、鼻烟盒等物品——她说这些东西会带给她极大的快乐，如厕次数正常以及严寒天气下的保暖。

那个冬天的大部分时间里，伏尔泰都卧病在床。流言说他当时与女演员戈森小姐（Mlle Gaussin）有暧昧关系，并说在他无法前往这位小姐家时，这位小姐就到夏特莱侯爵夫人的家里去拜访他。此时，夏特莱侯爵已经厌倦了独自住在西雷，他想让埃米莉过去陪他，但伏尔泰并不想离开巴黎。于是，他在埃米莉面前变得脾气极大，多次跟她大吵大闹，经常惹得她落泪。但是，他也即将开始一项工作，这项工作在他眼中无比的重要，为了完成它，他需要在乡下找一片幽静之地。所以，埃米莉最终说服伏尔泰与她一同前往西雷。在1744年的4月初，带着十分糟糕的心情，两人出发上路。

他们前脚抵达西雷，后脚就收到德尼先生患病的消息。两三天后，这位先生不幸离世。他的妻子和伏尔泰对他似乎都是真心实意的喜爱。在听到这一噩耗后，伏尔泰立即给德尼夫人写去一封衷心的慰问信。同时，在给蒂埃里奥的信中，伏尔泰也就此事写道，对德尼夫人而言，其丈夫的逝世永远都会是一次可怕的损失，她不光失去了财富，还失去了一位爱慕她的男人。

152 虽有一个前景黯淡的开头在前，但西雷的两位哲人随后迎来的却是他们一起度过的最为快乐的一个夏天。西雷似乎从未这么迷人过——“一件珍宝”，伏尔泰说道，并将其信件的地址署为“在处于幸福中的西雷”“我的王国和学院”。他在他画廊的门上写道：

美术的归宿，在此幽静之处
深邃的安宁于吾心永驻
是您给了我幸福
那世俗空许之物

他说，夏特莱侯爵夫人大部分的时间都是与他在画廊里一起度过的，并说这就是为什么那里的氛围如此幸福。而通常会同时进行许多不同工作的伏尔泰现在却只专注于一项工作。他之所以会远离巴黎的纷扰，就是为了把他所有的时间和注意力都投注到它身上，如此一心一意，任谁都可能会以为他的文学生涯已岌岌可危。一位初次写书的年轻人都不会像他这么认真。

今年，作为“首席卧房侍从”（First Gentleman of the Bedchamber）[1]的黎塞留公爵将凡尔赛宫所有的节日庆典活动都接管到自己手中。当时，国王和朝中大臣一直在跟他抱怨，说他提供的娱乐活动质量欠佳。那些活动通常都由精心策划的烟火表演组成，人们因而埋怨说，这只是为视觉提供了享受，而非智力。最终，黎塞留厌倦了在每次筹备盛会的时候听到这些怨言，他说，当法国王太子与西班牙公主大婚之时，他会让伏尔泰和拉莫联手创作婚礼上的娱乐节目。这场婚礼将于 1745 年 2 月举行，诗人伏尔泰与作曲家拉莫有一年的时间去准备他们的作品。伏尔泰曾与拉莫共同写过一出歌剧《参孙》，因此对他那难以相处的性格有所了解。拉莫对歌剧剧本丝毫不加重视，且认为除音乐外，其他都无关紧要。

“唱快点！”

“但是，拉莫大师，如果我那么做的话，歌词会听不清的。”

“谁会在乎歌词？”

而伏尔泰则是一个容易共事之人，这无疑要归功于他在剧院工作的多年经验。他总是乐于更改、缩短或加长他的诗句，乃至在他 153
所用的词汇上做出让步：“只要您喜欢，我会去掉‘侮辱性的’一词，不过我想指出，布瓦洛和高乃依可都用过这个词。”伏尔泰从不介意他为修改费了多大的力气，反复审查自己所写的东西于他而

[1] 首席卧房侍从，该职位通常由四名地位显赫的贵族轮流担任，每年轮换一人，负责管理国王的寝宫和王宫中所有的庆典活动。

言是一种乐趣。他知道，另一双眼睛常常能察觉出作品中细小的不足，那是作者自己可能永远都不会注意到的。

伏尔泰当下正在筹划的婚礼庆典节目将会被称作《纳瓦尔公主》，它糅合了歌剧、芭蕾舞和静态活人画（tableaux vivants）[1]，且表演中也有庆典场景。其主人公富瓦公爵（Duc de Foix），就是以黎塞留为原型塑造出来的。整个漫长的夏天，伏尔泰根本无心思考他事。那段时期，他几乎没写过信，这对他而言极不寻常，就算写了也没有一封是给腓特烈的。他当时一直在给黎塞留寄送《纳瓦尔公主》的草稿，寻求他的意见和许可，但后来十分恼怒地发现，整个凡尔赛宫的人也都在看那些草稿。伏尔泰说："在金子仍身负泥土、埋于矿中之时，只有极少数人才能看出它的质地。"此外，虽然黎塞留是一名伟大的鉴赏家，但他写字潦草，寄来的信件完全没法阅读。不过没关系，工作仍可继续进行，因为夏特莱侯爵夫人一直在为这部作品把关，她是最为严厉的批评家，其做出的判断绝对切实可靠。伏尔泰从未如此渴望过成功。他其实本无意于去讨好太子和太子妃。在这一人生的重要关口，这对夫妇的思绪大概会落在别处（无论如何，他俩是无法取悦的），但他一心想得到国王的赞许。

比起对腓特烈的爱恨交加，伏尔泰对路易十五的感情可要坦率得多，说来也就是一种臣民急于讨好国王的感情。毫无疑问，为了让国王开心，他可以坐到他的床头，也可以陪他一同前往同性恋聚

[1] 静态活人画，舞台上的静态场景，由演员和道具构成。其中的演员会保持固定姿势不动，使得整个场面看上去就像一幅静态的图画。

会场所。但此类举动在当时的凡尔赛宫闻所未闻。路易十五，若除去其身上的待人礼节——他认为那些礼节应坚持奉行，其实是一个害羞之人，他只有跟他几个老朋友在一起时才会感到自在。他几乎从未对伏尔泰说过一句话。尽管如此，尽管伏尔泰不止一次遭遇国王手下的骚扰迫害，他仍然常常歌颂路易十五的魅力，并对他的品格表示称赞。在《葬礼哀歌》（Éloge Funèbre）一文中——此时伏尔泰对路易十五再也无所欲求，也无所畏惧——他告诫后人，不要
去听信“人们散布的那些关于王子王孙生时的隐秘传闻，它们要么 154
是出于恶意，要么仅是源自人们对八卦的喜爱。糊涂的民众会对它们信以为真，接着不出几年，历史学家也会将它们当作事实接受，结果既蒙骗了他们自己，也蒙骗了后来的数代人”。对日后将会发生的事，伏尔泰简直无法预见得更加清楚了。

他目前正在奋力创作他的《纳瓦尔公主》，一心希望能够取悦那位君王，其所下的功夫已然超过他为法兰西喜剧院和那四千名受过教育的巴黎戏迷所付出的辛劳。埃米莉也在努力地工作。她招来一位新的家庭教师，神父雅基耶(Jacquier)[1]。此人将使她逐步戒掉莱布尼茨的思想，并重新吃上牛顿那有益健康的精神食粮。1744年7月，巴黎高等法院庭长埃诺——王后的挚友，同时也是德芳侯爵夫人从始至终的情人——在前往矿泉疗养地普隆比埃（Plombières）的路上，到西雷做客一日。其间，伏尔泰和埃米莉为埃诺给予他们房屋的赞赏感到高兴，或许，更令他们高兴的是，他对他们居所的

[1] 雅基耶（1711—1788），法国方济各会数学家、物理学家。

精美奢华表现出毫不掩饰的惊奇。埃诺当时对他发现的一切丝毫没有心理准备。他对他的这次拜访做过几份不同的描述。在给达尔让松伯爵的描述中，他说："我从未见过这样的事。他们两人独自在那里过着最为惬意的生活。一人吟诗作赋，一人勾画三角。他们房屋的建筑风格既浪漫，又宏伟得令人吃惊。伏尔泰在其中有一处套房，它的尽头连着一间画廊。该画廊看上去宛如那副名画《雅典学院》，里面汇集着各种各样的仪器，可用于数学、物理、天文等方面的研究。除去这些以外，那里还置有古旧的漆器、镜子、图画以及德累斯顿瓷器——真的，我向您保证，置身其间，人会觉得自己正在做梦。伏尔泰还把他的剧本读给我听，我非常喜欢它。他成功地做到了既滑稽有趣，又触动人心。对我所提出的意见，他也统统予以采纳，并接受了我全部的修改。但您怎么看待拉莫化身文学批评家，修改伏尔泰诗句的行为呢？我已写信给黎塞留谈过此事。"

在埃诺的回忆录中，他这样写道："我发现他们仅与一名方济各会的神父住在一起，此人在罗马是一位伟大的几何学家和哲学教授。一个人若想描绘一处愉悦至极的隐居地，一个和平安宁的避难所，想描绘灵魂间平静的交流，种种便利设施、才能天赋，想描绘两人间的互相赞赏以及哲学与诗歌之魅相结合产生的吸引力，他就应该去描绘西雷。一栋简单雅致的单层建筑内，有一只只满是机械
155 和化学仪器的橱柜，和一个在床上开始、继续并完成各类工作的伏尔泰。"后来，埃诺从普隆比埃给伏尔泰写信说，"你们两人的幸福"使他深受教益。

在与伏尔泰的合作中，拉莫仍像往常那样极其难以伺候。埃诺

庭长当时全心全意地站在伏尔泰那边反对他。黎塞留也给拉莫写去一封言辞尖锐的书信。他们认为应该提醒他一下，伏尔泰可不是普通的剧本作家。而伏尔泰自己则并没有将整件事看得很重。一次，拉莫想让伏尔泰把四句的诗扩充成八句，再把八句的诗缩短成四句。好吧，拉莫是个天才，他有权利疯一点。可尽管他既疯癫又讨人厌，伏尔泰仍把他们联合作品的版税都让给了他。最终，急于按时完工的焦虑和想要讨好每个人的企图压垮了伏尔泰的身体。埃米莉开始为他变得忧心忡忡。他发了高烧，这总会使她感到害怕，尤其是在乡下，而且他当时既不能吃也不能睡。埃米莉于是说，在他到达巴黎彩排之前，不要再给他寄送任何建议。

出于各种原因，他们离开西雷的时间要早于他们计划的日期。首先，农场里的动物们得了一种病（口蹄疫?）。其次，他们似是想去巴黎参加祝贺路易十五在梅斯病愈的欢庆活动。最后，伏尔泰想赶在黎塞留去西班牙迎接那位公主之前跟他见一面。他必须让黎塞留跟拉莫交流一下，后者已开始滥用他身为天才的权利。要是他继续这样难以伺候，那婚礼上的娱乐节目可能就永远无法上演。所以，在 1744 年的 8 月结束之前，伏尔泰他们回到了圣奥诺雷郊区街。后面一年的时间，他们将穿梭于巴黎和香舒芒别馆（Château de Champs），一座在当时属于拉瓦利埃公爵的乡间府邸。他和他的妻子是伏尔泰和夏特莱侯爵夫人共同的朋友。这位公爵极有修养，是 18 世纪伟大的藏书家之一。他的香舒芒别馆就在巴黎的郊外，位于塞纳—马恩省内。伏尔泰、埃米莉两位哲人在那里都有自己的卧房，而且来去自如。

156 庆祝国王康复的感恩活动持续了好几天。巴黎已兴奋到发狂，交通乱作一团。其间，伏尔泰和夏特莱侯爵夫人曾去参加在太子广场（Place Dauphine）举办的露天音乐会。回来的路上，他们的马车因一场特大的交通堵塞被困在圣奥诺雷郊区街。那个时候，整条街道都无法通行，据说有两千辆马车动弹不得。雪上加霜的是，奥尔良公爵与他的随行人员——几车的护卫、卫兵和侍从——当时正设法穿行到巴黎皇家宫殿。埃米莉的马车夫之前从未来过巴黎。昏醉无序的人群在他们四周涌动。伏尔泰和埃米莉最终决定勇敢地去面对他们，步行前往埃诺庭长位于圣奥诺雷郊区街 219 号的宅邸（至今依然存在）。埃米莉那天身覆钻石，在人群中尖叫时就像一只孔雀，但所幸一路上并没有人骚扰她，他们最后都安全抵达。埃诺庭长当时外出未归，他们在那儿就像在自己家一样，派人买来一只烤鸡，举杯祝缺席的主人身体健康。这一切，伏尔泰日后都写信告诉了埃诺，并补充说他们很幸运能在如此之近的地方找到这一待客友善的避难所，因为当天没有马车能在次日凌晨三点前挪动一步。埃米莉在圣奥诺雷郊区街的住宅其实与埃诺庭长的住所仅有几百码之隔，但即便没有人群的存在，他们也绝不可能徒步走回家。那个年代，有身份的人从不会踏足街道，因为路面实在太脏。第一个修人行通道之人是昂坦公爵（Duc d'Antin），所修之路就在他自家门外，那条路后被称为绍塞-昂坦街（Chaussée d'Antin）。

17

宫廷宠臣

Voltaire at Court

埃米莉过去曾一眼看出腓特烈很可能会成为一个危险的竞争对手，但她从未发觉，就在离家更近的地方，还有一个更大的危险。寡妇德尼夫人如今来到巴黎生活，安家落户于石块铺路街（Rue Pavée，时至今日，这条街几乎依旧如初）。她，一个欢快丑陋、三十有二的小女人，在那里为伏尔泰的资产阶级朋友们办起一家沙龙。每当夏特莱侯爵夫人外出赌博或去参加伏尔泰未被邀请的晚宴时，伏尔泰就会去他外甥女那里，和她以及那些经常造访她家的各路男人们一起开怀大笑。很快，他就发现，他竟然并没有老到无法做爱，他的外甥女让他重回“恋爱的年龄”。他对她的爱热烈如火，但同时也是一个大大的秘密。与伏尔泰同时代的人无一对此知情，甚至连他的男仆也不例外，我们也只是最近才从他的信件中得知此事。当他的思绪变得燥热难安乃至情欲横流的时候，他经常会用意大利语来予以表达。“亲爱的，”他这样称呼他的外甥女，“我亲爱的意大利人。”“您仅陪我一小会儿，我就已忘记过去所有的忧伤。”“在我可与您共同生活的那一天来临之前，我将永不快乐。我要吻遍您那可爱的身体。”“我的灵魂永远属于您。”“杜·夏夫人(Mme Duch)[1]今天去和莫代纳公爵夫人（Duchesse de Modène）一起吃饭，而我的共餐对象则是我最亲爱的缪斯女神，我爱她胜过爱自己的生命。”

有一点大家必须记住，在一个拉丁国家，与自己的外甥女发生暧昧关系并不会被视作乱伦。到伏尔泰所处的年代，身处社会顶层的法国人士仍可在教皇的特许下与他们的外甥女或侄女成婚。至少他的一位朋友，帕里斯-蒙马泰尔(Paris-Montmartel)[2]就曾这样做
158 过。即便伏尔泰与他外甥女的关系应该受到谴责，那也要归咎于德尼夫人自身的品性。她后来沦为一个极其可憎之人，为金钱的欲望所吞噬。但是在她年轻的时候，她身上的邪恶品质并不是那么明显。而且对男人而言，她极其富有吸引力。西代维尔就曾想娶她，伏尔泰也成为她的奴隶。他说：“您永远都是我的女主人。”“我愿拜倒在您的脚下，并死在您的怀中。”

在 1744 年的秋天和冬天，伏尔泰一心扑在两件事上，一是德尼夫人，一是《纳瓦尔公主》。他为《纳瓦尔公主》操碎了心，对它一再加以改写，并就一些细枝末节向每一个人征求意见。其创作

---

[1] 此处的 Duch 为 du Châtelet 缩写。

[2] 帕里斯-蒙马泰尔（1690—1766），法国金融家，著名的帕里斯兄弟之一。他在他的第二段婚姻中娶了自己的侄女。

过程之煎熬，连他自己几乎都未曾听闻。如果他在这一幕里挑起气氛，那下一幕会不会略显平淡？达尔让塔会如何处理这个问题呢？西代维尔又会怎么想呢？黎塞留想要更多的芭蕾表演，但那不会扼杀观众对情节的兴趣吗？伏尔泰其实本可为他自己省去这一番辛劳，因为从事后来看，观众对他剧中情节的兴趣在表演开始前就已丧失。

在1745年2月23日，那耗费了伏尔泰整整一年时光，并一度使他精神严重崩溃的盛大庆典节目终于在新婚的太子和太子妃、国王与王后、宫廷众臣以及伏尔泰自己的一小群重要朋友——当然，包括德尼夫人——面前上演。当时，台下的观众是如此美丽动人，以至让台上的演员都相形见绌，幕布两边完全没有可比性。这些观众就像一群金黄色的蜜蜂，在国王的四周闪烁，同时嗡嗡作响，响声之大几乎使得表演中的诗歌和音乐都难以听到。伏尔泰在后来说道，这出戏剧就如同一场烟火，燃放后不留一丝痕迹，但仍有极少数观众出于对伏尔泰的敬意，认真听取了他的剧本。他们可压根没将其视作一场烟火，反而抱怨说它太长、太无趣。此外，太子妃也说剧中的笑话很平庸，不过她是出了名地讨厌笑话。尽管她有一位法国父亲和一位意大利母亲，但她浑身都是西班牙式的一本正经。然而，整个演出过程中一直都在愉快闲聊的路易十五则声称自己满意至极。这正是伏尔泰想要的回报。他吹嘘说他现在已算是入住凡尔赛宫了，其倾诉对象囊括他所有的朋友甚至包含生活简朴的沃夫纳格（Vauvenargues）[1]——一位贵族，他不太可能会觉得这有多

[1] 沃夫纳格侯爵（1715—1747），吕克·克拉皮耶尔，法国作家、道德学家。

了不起。法国宫廷过去在伏尔泰的眼中就是一个腐败的深坑，至于
159 这次对它态度的突然转变，他后来在记起要对此作出解释时说，只有获得王室的支持，他才能免遭米尔普瓦派系的迫害，并继续安心地进行他的工作。他说，在五十一岁的年纪成为国王的小丑，他为此感到羞愧。置身宫廷的他就像是处在教堂里的无神论者。但实际上，伏尔泰对凡尔赛宫非常着迷，只有当他够不着“这串葡萄”的时候，他才会觉得它又变酸起来。

那个春天是伏尔泰度过的最为顺心的一段时光。他被任命为国王的史官和常任侍从，每年有两千里弗的俸禄，并在凡尔赛宫分有一间套房。那间套房其实又臭又破，且处在公共厕所和孔代亲王厨房的上方。但是，它提供了所谓的“一个好地址”。不过，伏尔泰十有八九仍像往常那样住在黎塞留的家里。法兰西喜剧院也在这段时期重演了他的戏剧《浪荡子》《梅娄普》《查伊尔》《俄狄浦斯》和《阿尔齐尔》。而最好的事情是，国王现在又迎来一位新的情妇。就在他刚刚病愈之后，年仅二十七岁的沙托鲁公爵夫人突然与世长辞。他在为她哀悼数月后又再次陷入爱河。这回是迷人的蒂奥勒夫人（Mme d’Étiolles），也就是不久之后的蓬帕杜夫人，她成长于伏尔泰知根知底的高端金融界。他说：“我曾看着她出生。”他很高兴国王的恩宠最后落到她的身上。蓬帕杜夫人是一位有品位有学识的女性，当时的作家们都希望日后能在她的影响下获得更加公平的待遇。也正因如此，她的上位让米尔普瓦主教头疼不已，他已用尽一切办法从中阻挠。但这位头戴主教王冠的蠢驴很快就会迎来一次更大的打击。

对于伏尔泰和夏特莱侯爵夫人家中的各类事件，这里也必须记录一下。夏特莱侯爵夫人那丰满的小女儿过去常被人从修道院带去西雷参加表演，如今她已至十六岁的花季妙龄，并再次被带离修道院，嫁给那不勒斯的一位胸部扁平、鼻子硕大的老蒙特内罗公爵。这位公爵随后把他的新娘带往卡波迪蒙蒂（Capodimonte）生活。从此以后，夏特莱侯爵夫人再没见过她的女儿，她给她女儿的关怀还没有“爱宝”（Dear Love）——她养的一条黑狗——的狗崽崽们从她那里得到的多。在此类事情上，伏尔泰要比他同时代的大多数人更有人情味。他当时并不满意那位新郎，而且在日后仍与他的新娘保持着断断续续的通信往来。

此外，夏特莱侯爵家的那起诉讼案也终于尘埃落定。他们不光 160
赢得诉讼，而且奇迹般地与他们的对手亨斯布鲁克侯爵（Marquis de Hoensbrock）握手言和。这位侯爵还写信给伏尔泰，感谢他在这起诉讼案中所起的作用。夏特莱侯爵也给伏尔泰写去一封信，他说，他和他的家族有许多理由要对他表示感激，并说他万分需要伏尔泰永远留在夏特莱侯爵夫人身边。在 1745 年的夏天，夏特莱侯爵夫人从圣奥诺雷郊区街搬到横街（Rue Traversière，如今的莫里哀街）上的一栋房屋里，那儿的整个一楼都被伏尔泰所占据。

在《纳瓦尔公主》排练期间，伏尔泰的哥哥离开人世，这使得阿鲁埃家族就只剩下他一个人。伏尔泰当时可能想知道他是否不久就会跟随其他人的脚步，奔赴黄泉。他的健康状况那会儿已糟糕到极点，肝和肺都难受得厉害。自打离开西雷后，他的身体几乎一天都没好过。

夏特莱侯爵夫人的儿子如今年至十七，且已跟随他的父亲驻守在前线。当他在马恩河畔沙隆（Châlons-sur-Marne）被天花击倒时，伏尔泰正在凡尔赛宫享受他的新生活。他随即就和埃米莉赶到他的床边，但他们在那儿除了看着医生们实行愚蠢的一言堂外，其他什么都做不了。可沙隆主教坚持让他们陪在他身边，尽管这可能会导致传染。待这孩子情况好些后，他们两人便回到巴黎，但伏尔泰眼下却被禁止在未来四十天内接近宫廷。对任何曾接触过天花的人而言，这都是一条不可违反的规定，无论他们自己有没有患上天花。愚蠢的偏见，伏尔泰对此说道，这已不是它第一次加害于他。

这时，以国王为首，伏尔泰所有的朋友都已前去参战。他先前特别想去跟他们道别。现在，作为史官，他只能静候佳音，他的笔早已蓄势待发，就等着用散文和诗歌去颂扬他们在战场上的英勇事迹。他不必等太久。在 1745 年 5 月 12 日，凡尔赛宫收到捷报，法国军队在丰特努瓦（Fontenoy）大胜英国和荷兰联军。当时身在前线的达尔让松侯爵（时任外交大臣）就此次战役给“那位史官先生”写去一份初步的报告。他在这份报告中描绘了英国人势不可
161 挡，犹如地狱般猛烈的滚滚炮火，讲述了一切似是败局已定，法军势必将吞下代廷根（这场战役的早些时候，英国人曾在那里击败过他们）后又一败绩的那一时刻以及危境下国王泰然自若的愉悦心情，他对妥协的拒绝和王家骑兵团最终的胜利。他对伏尔泰说“您的朋友黎塞留是一位名副其实的巴亚尔（Bayard）[1]”。

---

[1] 巴亚尔（1473—1524），中世纪时期法国名将，曾只身一人与两百名西班牙士兵作战。

虽然伏尔泰原则上主张和平，但他仍为这场胜利感到高兴，因为法国军队近来遭受了许多令人蒙羞的败绩，他已强烈感受到腓特烈对法军侮辱嘲弄的力度之大。同时，他也很高兴能以这样一个主题来开启他作为史官的生涯。他随后写下著名的诗篇：《路易十五领导下的丰特努瓦抗盟大捷》。截至当年 5 月 26 日，该诗已发行至第五版，每一版都将更多战士的姓名和英勇事迹加入其中。那时，伏尔泰四周都是认识他的女人，她们都想让他将她们的某位爱人写入一两句诗中。最后，这首诗演变为一场闹剧。不敬权威的法国人民亮出他们的本色，很快，一部模仿《丰特努瓦》的滑稽剧就呱呱坠地。伏尔泰原诗中的英雄们自然个个出身高贵，拥有最高的地位和最完美的血统，而在这部滑稽剧中，他们的名字却变成若利克尔（Joli-Cœur）、拉蒂利普（La Tulipe）或是莱斯佩朗斯（L'Espérance），只是石匠之子、酒商巨贾之子等等。文学评论家们对《丰特努瓦》一致持批评态度，但伏尔泰如今只在意一位判官的裁决。路易十五并不是个爱读书的人，这首诗是诺瓦耶元帅（Maréchal de Noailles）读给他听的。萨克森元帅（Maréchal de Saxe）后来写信给夏特莱侯爵夫人说："国王对它非常满意，他甚至说这部作品无可挑剔。"伏尔泰很高兴，但并不吃惊。他说，这首诗里所使用的一些小技巧，只有出身名门望族的人才能看懂，远不是那些来自比塞特尔的小抄写员、裁缝等之类的人所能领会到的。此外，像往常一样，伏尔泰为其作品的大卖而振奋不已。

除了这首诗外，伏尔泰还必须用散文对丰特努瓦战役作以历史性的记述。在此过程中，他发现，这场战役中的英军司令坎伯兰公爵手下有一位名叫福克纳的人。他于是写信前去询问他是否是福克纳大使的亲戚。让他又惊又喜的是，此人原来就是他的福克纳大使。他说：“我亲爱可敬的朋友，我如何能猜到喜欢穆斯林的阁下
162 已经……从土耳其的王宫来到坎伯兰公爵的议事间?”福克纳从英方的视角向伏尔泰提供了这场战役的一些细节。切斯特菲尔德勋爵后来在写给巴黎一位女性朋友的信中，对伏尔泰的《丰特努瓦》大加赞赏。他说，就他所能掌握到的情况而言，这是关于此次战役的一份完全无误的报道。他接着继续说，没人比他自己更想要和平，但是“我们想要公正的和平，而你们要的则是偏向你们那方的和平，所以，和平现在怕是比以往任何时候都更加遥远。我们的目标只是欧洲的自由与安宁，你们却在一心谋求自身专制统治的发展。这样一来，我们如何能达成一致呢?”尽管如此，这位勋爵依然计划来年将他的儿子送往巴黎的学校，去学习“只有在法国才能找到的那种自然大方的风度、待人接物的礼节和高贵优雅的举止”。

那年夏天的部分时光，伏尔泰在蒂奥勒府邸度过。当时，蓬帕杜夫人正和她的家人在那里过着安静的生活，并将一直持续到路易十五从战争中归来。与伏尔泰同在那里做客的人中有位贝尼斯神父(Abbé de Bernis)，一名亲切友善、圆胖可爱的年轻人。他已莫名其妙地入选法兰西学术院，并在不久的将来同样莫名其妙地成为法国的外交大臣。人人都喜欢贝尼斯。伏尔泰在做客期间与他开玩笑，将他称作“卖花女巴贝”[1](Babet la Bouquetière)，且对他甚至都

[1] 巴贝是当时巴黎很有名的一位女性花商。伏尔泰给贝尼斯取这个绰号是因为他的散文多以自然风光为主题。

没有妒意。出于玩笑而非嫉妒，伏尔泰说，巴贝在“她”二十多岁的年纪居然就成为一名院士，而他自己年过五旬仍未当选，这实在是太可笑了。伏尔泰爱慕蓬帕杜夫人，就跟大多数认识她的人一样。这位夫人也十分喜欢他，而且还懂他。她将伏尔泰差来唤去，因为只有她这样一个年轻俊秀的妙人才能驱动一位身负盛名的老者。伏尔泰告诉埃米莉，他这里有一位痛恨赌博的美人，对她而言，赌博乃是无聊至极之事。对于埃米莉-牛顿在牌桌上浪费那么多的时间，她更视之为咄咄怪事。夏特莱夫人对这位女侯爵一定心生妒意，因为后者根本意识不到她因为妒火中烧而惶恐不安、担惊受怕。

夏特莱侯爵夫人现在又变回埃米莉-牛顿，这次是真心实意的。雅基耶神父已让她认识到其莱布尼茨方式的错误。她开始翻译牛顿的著作。但即便有翻译工作，她那旺盛的精力仍绰绰有余。她每天赌博到凌晨四五点，还经常去造访凡尔赛宫。现阶段，她正在那里
缠着陆军大臣给她儿子安排一个上校的职位。夏特莱侯爵如今已成 163
为一名将军，身上挂满他在一系列谨慎的撤退行动中所取得的荣耀。也就在此时，埃米莉变得特别令人厌烦，事事都做得张扬出格，并在宫中摆出一副可笑的架势。由于她丈夫在洛林的地位，她享有某些通常专属于公爵夫人的特权。其中一项便是可以跟随王后外出旅行。当法国宫廷要集体离开凡尔赛前往枫丹白露秋游时，埃米莉告诉王后的女侍长吕内公爵夫人，自己想在王后的随行马车上要一个位置。这一请求得到妥善的安排。出发那天，弥撒一结束，王后自己就从教堂与吕内夫人以及其他三位公爵夫人一同离开。当

时，另有两辆马车候在凡尔赛宫的荣誉庭（Cour d'Honneur）[1]中，准备接送蒙托邦夫人（Mme de Montaubon）、菲茨詹姆斯公爵夫人（Duchesse de Fitzjames）、弗拉瓦古侯爵夫人（Marquise de Flavacourt）和夏特莱侯爵夫人。王后一行人刚一出发，夏特莱侯爵夫人就跳入其中一辆马车，舒舒服服地安坐在角落里，并朝外大喊"快来，还有很多空位呢！"其他几位夫人都被这一无礼的举动所激怒，全部坐进另一辆马车，把她一人留在一辆车里。考虑到自己刚才的行为实在出格，夏特莱侯爵夫人又走下车来，想过去加入她们，但是一名男仆拦住她说，里面已经没有位置了。于是，她便独自一人乘车前往枫丹白露。一抵达，她就把刚刚发生的事情告诉黎塞留，后者随即就去拜见吕内夫人。这位夫人是一位罕见之人，喜欢将事事都料理得轻松愉悦。她向王后转达了夏特莱侯爵夫人的歉意，一切都得到原谅。不过，由于这件事随后成为人们在枫丹白露谈论的唯一话题，那里的氛围不可能会让埃米莉觉得好受。实际上，她和伏尔泰几乎是刚一抵达，就又立即返回巴黎。吕内公爵在其日记中讲述此事时，也对埃米莉表示谅解，理由是她并非寻常女性，而是一位已出版过一本书的科学家。他仁慈地将其不当举止归因为她的心不在焉。

伏尔泰现在开始与罗马教皇进行通信，这令法国教会不知所措。他认为他能够借此推翻米尔普瓦主教之前反对他当选院士的理由，为他进入法兰西学术院铺平道路。现任罗马教皇本笃十四世是

[1] 荣誉庭，建筑术语，指用于庆典的三面式庭院，此类建筑的典型代表有凡尔赛宫和布伦海姆宫中间的庭院。

一个精明、博学且具有幽默感的人。当初，克雷芒十二世身故后，红衣主教们在梵蒂冈闭门举行选举新任教皇的秘密会议。这次，他们达成一致的时间甚至比以往还要长。最终，兰贝蒂尼红衣主教（即后来的本笃十四世）对他们说：“如果你们想要一位圣人，你们必须选戈蒂（Gotti）；如果你们想要一位政治家，那就必须选阿尔德罗万迪（Aldobrandi）；但如果你们想要一个普通的好人，那我怎么样?”他最终当选，成为1740—1758年的教皇。十分仁慈的他在任职期间进行了各种改革，并颁布一则诏书，要求给予北美洲的印第安人更好的待遇。他一点也不喜欢法国教会。他认为它在追捕詹森教徒和其他宗教不从者这件事上所耗精力过多。如果要交朋友的话，伏尔泰再也找不到比他更好的教皇了。“他有一张好魔鬼的脸，对任何事物都了如指掌。”于是，伏尔泰以他一贯的精力从四面八方穿针引线。他给红衣主教们写信。夏特莱侯爵夫人的一位朋友杜·蒂尔小姐（Mlle du Thil），也为他给梵蒂冈一位颇有权势的神父写信，而达尔让松侯爵则写信给那里的法国使节。面对这第一波示好，本就欣赏伏尔泰作品的教皇，将一枚印有其肖像的大奖章邮寄给他，以作回应。在不知此事的情况下，梵蒂冈的法国使节也请求教皇颁给伏尔泰一枚大奖章，教皇对此回应说：“但是，就算他是圣彼得（St Peter）[1]本人，我也没法给他一枚更大的了!”伏尔泰先前把他的《穆罕默德》寄送给了教皇，后者非常明智地只对它作表面的理解，并没有去深究里面隐藏的渎神行为。他对这部作 164

[1] 圣彼得（1—68），又称圣伯多禄，耶稣的大弟子，也是耶稣最喜爱的得意门生，天主教第一任教宗。

品表示赞赏，并允许伏尔泰将它题献给他。不用说的是，伏尔泰此次与梵蒂冈的“交易”得到了大肆的宣传。

凡尔赛宫对伏尔泰的恩宠虽仍在继续，但从来都是水上浮萍，因为路易十五始终无法喜欢上他。这位国王也明白伏尔泰的价值。孔多塞（Condorcet）侯爵曾说：“看到他的一位臣民被整个欧洲公认为有史以来最杰出的人物之一，他心里也不是一丝自豪都没有。他尊重伏尔泰身上所代表的法国的荣耀。”但每当他们面对面时，急于留下印象的伏尔泰总是会弄巧成拙。他那厚颜无耻又阿谀奉承的态度常让国王感到尴尬和愤怒。当时，为庆祝法国最近取得的多场胜利，伏尔泰再次和拉莫联手创作出一部娱乐节目《光荣的殿堂》（*Le Temple de la Gloire*）。在这出节目中，路易十五受到伏尔泰的百般恭维，其对应的角色为仁慈威严的图拉真。为王家进行演出时，伏尔泰在那位国王也能听到的情况下向黎塞留问道：“图拉真满意吗?”图拉真可没有对这样的举动感到满意，并将他的不满表露出来。此次事件引起的骚动，与埃米莉先前在马车上的那次小失
165 误不相上下，好在蓬帕杜夫人和黎塞留做出保证，日后尽量不让国王和他的史官相见。王室对伏尔泰的恩宠目前还没有被收回。当时，朝臣中最微不足道的那群人对伏尔泰被任命为常任侍从一事愤怒不已，因为这一职位过去都是由贵族担任的。于是，伏尔泰的新同僚们决定，当他来与他们一同用餐时，他们都将对他不予理睬。但实际情况当然是，伏尔泰一出现，他就使整个餐桌的人立即大笑起来。事情的发展随后完全被倒转过来：那些绅士让伏尔泰感到如此厌烦，以致他再也没有走近他们。不久，在国王的许可下，伏尔

泰在保留所有特权的同时，卖掉了他的这一职位。

伏尔泰现在是世人公认的法国在世最伟大的作家、罗马教皇的通信人、凡尔赛宫的朝臣，他再也无法被法兰西学术院拒之门外。他的当选发生于1746年的春天，过程十分轻松顺利。但他当时病得很重，乃至无法对学术院履行惯常的拜访，而且似乎很可能将不久于人世，也就没有太多时间来享受他的这一新荣誉。伏尔泰接替的院士席位原本属于布耶(Bouhier)[1]，一名地方法官。在伏尔泰之后该席位的八位院士接任者中，只有两位比较有趣，一是圣-勒内·塔扬迪耶（Saint-René Taillandier)[2]，一是保罗·布尔热(Paul Bourget)[3]。几乎不用说的是，伏尔泰的就职演说引发了争议。他并没有像传统的做法那样赞美三位人士：黎塞留红衣主教、首席大法官塞吉耶（Chancellor Séguier)[4]和其当选席位的前任主人。伏尔泰将法语的普遍性选作他的主题，并在演讲中点名提到他那些操一口流利法语的外国恩主：普鲁士的路易莎·乌里卡公主[5](当时的瑞典太子妃)、本笃十四世和腓特烈。在他们之后，他又接着说到他的许多法国朋友：黎塞留公爵、丰特奈尔、埃诺庭长。当然，还有他全体同胞的父亲、亲爱的良善之人路易十五。那些在演讲中被提到名字的人认为此次演说是一次优秀的革新，而那

---

[1] 布耶（1673—1746），勃艮第高等法院院长，法学家，历史学家，翻译家，法兰西学术院院士，藏书家。

[2] 圣-勒内·塔扬迪耶（1817—1879），法国作家，评论家，法兰西学术院院士。

[3] 保罗·布尔热（1852—1935），法国小说家，评论家，法兰西学术院院士，代表作有《弟子》。

[4] 塞吉耶（1588—1672），维尔莫公爵，法国政治家，掌玺大臣，法国首席大法官，法兰西学术院院士。

[5] 路易莎·乌里卡（1720—1782），普鲁士公主，后成为瑞典王后。

些没有被提到的人则抱怨说它太长、太枯燥，而且品位太差。

从伏尔泰当选院士的那一刻起，他的运气便开始转坏。他的这次胜利因其可怕的健康状况和一起事件而化作一杯毒酒。这起事件搅得他心烦意乱，因而也必定妨害到他的痊愈。详情如下。伏尔泰
166 当时已成功与教会、政府和解，这是他生命中唯一的一次。但尽管如此，与往日相比，他的敌人却有增无减。德方丹虽已“死去，并堕入索多玛”，可其他许多被嫉妒熏黑心灵的文学鼠辈们却纷纷跳将出来，企图给伏尔泰带去伤害。在他入选学术院后，随之而来的是一场巨大的舆论风暴，其中囊括了诗歌、小册子以及所有在 18 世纪进行诽谤运动时所能用上的武器。伏尔泰不仅遭到宫中小臣和对他心怀嫉妒的作家的批评，上流社会人士也对他和埃米莉的举止投以怨言。曾与他们一同做过客的人说，当伏尔泰和埃米莉去乡间人家做客时，他俩完全没有一副亲切友善的样子，且只和另一方讲话。最后，罗马教皇也收到至少一封来信说，法国的天主教徒悲痛获悉，他们的教皇陛下已将一枚金制奖章颁给臭名昭著的无神论者阿鲁埃·德·伏尔泰。

眼下，伏尔泰的不受欢迎正让他的朋友们忧心忡忡。在众多受伏尔泰庇护的年轻人中，沃夫纳格几乎是唯一一个对他十分有礼貌且深深爱着他的人。他在 1746 年 5 月告诉伏尔泰，他之前从不知道人们对他怀有像过去四个月里那样的敌对情绪。他说，他所读到的有关伏尔泰的事情不仅让他与文人们反目，还让他对文学本身产生反感。此后不久，西代维尔写信来说：“我真的必须训斥您。”他恳求伏尔泰不要在他的院士同僚们面前表现得那么鹤立鸡群、才高

八斗，也不要跟那些文盲神父说他们不懂如何阅读。一个人必须礼貌对待不如自己的人，同时也不要在与自己相当的人面前傲慢自大，但话说回来，谁又能与伏尔泰旗鼓相当呢？西代维尔真是可爱，难怪他那位易怒的朋友（伏尔泰）一生都那么喜欢他。

在所有的文学实践中，最容易的莫过于诋毁一名作家和他的作品，此为常识。虽说提出具有建设性的批评需要才华和鉴赏力，但凭借扭曲的分析和错误的结论，一个聪明的孩子几乎就可以毁掉所有的书籍。不过，伏尔泰在世的最大敌人绝不会是一个孩子。此人为诗人鲁瓦，伏尔泰曾开玩笑说，许多年前，由于鲁瓦的缘故，他把名字都改了。就像德方丹和让-巴蒂斯特·鲁索一样，鲁瓦也是位知名的文学人物，比伏尔泰还要年长一些。丰特奈尔过去常说，在他所认识的才智之士中，鲁瓦是最为沉闷的一个。被法兰西学术
院挡在门外的他对伏尔泰的入选感到恶心。他因而炮制出一部戏仿 167
《丰特努瓦》的作品和好几本攻击伏尔泰的小册子，同时将他之前写过的一首诗翻新加长，再次予以发表，该诗重现了伏尔泰生平中所有荒唐、耻辱的片段。此外，他还把夏特莱侯爵夫人叫作“色鬼”。这之后，他又玩起著名的伏尔泰式伎俩，怒不可遏地否认这些作品是他所写。如果伏尔泰当时能假装不在意的话，这一切都会在几周后为世人遗忘，他的敌人们也就无法在后世留下他们那渺小微末的名声（《拉鲁斯法语词典》在提到德方丹时的话是这样的：“因他与伏尔泰的争论而闻名”）。但如此爱笑的伏尔泰从来都无法嘲笑他自己，也从来都无法忽视这样的攻击。他总是会疯狂地发起反击。

当时，伏尔泰与鲁瓦、特拉韦诺尔（Travenol）——王家歌剧院里的一位名不见经传的小提琴家，据传曾散发过反对伏尔泰的文学作品——以及另外一两位愚笨可怜之人的争吵都遵循着此类冲突那早已家喻户晓的模式，只不过，比以往更有权势的伏尔泰现在能够进行更加有效的报复。他在争吵中忘记了言论自由是所有自由中最令人向往的，也忘记了以作品为罪名关押作家是有违道德的：他向迫害他的各路人马亮出密札。然后他饶有兴致地看着他们陷入他自己再熟悉不过的处境，尽管他总会在最后关头得到他那些权贵朋友们的保护。警方随后对这些迫害者展开追捕，搜查他们的住所，他们最后要么被关押，要么遭流放。不幸的是，在捉拿特拉韦诺尔时，警方犯下一个错误，他们把他已至迟暮的父亲——“一位无可指责的老人”——拖入了牢房。他之后立即又被释放出来。伏尔泰事后将这位老父亲带出去吃饭，并和他一起哭泣流泪，但公众舆论却被这起事件所激怒。随之而来的是一场不可避免的官司和最后不可避免的判决。在此期间，我们看到一幕奇特的场景：伏尔泰与法律秩序和警方站在一边。他写信给沃夫纳格说：“我很高兴，我认为此次事件将会有助于区分那些值得政府保护的人和那些理应招致政府和公众不满的人。”

168 伏尔泰现在把自己视作一个将死之人。他说：“我正平静地走向我事业的尽头。”而他唯一的遗憾就是他的作品从未被正确地刊印过。他将自己的手稿都遗赠给腓特烈，希望他在日后能还它们一个正确无误的版本。但伏尔泰那从不太平的事业并未到结束的时候。

18

一对倒霉的哲人

The Philosophers in Bad Odour

毫无疑问，一个善解人意、会操持家务且一心一意为他着想的女人定会使伏尔泰感到厌烦。他需要的是思想上的刺激（虽谈不上思想上的交锋），埃米莉能满足他。但她过于自私，因而无法在其他方面给他太多的帮助。她有自己的事业和抱负要作考虑，同时娱乐也是令其神往的一个方面。在 1746 年的秋天，换作另一个女人可能就会意识到，伏尔泰正濒临神志不清的边缘。他已在宫中闲居近两年，其间，他从未有过健康如常的感觉。他患病往往都是由于精神上的压力，而在当时，其病因可能要部分归咎于他与德尼夫人之间的恋情。在与埃米莉相恋的初期，他同样也曾病倒数月。夏特莱侯爵夫人并不知道他的病中还有此因，但她应能察觉出他需要去乡下静养一段时间。她本该把他带往西雷，但她并没有这么做，而是把他带到宫廷当时的所在地枫丹白露。她打算在那里好好地大赌一场。

此次枫丹白露之行是一场彻头彻尾的灾难。就在这对哲人离开巴黎的前两天，他们所有的仆人集体从他们家中出走。埃米莉是一个糟糕的管家，也是一个不受欢迎的雇主。一位曾在她身边工作长达四年的女仆说她自己再也无法忍受科学、诗歌和与它们有关的一切。埃米莉的男仆们则是薪水过低，手上又有太多空闲的时间。她几乎从不请人来家里吃饭，而当她宴请宾客时，所准备的食物也只够客人享用，根本没有油水可供仆人带往他们的厅堂。她也从不设
170 酒窖，总是在需要酒水的时候派人去酒商那里买些廉价的酒来。埃米莉自己一天只吃一顿晚饭，而且很少在家里吃。她的仆人就靠他们那仅够膳宿的工资过活。当听说他们将前往枫丹白露时，他们要求涨薪，因为那里的生活消费可远高于巴黎。夏特莱侯爵夫人对此表示拒绝，于是，他们纷纷离开。她那会儿有四十八小时的时间去找人代替他们，她成功做到了，但只是勉强凑齐她能找到的人而已。

伏尔泰当时也身处窘境之中。他本有位秘书。此人一直处于满负荷甚至是超负荷的工作状态，因为他必须将伏尔泰的手稿一再誊抄，好供伏尔泰的朋友阅读评论。除手稿外，某些信件也被抄了一遍又一遍。事实上，此类将鹅毛笔在纸上来回移动的工作量之大，让人难以想象。这位秘书后来突然病倒，不得不作别伏尔泰。由于无法找到另一位秘书与他一同前往枫丹白露，伏尔泰记起曾在埃米莉手下工作的一位年轻男仆。这位男仆业余时间常做一点抄写的活儿。遗憾的是，他也曾偷卖过不少手稿。但伏尔泰对与他共事之人的诚实品性从不过分苛求，他决定重新雇用他。这位年轻人的名字

叫作隆尚（Longchamp）。我们所掌握的有关伏、埃这两位哲人生活、恋情的大量信息，都要归功于他那本内容劲爆的回忆录。

带着仓促拼凑起来的一屋子人，伏尔泰和夏特莱侯爵夫人抵达枫丹白露后仍像往常一样住进黎塞留的府邸。这位公爵当时并不在那里。伏尔泰接着工作，他那时正在给他的戏剧《塞米拉米斯》（*Sémiramis*）润色，埃米莉则去赌博。她运气不佳，输光了她和伏尔泰带来的所有钱财。这之后，她开始向她周围的人借钱。终于，一天晚上，她在王后的赌桌上输掉一笔巨款，整整八万四千里弗。伏尔泰当时就站在她的坐凳后面。他对赌博的痛恨和鄙夷，跟埃米莉对它的爱意一样强烈。他认为赌博就是在浪费时间——对他而言世上最宝贵之物——和金钱。金钱代表着自由，故它在他眼中同样十分宝贵。所以，站在那里眼睁睁地看着时间和金钱被挥霍掉，实在让他痛苦不堪。最后，他再也忍受不下去了，于是用英语大声对埃米莉说，她正在和骗子们游戏。在法国，只有地位最高的人才有资格坐上王后的桌子，像伏尔泰这样一个资产阶级竟敢在他们面前说出“骗子”一词，简直疯狂。埃米莉确信有人听到伏尔泰刚刚的 171
话。她起身从桌上告退，并执意要立即离开枫丹白露，尽管当时已过午夜。

那一晚，只有隆尚和埃米莉的女仆在家里睡觉。他们被从床上叫起。接着，隆尚不得不跑遍全镇去寻找车夫和马夫。最后，马被套上马具，几袋行李也被打包好，他们一行人便启程离开。伏尔泰是一个不走运的旅行者，他的旅行史就是一部长长的灾难史，但说来奇怪的是，他几乎从未在路上生过病。这一次，他们刚刚走出几英里，就遇到一起故障。他们好不容易找到人来修理马车，但伏尔泰和埃米莉事后却都没钱付给人家。幸运的是，凌晨的时候，一位来自巴黎的旅客出现，他碰巧是他们的熟人。他们从他那里借来一些钱，这才得以继续他们的旅程。但是，伏尔泰现在一想到他之前的失言行为就惶恐不安，他因而决定最好不要在巴黎露面。于是，夏特莱侯爵夫人把他留在大路旁的一个小村庄里。他从那里给身在索镇（Sceaux）的曼恩公爵夫人寄去一张便条，向其告知事情的经过，并询问她可否为他提供一段时间的庇护。

曼恩公爵夫人是一名寡妇，其丈夫是路易十四最年长且被赋予合法权利的私生子，如今的她已至七十岁的高龄。她身材小巧，如同一个永远活在伪装之下的小精灵。关于她的一切总是显得虚幻不实——她所炫耀的哲学和知识分子品味、她的政治阴谋乃至她的风流韵事。出生于孔代家族的她拥有最为纯正的王室血统，但她给人的印象却虚幻得如同一位圣诞童话剧里的公主，在她的索镇王宫统治着一个闪耀着金箔光芒的朝廷。她一厢情愿地认为她的朝廷是一个更具智慧的凡尔赛宫，而她则为那些遭到其国王堂亲迫害的作家们带去了帮助和慰藉。遗憾的是，她的帮助和慰藉因为过于反复无常，所以并没有太大的价值。然而，认识了她一辈子的伏尔泰猜测，她会对他的困境感兴趣，也会对他予以收留，实际上，她正是这样做的。她喜爱阴谋，对法国宫廷怀有长年的积怨，并十分享受与善于逗乐的男人为伴。现在，她有好几周的时间，可以独占全法
172 国最会逗乐的男人。白天，伏尔泰被藏在一个带有专属楼梯的房间里，该房间位于索堡内一块无人居住的区域；晚上，一等到大家全

都回房休息后，他就悄悄溜下楼梯。小巧年迈的公爵夫人床边摆有一张桌子，他们两人就在这张桌子旁寻欢作乐，一直到天明。当公爵夫人心情愉悦的时候，她会是一个极佳的伴侣，脑子里有上百个关于其公公统治时期的故事。为取悦他的女主人，伏尔泰将躲在其藏身之处的白日时光用来撰写《札第格》、《如此世界：巴布克所见的幻象》（*Babouc*）和其他小说，并在晚饭后大声朗读给她听。这些小说后来汇集成《哲学故事》（*Contes philosophiques*）一书，在此部作品中，裹着头巾的诸位东方君王以及他们的奴隶、大臣和婢妾所表现出的种种滑稽行为反映出了18世纪法国的社会状况。这些小说都极其有趣，可以想见，它们当时定使公爵夫人和她的诗人笑得合不拢嘴。

除公爵夫人外，知道伏尔泰藏匿之处的人仅包括夏特莱侯爵夫人、达尔让塔，当然，还有德尼夫人。其余的人都以为他已去往国外。当时，埃米莉那边的日子完全不像伏尔泰的那么快活，她正在苦苦筹钱，好偿还她的赌债。她的一些债主知道她远非富裕人家，同意如果她能立即用现金还款的话，可以为她减去一大笔债务。直到她还清最后一分钱，伏尔泰才觉得他可以偷偷回到巴黎，重归他正常的生活。这起事件为他的朝臣生涯画上了真正的句号，他再也没有受到路易十五亲切的接待。不管怎样，他的衰落都不可能会拖太久，因为他似乎无法在凡尔赛宫做出正确的事。在他所犯的许多错误中，其中之一便是低估了王后的影响力。他向蓬帕杜夫人讨好、讲话以及描写她的方式，简直就像她已嫁给国王一样。但尊重妻子并疼爱孩子的路易十五不喜欢别人拐弯抹角地说他有一位情妇，哪怕是以运用典故的形式。伏尔泰从不明白这一点。虽然现在尚没有公开的决裂，他也继续出入宫廷，但他觉得他短暂的得宠生涯已走到尽头。他从凡尔赛宫寄出的信件再无往日的热情：“国王对我而言什么都不是。”他极其言不由衷地说道。而他的另一位国王腓特烈，仍在邀请他与他一同生活，但目前并没有逼得太紧。

173 由于在凡尔赛宫不受欢迎，又对巴黎感到厌烦，伏尔泰和夏特莱侯爵夫人便开始将大量的时间花在曼恩公爵夫人身上。在即将前往公爵夫人位于诺曼底的一处乡间府邸阿讷特（Anet）堡的时候，伏尔泰给德尼夫人写信道：“要离开您整整一个月！”尽管如此，他依旧忍痛离开他的“缪斯”，选择追随埃米莉，就像他在最后关头总会做的那样。斯塔尔·德·洛奈男爵夫人（Mme de Staal de Launay），一位服侍曼恩公爵夫人多年的侍女，就他们的此次造访给德芳侯爵夫人写去一份记述。由于知道她的通信人不喜欢埃米莉，斯塔尔夫人在言辞上丝毫没有收敛。

阿讷特堡，1747 年 8 月

夏特莱侯爵夫人和伏尔泰本应今日抵达，但却在昨晚半夜时分出现，来的时候面容如同鬼魅，好似两具已经过防腐处理的尸体，浑身散发着坟墓的气息。我们当时正要离开餐桌，然而，那两个鬼魂似乎十分饥饿。他们不仅需要晚餐，还需要床铺，而那是尚未准备好的。本已回房休息的门房又被急忙叫出。加亚（Gaya）* 之前

* 加亚骑士，曼恩公爵夫人府邸中的食客。

总说，情况紧急时，可使用他的房间；于是就按他说的办，他遂不得不交出他的房间。他离开时既匆忙又不情愿，就像一支在营地里遭到突袭，撇下部分行李落荒而逃的军队。伏尔泰对他的房间很满意，而这并没有为加亚带去安慰。至于那位女士，她不喜欢她的床铺整理过后的样子，她今天必须换个房间。但请注意，那张床可是她自己整理的，因为她并没有带仆人过来。她发现她的床垫有问题。我认为，这一问题折磨的是她那井然有序的头脑，而非她一点都不娇弱的身体。她现已得到一个临时的房间，等马耶布瓦元帅（Maréchal de Maillebois）于一两天内离开后，她就会住进他的房间。这位元帅带着女儿和儿媳，是和我们一起来的。他的女儿长相标致，儿媳则容貌丑陋、一脸悲戚。我们的新客人将会有更大的作为。他们已在排练一出喜剧。伏尔泰将饰演布尔苏夫勒（Boursoufle），这一选角不太高明，同样不高明的还有夏特莱侯爵夫人的角色，即拉·科绍尼埃小姐（Mlle de la Cochonière），一个公认的又矮又胖的人物。

第二天 174

我们的鬼魂客人白天并不露面，昨天则是一直到夜里十点才出现，不知我们今天能否早点见到他们。这两个人，一人正忙于描写战场上的英勇事迹，另一人则在评论牛顿的作品。他们既不加入我们的游戏，也不与我们一同散步。事实上，对那些不被他们彰显学识的文章所吸引的圈子，他们是不会加入其中的。但最让人不悦的是，在今晚的“鬼魂显形”期间，我们发现对于卡瓦尼奥勒（cavagnole)*，夏特莱侯爵夫人自有一套她认为最理想的规则。

四天后

其他客人的来去更迭已带走马耶布瓦和维尔纳夫（Villeneuve）两家人，但也为我们带来了杜·富尔夫人（Mme du Four），她来这里是为了扮演拉·科绍尼埃小姐的家庭女教师芭尔贝女士，我认为她将会成为拉·科绍尼埃先生（伏尔泰）的奴隶。

从昨天起，夏特莱侯爵夫人已住进她所换的第四个房间。她最终还是无法忍受她先前所选的那间房，因为它有噪音。这是无风也起浪（“无风之浪”很可能就是她自己的代名词）。她跟我说她在晚上并不介意噪音，但当她工作时，噪音会打乱她的思路。她目前正在重新审视她自己的原则，此活动她每年都要进行一次；不然的话，那些原则可能就会从她这里逃离，并遁往远方，远到她再也无法将它们找回。就我所见，她的脑袋并非她那些原则的出生地，而是它们的监狱，所以小心地看守它们一定十分重要。她对这项活动的喜爱胜过其他任何形式的娱乐，只在晚上与它作别。伏尔泰已写出一些满载英勇之气的诗歌。它们稍稍抵消了他与夏特莱侯爵夫人先前留下的坏印象。现在，祈祷上天不要让我的信件搁置在您的壁炉架上。

最终，这两个鬼魂不得不急忙离开，因为黎塞留先生将要前往

* 卡瓦尼奥勒，一种赌博游戏。

热那亚，而据斯塔尔夫人所言，他自是无法在未征询他们两人意见的情况下就奔赴那里的。在他们离开前，戏剧《布尔苏夫勒》比计划的日子提早一天上演。斯塔尔夫人承认夏特莱侯爵夫人完美演绎 175
了她的角色，尽管对其角色而言，虚荣心作祟的她打扮得过于华美。伏尔泰曾就此与她争论过，但谁让在他们两人的关系中，她是君主，他是奴隶呢。他们离开后，人们发现夏特莱侯爵夫人在做客期间找来了好多张桌子，这些桌子都是相邻卧房的。她房间里一共有七张桌子，用于盛放她的稿纸、珠宝以及一些华而不实的小玩意。斯塔尔夫人不得不坦言，在那两个鬼魂走后，她非常想念他们。

为了过冬，曼恩公爵夫人重返索镇。她一回来，那两个鬼魂就再次出现，并开始进行为期一个季度的戏剧表演。兼具表演天赋和动人歌喉的夏特莱侯爵夫人一直都在担任女主角，打扮得摄人魂魄，浑身覆满钻石。而伏尔泰则仍像往常那样，在表演中太过投入，最后总是以泪流满面收尾。一次，他决心找来一批高质量的观众，于是就向他在巴黎的朋友和熟人发出通告："一班新演员将于［1747 年］11 月 15 日星期五在索镇的剧院上演一出新喜剧。欢迎各位在六点准时抵达，无须注重穿着礼节。马车必须在七点半至八点间停放于院中。大门将在六点后对公众关闭。"

于是，一天晚上，公爵夫人发现有五百个完全陌生的人正涌入她的府邸，与此同时，伏尔泰则在府里接待他们，简直就像在他自己家一样。而令事情更糟的是，公爵夫人得知伏尔泰还告诉他们不必担心她对此事的态度。之后，索镇的大门对伏尔泰紧闭了一段时间，这也就并不令人奇怪了。

伏尔泰与埃米莉的恋情如今已陷入停滞状态。这段恋情已在不知不觉之中转变为一场婚姻[1]。埃米莉现在发现她两手边各有一位丈夫，而伏尔泰则由于多出一位中年妻子而无法与他的新情妇建立正式的关系。他们感情的链条已经铸成（德尼夫人度蜜月的时候就曾真切地观察到这一点，她在写给蒂埃里奥的信中也是这样说的），且无法打破。德尼夫人现在非常想拆散他们。伏尔泰则不得不跟她解释为什么这是不可能的。他说，为了他的公众形象，不能引发一起将会使他蒙羞受辱的丑闻。他认为，顺其自然，并尊重他所谓的——以其惯有的不准确——这段二十年（实际上大约十五
176 年）的关系是一件正确的事。但平心而论，若一个男人想离开一个女人，他最后总能找到摆脱她的办法。事实上，伏尔泰依旧十分喜欢他的埃米莉。每当涉及他归谁所有的问题时，埃米莉总会胜出，一如既往。

埃米莉也曾说起过感情的链条。在《幸福沉思录》中，她从头至尾讲述了自她与伏尔泰生活以来所发生的种种事情。夏特莱侯爵夫人从上帝那里获得了一个温柔、忠贞的灵魂，拥有这种灵魂的人既不会掩饰，也无法收敛他们强烈的感情。对她而言，自己的爱意绝无衰减的可能，并将能抵御一切，哪怕得知她的爱不会得到回报。她说，十年来，她一直都活在百分之百的幸福里，心里满怀爱意，同时也备受宠爱。她与伏尔泰在一起走过的这些年中，从没有

---

[1] 根据法国当时的法律，情侣共同生活长达一定的时间，就会自动被认作事实婚姻。

一刻感到厌倦。当年龄、疾病也许还有习惯使伏尔泰在感情中没有以前那么热烈时，她很长一段时间都没有注意到这一变化。她一人的爱意就足以撑起他们两人的感情。他总会陪在她身边，她对此毫不怀疑，并感到很幸福。唉，只可惜这种理想的状态并没有一直持续下去，她后来也为此流下不少的眼泪。

她继续说道，若无可怕的剧变发生，这样的感情链条是不可能被打破的。她的心虽已受过伤，流过血，而她得到的也只是委屈，但她已原谅一切。她的客观心态足以使她认识到，她或许是世上唯一一个被赋予这种忠贞之心的人。至于伏尔泰，假若他的情欲并没有因年老和疾病而衰弱的话，他爱的人可能依旧是她。即使他的心现已丧失爱的能力，他那满怀柔情的友谊和他的整个生命仍然归她所有。她知道，重返往日的激情在自然界是绝不会发生的事情，并已接受这一事实。剩有的激情，辅之她自己对学习和工作的热爱，也让她感到相当满足。现在的问题是，一颗像她那样敏感的心，能否继续满足于友谊中那种乏味、平静的感情呢？或者说重一点，希望她的心被永封于空寂之中是对的吗？

从上述言论来看，埃米莉的身体与灵魂似乎完全没有像莱布尼
茨的时钟那样和谐地滴答作响，而是处于一种可悲的混乱状态。她 177
真的已经忘掉莫佩尔蒂和其他所有情人了吗？他们与她那颗忠贞到
独一无二的心又是什么关系呢？

根据隆尚的记载，在1747年至1748年间的冬天，埃米莉与伏尔泰经常吵架。当时，科学家克莱罗每天都会来横街检验埃米莉牛顿作品译本中的理论。他和埃米莉会把自己关在顶层的一个房间

里，只在晚餐时露面，而且常常出现得很晚。一天，生来守时的伏尔泰派人上楼告诉他们晚餐已准备好。埃米莉于是吩咐仆人上菜，她一会儿就来。饭菜上好后，时间一分一秒地过去，桌上的食物开始变凉。突然之间，伏尔泰怒火中烧。他冲上楼去，发现埃米莉书房的门是锁着的，便一脚踹开，随后可能是看到房中正在进行数学以外的事。他开始大喊大叫，说他们正在密谋害他性命。不久，他们三人在沉默中走下楼，并一言不发地吃完晚饭。克莱罗走后，埃米莉用一番好话使得伏尔泰由阴转晴。从那以后，她努力做到遵时守时。

另有一回，这两位哲人正在一边喝咖啡，一边进行一场激烈的争论。其间，为了阐明某一观点，伏尔泰从他的椅子上跳起身来。在这么做的过程中，他不小心撞到埃米莉手中的杯子，使其摔成碎片。那是一件漂亮的德累斯顿瓷器，里面衬有黄金，外面饰以带有人物的风景画，且是他亲手送给她的。这之后，埃米莉十分难过地回到她的房间。伏尔泰则将破碎的瓷片交给隆尚，吩咐他前往拉弗勒奈先生（M. la Frenay）位于西岱岛的瓷器店，看看有没有跟它相似的杯子。隆尚并没有找到跟那只碎杯一样好的杯子，但他带回六只杯子供伏尔泰从中挑选。伏尔泰选中的那只要价十路易。他尽力还价，但拉弗勒奈先生拒不退让，而且伏尔泰必须一次性付清。好在埃米莉最后喜欢那只杯子，并面带微笑地收下它。这才使得一切再次恢复平静。

在 1748 年的新年，伏尔泰他们去往西雷。当时，整个巴黎都在说伏尔泰遭到了流放，但并没有证据能证明此事。而且这种说法的来由千差万别。一些人说，在伏尔泰的一首诗歌发表后，王后和她的孩子们坚持要求将他流放，因他在这首诗里劝告国王和蓬帕杜 178
夫人守住他们彼此的魅力。其他人给出的理由则是，他曾对王后最喜爱的赌博游戏卡瓦尼奥勒说过不敬的话，称其单调乏味。他并不是唯一一个这样想的人，卡瓦尼奥勒早已过时，每当朝臣们被迫去玩这一游戏时，他们都会抱怨不已。“当然，”伏尔泰说，“若我真的说过如此可怕的话，且对遭到冒犯的卡瓦尼奥勒负有罪责，那无论受到怎样的处罚，我都罪有应得，这是合情合理的。”他否认他遭到流放，按照流放一词最为严格的定义，这很可能不假，但凡尔赛宫现在无疑是将他当作敌人对待。他说他之所以要离开巴黎是因为他只是埃米莉这个太阳系里的一颗行星，故不得不在她的轨道上运行。

他给西代维尔写信说：“我现在的生活并不是我希望中的样子，身处这个世界中的我们就如同受人摆布的木偶。”他同时也给德尼夫人写信道：“无法与您在暗中安然厮守，我感到既愚蠢又悲伤。唉，不能和您同居于一个屋檐下生活是多么令人沮丧啊!”德尼夫人那会正威胁他说要嫁给一位她在里尔认识的军人。伏尔泰则说她必须做让她自己感到高兴的事。如果她结婚，他最大的希望即是婚礼仪式过后，紧接而至的就是一场（她丈夫的）葬礼。但他并不会以任何方式去对她施加影响。与此同时，伏尔泰说，每当她给西雷写信，“下笔必须小心，因为寄来的信有时是开着的”。“那位夫人正看着我写信。”

伏尔泰和埃米莉这两位哲人离开巴黎时天气十分寒冷，他们是在晚饭后动身的。为了节约时间，埃米莉总是会选择在晚上旅行。她说她在路上无法工作，但可以睡觉。马车上的她、伏尔泰以及她的女仆均被各种各样的包裹和在最后时刻扔上来的物品卡在他们各自的位置上。车厢里满得连一根针都放不进去。他们第一站将抵达肖夫兰先生（M. de Chauvelin）位于楠日（塞纳—马恩省）附近的一栋乡间别墅。这位先生是国王的大臣之一。由于肖夫兰当时并不在别墅中，伏尔泰他们就派隆尚骑马去告知那里的仆人他们即将到来，并把房间里的火生好。在楠日，隆尚发现当地的客栈房门紧锁，所有人都到镇子的另一边参加舞会去了。好在一位热心肠的邻居为他跑了一趟，将客栈里的马夫找了回来。隆尚命令他们为伏尔泰换好马匹，接着向他们询问去肖夫兰先生家的路。他们说去那里的路很复杂，但他们有一匹认识路的小白马，并愿意把它借给隆
179 尚。如此一来，在经过他们口中的某条从主路岔出的弯道后，他只须对马儿下令前行即可。他予以照办，之后，这匹不枉信任的灵物果真将他带到肖夫兰先生的别墅前。那会儿，整栋屋子当然是一片漆黑。他敲门叫醒仆人，告诉他们做好一切必要的准备。他们便急忙跑到禽舍，宰了几只鸽子和一只鸡，并迅速将它们放到烤叉上烘烤。接着，时间一小时一小时地过去，但迟迟不见来客的踪影。

与此同时，载着两位哲人的马车一直在以小跑的速度行驶在自巴黎到楠日的大路上，直到他们猛地从第一觉的梦中惊醒。由于后车轴断成两截，整辆马车轰然倒向一侧。被埋在两个女人和所有包裹之下的伏尔泰认为他正面临被闷死的危险。于是乎，整个空中都是他的尖叫声。但很长一段时间内，他都不得不待在原地。一名男

仆在这起事故中受了伤，剩下的男仆好不容易才把车中的乘客从倒翻朝上的门中解救出来。迫于无奈，他们最后都是被拽着腿拉出来的。伏尔泰是最后一个，且一直在大喊大叫。但他们带在身边的这四位男仆，在其中一人已失去作用的情况下，无法将马车恢复原位，所以必须派人去最近的村庄求援，也就是几英里外。在等待援助期间，软垫被铺在覆有积雪的路缘上，伏尔泰和夏特莱侯爵夫人就坐在上面。虽然穿有皮衣，但他们依旧冻得瑟瑟发抖。那一晚的夜空星光灿烂。他们所在的乡间地势平坦，既无树木，也无房屋。两人看着头顶的苍穹从一端的地平线延伸到另一端。酷爱天文的两人从未见过如此清晰的天国地图。成千上万个巨大的球体悬挂于太空之中，当他们凝视四周，对它们的性质、走向和终点加以揣测之时，他们很快就忘掉了寒冷和所有的烦恼。只需再来一台望远镜，他们就会沉浸在百分之百的幸福里。但一伙农夫的到来过早地打断了伏尔泰和埃米莉。他们带着绳索和工具。马车随后复位，农夫们又尽他们最大的努力修补好车轴，可最后所获的报酬仅有少得可怜的十二里弗。在这帮旅客及他们的行李再次被装上车的时候，农夫
们又是发牢骚，又是愤怒地争论，但都是白费力气。不过，他们依 180
旧笑到了最后。修好的马车还没走出五十码，就再次倾倒在路上，这次是倒向右边。当然，心怀不满的农夫们现在拒绝提供帮助，若不先孝敬他们一大笔钱，他们绝不会再次展开修理工作。最终，在天已大亮时，车轮才重新转动，旅行得以继续。正当隆尚准备出发去看看他们究竟发生何事的时候，那两位哲人恰好抵达肖夫兰先生的别墅，他们来后对着烧鸽和烤鸡一顿狼吞虎咽，然后上床休息，

一连睡了好几个钟头。

他们此次离开巴黎是临时而为，西雷的人尚不知他们要来。所以尚邦隆夫人以及其他所有的邻居，都没有在那里欢迎他们回归。但这很快就得到调整。那位可爱的香槟区人带着一位侄女抵达，整个街坊四邻也都蜂拥而至，并立即开始彩排一部喜剧。几天后，在一片欢快的喧闹声中，一辆马车驶进西雷的庭院。这辆马车很不寻常，十分豪华，车身上文着波兰前国王斯坦尼斯拉斯的盾徽，从中下来的是一位身穿黑色僧服的神职人员：梅努神父（Père Menou），一名耶稣会士。一张陌生的面孔总会使一个小团体活跃起来，正在忙碌的一屋子人纷纷向他表示欢迎。来到这里的他如果不能参加表演，可以坐到观众席上鼓掌喝彩，后一种做法对伏尔泰他们而言其实更加合宜。他于是照办。作为一名观众，他是如此有鉴赏力，乃至伏尔泰宣称他为自己所见过的最为开明的耶稣会士。但谁能料到，比起神父，这位来客更像是童话中的巫师，他将施展魔咒，使西雷的欢声笑语都变作悲悼哀鸣。

19

一份邀请

An Invitation

梅努是国王斯坦尼斯拉斯的宫廷神父，他从他的主人那里给西雷的两位哲人带来一份邀请。不知他们是否愿意随他一同回到吕内维尔？他定是第一个，也是最后一个想要把伏尔泰引进自己势力范围的耶稣会士。他之所以会做出这种鲁莽之举，是迫于以下的境况。

已两次被赶下波兰王座的斯坦尼斯拉斯国王如今正在以洛林统治者的身份安度晚年。他的宫廷就如同一个微型的凡尔赛宫。但他的宫殿并不在洛林首府南锡，而是在距南锡数英里之外的一个驻防小镇吕内维尔。就像他的女婿路易十五那样，斯坦尼斯拉斯在其宫殿附近也拥有一些只需一天便可轻松抵达的乡间别墅。每当他想摆脱朝中众臣的时候，他就会带上几位友人前往其中一处别墅。他同样十分喜爱建筑，经他重建的南锡成为欧洲最美丽的小镇之一。正是在该镇斯坦尼斯拉斯广场的启发下，法国国王才修建出路易十五广场（协和广场）。此外，斯坦尼斯拉斯也像路易一样有一个被忽视的王后，并受控于一位美丽的夫人。他的亲戚奥索林斯基公爵（Duke Ossolinski）在吕内维尔享有“公爵殿下”的头衔，就跟路易十五的堂亲波旁公爵在凡尔赛宫的头衔一样。在斯坦尼斯拉斯统治洛林的初期，他的宫廷及其中的办公场所满是他招来的波兰难民。然而，在他年老的情妇“公爵夫人”（奥索林斯基公爵夫人）顺其自然地被年轻的洛林女性——布夫莱尔侯爵夫人——取代后，吕内维尔的氛围变得非常法国化。

斯坦尼斯拉斯是一个快乐的老翁，洛林人民都十分爱戴他，尽管他们对洛林原先的统治家族怀有深厚的感情，且为这样一个事实
182 苦恼不已，即在斯坦尼斯拉斯死后，他们古老的洛林公国将会沦为法国的一个省份。但是，再没有两个人能像他和他的“首相”拉加莱齐埃侯爵（Marquis de La Galaizière）那样，把这段难于应对的过渡时期承接得如此之好。拉加莱齐埃侯爵实际上是法国派来的监管人。他们两人完美协作，共同统治着洛林：国王扮演傀儡，侯爵负责干活——在所有的事务上都是如此，包括他们与布夫莱尔夫人的关系。

这位爱说笑的美人——她的情人们忌惮她的笑话远过于她的不忠——生来就是被当作国王的情妇来培养的。她是博沃亲王夫人十八个孩子中的一个，这位夫人在利奥波德公爵（Duke Leopold）统治洛林期间从未停下自己生育的脚步[1]。斯坦尼斯拉斯爱慕布夫

[1] 博沃亲王夫人 1704 年嫁给博沃亲王，1706 年成为利奥波德公爵的情妇。

莱尔夫人，但他也认识到，对方是一个比自己年轻三十岁的可爱女子，已过六旬的他很难奢望可以满足她的所有需求。所以，在与之相处的某个时刻，他会离开她的房间，并说：“余下的事必须由我的‘首相’来告诉您。”（这是路易十五最喜欢的故事）拉加莱齐埃同样热烈地爱着布夫莱尔夫人。她本人是对“风情万种”一词的完美阐释。无论是在她生时还是死后，从未有人说过她的坏话。她很喜欢凡尔赛宫的蓬帕杜夫人（她的姐姐米尔普瓦侯爵夫人是蓬帕杜夫人最要好的朋友）。如同那位夫人，她也受过良好的教育。她写的轻体诗可圈可点，令人着迷。而且，她还是一位颇有造诣的粉笔着色画家。她的身上汇集着人类所有的美德，除了贞洁。虽然国王在她心里有一块特殊的位置，拉加莱齐埃也是她一生所爱，但她其余的情人加起来足有一个团之多。1748 年的时候，她正处于一段新恋情的开端。一两年前，帕帕——格拉菲尼夫人的帕皮雄——曾是她的宠儿。不过，尽管他和布夫莱尔夫人都将他们这段爱的回忆一直珍藏到晚年，但作为情人，帕皮雄有一个显著的劣势：当他的情妇依偎在他怀中之时，他对她的欲望就会凋零，待到佳人离去后，其欲火又会熊熊燃起。在这一情况下，毫不令人吃惊的是，布夫莱尔夫人在仍对帕帕心存关怀的同时，就转向他的朋友圣朗贝尔的怀抱。

圣朗贝尔侯爵在历史学家那里是一个不被善待之人。伏尔泰和
让-雅克·卢梭的仰慕者都有理由对他刻薄寡恩。作为一个诗人， 183
他的诗歌早已过时；他的贵族头衔甚至还曾遭到过质疑。但在他同时代人的眼中，他是一个颇具魅力的人。在吕内维尔，他因自身的

举止而在朝臣中显得与众不同，他的行为着实跟其他朝臣不一样。喜爱欢快自在的斯坦尼斯拉斯国王将其宫廷之中的礼仪统统废除，致使那里宛如一个规模盛大但场面滑稽的乡村别墅聚会。朝臣们从早到晚叽叽喳喳、喧嚷嬉闹，恶作剧也受到鼓励。而一切的中心则是一个十分讨人厌的侏儒，他叫贝贝（Bébé），会藏在女人的裙底下，消失于玉米地中，且总是一副坏脾气，经常打碎瓷器，对待动物也很残忍，但却深得斯坦尼斯拉斯的欢心。他住在一栋三英尺高的房子里，穿着一身轻骑兵的制服。“试想一下，”埃诺庭长写道，“他那愚蠢的母亲没准还在花时间祈祷他能长大哩！”

在这个生机勃勃的社会里，圣朗贝尔秉持着一副引人注目的孤高姿态。他用一双轻蔑的眼睛观察着周围的滑稽行为。他从不夸大其词，也从不奉承他人，且很少展露笑颜。他身上有一股拜伦式的气质。和拜伦勋爵一样，他也是一名诗人，尽管没有那么才华横溢。自然和乡村是他笔下的主题。德芳侯爵夫人说他为人“冷漠、无趣、虚假”，不过，除了她自己那个小圈子里的成员外，这位夫人几乎从未说过别人的好话。她同时说他的诗“若没有松树、藤蔓和盘绕的野蔷薇，他就不知该如何进行下去了”。狄德罗也曾评论道，虽然他的身体可能处于田野之中，但他的灵魂仍留在城镇里。尽管如此，圣朗贝尔依旧在法国小众诗人中占有一席之地，并在后来成为法兰西学术院的一名院士。

圣朗贝尔是一个能在爱情里做到持之以恒的人。他与乌德托夫人（Mme d'Houdetot）的恋情整整持续了五十二年。这位夫人也曾与让-雅克·卢梭相爱过。她和她丈夫乌德托先生，一直相处和睦。

当他们想为自己的金婚举行庆祝活动时，圣朗贝尔因为嫉妒而大发脾气，并横加干涉。在圣朗贝尔年轻的时候，他喜欢俘获他人的心，也喜欢打破一段恋情。女人们爱他的时间通常要比他爱她们的时间更长一些，可布夫莱尔夫人却并非如此，尽管他们的恋情在进行期间简直狂热到极点。虽说斯坦尼斯拉斯和他的“首相”对这位夫人接连不断的背叛都持容忍态度，但她却竭力向他们隐瞒她与圣 184
朗贝尔的关系——因为它过于出格。

布夫莱尔夫人是世上最不贪心的女人，她收受的礼物和恩惠几乎比有记载的任何一位王室情妇都要少。但是，如果仅因缺乏一点谨慎之心，就失掉她显赫的地位，那便是愚人之为。而她并不是一个愚蠢的人。况且，她十分喜欢她的老国王，并爱着拉加莱齐埃。可另一方面，她和圣朗贝尔又不满足于临时来一场匆匆的约会；他们喜欢整夜厮守在一起，在对方怀中入睡，又在对方怀中醒来。这安排起来就相当有难度。圣朗贝尔是布夫莱尔夫人的弟弟亚历山大·德·博沃（Alexandre de Beauvau）军团中的一名上尉，他经常在吕内维尔的镇上执行驻防任务，但在宫中并无任职，因此也就没能在宫殿里分得一间房。他去宫廷只是为了讨好王室，就跟其他军官一样。布夫莱尔夫人在宫中的套房位于一楼，房间的进出口连着街道，但是来来往往都会受到卫兵的监视，所以从来都没有秘密。然而，她发现在她自己的套房和王宫的教堂之间有一个小空房。于是，她设法躲过所有人的耳目，成功地将一张床放入其中。她和她的情人就在那里共度良宵。幸运的是，国王斯坦尼斯拉斯每晚九点前就会入睡，最迟也从不超过十点。长期以来，他的情妇一直都对他的这一习惯鼓励有加。

洛林宫廷迁往国王的一处乡间府邸科梅尔西（Commercy）堡之后，这对恋人就更难相会了。斯坦尼斯拉斯将他的一帮好友邀请至那里，但他对圣朗贝尔怀有一股说不出的厌恶感，所以从未邀请过他。每天晚上，布夫莱尔夫人的房里都会有一场夜宴，圣朗贝尔自不会是其中的一员。科梅尔西堡可没有被人遗忘的角落，且连一只老鼠都藏不下。他们能成功相会吗？他们当然做到了，布夫莱尔夫人最后总有办法达成她的目的。在科梅尔西堡有一个橘园，橘园的一端连着布夫莱尔夫人的房间，另一端则通往乡村神父勒·屈雷先生（M. le Curé）的住宅。就像其他所有人那样，这位神父也拜倒在布夫莱尔夫人的魅力之下。她与他商量妥当，圣朗贝尔夜间会一直在他的客厅里等到国王上床休息。待一切安全后，布夫莱尔夫
185 人就会吹灭她窗户旁的一根蜡烛作为信号，这时，圣朗贝尔便可穿过橘园，去往她的身边。

只可惜布夫莱尔夫人并无忠贞之心！1747 年，圣朗贝尔前去参战，当他归来时，他在布夫莱尔夫人那里的位置已被一个鲜为人知的达代马尔子爵（Vicomte d'Adhémar）所取代。这位夫人发现她与这位子爵的恋情进行起来要更为容易一些，因为斯坦尼斯拉斯相当喜欢达代马尔。圣朗贝尔痛苦不堪，且并没有保持沉默。带有韵律的斥责滔滔不绝地从他的笔下涌出。他的举止也变得比以往更具阴郁及浪漫气质。

布夫莱尔夫人和斯坦尼斯拉斯国王所拥有的朋友大多数都重合，但并不包括梅努神父；他们两人还拥有一模一样的喜好，除了

那位神父的宗教礼仪。这位夫人相信天堂即在人间，而斯坦尼斯拉斯则虔诚得恰如一个波兰人[1]。梅努神父会在讲道台上和告解室内严厉地批评国王罪已致死的孽行——婚内通奸，使他颤抖不已。斯坦尼斯拉斯每次从教堂出来的时候，常常下定决心要痛改前非。除此之外，在对国王的控制上，这位神父还有另外一招。就像每个喜欢卖弄聪明的人那样，斯坦尼斯拉斯觉得他必须写一些法语诗。在这方面，梅努神父对他的作用无异于若尔丹——有时是伏尔泰——对腓特烈的作用，他会修改他的法语作品，使其语法合乎规范。为了取悦他的神父，斯坦尼斯拉斯在南锡修建了一座耶稣会会所，并在其中为他自己留有几个精致的房间。他会不时前往那里隐居，在此期间，拉加莱齐埃先生和布夫莱尔夫人的其他爱慕者会好好利用他不在的机会，而梅努神父则会将他带入深深的忏悔情绪之中，布夫莱尔夫人被扫地出门仿佛已成定局。但是，每当斯坦尼斯拉斯再次看到她时，他就会丧失决心，且变得比以往更加多情。那位侯爵夫人可是一件珍宝，不是能轻易扔掉的；她美丽、聪颖，是一位出色的女主人，经她打理的吕内维尔极具情调。此外，更重要的是，斯坦尼斯拉斯对她一往情深。在她的陪伴下，他对地狱烈火的恐惧显得十分荒谬，人间的快乐似乎才是最为重要的。侯爵夫人一看到国王又再次拜倒在她脚下，就开始连哄带骗地让他把那位告解神父打发走。嗯，为什么不呢？于是乎，神父和情妇为除掉对方使出浑身解数，可怜的老国王被夹在中间饱受折磨。最终，他灵机

[1] 波兰是非常虔诚的天主教国家，曾有高达百分之九十五的人口信奉天主教。

一动，何不把他们两人一同留下呢。对为人随和、一心只求清静生
186 活的布夫莱尔夫人而言，这再好不过了，但那位神父却从未放下撵
她出门的计划。他逐渐认识到，单凭对国王精神上的控制是不太可能成事的，他最大的胜算是用另一个女人取代布夫莱尔夫人。所以他开始四处奔走，为那位夫人物色一个合适的对手，但这样的人可不好找。她必须活泼、风趣、美丽，又不能太年轻，且须是一名高贵的洛林人，不论这一身份是生来就有还是婚后所得，这样，她才能被洛林小宫廷中的那些贵族们所认可。

他是在一个不眠的夜晚突然想到这个人的吗？没错，此人正是夏特莱侯爵夫人。为什么他早没想到她呢？她如今身在何处？西雷！这简直好得令人难以置信。他向国王斯坦尼斯拉斯建议，若伏尔泰和他那位著名的朋友能来访的话，那会十分有趣。这一提议让斯坦尼斯拉斯心生欢喜，那位侯爵夫人也是。她自小就与埃米莉相识，故预见到她的加入将会使他们的小圈子更有生气。至于伏尔泰，无论置身何处的宫廷，他都会为其增添光彩。所以，梅努神父奉王室之命，匆匆赶往西雷。伏尔泰和夏特莱侯爵夫人已对他们两人的独居生活心生厌倦，这时到吕内维尔走一趟于他们而言真是再好不过了。而且，现在前往王后的父亲那里做客对伏尔泰十分有利，此举将粉碎他遭到王后一派流放的谣言。于是，他们抛下西雷的邻居，取消原定的戏剧表演，并借来夏特莱侯爵先生从前线送回休整的马匹。以迅雷不及掩耳之势，他们再次上路，向吕内维尔进发。

20

吕内维尔

Lunéville

伏尔泰和埃米莉在吕内维尔受到隆重的接待。波兰王后已于1746年离开人世，其生前位于一楼的套房现成为夏特莱侯爵夫人的住处。伏尔泰则住在二楼，其下方即是国王的房间，一段秘密的楼梯将他的房间与埃米莉的房间连接在一起。不过，梅努神父很快发现，他将他们两人带来吕内维尔就是一个错误。夏特莱夫人来后与布夫莱尔夫人变得难舍难分，形同一对孪生姐妹兼闺蜜。而且埃米莉对斯坦尼斯拉斯丝毫没有想法。这位国王能给她什么呢？在她看来，成为伏尔泰的情人要比给世间最伟大的君王当情妇更加光荣。她已拥有无可非议的身份和地位；她也并不在意自身财富的匮乏；若她还想要什么的话，那便是爱。而波兰国王与其说适合做新的情人，倒不如说适合当老伴，但这样的老伴，她已经有两个了。

此次拜访以伏尔泰的一场重病拉开帷幕。患病期间，斯坦尼斯拉斯对他关怀备至。伏尔泰像往常那样以卧床休息、禁食和汤药进行治疗，没过几天便可下床活动。他接着投身到多部喜剧的创作上，为宫廷里的所有妇女写诗作赋，并使欢快热闹的场景常驻于宴会之中。他将对国王善良品性的描述化作一封封热情洋溢的信件，并把这些信散布到四面八方。他说，这位国王遭受的所谓放逐是多么美好啊！吕内维尔是一座具有魔力的王宫，内有一位国王，对可怜的流放者的到来满心欢喜。为欢迎伏尔泰的到来，戏剧《梅娄普》被搬上吕内维尔的舞台，伏尔泰在观看时情至忘我，对他自己所写的悲剧潸然泪下。与此同时，另一边的夏特莱侯爵夫人已将乌达尔·德·拉莫特（Houdart de la Mothe）的戏剧《伊塞》（*Issé*）演了三遍。然而，从伏尔泰信中的字里行间，人们可以看出少了些什么。毫无疑问，他想念德尼夫人，但这并不是全部。他还想念着
188 法国宫廷和路易十五。

斯坦尼斯拉斯国王对彰显智识之事一向心怀好感。他对伏尔泰很是喜爱，既不会为他所激怒，也不会在他面前感到窘迫，他从不怠慢伏尔泰，总是竭力讨好。但他只是波兰的前国王，不是法国的统治者。洛林宫廷的朝臣们也个个讨人喜欢，且无势利之心；他们并不在乎（或者说不太在乎）对方的地位和出身，更从没想过要冷落伏尔泰。可他们只是地方上的人。同时，这里虽有言论自由，却找不到能与之畅所欲言之人。总而言之，吕内维尔不是凡尔赛宫。凡尔赛宫可能有许多愚蠢和不足的地方，但它是宇宙的中心，是至尊君王的宫殿，也是世上最重要的政府所在地。虽然它的力量和重要性正在下降，可这目前尚不十分明显。凡尔赛宫的社会圈子并非

仅限于一帮朝臣，几乎每一个有趣或有影响力的人最终都会抵达那里。在凡尔赛宫，当轻浮的年轻贵族们正于绿色的小径或镀金的殿宇中虚度光阴之时，宫殿的另一边，法国的元帅们可能正声势浩大地出征前线，并引得朝中大臣、大使陪着国王一同观看。法国是真实受到凡尔赛宫管辖的。而吕内维尔的一切皆是徒有其表，那里的社会因过于浮华而显得无趣。布夫莱尔夫人上年纪后成为一个喜爱读书之人，她说这是因为她必须以某种方式从她周围无休无止的闲聊中逃离出来。

伏尔泰当时也想逃离，他渴望回到巴黎，但夏特莱侯爵夫人却不让他离开洛林。这位夫人在吕内维尔简直是如鱼得水。她在那里受到的尊重和其夫头衔带给她的优越地位满足了她那颗货真价实的势利之心。她不停地赌博，以使她的灵魂处在一个健康的状态，并在一家陈设讲究的剧院担任女主演。在那里，她对珠宝华服的炫耀能比在凡尔赛宫发挥出更好的效果。当她想要工作时，她就一脸傲慢地退回到她的套房中，不许任何人去打扰她。她并没有意识到，她在大家眼中其实就是一个惹人喜爱的笑话，尽管伏尔泰已相当敏
锐地察觉到这一点。当时，在吕内维尔流传着一则八卦传闻，一个 189
匿名的人说夏特莱侯爵夫人是一个“疯女人，她对原子的了解比对自己的家庭还要多”。伏尔泰对此评论说，这是一派胡言。她在她的家庭上不知花费了多少心力。她已在军中为其丈夫和儿子谋得极好的职位，并为她的女儿找到一位条件优异的意大利公爵当丈夫。她还能做什么呢?

在伏尔泰和夏特莱侯爵夫人来到吕内维尔后，没过多久，梅努

神父的魔法便开始发挥作用。然而，就像魔法惯有的表现那样，它的作用途径总是与魔法师心中所想的那条略有不同。埃米莉现已坠入爱河，但其对象是布夫莱尔夫人的情人，而不是斯坦尼斯拉斯。之前，由于看到旧情人与达代马尔先生正打得火热，圣朗贝尔继续沉浸在痛苦里。可当夏特莱侯爵夫人抵达吕内维尔后，看到长相俊俏、活力四射并急于讨好别人的她，圣朗贝尔想起了那效果卓著、能致人爱恋的魔药，即一定剂量的嫉妒。他开始大张旗鼓地追求埃米莉。这对他而言毫无难处，因为他觉得她十分有魅力。而对一切都是一副嘲笑态度的布夫莱尔夫人在这件事上同样是嘲笑以待，但夏特莱侯爵夫人却没有笑。随着欲望和情感的发酵，她最终倒在圣朗贝尔的怀里，并宣布要和他共度余生。当然，是和他、伏尔泰，还有夏特莱侯爵先生一起；圣朗贝尔的作用在于增补，而非取代。此时，布夫莱尔夫人依旧是一脸嘲笑，她将一个秘密房间的钥匙交给埃米莉，房间内有一张床。圣朗贝尔现在不安地发现，他原先的打情骂俏已经演变成一场正式的恋情。

夏特莱侯爵夫人做任何事本就难免出格，而今，她在这场恋爱中所表现出的激情，简直让人想想都觉得脸红。她已年至四十三岁（比圣朗贝尔年长十岁），是我们文明有史以来所孕育出的最博学的女性之一，且从事着一份许多科学家都觉得难以胜任的工作（翻译牛顿作品）。她同时育有两个长大成人的孩子。除此之外，那个时代最伟大的作家还对她马首是瞻。但是她写给新情人的信件读起来仿佛是出自一个既聪明伶俐又歇斯底里的女学生之手。他们两人的恋情是从写在花边纸上的小便条开始的，埃米莉会把这些便条塞入布夫莱尔夫人的竖琴里，好让她的心爱之人在晚宴上发现。随着时间的推移，他们的便条变得更绵长、更悲伤、更多愁善感，且两人之间没有笑话、没有闲聊，什么都没有，只有自怜、爱和对未来的计划。他们都非常沉闷。

但与此同时，圣朗贝尔却在那个秘密的小房间不幸病倒。他当 190
时发着高烧，身上长满疹子。夏特莱侯爵夫人已对疾病习以为常，尽管她自己从没得过病。她将大量的茶、汤药和塞得利兹(Seidlitz)[1]水灌入他的体内，又把成堆烤制的鸡肉和山鹑肉送到他的嘴中，并不时地让他开窗通风。她还会在其他人都上床休息后溜下楼梯，好在他睡觉时照看他。渐渐地，圣朗贝尔病情好转。很快，埃米莉对他的关怀就得到回报，他说：“我希望我昨晚没有使您过于担忧。”在帕帕成为他们中间人的情况下，这对恋人现在把时间都花在写信和交换信件上。在其中的一封信中，圣朗贝尔这样写道：“一觉醒来，读着您那令人陶醉的信件，体会到爱您和被您所爱的幸福，真是一件十分甜美的事。我觉得若离开您的信，我绝对无法活下去，它们就是我生命中的乐趣。您从未像现在这样温柔、讨喜、惹人爱慕。”

但一段恋情中若有一方像埃米莉那么专一且占有欲极强，那就不可能长久地保持轻松愉悦。圣朗贝尔病情一好转，埃米莉就开始又吵又闹。例如，他今天对她如此冷漠，好像几乎都没有想过她。他也从不说有什么临时的办法，能使他获得更多与其相处的时间，

[1] 塞得利兹，捷克的著名碱质矿泉地。

甚至完全都没提过想多陪陪她这回事。为什么他从不注视她？他是只想和她在一起吗？他不渴望和她共度余生吗？这便是对爱的考验，在他们不在一起的时间里，每分每秒都是一种煎熬。他若去她的房间，他们就可单独在一起，但为什么他从来不去呢？她为其煮的鸡蛋会在等待中变凉，但她不会。眼下，她似乎已搞砸所有的事情，并触怒了他。他必须原谅并忘记她昨晚所说的话，只记住他们在一起的快乐日子。她现在感到很抱歉，且已认识到自己行事不公，她唯愿自己过去能更充分地利用他们相处的时光，好在他的爱中获得幸福。她太容易心烦意乱，她本人也清楚这一点。当读着这些笔迹潦草且没完没了的文字之时，我们不禁纳闷，高度敏感的伏尔泰怎么能忍受得了她。

不过，圣朗贝尔表现得相当好。自他在埃米莉身上挑起这股非他所欲的激情后，他并没有采取任何残酷的手段去扼杀它，而是等着它自行消亡。埃米莉知道在这场恋情里，她陷得比他更深，但她
191 对此类情况已相当习惯。她只求允许她继续爱下去，对此，圣朗贝尔仁慈地表示答应，而且，当她恳求他推迟去意大利的旅行时，他甚至也予以照办。

至于伏尔泰，他满意地看到埃米莉正过得十分快活，但很可能并没有意识到她正沉溺于其中的乐趣是多么危险。当然，理性且自私的埃米莉从没有一刻认为她现在的行为有对不起伏尔泰的地方。既然他不再和她做爱，那就不能指望她会忠贞不贰。此外，尽管她对圣朗贝尔的爱犹如火山般炽烈，但她的灵魂并没有陷于其中。她永远无法像伏尔泰对待德尼夫人那样给圣朗贝尔写信，“肉体的欢

愉转瞬即逝，但我们之间的友谊、相互的信任、内心的快乐、灵魂的魅力，这些都不会消亡，也永不会被摧毁。我将爱您直到我死去”。埃米莉对伏尔泰的背叛是惊人的，但伏尔泰对她的背叛却是彻底的。

在 1748 年的 5 月，吕内维尔的宴会中断了一阵子，因为斯坦尼斯拉斯要去他的王后女儿那里进行定期的拜访。而伏、埃两位哲人则要取道西雷，前往巴黎参加《塞米拉米斯》的彩排。圣朗贝尔也回到南锡的部队里。夏特莱侯爵夫人设法与他在那里度过了几天快乐的日子，其间，布夫莱尔夫人一直在吕内维尔给伏尔泰找乐子，好使他不起疑心。这之后，埃米莉在爱情中陷得更深，而圣朗贝尔却恰恰相反。埃米莉前脚和伏尔泰抵达西雷，后脚就因对布夫莱尔夫人和圣朗贝尔的猜忌而陷入折磨。布夫莱尔夫人当下在吕内维尔清闲无事（布夫莱尔先生和拉加莱齐埃已随国王去往凡尔赛宫），圣朗贝尔在附近的南锡也无太多事可做。埃米莉十分清楚，布夫莱尔夫人只须一声令下，圣朗贝尔就会再次成为她的奴隶。她因而无法像她先前计划的那样安下心来工作，只能不停地写信。“这实在是太漫长了。”她有时会说（的确，太漫长，同时也太过哀怨）。她认为圣朗贝尔正身处吕内维尔，且几乎都没把她放在心上。而事实则是他并无爱的能力，但既然她的心已归他所有，他要如何应对一颗像她那样的心呢？他必须到西雷来，否则她无法相信他在南锡告诉她的一切。最终，他来到西雷，并在那里停留了二十四小时。这暂时打消了埃米莉的疑虑。到巴黎后，埃米莉的心里平
静许多，因为布夫莱尔夫人已在特里亚农宫与斯坦尼斯拉斯国王相 192

会。每当他来看望王后时，路易十五总会把这座小宫殿借给他使用。然而，他们在那儿只多待了一周的时间。随后，布夫莱尔夫人一回到吕内维尔，圣朗贝尔就再次加入当地的驻防部队，这似乎只是个巧合，但相当令人讨厌。他的信件也变得十分简短，而且（夏特莱侯爵夫人注意到）其中的字母非常大，好像他急于要把每一页填满似的。不过，他确将她唤作“我亲爱的情人”，这算是一个小小的安慰。

“我爱您，我爱您。”埃米莉对其心爱之人的情感吐露统统如此，并无特别高明之处。她正在让人为圣朗贝尔制作一块带有一根秘密发条的手表，里面将放置一幅她的画像。这块表是要和她送给伏尔泰的那块一模一样呢，还是他更喜欢别的样式？从他的回复中，埃米莉看出他真的对此毫无想法，跟伏尔泰一样的表就行，但他想让迷你肖像中的她戴上伊塞的头饰。很好，如他所愿。此外，她希望他不要生气，因为她将寄给他一大罐胡桃油，它对头发稀疏的人有极好的效果。他必须像法利赛人(Pharisee)[1]那样对自己的脑袋施涂油礼。贝尼斯神父当时正在写一首诗，主题是季节，太可怕了，这与圣朗贝尔自己所选的诗歌主题如出一辙。“卖花女巴贝”一定是从吕内维尔的某人那里听来的。夏特莱侯爵夫人此时此刻已派人请来“巴贝”，后者已为她读罢那首诗。该诗非常沉闷，与圣朗贝尔的十分相像。人们没有必要苛责埃米莉，说她多管闲事。毫无疑问，夏特莱侯爵夫人这样做是出于好意。没人会为了取乐而去

[1] 法利赛人，一个犹太人宗派，曾流行于耶稣的时代，涂油礼是该教所遵守的礼节之一。

听贝尼斯写的一首长诗。现在，她必须转过来训斥圣朗贝尔一顿。他似乎一直在挑拨她与布夫莱尔夫人之间的关系。这对夏特莱侯爵夫人而言极为不利。有一件事是肯定的，布夫莱尔夫人作为朋友要比圣朗贝尔作为情人好上许多——然而，这并不是重点。对夏特莱侯爵先生而言，目前最重要的就是在吕内维尔获得一个官方的职位，而他的妻子就指望布夫莱尔夫人来促成此事。如果斯坦尼斯拉斯国王再次对夏特莱侯爵先生的任命不予考虑，就像他之前遭遇的那样，他和夏特莱侯爵夫人可能就无法继续留在吕内维尔。他们将不得不永远离开洛林，前往西雷居住。由于圣朗贝尔的爱并不能撑过短暂相会后的长期分离，所以他定能明白夏特莱侯爵先生获得任 193
命的绝对必要性。夏特莱侯爵夫人真的必须乞求他小心行事，务必把布夫莱尔夫人笼络在他们这边。

《塞米拉米斯》的排练目前进行得十分顺利，演员们仍在熟悉自己的台词。为了亲自安排这出戏剧，也出于其他一些原因，伏尔泰渴望能留在巴黎，但埃米莉当然是想回到她的情人身边，并一如既往地我行我素。最后，伏尔泰在身患疾病且可能已是生命垂危的状态下被送回——他说，如同一件（被包裹好的）行李——洛林，国王的宫廷当时正在科梅尔西堡。

在途经马恩河畔沙隆的时候，伏尔泰他们遭遇了一次不快。夏特莱侯爵夫人在旅途中总是自带食物。她说这是为了节省时间，但实际上是为了省钱。然而，当他们抵达沙隆时，她觉得自己想喝一杯汤，于是，他们便在那里的客栈旁停下。客栈老板娘见来的是一辆漂亮的马车，且听说马车属于夏特莱侯爵夫人，便亲自用一个带有银盖的瓷杯把汤端了出来。埃米莉喝完后吩咐隆尚把杯子还回去结账。但让他吓一跳的是，那个女人竟索要一个路易。隆尚觉得他应该跟埃米莉说一下。在他说罢后，埃米莉断然拒绝付款。接着，伏尔泰与那位老板娘展开较量，他说这样的敲诈行为会给她的客栈带来不好的名声。而她则回复说，无论是一顿饭还是一道菜，她都是明码标价的。争论随后进展到十分激烈的状态，一群人聚拢过来。但他们完全站在老板娘那边，并开始对路过的这帮旅客起哄。最终，面对不断升级的谩骂声，为了脱身，伏尔泰他们不得不在极不情愿的情况下支付了一个路易。

他们在当年的 6 月 27 日抵达科梅尔西堡，但埃米莉到后面对的却是残酷的失望。在与她心爱之人分开近两个月后，她当时自然是只想着与他来一次热烈的重逢。可那里却不见他的踪影，他也没给她留张便条，抑或是任何可以让她安心的信息。其他所有人都深情地向她表示欢迎，唯独圣朗贝尔那边是一片令人沮丧不安的沉默。于是，她没有像之前期盼的那样在他的怀里度过归来的夜晚，而是在当晚写下一封愤怒的斥责信。如果他没有办法来看她，至少也可以写一封信过来。由这一主题生发出来的内容足有几页纸之
194 多。然而，圣朗贝尔却在第二天出现了。如同以往，科梅尔西堡的宴会中依旧没有他的位置，他当时居住在勒·屈雷先生的家里，只有等到斯坦尼斯拉斯上床休息后，他才能加入其他人。届时，他会像之前那样穿过橘园，从容地走向埃米莉位于一楼的套房。

洛林小宫廷中的生活还是一如既往的欢快与空虚。伏尔泰在那里的时光尽为每日一次的乡间别墅之行和戏剧排演事宜所吞噬。埃

米莉就指望他来使国王保持愉悦的心情，直到夏特莱侯爵先生的任命确定下来。她当前正在恳求凡尔赛宫的达尔让松伯爵和陆军大臣将她的丈夫提拔为中将，这将更有利于斯坦尼斯拉斯按照她的意愿行事。

伏尔泰此时仍旧或是装作对埃米莉的变心毫不知情，如果可以的话，他无疑会愿意继续这样下去。然而，在科梅尔西堡的一天晚上，他于晚饭前去找埃米莉，想跟她说几句话。当时，埃米莉的前厅里并无侍者，他便像一直以来那样，不等通报，径直走进她的闺房。结果，他发现埃米莉和圣朗贝尔正处在最好不要被人打扰的时刻。伏尔泰顿时大发雷霆，毫不留情地痛骂他们。圣朗贝尔则是一脸冷淡且仍不失风度，他说如果伏尔泰感到不快的话，他可以离开房间，离开科梅尔西堡，然后到任何地方与之相会，到时伏尔泰可带上他所选的任何武器。伏尔泰可无意进行决斗。他迈着沉重的步伐愤愤离去，回到他自己的房间里，并吩咐隆尚立马去给他买一辆或雇一辆马车来，他当晚就要奔赴巴黎。由于当初来洛林用的是夏特莱侯爵夫人的马车，所以伏尔泰自己的马车并不在他身边。但隆尚觉得他最好先摸清这究竟是怎么一回事。他假装去村里找车，实际上却是直奔夏特莱侯爵夫人那里。埃米莉把事情的经过一五一十地告诉了他，并说必须不惜一切代价阻止伏尔泰离开科梅尔西堡。隆尚一定要设法拖延时间。待到伏尔泰稍稍冷静一些，她就会立即去跟他谈谈。于是，隆尚一直等到凌晨两点才回去跟伏尔泰说，他既没法讨来，也不能借来，更无法偷来一辆马车，因为整个科梅尔西堡都没有这样的东西。而伏尔泰则将一只鼓鼓的钱包交给他，并

195 说天一亮，他必须去南锡买来一种交通工具。隆尚接着又去找夏特莱侯爵夫人，她那会儿仍伏在她的书桌旁。她询问伏尔泰正在做什么，当隆尚说他已上床但肯定没有睡觉时，夏特莱侯爵夫人决定上楼去见他。隆尚遂先回到他自己位于伏尔泰套房中的房间，脱衣睡下。不一会儿就有人敲门，他便穿着睡衣起来开门，并通报来者为夏特莱侯爵夫人。伏尔泰见圣朗贝尔既已被他捉奸在床，所以就不怀疑埃米莉现在过来有什么阴谋。隆尚随后回到他自己毗邻伏尔泰的房间，透过墙壁，聆听着墙那边的一切。

他们两人的对话以英语开始，其间夏特莱侯爵夫人不断用她给伏尔泰起的英语昵称唤他。不久他们又切换回法语。“所以，”伏尔泰叫道，“在我亲眼看到那一幕后，您以为我还会相信这一切吗？我已将我的整个生命奉献给您——健康、财富，全部摆在您的面前，而这就是我得到的回报！背叛！”“不是这样的，”埃米莉回复说，“我依然爱您，但您必须承认，您已经好长时间不能交欢——我无意害您性命，没人比我更关心您的健康。但另一方面，我也要为我自己的健康考虑。既然您再也不能为它做任何事情，当我发现您的一位朋友可以的时候，您为此发这么大的脾气就是非常没有道理的。”

伏尔泰禁不住笑起来。“啊！夫人！”他说，“您当然还是一如既往的正确，但您真的应该设法控制一下，好让这些事情不在我的眼前发生。”说罢，伏尔泰恢复平静。夏特莱侯爵夫人吻了他一下，便回到自己的房中。第二天，她还必须去应对圣朗贝尔。他仍然认为自己受到了侮辱，并执意要与伏尔泰决斗。但夏特莱侯爵夫人指出，伏尔泰年纪太大，名声太响，不适合干这种冒险的事。在经过长时间的争论后，她最终说服圣朗贝尔去给那位德高望重的诗人道歉。当然，伏尔泰在收到道歉后怒火顿消，他说：“不，不，我的孩子，错的是我。您尚处在可以爱与被爱的幸福年纪。尽情享用它吧。一个像我这样又老又病的男人再也无法奢望那些欢愉。”他们言归于好，此后变得非常和睦。

伏尔泰当时写信给达尔让松伯爵说：“我目前正在一座美丽的宫殿之中，尽管我住处的主人是一位国王，但我仍然享有自由，这
里有我所有的历史书籍和参考书目，还有夏特莱侯爵夫人。可即便 196
如此，在世上所有的有识之士中，我依旧是最为不幸的一个。”

他同时也给德尼夫人写信道：“我无时无刻不在思索如何才能与您共度余生。”

21

“塞米拉米斯”

‘*Sémiramis*’

对一位作家而言，没有什么可以比推出一部新作品更能抚慰心灵、扫除烦恼了。伏尔泰是幸运的，《塞米拉米斯》的彩排目前已顺利步入后期，并将于8月上演。他本来决定不去巴黎观看它的演出，但是，斯坦尼斯拉斯意欲在法国宫廷迁往枫丹白露之前去巴黎看望他的女儿，他执意要带伏尔泰同去。这位国王对自己周遭发生的事几乎可以说无所不知，毫无疑问，他定是认为换个环境会对伏尔泰有所帮助。于是，事情便敲定下来，他们将各自的情妇抛诸身后，一同前往巴黎。布夫莱尔夫人当时宣称，她的医生要求她去普隆比埃接受调治，那是位于孚日山脉的一处矿泉疗养地。斯坦尼斯拉斯恳求夏特莱侯爵夫人跟她同去，就当是帮他一个忙。对此，埃米莉一百个不情愿，她当然是巴不得和圣朗贝尔继续留在空荡无人的吕内维尔。但她不太好跟国王说“不”。

普隆比埃虽在医疗方面享有盛名，但却没人喜欢去那里。当地氛围阴森忧郁，总是充斥着脾气暴躁的病患，给人可怕的不适之感。甚至连那里的气候都很糟糕。18 世纪的人们不时会在信件中收到来自普隆比埃的呻吟哀怨，同时亦须对奉医生之命、不得不去那里受苦的朋友表达恻隐之心。伏尔泰常跟腓特烈说，他之所以会留居于吕内维尔，只是因为他的身体状况需要他不停地造访普隆比埃。但事实上，他在吕内维尔期间从未去过普隆比埃，不过他年轻时倒是去过。

布夫莱尔夫人当时的状态其实好到极点，在她的计划里，这次 198
普隆比埃之行实则是她和达代马尔子爵的一次小蜜月。斯坦尼斯拉斯已派达代马尔前去照顾她。见她和圣朗贝尔的关系已经结束，斯坦尼斯拉斯松了一口气，并积极地鼓励埃米莉口中的这位“无趣的子爵”与布夫莱尔夫人发展恋情。与此同时，圣朗贝尔对自己被抛下一事感到怒不可遏，夏特莱侯爵夫人虽给他写去多封信件，但它们不大可能平息其愤怒的情绪。这些信以人们在普隆比埃惯有的糟糕体验开始。夏特莱侯爵夫人说她与另外五十个人被安顿在同一所房子里，这简直让人无法接受，而且几乎不可能开展任何工作。她的床位与一个可怕的老包税人的床位仅有一帘之隔。聊以自慰的是，永河畔拉罗什小姐（Mlle de la Roche-sur-Yonne）[1] 也在那里接受矿泉疗养。夏特莱侯爵夫人喝咖啡、泡澡以及吃每一顿饭，都是和这位王室公主（波旁—孔蒂家族中的一员）一起。所以，即便圣朗贝尔当时也在那里，他白天也不会见到他的心爱之人，因为夏

[1] 永河畔拉罗什小姐（1696—1750），路易丝·阿代拉伊德·德·波旁，第三代孔蒂亲王之女，一生未婚，但有许多私生子。

特莱侯爵夫人认为他和永河畔拉罗什小姐分属不同阶层。而在夜里，那位包税人将会是他们鱼水交欢的一个显著障碍——实际上，私通在那个拥挤不堪的旅馆里是不可能行得通的。最后，普隆比埃的生活是如此昂贵，圣朗贝尔根本负担不起。从这些对圣朗贝尔社会地位和经济状况的思考到抒发自己最为热烈的激情——“我已寻得那件珍宝，根据《福音书》的说法，我们必须为它放弃一切”——夏特莱侯爵夫人可谓一气呵成，中间几乎没用一个句号。

在文学实践的领域里，圣朗贝尔可不会甘于示弱。他回复说，她须得教会他少爱她一点。但他同时也采取了报复行动。一天，当外部的邮件抵达普隆比埃时，埃米莉有些恼怒地注意到圣朗贝尔也给布夫莱尔夫人写了一封信，后者读信后哈哈大笑，并炫耀似的把信撕得粉碎。而在接下来的第二次邮件里，他把一张给布夫莱尔夫人的便条随函附在给埃米莉的信中。不用说，埃米莉愤怒地打开它，且并不喜欢她的发现。“我疯狂地爱着您。”这是什么意思？埃米莉用一连串的指责质问他。它的意思就是，比起另一位情妇，圣朗贝尔依旧更喜爱布夫莱尔夫人。

199 此次普隆比埃之行的时间原定只有一周左右。但不幸的是，夏特莱侯爵夫人有多讨厌这次旅行，布夫莱尔夫人就有多享受它。这位夫人可没在势利心的驱使下整日黏在永河畔拉罗什小姐身边。她找到一群相处甚欢的朋友，与他们一起大笑、闲聊、玩彗星（comète）牌[1]。她也没有像埃米莉那样试图在一栋住有另外五十

[1] 旧时的一种纸牌游戏。

人，简直犹如沙丁鱼罐头的房屋里翻译牛顿的作品。斯坦尼斯拉斯已安排好一个迷人的房间供她单独居住，那里可没有包税人在床帘的另一头鼾声大作，但有来去自如的达代马尔子爵。布夫莱尔夫人就她的健康状况编造了一个十分荒唐的故事。其中的部分内容女人们通常不会跟男人讲起，但埃米莉在给圣朗贝尔的信中却有详细的叙述。埃米莉说，由于“她所谓的月经过多”，这次旅行被一天天地延长下去。布夫莱尔夫人这样做显然是为了惹恼埃米莉，她现在对埃米莉的态度已经由晴转阴。由于埃米莉日后能否留在吕内维尔完全仰仗于布夫莱尔夫人的支持，她便想尽一切办法去为她的这位朋友效劳。然而，她越努力讨好，似乎就越使对面的那个女人感到厌烦。这一态度转变的原因并不明确。也许，布夫莱尔夫人比她所表现出来的要更加在乎圣朗贝尔，或者，她可能认为埃米莉对永河畔拉罗什小姐太过关心。众所周知，法国王后曾想让她的父亲迎娶这位年事已高、相貌丑陋、为人沉闷，但却极其富有的公主，而且永河畔拉罗什小姐对这桩婚事也表示同意。这可完全不利于布夫莱尔夫人的处境。自从波兰王后去世后，她便过得更加快活自在，并不想和一位新王后分享她在吕内维尔的荣光。不过这一威胁不大。斯坦尼斯拉斯仍如往常那样快乐。他回吕内维尔时给他的情妇带来一份礼物：他已说服路易十五指派布夫莱尔夫人担任他的女儿们，也就是法国公主们的女侍。但公主们有多讨厌蓬帕杜夫人，就有多讨厌布夫莱尔夫人，这是出于对宗教的虔信。也正因如此，她们对这一安排感到不满，而更让她们不满的是，路易十五都没有亲自告诉她们这件事。她们是从这位新任女侍过分热情的感谢信中才得知此事的。

200 《塞米拉米斯》上演后不温不火。鉴于该剧是出自伏尔泰之手，人们普遍认为它并未合格。剧中有一个幽灵，它的出现从未给人留下好印象，而且，舞台上的观众群几乎无法得到控制。在法兰西喜剧院，观众是可以登上舞台观看戏剧的，这一愚蠢的惯例直到1759年才被警方禁止。在《塞米拉米斯》上演时，舞台上挤满了一群年轻人，其中有伏尔泰的支持者，也有反对者。他们对演员造成的干扰是如此之大，几乎使得表演陷入停滞状态。剧院中的引座员不得不冲他们喊道："先生们，先生们，请为幽灵让路。"对此，大家都觉得极其好笑，除了伏尔泰。他的敌人们现在以诗坛老将克雷比永（不要与他的儿子小克雷比永相混淆）为首。他有时会充当政府的文学审查员，曾是导致《穆罕默德》撤演的元凶之一。自那以后，伏尔泰经常刺激和折磨他，于是乎，两人之间的恨意与日俱增。

为了对他口中的"克雷比永的士兵们"予以回击，伏尔泰搬来救兵拉莫利埃骑士（Chevalier de La Morlière）。这位奇人在戏剧界有着呼风唤雨的本领，他几乎能左右一部戏剧的演出效果。他身材高大，引人注目，仪表庄重，给人以深谙世故之感，谈吐间满是文雅之辞。他的身上有一股神秘的气息，其所穿戴的异域饰物向来无人能识。他几乎就住在法兰西喜剧院里，能拍出冠绝巴黎的响亮掌声，同时还是以打哈欠表示不满戏剧演出的首创者。这位骑士指挥着一支一百五十人的戏剧捧场队伍，他们中的有些人是志愿加入，其余的则是受雇而来。在首映之夜的幕布升起之前，他们会齐聚在普罗可布咖啡馆，共同商讨行动计划。就像拉莫利埃一样，伏尔泰也将自己的一帮好友召集起来，同时对隆尚下令，凡掌声热烈之人，统统带往演出现场。此外，伏尔泰自己深知如何在剧院中彰显他的存在。有他出席并前排就座的夜晚，演员们唯恐避之不及。他是一个极其坐立不安的人，整个表演期间会不停地跳上跳下。一旦有任何不利于演出的表现，哪怕是轻微的低语或咯咯的浅笑，他都会起身大喊：“肃静，野蛮人!”《塞米拉米斯》的首演之夜与其说是一次娱乐活动，倒不如说是一场战争，不过，它仍获得收益。当晚剧院里的观众共有一千一百一十七人，票房收入高达四千零三十 201
三里弗。像往常一样，伏尔泰将他的获益都送给演员们。该剧接连演了十五个晚上。

《塞米拉米斯》之战带来的精神压力使得伏尔泰再次患上重病。我们从隆尚那里得知他当时正在跟德尼夫人吵架。而隆尚并不知道他们是情人，这表明他们是在多么小心地保守他们的秘密——世上可从没有人像隆尚那样喜欢关心他人闲事。所以，他虽有提到伏尔泰和德尼夫人那会儿冷淡的关系，但未能说明缘由。德尼夫人一直行为放荡，在当时，她至少和受其舅舅庇护的两位文学青年有着暧昧关系，即巴屈拉尔·达诺（Baculard d’Arnaud）和马蒙泰尔（Marmontel）。伏尔泰或许是对此有了一些不愉快的发现，也有可能是德尼夫人为将他从埃米莉身边夺走，向他发布了最后通牒。无论这次争吵的原因是什么，它的结果都使得伏尔泰渴望回到夏特莱侯爵夫人身边。他下令备好他的马车，准备返回吕内维尔。鉴于他当时患病的状况，他的朋友们都恳求他不要出行，但他心意已决，并最终启程离开。

由于在路上油米未沾，伏尔泰到达马恩河畔沙隆时已明显处于濒死状态。他拒绝住进那家为了一杯汤索要一个路易的客栈，转而下榻于更加简陋的驿站旅馆（Hôtel de la Poste）。隆尚不得不将他从楼下抱到楼上的床上。沙隆地区的主教和长官在听闻伏尔泰来到此地后都赶来见他，并恳求他去他们家做客，但伏尔泰再也不愿动弹。他试着喝了几口肉汤，但都没能咽下去。他对现已惊恐万分的隆尚吩咐道，无论如何都不要离开他，并让他安葬自己。死亡似已近在眼前。沙隆的主教和长官随后又带着一名医生回到伏尔泰身边，但伏尔泰已无力和他们说话。他只有力气推开他们想提供给他的药物。隆尚接着写信给夏特莱侯爵夫人和德尼夫人（他与这位夫人有书信往来），向她们告知他主人的状况。驻足沙隆期间，伏尔泰依旧油米未进，六天后，他决意不能死在这里，于是便让隆尚把他抱到楼下的马车里，继续他们的旅程。迫于无奈的隆尚只得将伏
202 尔泰绑在座位上，他躺在那里的样子宛如一具尸体。在圣迪济耶，当隆尚他们正在换马的时候，伏尔泰张口询问他们在哪儿。之后，他们刚驶出这一站，就在路上遇到夏特莱侯爵夫人的一位仆人，他是赶来查看伏尔泰的最新状况的。这似乎使得伏尔泰振作起来。当他最终舒舒服服地躺在南锡一家优质客栈的床上后，他喝下了几口汤。自始至终，隆尚在伏尔泰身边一刻未离，他此时吩咐店家将他自己的晚餐送到他主人的房间里。当伏尔泰看到他吃掉一盘开胃菜、半只羊前腿、两只烤鸫，外加一打鸲肉后，他自己突然觉得饿了。于是他吃下一些鸲肉，并将一点酒掺在水里喝下，接着便进入酣睡，直到第二天下午三点才醒。接着，他们于当天晚上抵达吕内

维尔。而在看到夏特莱侯爵夫人后，伏尔泰的病就全好了。

既然吕内维尔的朋友们都已开心地重聚到一起，斯坦尼斯拉斯便下令去科梅尔西堡小住几日。和往常一样，圣朗贝尔依旧没有得到邀请。这位国王再次见到夏特莱侯爵夫人时非常高兴，特别亲切热情，夏特莱侯爵夫人因而做出一个大胆的决定。她请求与国王进行一次私人会面。会面期间，她宣布了她的恋情，这让斯坦尼斯拉斯感到极为尴尬。她接着乞求他邀请圣朗贝尔，并对此解释说，若无圣朗贝尔，她无法在科梅尔西堡过得快活。夏特莱侯爵夫人的恋情和请求令斯坦尼斯拉斯不快。他支支吾吾、犹豫不决，不过最终还是答应说圣朗贝尔可以来。“但陛下要给他哪间房呢?”埃米莉厚着脸皮追问道。这就超出了斯坦尼斯拉斯容忍的底线。于是他说圣朗贝尔可以住在勒·屈雷先生家，并像他一直以来的那样使用橘园。之后他便示意此次会面结束。

对埃米莉而言，此次科梅尔西堡之行因布夫莱尔夫人的坏脾气和伏尔泰的神经质而变得颇为扫兴。尽管伏尔泰已接受她与圣朗贝尔的关系，但他依旧会时不时地因吃醋而忍不住跟她吵闹。而更让人讨厌的是，由于她与布夫莱尔夫人不再要好，伏尔泰一直在拿此事对她横加指责，好像错在她身上似的。埃米莉觉得这极为不公。但与情人在一起的时候，埃米莉总体而言还是幸福的，他们会一块外出骑马，圣朗贝尔每晚都会在她房里吃晚饭。不过，她与其他人相处的时光都不是特别愉快。斯坦尼斯拉斯国王对埃米莉是真心实 203
意的喜爱（他每次给伏尔泰写信时，都会为“亲爱的夏特莱侯爵夫人”附上一句满怀爱意的话），他当时似乎为她感到难过。接着，也正是在科梅尔西堡，他十分突然地宣布任命她的丈夫为宫廷住所大总管（Grand Maréchal des Logis de la Cour）。这是一个夏特莱夫妇垂涎已久的职位。埃米莉欣喜若狂，现在，没有什么可以阻挡她在洛林度过余生了。

如果说伏尔泰那时脾气不好的话，这部分是由于他又在为一件小事而大动干戈。这样的小事对他而言无关紧要，但总会挑动他的神经。意大利喜剧院当时宣布要上演一出《塞米拉米斯》的戏仿剧。对此，伏尔泰再次证明一个事实，即尽管他很喜欢取笑别人，但却无法容忍自己被别人取笑。眼下，他正在撰写悲剧《喀提林》，并公开表示，其目的就是为了引诱克雷比永上钩，好让他的同名戏剧显得老套愚蠢。伏尔泰真心觉得，尽管他可随意践踏他人的感情，但他自己的感情却是不可践踏的。他烦扰所有的朋友去阻止那些意大利人推出他们的戏仿剧，他甚至让斯坦尼斯拉斯就此事给王后写信。鉴于王后对伏尔泰的观感，她不太可能出手相助。多年来，在米尔普瓦主教与伏尔泰的争论中，她一直全心全意地站在主教那边。不仅如此，她还不得不忍受伏尔泰吹捧蓬帕杜夫人的浮夸诗歌，而且就她目前所见，伏尔泰和埃米莉这两位哲人似乎正在把她的老父亲引向地狱[1]。王后认为，正是在他们两人的影响下，斯坦尼斯拉斯才创作出《信奉基督的哲人》（*Le Philosophe chrétien*），一部显然出自无神论者之手的作品。她同时也看到，伏尔泰已与布夫莱尔夫人联合起来，对抗那些试图为斯坦尼斯拉斯带去一场体面

[1] 根据《马可福音》的记载，不信神的人死后会被定罪，打入地狱。

婚姻之人。她几乎无法遏制对伏尔泰的厌恶与憎恨，而王太子则公开声称，伏尔泰应该被折磨至死。他们两人非但不想禁止那部戏仿剧，反而热切地期待为它鼓掌。最后，万能的蓬帕杜夫人出手制止了该剧的上演，但她也对伏尔泰那夸张的敏感性格作出了训斥。

伏尔泰致埃弗拉德·福克纳爵士： 204

吕内维尔，洛林宫廷，11月5日［1748年］。

亲爱的先生

您的信件为我带来了最为强烈的满足感。自我和您的友谊开始之时，我便捡到一个惠及一生的大便宜。时间能改变万物，尤其是我那羸弱可怜的身体，但它并没有改变我的感情。您告诉我您已是一名丈夫和父亲，我希望您在担任这一角色时依旧快乐。一位伟大将军的秘书确有必要娶一位伟大军官的女儿为妻。看到马尔博罗的血脉与我最亲爱的福克纳的血脉交融在一起，我真的喜不自胜。在此，我向您的夫人致以我最为谦卑的敬意，并亲吻您的孩子。您是一个健壮的丈夫，而我则是一个无力的未婚男子，依旧如您当初见到我时那般病弱，只是老了近二十岁。但我和您有一种相似之处。如果说您是一位英雄的下属的话，那我就是另一位英雄的随从，虽然我与他并不像你们之间那么亲密。我的国王已任命我为寝宫的常任侍从。您的职位有着更高的俸禄，不过我对我的职位也相当满意，因为虽然它不能为我带来丰厚的收入，却仍使我享有完全的自由，较之君王，我更爱自由。普鲁士国王曾答应每年给我一千英镑的俸禄，让我留居于他的宫廷，我并没有接受这一盛邀，因为君王的殿宇可比不上朋友们的家。这二十年来，我一直与同一帮朋友生活在一起。您应该清楚友谊对一个温柔的灵魂和一个哲人的灵魂具有多么大的影响力。我非常高兴能对您敞开心扉，并像这样向您讲述我所做的种种事情。接下来，我要告诉您的是，除常任侍从外，同时兼任法国史官的我对近期那场灾难性的战争也有过记述，此战对双方都造成了巨大的损害，只有普鲁士国王从中获益。我希望能向您展示我就这一主题所写的作品，同时希望我对伟大的坎伯兰公爵做到了公正以待。这段记录下来的历史，其背后的作者并不是宫中的一个朝臣，也不是一个心怀偏见之人，而是一个人类的热爱者。

至于悲剧《塞米拉米斯》，我会在一两个月之内把它寄送给您。我已将《查伊尔》这部温柔的悲剧题献给您，此事我会永远怀着喜悦的心情铭记下去。《塞米拉米斯》是一部相当不同的悲剧。我已
205 尽力将我们的法国“小主们”转变为雅典的观众，但这是一项艰难的任务。该转变并未完全实现，不过这部作品最后仍获得了人们热烈的喝彩。可它的命运却如同道德书籍一般，虽取悦大众，但未能教化一人。

我亲爱的朋友，我现在正处于斯坦尼斯拉斯国王的宫廷，数月来，我在这里过着轻松愉悦的生活，就像我当初在旺兹沃思那样。您必须知道，斯坦尼斯拉斯国王就是一种福克纳式之人。他的好，当今在世的人中着实无出其右，但为避免您将我看作一个辗转于各地宫廷的流浪者，抑或是一个流离失所的朝臣，我要告诉您，我在这里是为了那位我在过去二十年间从未离开的朋友。我所指的这位

朋友，就是一直在对牛顿作品进行评注，且即将为这些作品出版法文译本的夏特莱侯爵夫人。

我在巴黎有一些敌人，就像蒲柏在伦敦一样，而我也像他一样鄙视他们。简而言之，在我的条件允许范围内，我正过着最为快乐的生活。

我一切都好，除了您不在身边。

我最亲爱的、最值得尊敬的朋友，我在此回赠您万分的谢意，并愿您将应得之幸福尽收囊中。我将永远属于您。

伏尔泰

回到吕内维尔后，由于较之科梅尔西堡，那里的社交范围更大，同时有更多的事可做，团体内的各种摩擦也就没那么显而易见。伏尔泰他们随后都陷入对快乐的狂热追求之中。斯坦尼斯拉斯当时快活得就像一个孩子，他不断地提前午餐的时间，这样，他便能将更多的娱乐活动塞入下午的时光里。拉加莱齐埃说如果他继续如此的话，他将把饭吃回到昨天。夏特莱侯爵夫人是狂欢之中的领头人，她组织人们参与戏剧表演，进行高声的朗读，从事科学实验以及加入远足活动。大家都在为自己以外的每一个人写诗作赋。伏尔泰、帕帕和圣朗贝尔各自均在忙着夸赞宫中的诸位美人、斯坦尼斯拉斯以及他们三人中的另外两人。圣朗贝尔当时写有一部戏剧，内容是两个易洛魁人拥有一位共同的妻子，三人皆大欢喜。“剧中的妻子埃里美（Érimée）对穆扎（Mouza）更温柔，对托奥（Tolho） 206
更热情。”伏尔泰则将一首诗题献给圣朗贝尔，并对他说：“玫瑰您采，棘刺归我。”就像往常那样，一切问题都在夏特莱侯爵夫人这里轻而易举得到解决，幸运的她目前拥有两个丈夫和一个情人。在她的幸福里，唯一的缺憾便是她的情人并非真的爱她。

眼下，斯坦尼斯拉斯与梅努神父再次陷入矛盾之中。这位耶稣会士已经认识到，将伏尔泰招来此地是他所犯下的一个致命的错误。洛林的朝臣们如今都喜欢上哲学，国王更是对伏尔泰的话听得入迷，斯坦尼斯拉斯现在最享受的事情就是阅读《奥尔良少女》和在那位神父眼中潜在危害更大的《哲学故事》。于是乎，无论在教堂内还是教堂外，梅努神父都在恳请斯坦尼斯拉斯为伏尔泰的造访画上句号，可国王一点都不想失去他宫廷中的这道最为靓丽的风景，因而采取拖延战术。他与他的告解神父展开对抗，并对每一次争论都作出了应答。“伏尔泰是一个令人厌恶的伪善者。”那位神父说道。“伪善是他对美德的致敬，”国王回复说，“与其眼睁睁地看着他在别处制造丑闻，让他披着伪善的外衣留在这里难道不是更好吗？”

然而，在基督降临节期间，斯坦尼斯拉斯突然变得虔诚起来。他停止了表演和聚会。夏特莱侯爵夫人和伏尔泰对他的这一暗示心领神会，因而决定离开一阵子。埃米莉发现她在西雷还有事情要办，例如，一家铁匠铺里的制铁师傅必须更换，当地的森林需要巡视，租金也有待收取，除这些外，其他各种各样的事务都要在新年前得到处理。所以，他们做好安排，去西雷过圣诞节，然后接着前往巴黎。于是，在吕内维尔，大家满怀深情地告别，并互相许下饱含热诚的诺言。圣朗贝尔每天给埃米莉写信不得少于一次，而埃米莉余下的整个生命都会在给他写信中度过。

就像一直以来的那样，伏尔泰和埃米莉两位哲人依旧在晚饭后开始他们的旅程。第二天早晨八点，他们抵达马恩河畔沙隆，之后便打算去跟他们的主教朋友小叙几句。他们将马车送去更换马匹，并被告知一小时后就会回来。那天，沙隆主教的家中办有一场愉快的乡村别墅聚会。埃米莉到后提议打牌。待他们的马车再次出现时，她已被牢牢地吸在牌桌上。当时，天正在下雨，窗外非常寒 207
冷，马夫们在庭院中等了好长一段时间，最后威胁着说要一起离开。而埃米莉则传话说，下午两点半之前，她不会需要他们。但等到两点半的时候，她已输掉一大笔钱，并决心要把钱赢回来。雨仍在哗哗地下着，屋外的人和马都冻得直哆嗦。马夫们在主教家的窗下挥响他们的鞭子，发出威胁的叫喊。埃米莉假装没有听见，又开始新的一轮游戏。沙隆主教对这些马夫心生怜悯，于是吩咐他们解下马具，把马安置在他的马厩里。伏尔泰则为这一天的浪费抓狂不已。直到晚上八点，他们才继续上路。自始至终，埃米莉在牌桌上鏖战了整整十二个小时。

到西雷后，埃米莉便安下心来翻译她的牛顿作品。她从事此项工作已有很长一段时间，其间也在不断地向人提起它。她已为她的译本写下序言，伏尔泰称该序言是一篇杰作。现在，她必须完成所有的翻译，并作出评注。她知道，这是一次需要她全力以赴的考验。像往常那样，她已聘请一位教授在她抵达巴黎后前去协助她。现在，她希望能过上几个月的安生日子。

22

杂事纷繁

Miscellaneous Works

在西雷小住几日后，伏尔泰看出埃米莉有心事。她往日的旺盛精神已不见踪影；现在的她情绪低落，明显在担心着什么。她这样是有原因的。圣朗贝尔的“勤奋”已生出一个最意想不到也最不受欢迎的结果。在将近四十四岁的高龄，夏特莱侯爵夫人再一次怀孕。她一旦确定自己的身孕，就立刻向伏尔泰告知此事。尽管这一消息肯定不会让伏尔泰高兴，但他仍然表现得如同一位天使。他当时唯一关心的只有埃米莉，后者已把自己带入一种神经兮兮、忧虑不安的状态。伏尔泰告诉她一切都会安然如故，她的孕事并无任何超自然之处，当然也没有理由为此感到绝望。他们将一起面对现实，找出最佳的应对之法。伏尔泰建议埃米莉派人去把圣朗贝尔请来，其中部分原因是为了让她振作精神。他亲自写信，向圣朗贝尔说明发生的事情，并让其即刻前来。收到伏尔泰的信后，圣朗贝尔立即骑马赶来，不出几个小时就抵达西雷。接着，他们三人便开始审视眼下的状况。

尽管情况不容乐观，但他们还是无法忽视其中有趣的一面。西雷的仆人们，正如仆人一贯的那样，对家里所有的事情都一清二楚，并多少期待着一场好戏的上演：伏尔泰和圣朗贝尔之间的决斗。所以，当阵阵尖笑响彻整栋房屋的时候，他们都大为吃惊。在此期间，隆尚一直在尽其所能地偷听，他说，整件事在当事人口中被当成一个大笑话。眼下的大问题是如何将这一消息透露给夏特莱侯爵。过去十七年来，埃米莉与他虽关系和睦，但一直过着无性的生活。她现在是不是最好躲到某个偏远的地方，直到一切结束？但那样的日子很不方便，也会很乏味。而且如果那么做的话，她要怎 209
么称呼腹中的孩子呢？她应该让谁做他的父亲呢？伏尔泰说，在夏特莱侯爵夫人处理西雷的繁杂事务期间，孩子的父亲必须出现。他们对此进行了长达数小时的讨论，其间不时发出歇斯底里的笑声，最后作出决定，父亲乃是婚配所指之人。于是，夏特莱侯爵夫人给她正随部队驻扎在第戎的丈夫写信，让他返回西雷与家人团聚。在信中她将最近一直在收取的租金作为诱饵，说想把这些钱交给他，并补充说她正面临一起官司的威胁。若能见到他，她将会非常高兴。

（凡尔赛宫里的那些好事者听到这一消息，立刻发问：“为什么夏特莱侯爵夫人突然想见她的丈夫？”答案是：“这是孕妇的渴求之一。”）

善良的侯爵匆匆赶来。而他随后所受到的招待，无论是在自己家，还是在其他任何地方，都是前所未有的。他的妻子温柔地欢迎他归来，所有最讨人喜爱的邻居都聚集在西雷，租户们则正等着向他欢呼致敬，伏尔泰和圣朗贝尔对他也是竭力讨好。夏特莱侯爵抵达后的那天早晨，他被簇拥着骑马巡视他的农场和铁匠铺。他返回时胃口大开，而迎接他的也绝不会再是一顿马车夫的午餐。当时，所有人都在等候他，大家坐下享用了一次大餐，而桌上皆是侯爵最喜爱的菜肴。饭后，他们一起进行游戏，而游戏后的晚餐更是精美得让人感觉仿佛置身于凡尔赛宫。第二天的安排与第一天无异，这些欢庆活动在西雷堪称盛况空前。晚餐的时候，夏特莱侯爵夫人穿着一件领口很低的礼服，戴着她所有的钻石坐在丈夫身旁，不断地为他盛取食物、斟倒酒水，并让他讲述在各个战役中的故事。通常在家的时候，侯爵夫人都不许他提及这类战事，然而当天晚上，整张桌子的人都在屏息聆听。看到在宾客身上取得的效果以及埃米莉从她几乎裸露着的胸脯之上瞥向他的深情目光，夏特莱侯爵激动万分。在他完成叙述后，伏尔泰接着讲述。注意力完全在夏特莱侯爵身上的他讲了一些只有他能讲出的古怪故事。愈加兴奋的夏特莱侯爵开始对他的妻子大献殷勤。看到一切都在如他们希望的那般发
210 展，伏尔泰和圣朗贝尔满意地点头并互使眼色。最终，夏特莱侯爵恳请埃米莉允许他以丈夫的身份向她“效忠”。对此，埃米莉假装深感意外，甚至是颇为震惊，脸上露出羞红和些许恼色。夏特莱侯爵一再恳求，她予以回绝，他继续坚持，于是她说要考虑一下。

自始至终，宾客们在伏尔泰的引导下一直处于欢快的喧闹之中，并不时放声高歌。接着，埃米莉适时地向夏特莱侯爵表示屈服。于是，在乞求众人原谅后，男女主人双双告退。第二次蜜月就

此拉开帷幕，并持续了整整三周。在此期间，西雷的欢乐依旧在如火如荼地进行。之后，埃米莉告诉她的丈夫，他们的结合再一次得到了上帝的祝福。夏特莱侯爵高兴得几乎要晕倒。他向所有聚集在西雷的朋友宣布这一喜讯，同时走遍名下的领土，向租户们报喜。人们向他表示热烈的祝贺，甚至是致以掌声。为庆祝他的“辉煌成就”，一场宴会随之举行。这之后，大家便各自散去——伏尔泰和夏特莱侯爵夫人奔赴巴黎，圣朗贝尔重返南锡，夏特莱侯爵去往第戎，而香槟的名流显贵们则再次回到他们不为人知的乡村生活之中。

埃米莉性格中的矛盾是不同寻常的，她对正事和琐事都怀有同样的热情，这一点在她怀孕的几个月里体现得最为明显。尽管在妊娠期间感到恶心和头疼，同时患上严重的精神忧郁症，她仍然给自己设下完成牛顿作品翻译的任务。在这种一个女人本应会渴望爱人支持的时刻，为了能够工作，她竟坚强到能与圣朗贝尔分离。她知道自己终会死去，就像人类自古以来所熟知的那样，因而决心留下一座能将她载入史册的丰碑。但她同时也纵身于深爱的世俗红尘之中，书写着自身的风流韵事。单是她给圣朗贝尔所写的信件就足以占据一个普通女人全部的闲暇和精力。不过，这对恋人的情途都不顺利。事后证明，圣朗贝尔对夏特莱侯爵夫人其实并非满怀爱意，而是态度冷淡、疏忽怠慢；夏特莱侯爵夫人则有较强的占有欲，时常自怜自悯，还极其唠叨。让她深感绝望的是，圣朗贝尔当前正费
尽心思，企图获得一份能将他调离南锡的军令。这一时期，埃米莉 211
许多信件的主题都是：“您希望能够随心所欲地永远离我而去，而您还想保有为这样那样的事情指责我的权利——”

目前，埃米莉一心只想着在哪儿生下她的孩子。在这个年龄，怀孕已使她成为一个笑柄，她自己清楚这一点。她也知道，虽然夏特莱侯爵起初对她怀孕一事感到高兴，但若有熟人言行不慎，之前所有的努力可能都会毁于一旦。对于此事，他们的儿子丝毫没有掩饰他的不快，他可不想与这个应受谴责的多余之人分享财富。总而言之，埃米莉现在如履薄冰，她需要找到一个庇护所，好抵御所有可能刮向她们母子的寒风。最好让斯坦尼斯拉斯为她提供这一庇护，那样的话，她就可以在吕内维尔，于波兰王后的住所内生下孩子。没有什么能比这更加体面了。而且这么做还有另外一个好处，即她的情人到时将近在眼前（如果他真的仍在洛林的话），她的两位“丈夫”也都能陪在身边。然而，要求老国王将亡妻的卧室布置成病房来安顿一位如此不同寻常的产妇，这似乎有些过分，但埃米莉从不会羞于提出要求，且大体上总能得到她想要的。于是，1749年4月3日，她首先给布夫莱尔夫人写去一封信。

“我怀孕了，您或许能想象得到我的痛苦以及我对健康——甚至是对生命——的担忧，在四十岁［实际上是四十四岁］的年纪怀上孩子，这在我看来是多么的可笑啊！我多么地在意这次怀孕啊！此事目前并无人知，我认为它定是处在第四个［月］。我尚没有感到它在动弹，那要等到四个半月以后。我现在实在太瘦了，如果我感到头晕、不适，或是乳房没有肿胀，我会认为这是由于我不正常的体形。您可以想象我现在多么仰仗您的友谊，多么需要它来安慰我，帮助我面对目前的处境。与您遥遥相隔，且分娩时不能有您陪在身边，这对我来说将会过于艰难，但我又怎能前往吕内维尔，给大家增添如此之多的麻烦呢？我真的不知道可否请求一向善良的国王，让他允许我使用王后的那间我曾下榻过的处所。厢房怕是不行，因为里面有噪音，还有麦堆的味道，而且若我住厢房的话，我与您和伏尔泰先生就相距太远了。”

复活节过后，斯坦尼斯拉斯前往特里亚农宫看望他的大外孙 212
女，西班牙的菲利普亲王夫人。这位夫人刚带着小女儿回到法国，打算探访她的父母。跟往常一样，此行陪在他身边的依旧是他情妇的丈夫及其情人，即布夫莱尔侯爵和拉加莱齐埃侯爵。夏特莱侯爵夫人询问这位国王，她可否前去与他同住特里亚农宫。在得到允许后，她便带着堆积如山的大行李箱搬入宫中，箱内装着她所有的夏日衣物。不到两个星期，她就从国王身上榨取到了她想要的一切。斯坦尼斯拉斯说她可以使用王后的小房间，他到时会把她的大套间关起来，这样一来，埃米莉将完全不受搅扰。王后阳台旁边的小树林也会留给埃米莉，当产期临近之时，她可以去那里呼吸新鲜空气，锻炼一下身体，且不会被人看到。斯坦尼斯拉斯甚至许诺会把一座小的避暑山庄布置一下，好让她可以去那里歇息。

将分娩一事从脑中剔除后，夏特莱侯爵夫人回到巴黎，全心全意地翻译牛顿作品。不再参与社交生活，也不再出席晚宴——她当时拒绝见德芳侯爵夫人，事实上，除伏尔泰和克莱罗外，她谁都不见。埃米莉每完成书中的一个章节，克莱罗都会对该章节进行仔细的检查，以确保里面没有粗心的错误。这种错人们极易犯下，同时也很容易被人忽视，所以，她的手稿后来又被交给第三方进行校对。埃米莉在将牛顿作品从拉丁语译成法语的同时，也丰富了其中的证明过程，好让法国的数学家们能够理解原文。她的工作时间是从早上八点，最迟九点，到下午三点。接着是她喝咖啡的时间。她会在四点再次开始工作，并一直进行到夜里十点，也就是晚餐时间。饭后，她会和伏尔泰闲聊一两个小时，然后再工作到凌晨五点。她当时感觉非常好，而且认为她的宝宝特别活泼，在她肚子里跳来跳去。

“我并不爱牛顿，”她给圣朗贝尔写信道，“我要完成其作品的翻译是因为这么做既符合理性，也十分光荣，但我爱的只有您。”

就像在巴黎一贯的那样，伏尔泰正过着一面进行智力创作，一面饱受精神苦痛的生活。他的新戏《纳尼娜》（*Nanine*）已在法兰西喜剧院上演，但并没有引起太大的轰动。他与腓特烈的通信本来
213 已热情衰退，如今再次涌起往日的爱潮。当然，腓特烈为他那位女对手眼下的狼狈感到高兴。“药神［原文如此］阿波罗似乎已命您主持夏特莱侯爵夫人的分娩一事。”伏尔泰承诺，此事一结束，他就会奔赴柏林。他说，他将再次见到他的国王，并幸福地死去，最后被埋葬在腓特烈的教堂里，墓碑上将会写着“此处安葬着腓特烈大帝的一名崇拜者”。腓特烈则回复说，他最引以为傲的头衔将是“伏尔泰的拥有者”。伏尔泰暗示说，如果他能被授予普鲁士军队的最高奖章——功勋勋章（Pour le Mérite），他将不可抗拒地被它引向柏林。实际上，这种眉来眼去的调情，很快便开始朝着爱中带刺的方向发展。腓特烈告诉他的姐姐威廉明妮：“今年秋天，伏尔泰将来我们这里。夏特莱侯爵夫人一生完孩子，他就会立马赶来。说他是这孩子的父亲就太往他脸上贴金了。这份荣耀要归于圣朗贝尔，那位夫人的丈夫饱受耻辱，而伏尔泰则是旁观了一出好戏。”

大约就是在这一时期，腓特烈向阿尔加洛蒂说出了那句后来常被人引用的话：“一个如此卑鄙之人竟会有这般卓越的才能，真是可惜可叹。他拥有一切迷人的举止，也犹如蛇蝎一般恶毒。”

伏尔泰现在和黎塞留吵了一架，此次争吵差一点断送掉他们年深月久的友谊。为了实现博得路易十五欢心这一共同的目标，公爵和伏尔泰商量来一次小小的互帮互助。当时，法国的院士们将前往凡尔赛宫，就近期达成的和平条约（《亚琛条约》[1]）向他们的统治者表示恭贺。黎塞留，作为该恭贺团体——总会包含两到三位公爵——当中的一员，被选作发言人，而且特别想出风头。所以，他让伏尔泰撰写讲稿，他再烂熟于心，最后以自己的名义宣讲。“如果学术院选择我来表达它的感情，这定是因为我有幸每天都能接触到那一伟大的灵魂，那位吾辈最为钦佩之人……陛下，让后人知晓您在您的敌人和您自己身上取得的胜利、您为国家所做的好事以及您为其他君王树立的榜样，实属我同僚们的职责……”这并非完全都是虚伪之言。事实上，伏尔泰确实非常钦佩路易十五能够签订《亚琛条约》——根据该条约，法国其实并没有从它所取得的一系
列辉煌胜利中收获任何好处。路易十五当时说，他并不是一位商 214
人，所以不想讨价还价。然而，大部分的国民都认为他的慷慨用错了地方，同时对他签下这样一则毫无益处的条约感到十分恼怒。

在伏尔泰完成黎塞留的演讲稿后，这位公爵，根据他在此次互帮互助中的角色，答应将伏尔泰分别用拉丁语和当代四大文明语

---

[1] 《亚琛条约》，由法国、英国、荷兰和奥地利于1748年10月18日签订，该条约标志着奥地利王位继承战争的终结。

言——法语、意大利语、西班牙语和英语——著就的《路易十五颂》敬献给国王，这五首颂歌用蓝色的摩洛哥山羊皮精心装订在一起。在这部作品中，伏尔泰对法国国王的夸赞要更甚于他为黎塞留所写的那篇讲稿。他说路易十五是自查理曼以来最伟大的法国国王，人们希望未来所有的君王都能像他一样。但由于路易十五现在绝不会和伏尔泰说话，甚至都不会朝他所在的方向看一眼，所以伏尔泰不敢亲自将该颂歌献给他。

在演讲当天，一众法国院士齐聚凡尔赛宫：黎塞留、圣艾尼昂公爵（Duc de Saint-Aignan）[1]、米拉博（Mirabaud）[2]、多利韦神父（Abbé d'Olivet）[3]、埃诺庭长、阿拉里神父（Abbé Alary）[4]、阿迪翁（Hardion）[5]、克雷比永、米尔普瓦主教、拉肖塞（La Chaussée）[6]、丰切马涅（Foncemagne）[7]、苏比斯红衣主教（Cardinal de Soubise）[8]、杜雷内尔神父（Abbé Duresnel）[9]、马里沃、巴耶主教（Bishop of Bayeux）[10]、比尼翁（Bignon）神父[11]、贝尼斯神父、拉维尔神父（Abbé de la Ville）[12]、杜克洛（Duclos）[13]、

[1] 圣艾尼昂公爵（1684—1776），法国外交官、军人。
[2] 米拉博（1675—1760），法国作家、翻译家。
[3] 多利韦神父（1682—1768），法国作家、语法学家、翻译家。
[4] 阿拉里神父（1689—1770），法国作家。
[5] 阿迪翁（1686—1766），法国学者、历史学家、翻译家。
[6] 拉肖塞（1692—1754），18世纪法国戏剧家，他创造出一种既非喜剧也非悲剧的剧种。
[7] 丰切马涅（1694—1779），法国学者，奥拉托利会会友。
[8] 苏比斯红衣主教（1717—1756），斯特拉斯堡主教、图尔农亲王、罗昂亲王。
[9] 杜雷内尔神父（1692—1761），七泉修院神父，法国作家、翻译家。
[10] 巴耶主教（1703—1788），法国高级神职人员，科学、艺术资助者。
[11] 比尼翁神父（1662—1743），法国政治家、作家，宫廷传道者和图书管理员。
[12] 拉维尔神父（1690—1774），法国外交官。
[13] 杜克洛（1704—1772），法国作家，曾参与撰写由狄德罗主持编纂的《百科全书》。

波尔米和格雷塞（Gresset）[1]。这群人中包含了伏尔泰的两大敌人——克雷比永与米尔普瓦主教，和他的四位好友——黎塞留、多利韦、贝尼斯以及埃诺。他本人并不在场。当该院士代表团都聚集在凡尔赛宫的牛眼窗前之时，黎塞留听到人群中有人正在吟诵他已烂熟于心且即将传达众人的词句，这让他大为惊恐。他被迫当场重写一篇新的讲稿，然后在其敌人莫尔帕嘲弄的目光下结结巴巴地完成演讲。后者可是对发生在他身上的事情一清二楚。

这位公爵认为这定是伏尔泰的一场恶作剧。他狂怒不已，作为回击，他将《路易十五颂》不置一词地打还给它的作者。现在轮到伏尔泰大发雷霆了。他拆下一直悬挂于卧室之中的水粉画《黎塞留公爵之殊荣》（*Apothéose du Duc de Richelieu*），并将它踏成碎片。最后，这起“泄露”事件水落石出。还是熟悉的剧情。夏特莱侯爵夫人似乎曾为前来接她去王家歌剧院的布夫莱尔夫人念过那份讲稿。后者当时向她要来一份副本，接着又炮制出二十本分发给她的朋友们。面对女人们的这一草率之举，伏尔泰和黎塞留一块大笑起来。一切随后都得到原 215
谅，并被忘记。自此，在他们漫长的生命里，两人再也没吵过架。

后来，《路易十五颂》经由蓬帕杜夫人之手献给国王。但国王过人的智慧足以使他看清，书中尽是虚浮的恭维之言。伏尔泰抱怨说，似乎唯一一位不喜欢这部作品的人就是路易十五。

---

[1] 格雷塞（1709—1777），法国诗人、戏剧家。

23

“对我而言，是您杀死了她”

‘C’est vous qui me l’avez tuée’

在1749年6月，夏特莱侯爵夫人结束了与克莱罗的合作，但她的书仍未完成。她和伏尔泰随即出发前往西雷。当时的天气不好，6月里有三天竟然霜寒地冻。伏尔泰说：“我们经常听闻圣马丁节的夏天[1]，但却总是忘记圣约翰节的冬天[2]。”（圣约翰节在每年的6月24日。）

圣朗贝尔本应去西雷迎接他们。埃米莉早先让他和夏特莱侯爵先生一道从南锡前往那里。但最后圣朗贝尔说，他实在不能冒险与那位侯爵单独在西雷待上几天，他更情愿在洛林等候埃米莉。埃米莉和伏尔泰在西雷只停留了两周的时间，便继续向吕内维尔进发。临走之前，伏尔泰说埃米莉表现得如同一位即将踏上远征之人。她

[1] 指秋天里反常的炎热天气。
[2] 指夏天里反常的寒冷天气。

悲伤而又坚定地安排好自己的诸项事宜，同时开始向朋友们道别。她还把书信和手稿都打包，然后将其中的一些交由隆尚，并向他嘱咐好万一她不幸离世，他该当如何处置。

在埃米莉孕期的最后两个月，圣朗贝尔对她倍加关怀和爱怜，布夫莱尔夫人也是如此。事实上，她当时正生活在爱意的环绕之中，若不是那致人忧郁的不祥预感以及身体状况，她本会度过一段幸福的时光。她的身形已变得极其硕大，而且背部疼痛得厉害。吕内维尔的每一个人都在为她担心。大家均认为在这么大的年纪生孩子是一件极其危险的事情。而在巴黎付出的辛劳似乎已将她的气力耗尽。为此，圣朗贝尔责怪伏尔泰当时竟允许她进行那么高强度的工作。

“当我和您在一起的时候，”埃米莉给圣朗贝尔写信道，后者那 217
时已去往阿鲁埃城堡拜见博沃亲王，“我便可以忍受我的身体状况，事实上，我几乎是常常都没有注意到它，但当我失去您时，一切都化作空白。今天我走到那间小小的避暑山庄，我的肚子下坠得实在厉害，我的肾也疼得难受。我今晚感觉非常难过，乃至即使夜里生下孩子，我也不会吃惊。您离开期间，我将处于悲惨之中，尽管我知道您会收获快乐。若您能与我同在这栋房屋里，我的痛苦将不会那么难受。我昨天给您写了八页的信……”

在等待孩子降生的焦虑面前，伏尔泰的神经开始崩溃，但他在和吕内维尔的王室管家阿利奥先生（M. Alliot）的一次短暂而激烈的争吵中找到了发泄的途径。作为一名包税人，阿利奥是路易十五派来治理洛林的法国能人之一。通过对洛林财库进行廉洁、巧妙且节俭的管理，阿利奥使远非富裕的斯坦尼斯拉斯得以满足建屋造舍的爱好。可以说，对于南锡那些美丽的不朽建筑，阿利奥的功劳几乎和斯坦尼斯拉斯本人的功劳不相上下。阿利奥夫人是一位虔诚的资产阶级，她曾经和伏尔泰打过交道。当时，吕内维尔正遇上夏季的大暴风雨，她明确地表示，在她看来，上帝极有可能会用雷电摧毁所有的洛林朝臣，以惩罚他们与如此邪恶之人往来。“夫人，”伏尔泰说，“关于上帝之善，我脑中所想和笔下所写，比您这位认为他如此可怕之人一生所能说的还要多。”

有时是因为重病缠身，但常常是由于太过烦闷，伏尔泰不会和其他人一块用餐。他认为在这两种情况下送到他房里的食物不仅令人反胃，而且分量不足。突然，8 月 29 日，他抓起笔，给阿利奥写去一封言辞激烈的投诉信。他说他已抛下一切，来到这里向国王献好。但他是一个病人，而不幸的是，此地的用餐时间常常和他病痛最难熬的时刻撞在一起。此外，在这样寒凉的天气下，对病患而言，早上和傍晚离开房间是极其危险的。阿利奥先生可否保证日后他能得到一切必需之物，还是他要向国王本人抱怨才行？

这封信于当日上午九点被送往阿利奥位于洛林宫廷的办公室。
218 在九点十五分的时候，由于没有收到回复，伏尔泰又写下一封信。他说普鲁士国王一直在请他前去同住。在柏林，他可不必为面包、葡萄酒和一支蜡烛而乞求别人。而对于一位前来拜访波兰国王的法国宫廷官员，他竟然需要通过恳求来获得这些最基本的对待，这真是骇人听闻。

依旧没有回复。在等了半个小时后，伏尔泰直接给斯坦尼斯拉斯写去一封信。

1749 年 8 月 29 日，九点四十五分。

陛下，当一个人身处天堂之时，他就必须直接和上帝对话。陛下已允许我前来向您献好，且可以一直待到今秋，到时我将不得不离您而去。陛下知道我身有重疾，同时也清楚我的工作和病痛使我无法离开住所。所以我不得不乞求陛下下令，让您的宫廷日后能以对待外宾的基本礼仪来待我。自亚历山大大帝以来，君王们便对文人予以优待。当初维吉尔在奥古斯都的宫中做客时，宫廷管家阿约图斯（Allyotus）曾向他发放面包、葡萄酒和一支蜡烛。今日我身体抱恙，而我的晚餐中既没有面包，也没有葡萄酒。陛下，怀着崇高的敬意，我为能成为陛下谦卑的仆人而深感荣幸。

伏尔泰

斯坦尼斯拉斯将这封信转交给阿利奥。最后，伏尔泰从他那里得到回复。

先生，您如今在自己的房里享用晚餐。您的晚餐里有汤，有酒，还有肉；我也为您送去了柴火和蜡烛。而您现在却依旧如同遭受不公待遇一般向作为洛林公爵的国王投以怨言。陛下已将您的信转交给我，中间没有说一句话。由于顾及您的颜面，我正在犹豫要不要告诉他您犯的错有多么离谱！这栋房子里有一些特定的规矩还要劳驾您遵从。地窖里的每样东西出库前，我本人都会在当日做好记录。如果这一规矩让某人感到厌烦的话，那个人只能是我自己。只要您的要求能够得以满足，遵从一下规矩又有何妨？

219 我可以跟您说，您什么都不缺，但您却说您什么都没有。

若您将自己算作一位外国人的话，您就是第一位抱怨本地对外籍来客招待不周的人。可我已将您要求的一切都送往您那里。所以我再次告诉您，您的抱怨行为实乃大错特错。

您在信中提到法国宫廷，并将它当作一个典范。但是那边有那边的规矩，我们有我们的规矩，而且我们这里的规矩与法国宫廷的规矩毫不相干，关于这一点，您和我一样清楚。

但您却认为您采取的措施是可取的，对此，我为您感到十分难过，并希望您能认识到您的所作所为是多么的不当。

至于您所说的罗马宫廷管家阿约图斯给予维吉尔面包、葡萄酒和蜡烛一事，我无法认同您的观点。

我为伏尔泰先生提供这些物品是由于他是一位可怜人，而维吉尔则是手握权势之人，他自己就有一张上好的餐桌，同时还会在那里宴请朋友，与他们共享快乐的时光。这两件事根本无法相提并论。顺便一提，维吉尔写作是为了取悦他自己，也是为了他所处时代的荣耀；伏尔泰先生写作则纯粹是出于必要以及满足他的个人需求。所以，能够予以体面之人的物品，施予困苦之人是万万不可的，因恐会招来严厉的批评。

这封信让伏尔泰有生以来第一次无言以对，同时也为那个夏日上午的书信往来画上句号。

四天后，当夏特莱侯爵夫人正像往常那样坐在书桌旁的时候，她突然感到有些异样。一个女婴诞生了。埃米莉差点来不及呼唤她的女仆，那位女仆也差点没时间拿出围裙来接住孩子。孩子随即被放到一本大书上，而她的母亲则在整理完一些稿件后上床休息。很快，她们都如同睡鼠一般陷入安眠。这场先前令人胆战心惊的分娩，结果竟如此简单。伏尔泰写信给所有的朋友，向他们讲述此次生产，言语间洋溢着喜悦与轻松。他说，夏特莱侯爵夫人生孩子可比他创作《喀提林》容易得多。她现在非常健康，之所以会上床睡觉，只是因为这符合产后的惯常做法，而之所以没有亲自写信宣告 220
这一消息，也只是因为这么做不合常例。但在给德尼夫人的信中，伏尔泰使这一切听起来都相当乏味：“夏特莱侯爵夫人已经产下她的孩子，而我则失掉整整一周的时间。”

产后几天，夏特莱侯爵夫人一直处于健康状态。大家都聚集在她的房内，欢乐的集体生活萦绕于她的四周。孩子则被送到外面去喂养。后来，埃米莉开始发烧。当时正逢那个夏天的第一股热浪来袭。她从不喜欢炎热的天气，这增添了她的不适。她想喝一种在吕内维尔十分流行的杏仁冰饮。众人都力劝她不要这么做，但她执意要喝，还喝下不少。冰饮似乎产生了糟糕的影响，仿佛阻断了一项对处在她那种状况下的女性十分必要的内在身体机能。随后，国王的御医前来，为其开出诊疗方案，当时收效甚好。可第二天，她又患上心悸，同时呼吸也出现困难。于是，在 9 月 10 日，又有两名医生从南锡那边被招来。他们给埃米莉开了一些药好让她平静下来。她服用后似乎有所好转，并想要睡下。伏尔泰和夏特莱侯爵两人遂前去与布夫莱尔夫人共进晚餐，把圣朗贝尔、杜·蒂尔小姐和夏特莱侯爵夫人的女仆留在病房里。圣朗贝尔先是坐下和埃米莉说话，但之后觉得她正在入睡，因而便起身离去，走到房间的另一头，加入隆尚和另外两位女性当中。突然，床那边传来似乎是打鼾的声响，还不时伴有打嗝，这之后，夏特莱侯爵夫人便躺着一动不动。他们竭力唤醒她，给她闻醋味，拍打她的手，挪动她的脚，但都无济于事。她已经死了。伏尔泰后来说：“她从不知死亡的恐怖，那是留给我们的。”

接着，夏特莱侯爵夫人病情恶化的消息传到布夫莱尔夫人及与其共进晚餐之人的耳中，他们立马冲向她的房间，最后在那里得知她已死亡的事实。众人顿时陷入一片可怕的沉默，紧随而至的是长时间无法抑制的痛哭流涕。之后，有人先将她的丈夫带走，其他人也陆陆续续回房休息，房间里只剩下伏尔泰、圣朗贝尔和隆尚。伏尔泰犹如一位梦中之人，他步履蹒跚地走到通往台阶的外门。在台阶上，他一个踉跄摔倒在地，然后直滚下去，随即开始拿头撞击石头铺就的地面。跟在他身后的隆尚和圣朗贝尔见状立即冲向他，将
221 他扶起身来。透过泪水，伏尔泰看着圣朗贝尔，轻柔且悲伤地说：“啊！我的朋友！对我而言，是您杀死了她。”突然间，仿佛从梦中惊醒的他又用可怕的声音喊道：“啊！天哪！先生，您为什么要给她一个孩子啊？”最后，被情绪耗尽所有气力的两人作别对方，回到各自的房中。

第二天，布夫莱尔夫人派人把隆尚请来。这位夫人让他将夏特莱侯爵夫人总是戴着的那枚嵌有钻石的红玉髓戒指拿来，这对她而

言十分重要。隆尚于是将该戒指从那位亡妇的手指上取下，送至布夫莱尔夫人手中。她随即按下戒指上的一个暗扣，从钻石里移去一幅圣朗贝尔的迷你肖像，这之后，隆尚又将这枚戒指放回夏特莱侯爵夫人的私人物品中。隆尚当时十分担心伏尔泰——他正陷于令人绝望的痛苦之中——并心想如果他将迷你肖像的事告诉伏尔泰，愤怒可能会帮助他振作起来。伏尔泰在得知这一情况后双手紧握，举目朝天说道，女人都是一个样。“我取代了黎塞留，圣朗贝尔又将我赶了下来。这便是事物的自然规律。新指甲淘汰旧指甲，这个世界就是如此。”

埃米莉是一个过于耀眼且极具活力的人物，她不会随着心跳的停止而死去。许多星期过后，她才开始从伏尔泰的意识中消退。白天，伏尔泰把自己关在屋内，写下无数封关于她的信件。晚上，他又会从纷繁扰乱的梦中醒来，从一个房间游荡至另一个房间，嘴里呼唤着她的名字。在第一次悲痛欲绝之时，他甚至说要住进修道院。“我的泪水永远不会停止流淌。”“我只希望能尽快与她相会。”“我失去的不是一位情妇，而是半个自己，是一个我的灵魂似乎为之而生的灵魂。”“我喜欢在跟她丈夫和儿子说话的时候，从他们身上再次寻得她的踪影。”他当时给达尔让塔写信道：“我要在您的怀抱里将我余下的悲痛尽情抛洒。”现在，他一想到一两天前向他和埃米莉的朋友宣布孩子出生时那种轻松、开玩笑式的口吻，心里就备受折磨：“我那时根本没有怀疑会有丝毫的危险发生。”夏特莱侯爵夫人自己先前一直清楚此次怀孕有其可笑的一面，故早已为伏尔泰定下她希望他在这件事上采取的态度。（她了解她的同胞们。在

222 她怀孕期间，凡尔赛宫里的人们曾一度这样说道：“要是那个自命不凡的夏特莱侯爵夫人在她这个年纪死于分娩该多好啊！”）伏尔泰说：“我对那个招来厄运并最终导致她死亡的小女孩没有丝毫兴趣。”几天后，这个可怜的宝宝也夭折离世，没人为她感到惋惜。就算能活下来，她也定会被关进一家阴冷潮湿的女修道院，从此再也不会为世人知晓。

斯坦尼斯拉斯当时也十分伤心，他为夏特莱侯爵夫人举行了国葬，然后尽其所能地让伏尔泰跟在自己身边。但伏尔泰觉得他必须尽快离开“令人痛恨的吕内维尔，这一导致她死亡的根源”。在那段时期，他也紧紧地陪在夏特莱侯爵身边。葬礼结束后，这两个男人连同埃米莉的儿子一块前往西雷。在西雷庄园，伏尔泰起初还感觉心里得到抚慰，但一两天后，这栋他曾与埃米莉共同装饰过的房屋中的氛围却让他的悲痛显得比先前更加真实和可怕，因为他们曾在这里度过多年幸福如蜜的日子，他也曾盼望着能在此地安逝于她的怀中。伏尔泰说，对他而言，西雷已变成“一个可怖之物”。他发疯似的想要永远逃离这里，于是，他将所有的财物——包括埃米莉房间和他自己房间里的许多家具——都装上马车，送往巴黎。由于他和夏特莱侯爵之间有些拘谨，两人并未对家具一事进行商谈。从结果来看，这一处理对他们双方都是不合适的。这些家具夏特莱侯爵本会乐意买下来，因为西雷需要，而伏尔泰其实也并无地方安置它们。横街上那栋如今完全归他掌管的房屋已经配备好家具。后来，伏尔泰前去看望夏特莱侯爵的姐妹，同时解决他与那位侯爵先前的债务问题。当初，为了重建西雷，他一共借给夏特莱侯爵四万里弗。夏特莱侯爵答应归还其中的三万里弗，但他从未履行诺言，伏尔泰对此也并不在意。最后，夏特莱侯爵偿还了一万里弗，伏尔泰则免去了他余下的债务，他说，对他而言，友谊比金钱更加重要。

尽管伏尔泰当时心怀悲痛，但他依旧像往常那样容易被逗乐，一个笑话就足以让他哈哈大笑起来。他其实对未来有着清清楚楚的打算，而这些打算都是与德尼夫人息息相关的。在埃米莉去世当天，他给外甥女写信道：

> 吕内维尔，9 月 10 日
>
> 我亲爱的孩子，我刚刚失去了一位相交二十年的朋友。您知 223
> 道，长久以来，我并没有将夏特莱侯爵夫人视为一个女人，我相信您会理解我所遭受的无情伤痛。看着她在那样的状况下，由于那样的原因而死，真叫人感到害怕。在这场我与夏特莱侯爵共同的不幸中，我将不会弃他而去。我必须前往西雷，那里有一些重要的稿件。我到时将从西雷奔赴巴黎去拥抱您，并在您身上寻得慰藉，那是我生命中仅剩的希望。

后来，他又从西雷给德尼夫人写信，“我的心肝，”然后接着说，“透过我目前的悲伤，您可以看到我拥有一个为爱而生的灵魂。对我而言，您比那个人珍贵百倍，正如您所知，我对她只有感激之情。把您的心给我，并在将来像我哀悼夏特莱侯爵夫人那样为我哀悼。”

继续留在西雷是伏尔泰无法承受的，但他又并不急着赶往巴黎。于是，他向德尼夫人编造各种各样的借口，尽可能拉长旅行的时间。迫于无奈，他不得不慢速前进，因为他早先将他的快速马车借给了埃米莉的儿子，而后者已把它撞毁。他说目前还无法面对那些巴黎熟人对埃米莉之死的好奇，无法面对他们的同情以及没完没了的丧葬讨论——法国人民认为在这种时刻进行这样的讨论是合适的。所以，他先是前去拜访沙隆主教和其他朋友，在埃米莉去世一个月后，他才抵达横街。在永远离开香槟之前，他还在尚邦隆夫人那里住了两个晚上。

尾声 224

夏特莱侯爵后来一直活到七十岁，且未再婚。埃米莉的儿子日后被封为公爵，并于 1768—1770 年担任法国驻伦敦大使。他在六十六岁时被送上法国大革命的断头台。他的儿子也在这场革命中丧命于监狱。自此，这一家族便不复存在。埃米莉死后，伏尔泰与德尼夫人重新建立起家庭，又活了二十九年。他去世后，德尼夫人再婚嫁给一个比她小十岁的男人。圣朗贝尔则在日后与乌德托夫妇成为一家人，继续活了五十四年。

埃米莉的牛顿译著在 1756 年经克莱罗之手发行于世。据悉，她与伏尔泰之间的来往信件在经摩洛哥山羊皮装订后，足有八大卷之多。人们普遍认为，她离世后，这些信件统统毁在圣朗贝尔的手里，可并没有任何证据能证明事实如此。不过，众所周知，圣朗贝尔曾一把火烧光了让-雅克·卢梭写给乌德托夫人的所有信件。另一种说法则是那八大卷信件其实一直躺在西雷的一角，直到法国大革命发生后才从世上消失。贝斯特曼先生仍希望它们有一天能重现于世，好将它们加入他那本厚重的伏尔泰书信集之中。

索 引

（页码为原书页码，即本书边码）

图书在版编目(CIP)数据

恋爱中的伏尔泰/(英)南希·米特福德
(Nancy Mitford)著;杨靖,唐有巍译.—上海:上
海人民出版社,2021
书名原文:Voltaire in Love
ISBN 978-7-208-16684-4

Ⅰ.①恋… Ⅱ.①南… ②杨… ③唐… Ⅲ.①传记小
说-英国-现代 Ⅳ.①I561.45

中国版本图书馆 CIP 数据核字(2020)第 174237 号

责任编辑 黄玉婷 邱 迪
特约编辑 范 晶
装帧设计 COMPUS·道辙

恋爱中的伏尔泰
[英]南希·米特福德 著 杨 靖 唐有巍 译

出　　版 上海人民出版社
(200001 上海福建中路 193 号)
发　　行 上海人民出版社发行中心
印　　刷 常熟市新骅印刷有限公司
开　　本 889×1194 1/32
印　　张 11.25
插　　页 5
字　　数 235,000
版　　次 2021 年 5 月第 1 版
印　　次 2021 年 5 月第 1 次印刷
ISBN 978-7-208-16684-4/I·1920
定　　价 78.00 元